KB165142

Homeros

일리아스

LINN
인문고전
시리즈
6

일리아스
ΙΛΙΑΣ

인류 최초의 대서사시!

호메로스 지음   김성진 편역

LINN
도서출판 린

인문학 최고의 고전

　　호메로스의 《일리아스》는 거대한 고대도시 트로이아의 패망에 관한 이야기다. 주된 역할을 하는 주인공 아킬레우스는 가장 이상적인 그리스인이다. 그리스인들은 자신들의 문명이 아직 '유년기'임을 의식하고 있었다. 그들은 이집트와 페르시아와 같은 더 오래된 문명이 존재하고 크레타 문명처럼 수많은 문명이 흥망성쇠를 거듭하는 세계에서 산다는 것과 그리스인들도 그 같은 몰락을 피할 수 없다는 것을 알고 있었다. 그들은 나이 든 사람의 지혜를 중시하는 세계에서 벼락부자와 같았다. 그 결과, 그리스 저작에 놀라운 신선함이 깃들어 있었으며 이 신선함은 이후 서양의 속성을 끊임없이 새롭게 규정했다. 더욱이 아킬레우스는 그리스군 사령관이 아니라는 점이 중요하다. 사령관은 아가멤논이다. 아킬레우스는 무구를 다루는 데는 분명히 가장 뛰어나지만 여러 장군 중 한 명일 뿐이다. 서양 문학의 기원이 최고 지배자가 아닌 모범적인 개인의 이야기에서 시작됨으로써 서양 문명은 모

미케네 유적에서 발굴된
아가멤논의 '황금 마스크'

범적인 황제나 신들의 행동을 설명하는 고대나 초창기 문학을 보유한 다른 문명과 구별된다.

　또한, 우리는《일리아스》에서 서양 사상의 또 다른 독특한 측면을 발견한다. 그것은 적, 특히 전체 서사시에서 가장 귀족적인 인물이라고 할 용감한 트로이아인 헥토르를 동정적으로 다룬다는 점이다. 애처롭도록 가정적이고 행복한 장면들이 최후를 맞는 도시 트로이아에서 펼쳐진다. 이 모든 것이 불타고 난도질당할 것을 깨닫는 순간, 고대 그리스인들처럼 우리도 슬픔에 잠긴다.

　《일리아스》는 아킬레우스의 분노에 관한 이야기다. '분노를 노래하소서 시의 여신이여, 펠레우스의 아들 아킬레우스'가 이 서사시의 첫 행이다. 위대한 전사의 용기이자 그의 영웅적 행동의 뿌리인 이 분노는 결국 영웅이 파멸하는 원인으로 밝혀진다. 이는 인간의 비극적인 상황이다. 아무리 뛰어나더라도 인간은 자신의 실존적 한계에서 벗어날 수 없다. 사실《일리아스》의 모든 영웅은 자신들의 상황과 전통이 요구하는 역할에 갇혀 있다. 그러나 아킬레우스의 비범한 행동으로《일리아스》는 정점에 달한다. 인간이 운명을 물리칠 수 있는 길이 있지 않을까? 그러므로《일리아스》는 그리스 세계의 신화에서 나타나는 적나라한 인간 본성의 한계에 대항하는 영웅의 이야기다. 사실 시는 다음과 같은 질문을 던진다. 인간은 무엇이 가능한가? 인간이 희망할 수 있는 것은 무엇인가? 그는 자신의 신분이 정해진 대로 견디며 살 수 있는가? 이것은 2,500년 전 그리스인들에게 그랬듯 오늘날 우리 모두에게도 중요한 질문이다.

이 책 1부 시작 부분에서 《일리아스》에 등장하지 않는 테티스의 결혼식에서 시작한다. 초대받지 않은 '불화의 여신' 아레스가 던져준 황금사과로부터 모든 사건이 시작되었음을 상기시키며 파리스의 심판과 세 여신 헤라, 아테나, 아프로디테는 황금사과를 놓고 치열한 경쟁 속에서 그리스와 트로이아 편으로 자연스럽게 갈린다. 또한, 마지막 15부에서는 트로이아 전쟁이 끝난 후 《일리아스》에 언급되지 않은 영웅들의 결과를 소개해 《일리아스》 전반에 대한 이해도를 높이려고 했다.

차례

아킬레우스

'바다의 여신' 테티스와 프티아의 왕 펠레우스의 아들 아킬레우스는 트로이아 전쟁의 가장 위대한 그리스 영웅이다. 트로이아 전쟁 중 포로로 잡혀 온 트로이아 여성 브리세이스를 사이에 둔 아가멤논과의 마찰로 유명하다.

헥토르

트로이아의 총사령관이자 이상적인 영웅으로 묘사된다. 이명은 번쩍이는 투구의 헥토르. 이름의 뜻은 방어자, 수호자다. 트로이아 전쟁에서 아킬레우스의 호적수로 아가멤논은 메넬라오스가 싸우려고 하자 아킬레우스조차 싸우길 꺼린 자라며 뜯어말렸다.

아가멤논

트로이아 전쟁에서 그리스 동맹군의 총사령관으로 120척의 전함이 그의 지휘하에 있었다고
한다. 출정 전 신의 분노로 딸이 이피게네이아를 제물로 바치며 비장함을 보였지만 아내 클
리타임네스트라에게 역으로 배신당했다.

파리스

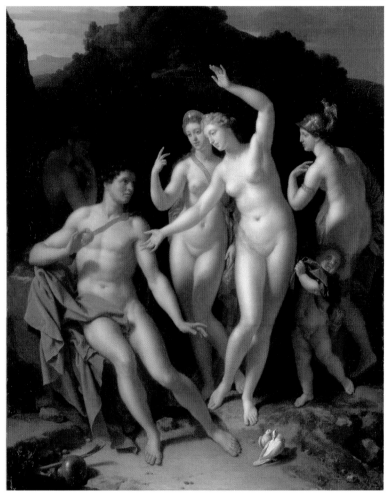

트로이아의 왕자 파리스가 황금사과를 놓고 세 여신의 주인을 가리는 장면이다. 파리스는 헤라, 아테나 여신보다 아프로디테의 최고 미인 헬레네를 얻게 해주겠다는 제의에 아프로디테 편을 든다. 이로 인해 트로이아 전쟁이 발발하고 헤라와 아테나는 그리스군을 돕는다.

디오메데스

여신 아테나의 보호로 트로이아 군대를 격파하고 트로이아 편인 여신 아프로디테와 군신 아레스에게까지 상처를 입힌 신에게 대항한 인간으로 트로이아 목마 40인 용사 중 한 명이다. 전쟁이 끝나고 아르고스로 돌아오자 아프로디테의 복수로 아내의 부정을 알게 된다.

헬레네

절세 미녀 헬레네는 스파르타 왕 메넬라오스의 아내였지만 트로이아 왕자 파리스의 유혹에 빠져 트로이아로 납치된다. 이 때문에 그리스와 트로이아 사이에 전쟁이 벌어진다. 결국 트로이아 전쟁이 그리스의 승리로 끝난 후 메넬라오스와 함께 스파르타로 돌아온다.

네스토르

트로이아 전쟁이 일어난 당시 60세가 넘은 노인이었지만 두 아들과 함께 90척의 배를 이끌고 아가멤논을 총사령관으로 하는 그리스의 원정군에 참가한다. 노년임에도 전술에 뛰어나, 아가멤논도 그의 작전을 신뢰하였다.

아이네이아스

아프로디테 여신의 아들 아이네이아스는 트로이아 전쟁에서 아킬레우스 등 그리스군 장수들과 용감히 싸워 전공을 올렸지만 트로이아군이 패한 후 유민을 이끌고 탈출한다. 이후 새로운 나라 라비니움을 건국해 로마제국의 시조로 묘사된다.

오디세우스

이타케의 왕 오디세우스는 트로이아 전쟁에서 그리스군 최고의 지략가로 명성을 날렸으며 전쟁을 끝내고 귀향하는 길에 포세이돈의 분노로 여러 바다를 떠돌며 온갖 기이한 사건을 겪은 것으로 유명하다.

사르페돈

트로이아의 용장 사르페돈은 제우스와 라오다메이아의 아들로 신화의 영웅 벨레로폰의 외손
이다. 글라우코스와 함께 리키아군을 이끌고 트로이아 동맹군으로 참가해 용감히 싸웠지만
그리스군의 파트로클로스의 손에 죽어 제우스가 그의 시신을 수습한다.

파트로클로스

아킬레우스와 어릴 때부터 함께 자라고 현자 케이론으로부터 교육도 함께 받은 절친으로 트로이아 전쟁에도 함께 나가 싸웠다. 아킬레우스와 아가멤논의 갈등으로 아킬레우스의 군장을 갖추고 전장에 나섰다가 전사한다.

데이포보스

트로이아의 왕자 데이포보스는 헥토르와 파리스가 전사한 후 트로이아의 총사령관이 되었고 헬레네를 아내로 취한다. 그는 헥토르를 존경했고, 헥토르도 동생 중 그를 가장 총애했다.

메넬라오스

트로이아 전쟁의 장군 중 한 명이자 스파르타의 왕으로 아가멤논의 동생이다. 적발로 유명하며 그리스 최고의 미인 헬레네의 남편이니만큼 미남으로 묘사된다. 전쟁에서 승리한 후 헬레네를 용서하고 그녀와 함께 스파르타로 돌아간다.

멤논

에티오피아의 왕이다. '새벽의 여신' 에오스와 트로이아의 왕자 티토노스의 아들로 헥토르와 파리스에게는 사촌이다. 헥토르가 죽은 후 트로이아 전쟁에 참가해 네스토르의 아들 안틸로코스를 쓰러뜨리는 등 무공을 세우지만 아킬레우스와의 결투에서 패해 전사한다.

이도메네우스

크레타의 왕 미노스의 손자이자 데우칼리온과 클레오파트라의 아들로 헬레네의 구혼자 중한 명으로 트로이아 전쟁에 참가한다. 트로이아 목마작전에 참가한 정예병으로 목마에 숨어트로이아 성으로 잠입하는 무공을 세운다.

펜테실레이아

트로이아 전쟁에서 적장 아킬레우스를 죽이겠다고 선언한 아마존족 여전사다. 아킬레우스가 던진 창에 오른쪽 가슴을 맞고 절명하는데, 그녀의 긴 머리를 보고 여자임을 눈치챈 아킬레우스는 그녀의 아름다운 모습에 안타까워한다.

필록테테스

헤라클레스의 친구로 헤라클레스의 활로 무장하고 트로이아로 항해하던 중 렘노스섬에 잠시 상륙했다가 뱀에 물려 낙오된다. 이후 10년 동안 혼자 지내다가 헤라클레스의 활이 필요하다는 신탁에 그리스군에 합류해 전쟁의 원흉 파리스를 쏴 죽인다.

카산드라

트로이아의 공주로 아폴론으로부터 예지력을 받지만 그를 사랑하지 않는다. 트로이아 전쟁을 예언하지만 아폴론의 저주로 아무도 믿지 않는다. 패전 후 그녀의 제단에서 소(小) 아이아스에게 성폭행을 당하는 등 수난 끝에 아가멤논의 전리품이 된다.

아이아스

두 명의 동명이인으로 텔라몬의 아들은 대(大), 오일레우스의 아들은 소(小)로 구분한다. 두 전사는 트로이아 전쟁에 참가해 대(大) 아이아스는 아군이 후퇴할 때 보호하는 전공을 세우고 소(小) 아이아스(위의 그림)는 헥토르와 대적 가능한 극소수 인물이다.

폴릭세네

아킬레우스는 트로이아의 막내 공주 폴릭세네의 미모에 반한다. 오빠 헥토르를 죽인 원수인
그의 사랑을 받아들이지만 복수심에 아킬레우스의 약점을 파리스에게 알린다. 그녀의 도움
으로 파리스는 독화살로 아킬레우스의 발뒤꿈치를 쏴 죽인다.

프리아모스

트로이아의 마지막 왕으로 아내 헤카베 외에도 많은 아내와 정부 사이에서 여러 자식을 두었다. 가장 사랑하는 아들 헥토르가 아킬레우스에게서 죽임을 당하자 밤에 죽음을 각오하고 그를 찾아가 무릎 꿇고 눈물로 사정해 헥토르의 시신을 돌려받는다.

인류 최초의 대서사시

Homeros

일리아스

헬레네가 파리스에 의해 유혹되어 트로이아로 납치되면서 트로이아 전쟁이 발발한다.

제1부

전쟁의 원인

테티스는 바다의 님페(nymphe: 자연계의 여성 정령(精靈))로 뛰어난 미모를 자랑했다. 그래서 올림포스의 주신인 제우스와 바다를 관장하는 포세이돈이 그녀에게 구애했지만 '테티스가 낳은 자식은 아버지보다 무조건 위대한 존재가 된다.'라는 프로테우스의 예언 때문에 포기했다. 테티스와 관계해 자식이라도 낳으면 자신들의 입지가 자식으로부터 위협받을 수 있었기 때문이다. 또한, 다른 신이 그녀와 관계를 맺어 자식이 태어나면 그 자식은 분명히 뛰어난 능력을 발휘해 신들의 세계에 일대 혼란을 일으킬 수도 있었다. 이같이 전전긍긍한 끝에 제우스는 테티스를 인간의 신분인 펠레우스와 짝지어 주기로 했다. 인간의 자식이 아무리 위대하더라도 신을 결코 뛰어넘을 수는 없었기 때문이다. 펠레우스는 원래 제우스의 아들 아이아코스의 아들이어서 제우스에게는 손자다. 독수리로 변신한 제우스가 하신(河神) 아소포스의 딸 아이기나를 납치해 오이노네섬으로 데려가 관계를 가져 태어난 아들

이 바로 아이아코스다. 그런 아이아코스의 아들인 만큼 펠레우스에게
는 반신반인의 피가 흐르고 있었다. 그리스 신화 세계에서 신과 인간
의 격차는 매우 엄격히 구분되어 있다.

테티스와 펠레우스의 결혼식은 펠리온산에서 성대히 벌어졌다. 결
혼식 파티에는 신들의 음식인 넥타르와 암브로시아가 넘쳤고 인간 세
계에서는 보기 힘든 진귀한 음식들이 차려졌다. 하객으로는 올림포스
12신을 비롯해 님페와 영웅, 인간들이 모두 모여 결혼을 축하했다. 특
히 제우스와 헤라의 딸인 '청춘의 여신' 헤베가 내려와 신들에게 넥타
르를 직접 따라주었다. 또한, 신들은 테티스와 펠레우스에게 많은 선물
을 했다. 포세이돈은 펠레우스에게 명마를 선물했고 '대장간의 신' 헤
파이스토스는 황금갑옷을 건네주었다. 모든 신과 인간·님페와 반인
반마의 켄타우로스 등이 참석했는데 '불화의 여신' 에리스만 초대받지
못했다. 그녀가 등장하는 곳에는 불화가 꼭 생겼기 때문이다. 초대를
못 받아 화가 난 에리스는 '가장 아름다운 자에게'라고 쓰인 황금사과
를 결혼 파티장에 던졌다. 그러자 화려했던 파티장은 순식간에 아수
라장이 되고 말았다. 황금사과를 놓고 여신들이 서로 자신이 주인이
라고 우겼기 때문이다.

먼저 제우스의 누나이자 아내인 헤라 여신이 자신이 가장 아름답다
며 황금사과의 주인을 자처했다. 그러자 '지혜와 전쟁의 여신' 아테나

에리스의 황금사과
테티스 여신의 결혼식 날 초대받지 못한 '불화의 여신' 에리스가
연회 식탁을 향해 황금사과를 던지는 장면이다.

도 질세라 헤라 여신을 막아섰다. 헤라 여신과 아테나 여신의 각축으로 다른 여신들이 감히 나설 엄두도 못 내는 와중에 '미와 사랑의 여신' 아프로디테가 두 여신 사이에 끼어들었다. 아프로디테는 지상의 모든 신과 인간들보다 엄청나게 아름다웠다. 그리고 자신의 미모에 대한 자존심이 대단해 자존심에 조금이라도 상처를 받을 것 같으면 엄청나게 질투해 여신과 인간을 가리지 않고 저주를 퍼붓거나 시련을 안겨주기 일쑤였다. '미와 사랑의 여신' 아프로디테가 끼어들자 헤라와 아테나 여신은 그녀에게 지지 않으려고 고개를 더 뻣뻣이 치켜들었다. "나는 '결혼과 가정의 여신'이며 인간들에게 모신(母神)으로 숭배받고 있으니 황금사과의 주인이 될 수 있다." 헤라가 자신이 최고의 여신이라고 주장하자 아테나 여신도 입을 열었다. "나는 '지혜와 전쟁의 여신'이니 충분히 저 황금사과의 주인공이 될 수 있다." 그러자 아프로디테가 미소를 띠며 말했다. "이 사과는 아름다움을 상징하는 내 미모와 딱 어울립니다." 아레스가 던져준 황금사과를 놓고 세 여신은 자신이 사과의 주인이라며 한 치도 물러서지 않았다.

사태가 심각해지자 하객들은 테티스와 펠레우스의 결혼식은 안중에도 없고 세 여신의 다툼에만 관심을 보였다. 보다 못한 제우스가 세 여신의 분쟁을 멈추고 중재에 나섰다. 제우스는 세 여신에게 말했다. "그대들의 미모는 우열을 가리기 힘드니 이다산에서 양을 돌보는 파리스에게 가 판정을 받으시오." 파리스는 트로이아의 왕 프리아모스와 왕비 헤카베 사이에서 태어났다. 헤카베가 파리스를 낳았을 때 횃불이 트로이아를 불태우는 꿈을 꾸었는데 신탁에서 파리스가 트로이아를 망하게 할 운명이라는 말을 듣고 아기를 산에 갖다버리게 했다. 하지만 하늘이 트로이아를 버리기로 작정했는지 파리스는 기적적으로 양치기에게 구출되어 이다산에서 양을 치고 있었다. 그는 산의 님페 오이노네와 결혼해 아들 코리토스를 낳아 살고 있었다. 제우스는 세 여신의 중재에 어느 쪽을 선택하더라도 생길 후환을 예상해 수많은 인간 중에서 공정한 선택을 할 심판관으로 파리스를 지명한 것이다. 파리스는 그 사실을 알고 놀라 도망쳤지만 얼마 못 가 '전령의 신' 헤르메스에게 붙잡혀 세 여신 앞에 나서게 되었다. 세 여신은 애송이와 같은 파리스를 보고 무척 실망했지만 파리스에게 잘 보여 황금사과를 얻어야 해 그에게 자리를 내주고 도열하듯 둘러섰다. 먼저 헤라 여신이 부드러운 목소리로 말했다. "나를 황금사과의 주인으로 선택한다면 그 보상으로 인간 세계의 모든 패권을 그대에게 선사하겠소." 파리스는 헤라의 제안에 깜짝 놀랐다. 당황한 파리스가 제대로 대답을 못 하자 헤라 여신이 다시 말했다. "그대는 양이나 돌보는 목동이 아니오. 그대는 트로이아의 왕자로 신탁에 의해 이곳에 버려졌소. 그러니 그동안 누리지 못한 영화를 누리려면 내가 주는 패권이 필요하오." 파리스는 생각하지도 못한 자신의 신분이 밝혀지자 더더욱 놀랐다. 그의 얼굴이 빨개지고 당황하자 아테나 여신이 말을 걸었다. "트로이아의 왕자 파리스여, 패권을 손에 쥐어 권력을 누리더라도 지혜

파리스의 심판
황금사과를 놓고 세 여신이 파리스의 심판을 받는 장면으로
파리스는 아르테미스의 제안에 승복해 황금사과를 아르테미스에게 준다.

와 무용(武勇)이 없으면 그 패권을 곧 다른 이에게 빼앗깁니다. 그대가 나를 선택한다면 세상 최고의 지혜와 아무도 따를 수 없는 무용을 선사하겠소."

명석한 두뇌의 파리스는 헤라 여신의 제안보다 아테나 여신의 제안이 귀에 들어왔다. 그런 생각에 마지막 여신 아프로디테의 제안이 궁금했다. 더구나 평소 아프로디테 여신을 매우 흠모해 더 그랬다. 아프로디테는 파리스의 그런 마음을 꿰뚫어 본 듯 관능적인 자태를 뽐내며 다가섰다. "미소년의 용모에 뜨거운 정열로 가득 찬 파리스여, 인간 세상에서 가장 아름다운 여인을 그대에게 신부로 맺어주겠소. 그녀는 내 미모와 비교해도 손색없는 미녀라오. 내 제안을 받아들이겠소?" 파리스는 아프로디테 여신의 제안에 놀라면서도 고민에 빠졌다. 산의 님페 오이노네와 이미 결혼했기 때문이었다. 그러나 흠모하고 고대하던 아프로디테의 말을 듣는 순간 온몸이 달아올랐다. 파리스는 이내 정신을 차리고 냉정히 생각했다. 여신 중에서 지위가 가장 높은 헤라 여신을 따르면 일신상 안위에 도움이 되겠지만 누구를 선택하든 나머지 두 여신으로부터 저주를 받을 것도 분명했다. 그리스 신화에 등장하는 신들은 속 좁기로는 어느 신화와 비교해도 뒤지지 않으니 애당초 누구를 선택하든 다른 두 여신의 저주를 받을 것이 확실했다. 여기까지 생각이 미친 파리스는 어차피 두 여신의 저주에서 벗어날 수 없다고 판단해 쾌락적 선택을 내렸다. 아프로디테의 제안을 받아들인 것이다. 그 선택의 결과, 그동안 사랑했던 오이노네를 버려야 했다. 이후 오이노네는 파리스의 마음을 돌릴 생각에 장성한 아들 코리토스를 트로이아로 보냈다. 하지만 코리토스는 아프로디테가 파리스에게 약속해준 헬레네를 보자 연정을 품었고 이에 분노한 파리스는 그가 자신의 아들인 것을 모른 채 죽이고 말았다. 이것은 헤라와 아테나 여신의 저주에서 비롯되었고 이후로도 여신들의 저주는 계속될 것이었다. 어쨌든 파리스는 아프로디테의 손을 들어주었고 세상에서 가장 아름답다는 헬레네를 만나기 위해 이다산에서 하산했다. 아프로디테가 파리스에게 약속한 여인은 스파르타의 공주 헬레네였다. 그녀는 아이톨리아의 왕 테스티오스의 딸 레다와 제우스 사이에서 태어났다. 그리스 신화의 절대 권력자이자 아무도 못 이길 바람둥이 제우스는 어느 날 레다의 아름다움에 반했다. 그는 아름다운 여인을 보면 수단과 방법을 가리지 않고 유혹했는데 레다를 본 순간 그녀의 여린 마음을 사로잡기 위해 독수리에게 쫓기는 백조로 변신해 레다의 품속에 파고들었다. 레다는 안타까운 마음에 불쌍한 백조를 품에 안았지만 결국 제우스와 관계를 맺고 말았다. 레다는 같은 날 밤 남편인 틴다레오스와도 잠자리를 가졌다. 그리고 두 명의 아이와 두 개의 알을 낳았다. 알 속에서 여자아이 둘이 태어났는데 바로 헬레네와 클리타임네스트라였다고 한다.

또 다른 설에 의하면 헬레네와 디오스쿠로이(제우스의 자식들) 형제가

레토와 백조
백조로 변신한 제우스가 아름다운 레토와 관계를 갖는 장면으로
레토는 절세 미인 헬레네를 낳는다.

태어난 알은 레다가 낳은 것이 아니라 '복수의 여신' 네메시스가 제우스에게서 낳았다고 한다. 네메시스는 제우스가 자신을 연모해 쫓아오자 여러 동물 모습으로 변신해 그를 피했는데 그녀가 거위로 변신하자 제우스가 재빨리 백조로 변신해 기어코 욕망을 이루었다는 것이다. 얼마 후 네메시스는 숲에서 알을 낳았는데 알은 목동들에게 발견되어 틴다레오스의 아내 레다에게 바쳐졌다. 레다는 알에서 아이들이 태어나자 그들을 친자식처럼 키웠다고 한다. 헬레네가 처녀로 성장하자 그녀의 미모는 '미의 여신' 아프로디테와 비교해도 손색없다는 소문이 났다. 아프로디테는 인간 여인이 자신의 미모와 비교되면 절대로 용서하지 않고 응징했다. 그 대표적인 경우가 바로 아들 에로스의 연인 프시케였다. 프시케도 헬레네처럼 미모가 아프로디테를 능가한다고 인간들의 추앙을 받았고 이에 화가 난 아프로디테는 그녀에게 견딜 수 없는 고통을 주었다. 그러나 아프로디테는 헬레네에게 아무 응징도 하지 않았다. 파리스에게 한 약속을 지켜야 했기 때문이다. 헬레네의 미모에 반한 수많은 구혼자가 그리스 전역에서 몰려들었다. 그들 중에는 오디세우스와 파트로클로스, 아가멤논의 동생 메넬라오스도 있었다. 스파르타의 왕이자 헬레네의 아버지 틴다레오스는 근심이 많았다. 그는 딸을 원하는 수많은 구혼자 중 한 명을 사위로 선택하면 선택받지 못한 다른 구혼자들이 불만을 품고 폭동을 일으킬까 봐 고민이었다. 그때 오디세우스가 틴다레오스의 심중을 알아채고 은밀히 다가가 자신의 의견을 말했다. "틴다레오스 왕이시여, 그대의 근심을 해결할 방책이 있습니다." 지혜가 넘치는 오디세우스의 말에 틴다레오스는 반색했다. 오디세우스는 헬레네의 사촌 페넬로페를 자신의 아내로 맞는 대가로 이번 일을 성사시키겠다는 조건을 걸었다. 오디세우스라는 이름은 '증오받은 자'라는 뜻으로 오디세우스의 외할아버지 아우톨리코스가 붙여준 것이다. 귀족이었던 아우톨리코스는 도둑질과 거짓말에 능해 모든 이의 미움을 받았는데 그가 도둑질에 능했던 내력은 그의 아버지 헤르메스가 '전령의 신'이자 '도둑의 신'이었기 때문이다. 아우톨리코스가 시시포스의 소를 훔치다가 걸려 자신의 딸을 시시포스에게 바쳤고 그 딸이 이타케의 왕에게 시집 가 오디세우스를 낳았다고 한다.

다른 설에 의하면 자신보다 더 영악한 손자를 얻기 위해 딸이 이타케의 왕과 결혼하기 전 시시포스와 연애하는 것을 내버려 두었다고 한다. 시시포스는 '명계(저승)의 대왕' 하데스까지 직접 속인 속임수의 명수였으니 아우톨리코스가 탐낼 만했다. 이렇게 오디세우스는 외할아버지의 도둑질 능력과 아버지 시시포스의 속임수 능력을 물려받아 지혜롭기가 천하 최고였다. 틴다레오스는 오디세우스의 제안을 무조건 따르기로 했다. 오디세우스는 헬레네의 수많은 구혼자를 불러모아 말 한 필을 잡아 그 고기를 사방에 뿌리고 구혼자들을 그 고기 위에 올라서게 했다. "누가 헬레네의 신랑이 되더라도 그 신랑이 곤경에 처하면 모두 도와주겠다는 맹세를 하시오." 그리고 오디세우스가 구혼자들에게 자세히 설명하자 구혼자들은 모두 오디세우스의 말을 따르겠다고 약속했다. 그래서 틴다레오스는 편한 마음으로 헬레네의 청혼자 중 가장 부자이자 아가멤논의 동생인 메넬라오스를 헬레네의 신랑으로 선택했다. 파리스는 트로이아의 왕자라는 자신의 신분이 밝혀지자 이 다산을 떠났다. 산의 님페이자 아내인 오이노네를 외면하고 돌아섰지만 그녀는 돌아서는 파리스에게 말했다. "훗날 큰 부상을 당하면 내게 돌아와요. 오직 나만 당신의 상처를 치료할 수 있으니까요." 트로이아의 프리아모스 왕은 죽은 아들 파리스를 위해 매년 추모행사를 열었다. 그는 추모행사에 상으로 내릴 소를 고르기 위해 아겔라오스에게 사람을 보냈다. 아겔라오스는 이름난 목동으로 파리스와도 교분이 깊었다. 트로이아 사신은 아겔라오스로부터 우람한 황소를 얻어 돌아갔다. 그런데 평소 그 황소를 아끼던 파리스는 황소를 되찾기 위해 아겔라오스의 만류에도 트로이아로 향했다. 아겔라오스도 할 수 없이 파리스를 따라나섰다. 트로이아 추모행사에 참석한 파리스가 복싱과 달리기 종목에서 우승하자 트로이아 사람들은 새로 등장한 파리스에게 열렬한 환호를 보냈다. 그러나 프리아모스의 왕자들은 질투심에 낯선 청년 파리스를 죽이기로 했다. 형제는 모든 출구를 봉쇄하고 헥토르와 데이포보스가 칼을 휘두르자 파리스는 제우스의 제단으로 도망갔다. 그때 아겔라오스가 소리쳤다. "프리아모스 대왕이시여, 이 젊은이가 바로 오래 전 잃어버린 아들입니다!" 아겔라오스의 다급한 외침에 왕비 헤카베가 달려와 파리스를 살펴보고 자기 아들임을 확인하자 헥

파리스와 오이노네
파리스가 이다산에 버려졌을 때 산의 님페 오이노네는 그를 사랑해 둘은 부부가 된다.
하지만 파리스는 트로이아 왕자라는 신분을 알게 되자 그녀와 이별한다.

토르를 비롯한 그의 형제들은 파리스를 반겨주었다. 트로이아에는 파리스로 인해 때 아닌 잔치가 벌어졌다. 그 자리에서 아폴론의 사제들이 파리스를 죽이지 않으면 트로이아가 멸망한다고 경고하자 프리아모스 왕이 말했다. "늠름한 내 아들을 죽이느니 차라리 트로이아가 망하는 꼴을 보겠소."

그 무렵 스파르타의 왕 메넬라오스가 트로이아를 찾아왔다. 스파르타에 닥친 기근을 해소하기 위해 트로이아에 있는, 프로메테우스의 두 아들 리코스와 키마이레우스의 무덤에 제사를 지내기 위해 온 것이다. 파리스는 메넬라오스를 환대하면서 안테노르의 아들 안테우스를 실수로 죽인 죄를 스파르타에서 정화해줄 것을 간청했다. 이렇게 해 파리스는 아이네이아스와 함께 스파르타를 방문하게 되었다. 카산드라와 헬레노스는 파리스의 항해가 불러올 재앙을 경고했지만 프리아모스 왕은 자식들의 충고조차 무시했다. 배가 바다로 나아가자 아프로디테가 보내준 순풍을 받으며 무사히 스파르타에 도착했다. 메넬라오스는 9일 동안 연회를 열어 트로이아 사람들을 환대했다. 드디어 파리스는 헬레네를 만났다. 아름다운 그녀를 본 순간 자신의 선택이 옳았음을 새삼 실감했다. 파리스는 헬레네의 술잔에 사랑을 고백하는 글을 써놓았다. 헬레네도 트로이아의 청년 파리스가 싫지는 않았다. 그러나 메넬라오스가 눈치챌까 봐 안절부절못했다. 그런 영문도 모른 채 메넬라오스는 때마침 외할아버지 카트레우스의 장례식에 참석하기 위해 크레타로 떠나야 했다. 떠나는 자리에서 아내 헬레네에게 손님 접대와 스파르타 통치를 맡겼다. 메넬라오스가 자리를 비우자 파리스는 아프로디테의 도움으로 헬레네를 유혹했다. 헬레네도 여신의 장난 때문인지 파리스의 사랑을 받아들여 둘은 사랑의 도피를 감행했다. 일설에 의하면 파리스가 메넬라오스로 변신해 헬레네를 반강제로 납치했다고 한다. 헬레네는 스파르타의 진귀한 온갖 보물과 황금, 다섯 명의 시녀를 데려갔다. 테세우스의 어머니 아이트라도 포함되어 있었다. 파리스는 이집트에 들러 몇 달 후에야 트로이아에 도착해 헬레네와 결혼식을 올렸다.

테티스 님페는 펠레우스와 결혼해 아들 아킬레우스를 낳았다. 테티스는 인간인 펠레우스가 언젠가는 죽을 운명이어서 아들 아킬레우스만은 영원히 죽지 않는 불사의 몸으로 만들고 싶어 제우스를 찾아가 애원했다. "세상을 관장하시는 제우스 주신이시여! 한때 저를 사랑했다면 저의 간청을 들어주소서. 아들에게 불사의 생명을 주고 싶습니다." 그러나 불가능한 일이라고 제우스가 고개를 젓자 테티스는 옛날의 깐깐한 성격이 되살아난 듯 제우스의 면전에서 따지기 시작했다. "당신 때문에 인간인 펠레우스와 결혼해 아들까지 낳았는데 아들에 대한 이 어미의 소망을 이렇게 꺾어버려도 되나요?" 제우스는 테티스의 왈짜 같은 말싸움에 휘말리고 싶지 않았다. 그는 과거에 종종 테티스의 말싸움에 혼이 나 자못 엄숙히 말했다. "인간이 불사의 몸이

납치당하는 헬레네
파리스는 아르테미스와의 약속대로 그리스 최고의 미인 헬레네를 납치해
트로이아로 돌아간다.

될 수 없다는 걸 누구보다 그대가 잘 알고 있지 않소!" 제우스의 엄숙한 말에 테티스는 오히려 더 화가 치밀었다. "그렇다면 인간의 몸인데도 불사의 생명을 준 헤라클레스는 어떻게 설명하실 건가요?"

테티스가 거론한 헤라클레스 이야기는 다음과 같다. 제우스가 알크메네를 사랑해 그녀는 아들 헤라클레스를 낳았다. 제우스는 헤라클레스에게 불사의 몸을 주기 위해 헤라 여신의 젖을 먹이려고 했다. 그러나 남편인 제우스의 바람기에 질색하며 그의 여인들에게 큰 고통을 준 헤라에게 헤라클레스를 소개할 수는 없었다. 제우스는 헤라가 깊이 잠든 것을 확인한 후 어린 헤라클레스를 헤라의 가슴에 데려가 젖을 물렸는데 아기가 젖을 빠는 힘이 너무 세 헤라는 잠에서 깨고 말았다. 깜짝 놀란 헤라가 아기를 떼어내자 가슴에서 하얀 젖이 하늘로 뿜어져 은하수가 되었고 헤라클레스는 불사의 몸을 얻었다고 한다. 테티스의 반박에 제우스는 할 말을 잃었다. 그는 테티스에게 조용히 말했다. "헤라클레스는 불사의 운명을 타고나 가능했다. 어쨌든 아킬레우스에게 불멸의 몸을 주도록 하지. 불멸의 몸은 어떤 활과 창으로도 상처를 입히지 못하는 금강석과 같지." 테티스는 제우스의 제안에 만족했다. 아들에게 불사의 몸을 주는 것이 애당초 불가능하다는 것을 알았기 때문이다. 그러나 테티스의 이 같은 노력에도 불구하고 '아킬레우스가 불멸의 몸을 얻더라도 전쟁에서 죽을 운명이다.'라는 신탁의 예언을 받고 태어나 그녀는 노심초사했다. 테티스는 제우스의 제안대로 아기 아킬레우스를 이승과 저승 사이에 흐르는 스틱스강에 담갔다. 그러나 그녀가 잡은 발목 부분에 강물이 닿지 않아 발목 뒤 힘줄이 아킬레우스가 상처를 입을 수 있는 치명적인 약점으로 남았다. 이 전설에서 치명적 약점이라는 뜻의 아킬레스건(아킬레스는 아킬레우스의 라틴어 발음)이 유래했다. 아킬레우스는 신탁대로 아버지 펠레우스보다 훨씬 훌륭하게 성장했다. 전쟁의 기운이 감돌자 테티스는 아들을 구하기 위해 아킬레우스를 스키로스섬의 리코메데스 왕의 궁전으로 피신시켰다. 어머니 테티스는 아들이 위험한 전쟁터에서 공을 세워 영웅이 되기보다 보잘것없더라도 오래 살기를 원했다. 리코메데스 왕은 아킬레우스를 여장시켜 자기 딸들과 함께 지내게 했다. 아킬레우스는 그곳에서 9년 동안 살았는데 금적색 머리 색 때문에 '붉은 머리 아가씨'라는 뜻의 피라로 불렸다. 그곳에서 지내는 동안 아킬레우스는 리코메데스 왕의 장녀 데이다메이아와 사랑에 빠졌다. 데이다메이아는 아들 네오프톨레모스를 낳았다. 네오프톨레모스는 '붉은 머리 색'이라는 뜻의 피로스로 이름지어졌고 청년이 될 때까지 데이다메이아가 키웠다고 한다. 이후 포이닉스가 피로스에게 '젊은 용사'라는 뜻의 네오프톨레모스라고 이름지어 널리 알려졌다.

오디세우스는 트로이아 전쟁의 영웅이자 지략가로 그 유명한 트로이아 목마를 고안해 전쟁을 승리로 이끌었다. 당시 헬레네에게는 수많은 구혼자가 몰려들어 값비싼 선물 세례를 퍼붓고 있었다. 오디세

아기 아킬레우스의 목욕
테티스 여신이 아들 아킬레우스를 스틱스강에 목욕시키는 장면으로
그녀가 붙잡은 손이 강물에 젖지 않아 아킬레우스의 치명적인 약점으로 남았다.

우스도 헬레네에게 관심이 있었지만 재력이 부족해 어차피 눈길도 못 끌 선물 공세는 일찌감치 포기한 대신 헬레네의 사촌인 페넬로페 쪽으로 관심을 돌렸다. 매우 지혜로운 오디세우스는 헬레네의 아버지 틴다레오스 왕을 부추겨 누가 헬레네와 결혼하든 전쟁을 일으키지 않을 것과 일치단결해 약혼자의 권리를 지켜줄 것을 구혼자 전원에게 맹세시켰다. 그 덕분에 헬레네의 결혼 상대가 메넬라오스로 정해졌을 때 사소한 분쟁도 없었고 트로이아의 파리스가 헬레네를 납치했을 때도 그리스의 영웅들이 각지에서 모여들어 트로이아 원정에 총동원될 수 있었다. 오디세우스는 틴다레오스 왕의 도움으로 페넬로페와 결혼했지만 페넬로페의 아버지 이카리오스는 딸을 곁에 두고 싶어 셋이 스파르타에서 함께 살기를 원했다. 오디세우스는 가난했지만 이타케의 왕이어서 이카리오스의 제안을 받아들이지 않았다. 그리고 페넬로페에게 남편과 아버지 중 한 명을 선택하라고 했고 얼굴을 베일로 가린 수줍은 신부 페넬로페는 오디세우스를 따라나섰다. 헬레네가 파리스에게 납치당하자 메넬라오스는 결혼 전 군웅들이 맹세한 조항을 부르짖으며 도움을 청했다. 그러자 메넬라오스의 형 아가멤논을 중심으로 대규모 그리스군이 결성되어 트로이아 출정을 앞두고 있었다. 그때 그리스군의 유명한 예언자 칼카스가 '이 전쟁에 아킬레우스가 참가하지 않으면 절대로 승리할 수 없다.'라고 예언하자 그리스군 총사령관 아가멤논은 아킬레우스를 사방으로 찾아보았지만 행방을 알 수 없었고 오디세우스의 모습도 보이지 않았다. 아가멤논은 팔라메데스에게 오디세우스와 아킬레우스를 찾아 전장에 나서라고 명령했다.

오디세우스는 헬레네의 사촌인 페넬로페와 결혼해 아들 텔레마코스를 낳고 행복하게 살고 있었다. 그는 헬레네로 인해 그리스 군웅들이 일으킨 트로이아 출정에는 끼고 싶지 않았다. 그는 하찮은 여자 한 명 때문에 사랑하는 아내와 귀여운 아기를 두고 전장에 나가는 것이 불만이었다. 그러나 지혜를 짜내 헬레네의 구혼자들에게 맹세시킨 부담 때문인지 미친 척하며 외부와의 인연을 끊으려고 했다. 아가멤논의 명령을 받은 팔라메데스가 이타케의 궁전에 도착했을 때 페넬로페는 아기를 안고 궁전 앞을 산책 중이었고 오디세우스는 황소와 나귀 뒤에 쟁기를 달아 밭을 가는 중이었다. 팔라메데스를 만난 페넬로페는 요즘 오디세우스가 이상해져 괴성을 지르며 밭에 씨앗 대신 소금을 뿌린다고 말했다. 오디세우스는 전장에 나가지 않기 위해 미친 척한 것이다. 팔라메데스는 오디세우스가 진짜 미쳤는지 시험하기 위해 페넬로페가 안은 아기를 잡아채 오디세우스의 쟁기 앞에 내려놓았다. 아기가 울음을 터뜨리자 오디세우스는 재빨리 아들을 피해 쟁기를 몰았다. 아기는 황소와 나귀의 발굽 소리에 놀라 더 크게 울었지만 오디세우스는 여전히 흥얼거리고 있었다. 팔라메데스는 크게 웃으며 말했다. "이타케의 왕 오디세우스여, 아무리 미친 척해도 소용없습니다." 그러자 오디세우스도 쟁기질을 멈추고 크게 웃으며 대답했다. "꾀 많은 나도 그대의 술책에 들통나버렸군요." 이렇게 해 오디세우스는 사

방물 장수로 분장한 오디세우스
여장한 아킬레우스를 밝히기 위해 오디세우스가 액세서리를 꺼내자
아킬레우스는 값진 검을 들고 자신의 정체를 드러내고 만다.

랑하는 아내 페넬로페와 어린 아기 텔레마코스와 작별하고 팔라메데스를 따라나섰다. 오디세우스는 그리스 군영에 합류하기 전 팔라메데스의 부탁을 받았다. 아킬레우스를 찾아 합류해달라는 것이었다. 팔라메데스가 오디세우스에게 말했다. "아킬레우스가 여장한 채 스키로스섬 궁정의 공주들 사이에 숨어 지낸다는 소문입니다." 그 말을 들은 오디세우스는 아킬레우스를 찾아낼 궁리 끝에 좋은 생각이 떠올랐다. 둘은 방물장수로 변장해 리코메데스 왕의 궁정을 찾아갔다. 궁정 출입이 제지당하자 궁정 앞을 오가며 소리쳤다. "아름다운 반지와 예쁜 목걸이가 있다!" 그 소리를 들었는지 궁정 성벽 위에서 공주들이 내려다보며 물건을 청하자 궁정 경비병들이 그들에게 성문을 열어주었다. 오디세우스와 팔라메데스는 궁정 홀 탁자 위에 예쁜 액세서리와 명품을 쏟아놓고 자랑했다. 공주들이 몰려와 귀걸이, 화장품, 머리 장식을 구경하며 만져보았다. 그런데 뒤늦게 공주 한 명이 다가오더니 귀금속 등의 액세서리에는 관심도 없이 물건 중에서 멋진 칼 한 자루를 집어 들었다. "칼을 든 공주님, 그대는 아킬레우스가 맞죠?" 그렇게 해 오디세우스와 아킬레우스도 트로이아 전쟁에 참가하게 되었다.

제2부

전쟁 출정

그리스에서 명성을 떨친 영웅들은 2년 동안 전쟁 준비를 했다. 천여 척의 전함에 3만 명이 넘는 병사들은 보이오티아항에 집결해 아가멤논을 총사령관으로 출전 채비를 마쳤다. 그리스군에는 특히 유명한 장군이 많았다. 그리스군 총사령관 아가멤논은 미케네의 왕이자 헬레네의 남편 메넬라오스의 형이었다. 스파르타의 왕으로 헬레네의 남편인 메넬라오스, 프티아의 왕자로 그리스 최고의 무장인 아킬레우스, 살라미스의 왕자로 용맹스러운 거인 아이아스, 아르고스의 왕 디오메데스, 필로스의 왕으로 그리스군에서 나이가 가장 많은 고문으로 존경받는 장수 네스토르가 있었다. 이외에 헤라클레스의 죽음을 목격한 필록테테스는 헤라클레스로부터 활을 물려받아 전장에 나섰다. 아킬레우스의 둘도 없는 친구 파트로클로스 등도 있었다. 항구에 빽빽이 들어찬 전함들은 당장이라도 트로이아를 공격해 헬레네를 데려오기 위해 출항 대기 중이었다. 항구를 지켜보던 아가멤논을 비롯한 장수들은 출항에 앞서 잠시 사냥을 즐기기로 했다. 모두 말을 몰아 숲으로 들어갔다가 아가멤논은 몸집이 큰 수사슴을 발견했다. 아가멤논이 위용을 자랑하듯 활을 힘껏 당기자 화살은 수사슴의 목을 관통했다. 아가멤논의 활 솜씨를 모두 칭송하며 사냥터에서 철수했지만 그 사건으로 '사냥의 여신'이자 '짐승의 수호신' 아르테미스 여신을 화나게 했다. 아르테미스 여신의 분노는 그리스군에 무서운 전염병을 퍼뜨려 병사들을 쓰러뜨리고 바람을 잠재워 전함들이 출항하지 못하도록 했다. 영문을 모르는 그리스 장수들은 매우 놀라 아가멤논에게 몰려가 긴급회의를 열었다. 아가멤논도 난감해 예언자 칼카스로부터 해결책을 얻으려고 했다. 칼카스는 테스토르의 아들로 새가 날아가는 모습으로 점을 치는 예언가였다. 이는 태양신 아폴론이 그에게 부여한 예언 능력 덕분이었다. 트로이아 전쟁 시작 전 그는 아킬레우스와 (헤라클레스의 활과 화살을 가진) 필록테테스가 참가해야 그리스가 승리할 거라고 예언했다. 또한, 그리스 함대가 출항하기 전 뱀이 참새 둥지의 새끼참새 여덟 마리를 잡아먹고 어미 참새를 아홉 번째로 잡아먹는 것을 보고 트로이아는 9년 동안 공략해 10년 만에 함락된다고 예언했다.

칼카스는 아가멤논의 질문에 다음과 같은 예언으로 답했다. "아가멤논 총사령관께서 수사슴을 쏴 죽여 아르테미스 여신이 노했습니다. 여신에게 처녀 한 명을 제물로 바쳐야 노여움이 풀어집니다. 그 처녀는 죄를 지은 사람의 딸이어야 합니다." 칼카스의 말을 들은 아가멤논은 가슴이 철렁했다. 자신의 사랑하는 딸 이피게네이아를 제물로 바쳐야 한다는 뜻이었기 때문이다. 그러나 수많은 장수는 그리스의 명예를 위해, 가족과 병사를 질병으로부터 보호하기 위해 어쩔 수 없다며 아가멤논의 결단을 촉구했다. 이윽고 아가멤논의 딸 이피게네이아는 그리스 전역에서 처녀들이 흠모하던 영웅 아킬레우스에게 시집보낸다는 거짓 명목으로 미케네의 궁전에서 아울리스 항구로 불려왔다. 헬레네의 쌍둥이 언니로 이피게네이아의 어머니인 클리타임네스트라는 사랑하는 딸이 아킬레우스의 신부가 된다는 말에 딸과 함께 왔다. 아가멤논은 한동안 말없이 딸의 얼굴을 바라보다가 비장한 표정으로 사실대로 밝히자 왕비 클리타임네스트라는 하얗게 질려 소리쳤다. "우리 딸을 죽이다뇨!" 아가멤논은 가슴이 찢어졌지만 많은 병사가 아르테미스의 노여움으로 죽어가고 전함들이 항구에 묶여 다른 도리가 없다고 했다. 새로 만든 아르테미스 여신의 제단에 드디어 이피게네이아가 눕혀지고 사제가 단도를 든 채 그 옆에 섰다. 아가멤논은 차마 그 장면을 볼 수 없어 눈물을 흘리며 아내 클리타임네스트라 쪽으로 얼굴을 돌렸다. 클리타임네스트라는 표독스러운 표정으로 아가멤논을 노려보며 소리쳤다. "잘못은 당신이 저질렀는데 왜 죄 없는 아이가 죽어야 하나요? 당신의 오늘 처사를 절대로 잊지 않겠어요!" 이윽고 사제가 단검을 들어 제물인 이피게네이아의 목을 내리치려는 순간 구름 한 뭉치가 피어오르더니 재빨리 이피게네이아의 몸을 감쌌고

이피게네이아의 죽음
아가멤논의 부주위로 바람이 불지 않아 배를 출항시키지 못하자
신탁의 예언대로 자신의 딸 이피게네이아를 제물로 삼는 장면이다.

이피게네이아가 있어야 할 자리에 암사슴 한 마리가 피를 흘리고 있었다. 모두 깜짝 놀라 탄성을 질렀다. 구름에 싸인 이피게네이아는 아르테미스 여신을 만났다. "아버지의 죄 때문에 죽는 네가 불쌍해 살려주었다. 타우리스에 있는 내 신전으로 데려다줄 테니 여사제가 되어 신전을 잘 돌보라."

이피게네이아 사태가 마무리되자 아울리스 항구에 다시 바람이 불기 시작했다. 군선에 타고 있던 병사들이 일제히 소리쳤다. "야, 바람이다! 바람이 분다! 드디어 트로이아로 출항할 수 있다!" 그동안 병석에 누워 있던 병사들도 언제 그랬냐는 듯 벌떡 일어나 밖으로 뛰쳐나왔다. 아가멤논의 딸 이피게네이아의 희생으로 다시 바람이 불자 그리스 함대는 경사라도 난 듯 흥분의 도가니였다. "아, 정말 바람이 분다!" 아가멤논은 눈물을 삼키며 뱃머리에 높이 올라 소리쳤다. "트로이아로 출정한다. 돛을 높이 올려라!" 모든 전함의 병사들은 바삐 움직였고 천여 척의 전함은 돛을 부풀리고 바다로 나아갔다. 그리스 전함들은 순풍을 타고 북동쪽으로 미끄러지듯 파도를 헤치고 트로이아로 향했다.

그러던 어느 날 아가멤논은 렘노스섬을 발견하고 기뻐했다. 스파르타의 왕 메넬라오스가 아가멤논에게 말했다. "이 섬에서 신들께 승리를 기원하는 의식을 올립시다." 아가멤논은 물과 양식도 구할 겸 렘노스섬에 정박을 명했다. 신전을 증축한 후 제단에 양 한 마리를 제물로 바쳐 신들께 승리를 기원했다. 의식이 끝나고 다시 출항하기 위해 일행이 바닷가에 다다르자 테살리아의 멜리보이아 왕인 필록테테스가 헤라클레스의 활을 떨어뜨리고 풀밭에 주저앉으며 비명을 질렀다. 커다란 독사가 필록테테스의 발을 물고 풀숲으로 사라진 것이다. 독사에 물린 필록테테스의 발은 벌겋게 부어올랐다. '의술의 신' 아스클레피오스의 아들이자 인류 최초의 군의관인 마카온이 필록테테스의 상처에 약을 발라주었다. 약을 발랐지만 상처가 낫기는커녕 더 심하게 부어오르고 심한 악취까지 났다. 장수와 병사들은 손으로 코를 막고 얼굴을 찌푸리고 필록테테스를 멀리했다. 하루라도 빨리 트로이아를 공격하려던 그리스군의 계획은 필록테테스의 상처로 차질을 빚었다. 그를 배에 태우려고 했지만 악취에 병사들이 도망가 승선시킬 수 없었다. 그때 마카온이 손에 풀줄기를 들고 뛰어오며 말했다. "이 풀로 상처를 치료할 수 있는데 깨끗이 치료하려면 무척 오래 걸릴 겁니다." 그러자 아가멤논이 말했다. "치료법을 알았으니 여기서 혼자 치료하시오. 양식과 물을 조금 두고 갈 테니. 트로이아를 쳐부수고 돌아오는 길에 데려가겠소." 결국 그리스군은 필록테테스를 혼자 섬에 남겨두고 트로이아로 출항했다. 필록테테스는 헬레네의 구혼자로 트로이아 전쟁이 발발하자 그리스 연합군의 일원으로 멜리보이아 군대를 사공 50명이 모는 배 일곱 척에 나눠 태우고 원정에 참가했다. 그러나 트로이아로 향하던 중 부상을 당해 다른 그리스 장군들에 의해 렘노스섬에 버려졌는데 여기서 서로 다른 설이 전해진다. 헤라클레스가 네소스의 겉옷을 입고 괴로워할 때 스스로 장작더미를 올려 화장하려고 했다. 전설에 의하면 화장 장작더미에 아무도 불을 감히 놓으려고 하지 않았다. 그때 필록테테스가 용감하게 불을 놓아 헤라클레스의 장례를 치렀고 이 때문에 그는 헤라클레스의 활과 히드라의 독이 묻은 화살을 갖게 되었다고 한다. 헤라클레스를 도와준 사실에 앙심을 품은 헤라 여신이 보낸 물뱀에 물리는 부상으로 버려졌다고 하며 다른 설에 의하면 헤라클레스의 유해가 있는 장소에 갔다가 부상당했다고 한다. 어쨌든 그는 다른 그리스 장군들에 의해 렘노스섬에 10년 동안 혼자 남겨졌고 그의 부대는 오일레우스의 서자 메돈이 대신 지휘했다.

트로이아 전쟁이 10년 동안 질질 끌자 그리스군은 트로이아의 왕자이자 예언가 헬레노스를 고문해 그리스군이 승리할 비결을 물었다. 헬레노스는 그리스가 승리하려면 헤라클레스의 화살과 활이 필요하다고 예언했다. 그러자 오디세우스와 몇몇 그리스 장군이 렘노스섬으로 가 활과 화살을 가져오려고 했는데 놀랍게도 필록테테스가 아직 살아 있었다. 결국 그리스군은 아스클레피오스의 두 아들 마카온과 포달레이오스에게 필록테테스 치료를 시키고 필록테테스는 완전히 치유되어 그리스 진영에 합류했다. 그리스군이 쳐들어온다는 소식에 트로이아에서는 용장 헥토르가 트로이아 변방의 작은 나라들과 동맹을

뱀에게 물린 필록테테스
렘노스섬에 정박한 그리스군의 필록테테스는 독사에 물려
일행과 출항하지 못하고 혼자 남는다.

맺고 동맹군 총사령관이 되어 그리스군의 공격에 대항하고자 했다. 헥토르는 트로이아의 왕자로 헬레네를 납치한 파리스의 형이자 트로이아 최고의 용장이었다. 트로이아에는 이외에도 훌륭한 장수가 많았다. 아이네이아스는 아프로디테와 트로이아의 왕족 안키세스 사이에서 태어난 영웅으로 트로이아의 제2인자였다. 글라우코스는 트로이아와 동맹을 맺은 리키아의 장수였고 사르페돈은 제우스와 라오다메이아의 아들로 그도 리키아의 장수였다.

드디어 그리스군 전함들이 트로이아 해안에 모습을 나타내기 시작했다. 셀 수 없는 검은 군함들의 위용은 당장이라도 트로이아 성을 뒤덮을 기세였다. 그러나 이상하게도 그리스군 장수와 병사들은 배에서 내려 트로이아 땅을 밟으려고 하지 않았다. '트로이아 땅을 맨 먼저 밟는 병사나 장수는 죽는다.'라는 예언 때문이었다. 모두 어쩔 줄 몰라 당황하자 참지 못한 아킬레우스가 말 위에 올라 뛰쳐나가려고 했다. 그때 어머니 테티스 님페가 어느새 나타나 아킬레우스의 말고삐를 잡아당겼다. "안 된다! 사랑하는 아들아! 왜 스스로 죽음을 맞으려고 하느냐?" 그러자 아킬레우스는 어머니의 손을 뿌리치며 말했다. "이 전장에서 죽을 운명인 몸이니 아무것도 두렵지 않습니다." 아킬레우스와 테티스 님페가 실랑이 벌이는 동안 필라카이의 왕 프로테실라오스가 용감히 배에서 뛰쳐나가며 소리쳤다. "그리스 용사들이여! 힘껏 싸워라!" 프로테실라오스의 희생적인 행동에 분발한 그리스군이 트로이아 성으로 돌격하자 만반의 준비를 한 트로이아의 헥토르가 병사를 이끌고 그리스군을 막기 시작했다. 헥토르는 그리스군의 선두에서 달려오는 장수에게 화살을 쏘았다. 그 장수는 트로이아 땅을 맨 먼저 밟은 프로테실라오스였다. 헥토르의 화살은 말보다 더 빨리 날아와 프로테실라오스의 가슴을 관통했다. 트로이아 땅을 맨 먼저 밟은 프로테실라오스는 그렇게 숨을 거두고 말았다. "내가 복수하리라!" 아킬레우스가 헥토르를 향해 용맹스럽게 말을 달리며 소리쳤다. 아킬레우스의 번쩍이는 황금갑옷은 아버지 펠레우스와 어머니 테티스가 결혼할 때 '대장간의 신' 헤파이스토스가 특별히 만들어 선물한 것이었고 타고 있던 말은 포세이돈의 선물이었다. 아킬레우스의 뒤를 따라 그리스군이 돌격하자 트로이아군은 기세에 눌려 허겁지겁 달아났다. 트로이아군은 재빨리 성안에 들어가 성문을 굳게 닫았다. 헥토르와 파리스가 성벽 위로 올라가 성문 앞까지 몰려온 그리스군을 내려다보니 그리스군 선봉에 늠름한 아킬레우스가 서 있었다. 그러나 견고한 트로이아 성은 난공불락의 위용을 자랑했다. 트로이아 성은 올림포스의 제2인자 '바다의 신' 포세이돈이 지었는데 다음과 같은 전설이 전해진다. 포세이돈과 아폴론이 제우스에 대적해 그를 묶어버린 적이 있는데 그때 제우스는 테미스 덕분에 풀려나 그들의 죄를 물어 인간들 사이에서 노예로 살게 했다. 포세이돈은 트로이아 성벽을 쌓았다. 아폴론은 이다산 아래에서 소 떼를 몰았는데 1년 후 라오메돈 왕에게 대가를 요구하자 왕은 거절하고 그의 손발을 묶어 팔아버리겠다고 협박까지 했다. 화가 난 포세이돈은 바다 괴물을 보냈고 아폴론은 역병이 퍼지게 했다. 라오메돈 왕이 신관들의 신탁에 따라 딸 헤시오네를 바다 괴물에게 제물로 바치려고 하자 '아마존의 여왕' 히폴리테의 허리띠를 구하러 가던 헤라클레스가 괴물과 역병을 물리쳐 주었다. 그러나 라오메돈 왕은 헤라클레스에게 주기로 약속한 천마를 주지 않고 또 다시 약속을 어겼다. 결국 히폴리테의 허리띠를 빼앗아 돌아오던 헤라클레스 일행은 트로이아 성벽을 허물고 라오메돈 왕을 죽였다. 이같이 트로이아 성은 인간에서 신이 된 헤라클레스만 허물 수 있는 철옹성이었다. 그리스군 총사령관 아가멤논은 진지 구축이 끝나자 맨 먼저 용감히 상륙해 전사한 프로테실라오스의 장례를 엄숙히 치러주었다. 프로테실라오스에게는 고국의 궁전에 두고 온 아름다운 신부가 있었는데 그는 결혼식 다음 날 원정을 떠난 것이다. 신부 라오다메이아는 사랑하는 남편의 전사 소식에 눈물을 흘리며 신들에게 기도했다. "신들이시여, 어찌 이럴 수 있습니까? 3시간 동안만 남편을 만나 작별 인사라도 하게 해주십시오." 올림포스에서 제우스가 라오다메이아의 간절한 기도를 듣고 그녀를 불쌍히 여겨 '전령의 신' 헤르메스에게 그녀의 소원을 들어줄 것을 명했다. 헤르메스는 명부(지하세계)로 내려가 프로테실라오스를 데리고 라오다메이아에게 갔다. 죽은 남편이 돌아오자 라오다메이아는 놀라 남편에게 달려갔다. 프로테실라오스도 뛰어와 둘은 부둥켜안았다. 3시간만 허락된 만남이었다. 재회의 기쁨도 잠시, 정해진 시간이 모두 흘렀다. 헤르메스는 그들의 작별이 안타까웠지만 프로테실라오스를 지하세계로 다시 데려가야만 했다. 헤르메스가 프로테실라오스를 재촉하자 그의 형체는 멀리 희미해져 갔다. 이내 남편의 모습이 사라지자 라오다메이아는 칼 앞에 고꾸라져 남편의 뒤를 따랐다. 다른 설에 의하면 라오다메이아는 단순한 자살이 아니었다. 남편이 지하세계로 돌아가자 그녀는 나무로 그의 인형을 만들어 침실에 숨겨 놓고 쓸쓸한 마음을 달랬다. 그 인형을 살아 있는 남편으로 상상하며 이야기하고 목을 안고 키스도 했다. 어느 날 하녀가 라오다메이아가 인형과 이야기 나누는 걸 침실 밖에서 우연히 엿들었다. 하녀는 인형을 새 애인으로 오인해 주인에게 보고했다. 아버지 아카스토스가 달려와 딸의 방을 샅샅이 뒤졌지만 새 애인이 아닌 인형만 있었다. 사태를 파악한 그는 마당에 장작불을 피워 인형을 불 속에 던져버렸다. 프로테실라오스의 모든 유품도 함께 불태웠다. 딸의 병을 고칠 방법은 그것밖에 없다고 생각한 것이다. 라오다메이아는 절망한 나머지 불 속에 뛰어들어 산 채로 불타 죽었다.

그리스군과 트로이아군 전쟁은 큰 전투 없이 작은 전투만 지루하게 이어지며 9년이 흘렀다. 트로이아의 견고한 성은 변함이 없었고 그리스군에는 맹장 아킬레우스가 버티고 있어 트로이아군은 함부로 공격하지 못했다. 전쟁이 10년째 접어든 어느 날 아킬레우스는 트로이아의 동맹국 리르네소스를 공격해 왕을 죽이고 많은 전리품을 획득했다. 전리품 중에는 브리세이스라는 아름다운 왕비도 있었다. 그녀는 아킬레우스가 트로이아 원정에서 처음 얻은 전리품이자 사랑하는 여인이었다. 아킬레우스는 크리세이스라는 아름다운 처녀도 전리품으로 챙겼다. 아킬레우스는 크리세이스를 아가멤논에게 바치고 자신은 브리세이스를 취했다. 그렇게 크리세이스는 아가멤논의 막사에서 시중을 들게 되었다. 아가멤논은 자신의 딸 이피게네이아 사건으로 아내인 클리타임네스트라 사이에 갈등을 일으켰고 쉽게 끝날 것 같던 전쟁도 10년째 지루하게 계속되자 무력감에 빠져 있던 와중에 아킬레우스로부터 선물로 받은 아름다운 크리세이스에게 자연스럽게 빠지고 말았다. 아가멤논은 그녀를 자신의 침실 밖으로 내보내지 않았고 아킬레우스가 브리세이스를 사랑했듯 그도 그녀를 사랑했다.

어느 날 크리세이스의 아버지가 그녀를 구출하기 위해 아가멤논 진영에 찾아왔다. 크리세이스의 아버지 크리세스는 아폴론 신전의 사제였다. 그는 딸의 몸값으로 많은 선물과 황금 지팡이(아폴론의 홀)를 손에 들고 아가멤논 진영의 두 장수에게 간청했다. 크리세스의 간청에 모두 아무 이의도 없이 아가멤논이 사제의 뜻을 순순히 받아들이기를 바랐다. 그러나 정작 아가멤논은 사제에게 물러갈 것을 요구하고 폭언에 가까운 말을 쏟아내며 쫓아냈다. 아가멤논에게서 쫓겨난 크리세스는 인적이 드문 곳을 찾아 아폴론에게 지성껏 기도하며 억울함을 풀어달라고 애원했다. 이 기도를 들은 아폴론은 분노해 활을 챙겨 그리스군 진영에 내려왔다. 아폴론은 저녁 땅거미를 이용해 화살을 쏘아

아가멤논에게 사정하는 크리세스
아가멤논의 전리품이 된 크리세이스를 풀어달라고
간청하는 그녀의 아버지 크리세스의 모습이다.

댔다. 먼저 노새와 개들에게 쏘고 병사들에게 쏘았다. 그렇게 9일간 아폴론이 화살 세례를 아카이아 진영에 쏟자 진영 전체에 역병이 나돌고 금방 시체로 뒤덮이고 여기저기서 시신을 소각하는 냄새 때문에 숨 쉬지도 못할 만큼 아비규환이었다.

이윽고 열흘째 되던 날, 이 광경을 지켜보던 헤라 여신은 아킬레우스의 마음을 움직여 전군을 소집했다. 아킬레우스는 질병이 왜 시작되었는지 신탁을 밝힐 것을 예언자 칼카스에게 요구했다. 칼카스가 언급한 신탁은 아가멤논이 크리세스의 청원을 거절하고 그의 딸을 풀어주지 않아 아폴론의 재난이 그리스군에 임박했다는 것이었다. 칼카스의 말에 아가멤논은 버럭 화를 내며 자리를 박차고 일어났다. "그대는 사랑하는 내 딸 이피게네이아를 제물로 바치게 하더니 이제 내 여자가 된 크리세이스마저 놓아주라는 것이냐!" 아가멤논은 자신이 그리스군 총사령관임에도 직분에 맞는 대우를 못 받고 있다고 생각했다. 그는 사랑하는 딸을 제물로 바쳤고 아내 클리타임네스트라의 냉대까지 받아야 했다. 그리고 이 모든 걸 잊게 해주던 크리세이스마저 잃는다니 화가 치밀었다. "정말 그녀를 풀어주어야 한다면 어쩔 수 없다. 이는 내가 병사들의 안위를 바라기 때문이다. 그렇다면 당장 내게 다른 포상을 마련해주시오. 나는 그녀와 함께 온 아킬레우스의 연인 브리세이스를 원하오." 아가멤논은 자신의 여인이던 크리세이스를 보내는 대신 아킬레우스의 연인 브리세이스를 갖겠다고 했다. 사태가

브리세이스를 떠나 보내는 아킬레우스
아가멤논은 크리세이스 대신 아킬레우스가 사랑하는 전리품 브리세이스를 원한다.
이로 인해 아킬레우스는 전장에 나서지 않고 막사에서 두문불출한다.

여기에 이르자 아킬레우스는 당장이라도 아가멤논을 죽일 듯 덤벼들려고 했지만 아테나 여신의 보이지 않는 만류로 울분을 삭여야 했다. 아킬레우스는 이 조치에 화가 나 앞으로 전투에 나가지 않겠다고 선언하고 막사에 틀어박혀 꼼짝도 하지 않았다.

한편, 지휘관 오디세우스가 탄 배가 크리세 항구에 도착해 정박했다. 닻줄을 단단히 묶고 오디세우스는 크리세이스를 아버지 품으로 돌려보냈다. 크리세이스도 오디세우스 일행을 반기며 아폴론 신에게 축원을 올렸다. "궁술의 신 아폴론이시여! 제 축원을 들어주시어 아카이아 사람들이 곤욕을 치르게 하셨듯 이제 다시 축원하건대 그들을 무서운 재난으로부터 구해주소서!" 일행은 보릿가루를 뿌리는 의식을 치르고 황소를 도살해 제물로 바치고 흥겨운 잔치를 벌였다. 이렇게 온종일 젊은이들은 아폴론 신께 송가를 읊으며 신의 노여움을 진정시켰다. 아폴론 신도 매우 기쁘게 받아들였다. 사방에 어둠이 내리자 젊은이들은 배 가까이 옹기종기 누워 하나둘 잠을 청했다. 이윽고 '새벽의 여신' 에오스가 장밋빛 손가락을 내밀자 자기 진영으로 돌아가기 위해 항해를 시작했다. 아폴론 신이 그들에게 순풍을 내리자 배는 물결 위를 미끄러지듯 나아갔고 아카이아군 진영의 역병은 사라졌다.

한편, 분노를 삭이지 못한 아킬레우스는 검푸른 바닷가로 나가 두 손을 번쩍 들고 소리높여 절규했다. "오, 어머니! 제가 요절할 운명으로 태어난 대신 명예를 주기로 제우스께서 약속하지 않았습니까? 그런데 어찌 이 같은 모욕을 당해야 합니까? 아가멤논은 제 전리품을 빼앗아 저를 모욕했습니다!" 깊은 바닷속에 있던 님페 테티스는 아들의 절규에 귀를 기울였다. 아들의 분노가 점점 자신의 분노로 이어지자 그녀는 아침 일찍 바다에서 나와 올림포스로 향했다. 테티스는 제우스 앞에 무릎 꿇고 앉아 왼손은 그의 무릎에 얹고 오른손으로는 그의 턱을 만지며 축원했다. "제우스 주신이시여! 당신께 바친 제 언행을 불쌍히 여기신다면 제 아들에게 영광을 내려주소서. 요절할 운명을 타고난 제 아들을 아가멤논이 얼마나 모욕했는지 헤아려주소서. 그리하여 아가멤논을 비롯한 아카이아인들이 아킬레우스에게 보상하고 그를 영광으로 찬미할 때까지 트로이아군에게 승리의 영광을 안겨주소서!" 테티스의 간청에 제우스는 몹시 괴로워하며 입을 열었다. "헤라와 또 다시 말싸움을 벌이게 하는구나. 내가 트로이아군을 돕는다고 헤라가 얼마나 비난하는지 그대는 알기나 하는가? 어쨌든 네가 원하는 대로 할 테니 헤라가 눈치채기 전에 어서 바다로 돌아가거라."

테티스가 깊은 바다로 돌아가자 테티스가 다녀간 걸 눈치챈 헤라는 제우스를 추궁하기 시작했다. 헤라 여신은 제우스의 누나이자 아내로 모든 여신의 우두머리였다. 그녀는 남편 제우스의 바람둥이 기질 때문에 항상 질투의 화신으로 행세했다. 그녀는 제우스와 놀아난 여신이나 여인을 응징했고 그들이 낳은 자식에게도 재앙을 안겨주곤

했다. "테티스가 왔었죠? 당신은 항상 내게 한마디 말도 없이 모든 일을 몰래 결정하는군요." "헤라여! 내 일에 꼬치꼬치 간섭하지 마시오. 그대가 들어야 할 일이라면 당연히 누구보다 먼저 그대에게 말해주리다." 헤라는 자신의 말에 귀 기울이지 않는 제우스의 딴청에 부들부들 떨며 분을 삭였다. 둘 사이에 냉랭한 기운이 감돌자 제우스는 자리를 박차고 나와 올림포스 궁 난간에 기댄 채 은하수가 펼쳐지는 밤하늘을 바라보며 아킬레우스 문제로 고민했다. 제우스는 '무지개의 여신' 이리스를 불러 '꿈의 신' 모르페우스를 데려오라고 명했다. 이리스는 모르페우스를 찾아 잠의 신전에 갔다. 모든 생명체가 잠든 잠의 신전은 너무 고요해 작은 소리도 들리지 않았다. 이리스도 졸음이 쏟아졌다. 몽롱함에서 겨우 정신을 차린 그녀는 '꿈의 신' 모르페우스를 깨워 제우스에게 돌아왔다. 제우스가 모르페우스에게 명했다. "꿈의 신이여! 아카이아군 진영의 아가멤논 막사를 찾아가 내가 말하는 것을 그에게 정확히 전하라. 드디어 트로이아 성을 함락할 기회가 왔으니 급히 아카이아군을 무장시키라고 전하라." 제우스의 명을 받은 모르페우스는 즉시 아가멤논의 막사로 찾아갔다. 모르페우스는 아가멤논이 신뢰하고 존경하는 노인 넬레우스의 아들 네스토르로 변신해 그의 머리맡에서 속삭였다. "아가멤논이시여! 잠드셨습니까? 나는 제우스께서 보내신 전령입니다. 주신께서 아카이아 전군에 곧 전투 준비를 분부하셨습니다. 이번에야말로 트로이아 성을 함락시킬 절호의 기회라고 말씀하셨습니다." 모르페우스가 떠나자 아가멤논은 제우스의 참뜻을 깨달지 못한 채 그날 당장 트로이아 성을 점령할 수 있으리라 믿었다. 하지만 전쟁이 끝나려면 한참 멀었고 제우스는 더 큰 비탄과 고통을 내릴 계획이었다. 아가멤논은 '꿈의 신'의 목소리가 쟁쟁한 채 잠에서 깨아직 날이 밝지도 않은 밤에 왕홀을 손에 쥐고 막사에서 나와 함대 쪽으로 걸어갔다. 아가멤논은 사람들을 불러모으라고 전령에게 명했다. 사람들이 다 모이자 아가멤논이 입을 열었다. "어젯밤 신이 나타나 내게 말했소. 신의 모습과 목소리는 네스토르와 같았소. 그는 드디어 트로이아 성을 함락시킬 절호의 기회라고 말했소." 아가멤논이 말을 마치자 네스토르가 일어나 말했다. "다른 사람이 그런 말을 했다면 헛소리로 생각해 흘려들었겠지만 우리 군 최고사령관께서 그 같은 꿈을 꾸셨으니 신의 전령대로 즉시 병사들을 무장시켜야 합니다." 네스토르가 말을 마치고 앞장서자 모두 그를 뒤따랐다.

아가멤논이 상서로운 꿈을 꾸었다는 소문은 삽시간에 그리스 진영 곳곳에 퍼져 나갔다. 병사들은 함대와 막사에서 무더기로 쏟아져 나와 아가멤논의 막사 주변에 몰려들었다. 아가멤논 진영은 말과 병사들로 순식간에 아수라장이 되었다. 사방에서 떠들썩한 일대 소란이 벌어졌다. 전령들은 소란을 진정시키기 위해 필사적으로 고함을 질렀다. 이윽고 질서가 잡히면서 조용해졌지만 병사들의 마음은 여전히 들떠 있었다. 마침내 아가멤논이 왕홀을 들고 일어섰다. 이 왕홀은 '대장간의 신' 헤파이스토스가 만든 것으로 원래 자신의 아버지 제우스에게 바친 것인데 여러 신과 사람들의 손을 거쳐 아가멤논의 소유물이 되었다. 이 왕홀은 미케네의 전 국토와 바다의 많은 섬을 다스리는 권위의 상징으로 부족함이 없었다. 아가멤논은 위풍당당한 왕홀을 치켜들고 병사들에게 연설했다. "용맹한 그리스 용사들이여! 제우스께서는 나를 당황하게 했소. 신은 이 사람이 트로이아 성을 함락시키고 무사히 귀국할 거라고 말씀하셨소. 하지만 우리 앞에 드러난 신의 뜻은 멸망과 허위였소. 제우스께서는 내게 많은 병사의 주검을 뒤로하고 치욕을 안고 고국으로 돌아가라고 하시오. 고귀한 제우스께서는 이 같은 일을 무척 즐기는 것 같소. 우리는 막강한 병력임에도 어언 9년을 흘려보냈고 어느덧 배와 돛이 상했소. 이제 우리가 할 일을 말하겠소. 모두 함대에 올라 고국의 사랑하는 처자 곁으로 돌아갑시다. 저 트로이아 성은 신이 만든 난공불락이라고 내게 은밀히 말했소." 아가멤논의 뜻하지 않은 열변은 병사들에게 충격을 주었다. 병사들은 이내 동요하기 시작했다. 그들은 함성을 지르며 집에 돌아간다는 사실에 한껏 들떴다. 그들의 함성과 환희는 하늘을 찌를 정도였다. 그때 헤라가 그 광경을 내려다보며 혀를 끌끌 찼다. 헤라는 아테나 여신을 불러 말했다. "헬레네가 아직 트로이아에 있는데도 빈손으로 돌아가려고 하다니! 어서 가서 저들의 출항을 저지시키시오." 헤라 여신의 말에 아테나 여신은 급히 그리스군 진영으로 내려왔다. 병사들은 집으로 돌아간다는 일념에 모두 짐을 싸느라 정신이 없었다. 그 와중에 우두커니 서서 생각에 잠긴 오디세우스가 아테나 여신의 눈에 들어왔다. "이타케의 현명한 왕 오디세우스여! 헬레네가 아직 저 성에 남아 있는데 아무 성과도 올리지 못한 채 고국으로 돌아갈 것이오. 우두커니 서 있지만 말고 어서 저들의 출항을 멈추도록 설득해보시오." 여신의 목소리를 알아들은 오디세우스는 그 길로 곧장 아가멤논에게 향했다. 그러자 이타케에서 함께 온 동료 에우리바테스가 오디세우스를 호위하듯 뒤따랐다. 오디세우스는 아가멤논의 왕홀을 움켜쥔 채 병사들 속으로 들어갔다. "용사들이여! 이게 어찌 된 일입니까? 아가멤논 총사령관은 여러분의 마음을 떠보았을 뿐입니다. 저는 '지혜와 전쟁의 여신' 아테나로부터 출항을 멈추라는 계시를 받았습니다. 그러니 더 참고 머뭅시다." 오디세우스는 소란을 피우는 무리를 보면 왕홀로 그들의 등을 내리치며 꾸짖었다. 그가 그렇게 만류하며 돌아다니자 병사들은 총사령관 아가멤논의 진의를 알아보려고 회의장에 몰려들었다. 그런데 단 한 명만 여전히 화를 내며 빈정거렸다. 테르시테스라는 하급 병사로 수다스러운 재담꾼이었다. 그는 모든 병사가 보는 앞에서 아가멤논에게 무엄한 폭언을 퍼부었다. "총사령관 아가멤논이시여! 아직도 부족하시옵니까? 당신의 처소에는 보물이 산더미 같고 전리품으로 최고의 미인만 꿰찼는데도 그것으로도 성이 차지 않아 아킬레우스의 연인을 가로채지 않았습니까? 이것은 당신의 마지막 모욕이 될 겁니다." 오디세우스는 테르시테스가 아가멤논에게 훈계조로 꾸짖는 것을 보고 참지 못해 그를 제지했다. "그 입 다무시오. 총사령관을 모욕하고 군중을 부추겨 선동하다니! 아직 형세를 점칠 수 없고 귀국

테르시테스를 꾸짖는 오디세우스
그리스 최고의 욕쟁이 테르시테스가 아가멤논을 신랄히 비난하자
격분한 오디세우스가 그를 꾸짖는 장면이다.

할 수 있는지도 모르는 상황인데 그대가 입을 함부로 놀려 대세를 그르친다면 이 오디세우스가 가만 있지 않을 것이오." 오디세우스가 왕홀을 세게 휘둘러 테르시테스의 등을 내리치자 눈물을 흘리며 물러났다. 오디세우스가 왕홀을 잡고 일어서자 아테나 여신이 전령의 모습으로 나타나 병사들에게 조용하라고 명했다. 조금 전까지 시끌벅적하던 회의장이 썰물 빠진 듯 조용해지자 오디세우스는 아가멤논에게 정중히 말했다. "아가멤논이시여! 보시다시피 병사들은 당신을 웃음거리로 만들고 있습니다. 우리가 트로이아를 원정하려고 했을 때 성을 점령하고 헬레네를 되찾기 전까지 돌아가지 않겠다고 했던 약속을 잊으셨습니까? 이대로 물러난다면 고국의 처자들에게도 치욕만 안겨주는 셈이니 칼카스의 예언을 믿어봅시다."

칼카스의 예언이란 얼룩 뱀이 신전의 성스러운 나무 위에 올라가 참새 둥지에서 새끼 참새 여덟 마리를 잡아먹고 아홉 번째로 어미 참새를 잡아먹는 것을 보고 '트로이아는 9년 동안 공략해 10년째 되는 해 함락된다.'라는 예언이었다. 오디세우스가 이렇게 칼카스의 예언을 상기시키자 그리스 병사들은 승리를 예감한 듯 전의에 불타 함성을 질렀다. 이렇게 사태가 반전되자 아가멤논은 오디세우스의 바람대로 참전 명령을 내렸다. 그리스군은 아가멤논을 비롯한 모든 영주와 막료가 자신의 병사들을 배치하느라 여념이 없었다. 아테나 여신도 염소 가죽 목도리를 두르고 그들 사이에 섞인 채 병사들의 가슴에 불굴의 투지와 용기를 불어넣어 주었다. 그리스 연합군의 영주들은 각자 자기 부대를 전진시키려고 했다. 보이오티아인들은 페넬레오스, 레이토스, 아르케실라오스, 프로토에노르, 클로니오스 장군이 인솔했고 아스플레돈과 오르코메노스에서 온 병사들은 '전쟁의 신' 아레스의 아들 아스칼라포스와 이알메노스 형제가 인솔했다. 포키스인들의 인솔자(나우볼로스의 손자들) 스케디오스와 에피스트로포스 형제, 로크리스인들의 인솔자(오일레우스 왕의 민첩한 아들) 아이아스가 눈에 띄었다. 에우보이아에서 호랑이 같은 기질의 아반테스족은 아레스의 후예이자 칼코돈의 아들 엘레페노르가 인솔해왔다. 특히 아테나 여신의 배려로 아테네시에 정주한 아테네인들도 출전했다. 그들의 인솔자는 페테오스의 아들 메네스테우스로 검은 배를 이끌고 왔다. 또한, 건장한 투사 디오메데스가 아르고스와 거대한 성벽으로 유명한 티린스, 헤르미오네와 아시네, 트로이젠, 에이오네스, 포도지대인 에피다우로스, 아이기나와 마세스로부터 아카이아 장정들을 인솔해왔다. 강력한 성채를 구축한 미케네에서도 군대를 출전시켰고 코린토스, 클레오나이, 오르네아이, 아라이티레아, 시키온에서도 출전했다. 그리고 펠레네와 아이기온, 아이기알로스 전역과 헬리케 평야에서도 출전했다. 이들은 아가멤논 총사령관이 통솔했는데 그는 왕 중의 왕이어서 여러 영웅 중 1인자이고 자기 휘하에도 내로라하는 영웅들이 많이 포진되었다.

한편, 아가멤논의 동생이자 헬레네의 남편 메넬라오스는 라케다이몬, 파리스, 스파르타, 멧세에서 출전한 병사들을 인솔했다. 웅변에 뛰어난 네스토르가 필로스, 아레네, 트리온, 아이피, 키파릿세에이스, 암피게네이아, 프텔레오스, 헬로스, 도리온의 병사들을 인솔했다. 안 카이오스의 아들 아가페노르 왕의 통솔하에 맨주먹에 능한 킬레네 산 악지대에서도 군대를 출전시켰다. 부프라시온과 엘리스에서도 군대 를 파병했다. 이 부대에는 선장 네 명이 각자 쾌속선 열 척을 맡고 있 었고 다수의 선원은 에페이오이족이었다. 제우스의 총애를 받던 펠레 우스의 아들 메게스가 진두지휘한 둘리키온과 성지 에키나이섬에서 도 용맹한 군사들이 검은 배를 타고 왔다. 오디세우스는 용감한 케팔 레니아인들을 지휘했다. 그들은 이타케와 네리톤, 크로킬레이아와 아 이길립스 고원, 자킨토스와 사모스 사람들이었다. 그들은 제우스와 맞먹는 지혜를 가진 오디세우스에게 충성했다. 아이톨리아인들은 토 아스가 인솔해왔다. 그들은 플레우론, 올레노스, 필레네, 칼키스, 칼 리돈에서 검은 배 40척을 타고 왔다. 창의 명수 이도메네우스와 '전쟁 의 신' 아레스와 같은 메리오네스가 통솔한 군대도 왔다. 그들은 검은 배 80척을 타고 왔다. 헤라클레스와 아스티오케 사이에서 태어난 창의 명수 틀레폴레모스가 로도스인을 이끌고 왔고 테살로스 왕의 두 아들 페이디포스와 안티포스도 검은 배 30척을 타고 왔다. 헤라클레스의 활 과 화살을 가진 필록테테스는 메토네, 타우마키에, 멜리보이아 등지 의 노련한 사공들을 이끌고 왔다. 그러나 그는 렘노스섬에서 독사에 물려 치명상을 입어 그곳에 머물러 필록테테스 대신 메돈이 사공 지휘를 맡았다. 이상 열거한 사람들은 그리스 연합군의 중추이자 지휘관이었고 펠레우스와 테티스의 아들 아킬레우스의 모습은 보이지 않았다. 아킬레우스가 이끄는 미르미돈족은 검은 배 50척을 타고 트로이아 전쟁에 출전했다. 그들은 펠라스기콘, 알로스, 알로페, 트라키스, 프티아, 미인의 고장 헬라스에서 왔다. 그러나 미녀 브리세이스를 아가멤논에게 빼앗긴 아킬레우스는 분노해 나타나지 않았다. 어쨌든 전군이 요원의 불길처럼 진군하자 대지는 그들의 발밑에서 요동쳤다. 아테나 여신은 '전쟁의 신'답게 그리스 연합군 무장들의 무기를 점검했다.

제3부

결전의 서막

그리스 연합군이 전의에 불타 무장을 서두르는 동안 트로이아군은 그 같은 사실을 모른 채 평소대로 방어에만 치중했다. 그 같은 모습을 본 제우스는 바람처럼 날쌘 '전령의 여신'이자 '무지개의 여신' 이리스를 트로이아 진영으로 보냈다. 이리스가 프리아모스 왕에게 가 그의 아들 폴리테스의 목소리로 전했다. "왕이시여! 어찌 이러고 앉아만 계십니까? 지금 엄청난 규모의 적군이 트로이아로 오고 있습니다. 그들의 진군을 막으려면 헥토르 형님께서 직접 나서야 합니다. 우리 주위에도 동맹군이 많으니 그들을 지휘해 전쟁터로 이끄소서." 전령의 말을 알아들은 헥토르는 서둘러 무장했다. 트로이아의 성문이 열리자 병사들이 떼지어 쏟아져 나왔다. 헥토르는 사방을 멀리 내다볼 수 있도록 '미리네의 무덤'으로 불리는 바티에이아에 전군을 집결시켰다. 트로이아군에도 지혜롭고 용맹한 지휘관들이 있었다. 총사령관 격인 헥토르는 프리아모스 왕의 장남으로 대담한 전사이자 평화를 사랑하는 신봉자였다. 트로이아의 동맹군 다르다니아군을 지휘하는 아이네이아스는 유명한 '미의 여신' 아프로디테와 안키세스 사이에서 태어난 아들이었다. 리카온의 아들 판다로스가 지휘하는 젤레이아 동맹군은 가장 부유한 족속이었다. 메롭스의 두 아들 아드라스토스와 암피오스는 출중한 예언자인 아버지의 만류에도 출전했다. 이들은 아드레스테이아와 아파이소스의 땅, 피티에이아, 산악지대인 테레이아에서 병사들을 이끌고 왔다. 히르타코스의 아들 아시오스는 페르코테, 프락티오스, 세스토스, 아리스베 군대를 이끌고 왔다. 아레스의 직계 자손인 히포토스는 펠라스기의 창기병을 지휘했고 트로이제노스 왕의 아들 에우페모스는 키코네스 창기병을 인솔했다. 특히 제우스와 라오다메이아의 아들 사르페돈은 글라우코스와 함께 크산토스의 아늑한 고장에 사는 리키아인들을 이끌고 왔다. 기타 트로이아 동맹군도 그리스 연합군에 맞서기 위해 몰려왔다. 이같이 그리스군과 트로이아군은 각각 지휘관 지휘하에 전열을 정비했다. 트로이아군이 함성을 지르며 돌격하는 모습은 오케아노스강의 피그미족에게 죽음과 파멸을 안긴 학 떼를 연상시켰다. 피그미족은 헤라클레스를 만나면서 세상에 알려졌고 그들의 최대 적은 학 떼로 천적 관계였다.

이른 아침에 출발한 그리스군은 결연한 모습으로 어깨와 어깨를 맞대고 진군했다. '남풍의 신' 노토스가 산과 산을 짙은 안개로 휩쓸듯 그들은 평원으로 돌진했다. 그리스군과 트로이아군이 돌팔매질할 정도로 가까이 접근하자 트로이아군 진영에서 투사 한 명이 걸어 나왔다. 그는 프리아모스 왕의 아들이자 이 전쟁의 원흉 파리스였다. 그는 양쪽 어깨에 표범 가죽을 걸치고 활과 칼을 차고 시퍼런 창 두 자루를 양손에 거머쥐고 도전해왔다. 파리스가 나타나자 그 누구보다 헬레네의 남편 메넬라오스가 반겼다. 그는 이날을 기다렸다는 듯 뿔이 달린 수사슴이나 염소를 발견한 맹수처럼 보였다. 이같이 메넬라오스가 파리스 앞에 성큼 나서자 파리스는 기겁해 어쩔 줄 모르는 아이처럼 쩔쩔매며 자기 대열로 돌아갔다. 그 모습을 본 그리스군은 야유와 비웃음을 보내자 트로이아군은 풀이 죽어 쥐 죽은 듯 고요했다. 이에 헥토르는 파리스를 꾸짖었다. "이놈, 너 같은 겁쟁이는 뭐하러 이 세상에 태어나 말썽만 일으키느냐? 지금 적이 얼마나 비웃겠느냐? 네놈이 헬레네를 유혹해 트로이아로 데려올 때도 그렇게 비열했느냐? 너는 아버지와 전 국민을 욕보이고 우리 병사들의 사기를 한 번에 떨어뜨렸다. 적어도 네놈이 헬레네를 차지하려고 할진대 그녀의 남편이던 메넬라오스가 어떤 자인지 알아볼 생각도 없단 말이냐?" 헥토르의 힐난에 파리스는 기겁해 대답했다. "형님 말씀이 옳습니다. 그러나 아프로디테의 사랑스러운 선물을 빙자해 저를 모욕하지 마시오. 애걸해도 얻을 수 없는 신의 선물을 형님은 마다할 수 있겠소? 원한다면 헬레네와 그녀의 모든 보물을 걸고 메넬라오스와 일전을 겨루겠소. 승자가 모든 보물과 여인을 차지하고 누가 이기든 양군이 우의와 평화를 맺게 하시오." 파리스의 말이 끝나자 헥토르가 매우 흡족한 표정으로 그리스군 진영 앞에 나서자 그리스군 진영에서 화살을 쏘고 돌을 던졌다. 그 광경을 본 아가멤논이 큰소리로 외쳤다. "쏘지 말라! 헥토르가 우리에게 무슨 할 말이 있는 것 같다." 아가멤논의 일갈에 그리스군은 잠잠해졌다. 그러자 헥토르는 그리스 진영에 큰소리로 외쳤다. "이 전쟁은 우리 측의 파리스와 당신들 측의 메넬라오스가 장본인이오. 파리스가 헬레네와 그녀의 모든 보물을 걸고 메넬라오스와의 대결을 청했소. 그러니 승자에게 모든 보물과 여인을 내주고 양군은 우호와 평화를 맺읍시다." 그러자 메넬라오스가 외쳤다. "좋소. 헥토르 당신의 조건을 기꺼이 받아들이겠소. 파리스와 나의 개인적 분쟁 때문에 모두 너무 혹독한 희생을 치러야 했소. 우리 둘 중 누가 죽든 나머지 분들은 다시 우의를 다짐하시오." 양 진영은 파리스와 메넬라오스의 결투에 앞서 흰 숫양과 검은 암양을 한 마리씩 데려와 하늘과 땅에 바친 후 제우스에게 바칠 또 다른 흰 숫양을 준비하고 트로이아의 프리아모스 왕이 친히 나와 선서하기로 했다. 헥토르는 성으로 신속히 전령을 보내 프리아모스 왕을 모셔오게 했다. 그 사이 '전령의 여신' 이리스는 헬레네의 시누이 라오디케의 모습으로 변신해 헬레네에게 나타났다. 라오디케는 프리아모스 왕의 딸 중 가장 아름다운 공주로 안테노르의 아들 헬리카온의 아내였다. 라오디케는 비단에 수를 놓던 헬레네에게 말을 걸었다. "언니, 어서 저 놀라운 광경을 보세요. 파리스와 메넬라오스가 언니를 두고 결투할 작정이에요. 둘 중 승자가 언니를 차지한대요." 헬레네는 시누이의 말에 가슴이 철렁 내려앉았다. 그녀는 즉시 자리에서 일어나 서쪽 스카이아 문 쪽으로 향했는데 눈물이 흘러내렸다. 스카이아 성곽에서는 프리아모스 왕이 자신을 따르는 원로 대신들에 둘러싸여 성 밖을 내려다보고 있었다. 그들은 헬레네가 다가오자 낮은 목소리로 지껄였다. "저 여인 때문에 그리스와 트로이아가 수년간 철천지 원수처럼 싸운 것도 무리가 아닐 만큼 절세 미인이구나!" 프리아모스 왕은 헬레네가 나타나자 그녀를 가까이 불렀다. "애야, 나는 너를 책망하지 않는다. 이것은 모두 신들의 의도로 일어난 일이라고 생각하니 여기 와 메넬라오스와 파리스의 결투를 지켜보거라." 성곽에 올라 아래에서 펼쳐지는 전경을 바라본 헬레네의 온몸은 돌비석처럼 굳고 말았다. 그동안 볼 수 없었던 전 남편 메넬라오스가 눈에 들어왔기 때문이다. 그를 본 순간 헬레네는 행복했던 과거 기억을 떠올리며 전 남편이 자신을 잊지 못해 대군을 동원했다는 사실에 가슴이 미어졌다. 헬레네가 혼이 나간 듯 우두커니 서 있자 프리아모스 왕이 그녀에게 물었다. "애야, 기골이 장대한 저 사나이는 누구냐? 위엄있고 당당한 모습이 예사롭지 않구나." 프리아모스 왕이 가리킨 인물은 아가멤논이었다. 헬레네는 정신을 차리고 왕에게 대답했다. "왕이시여! 파리스 왕자를 따라올 때 저는 사랑하는 딸과 친구들을 등졌습니다. 한사코 죽으려고 했지만 뜻을 못 이루어 눈물로 나날을 보냈습니다. 왕께서 물으시니 대답하겠습니다. 저분은 아트레우스의 아들 아가멤논 왕으로 그리스 연합군의 총사령관이자 탁월한 지휘

성 위의 헬레네
파리스에 의해 트로이아로 온 헬레네가 프리아모스 왕과 함께
파리스와 남편 메넬라오스의 결투 장면을 내려다보는 모습이다.

관으로 창의 명수로도 유명합니다. 사사롭게는 제 시아주버님이십니다." 프리아모스 왕이 헬레네의 대답에 내심 감탄하는 동안 잠시 침묵이 흘렀다. 그리고 노왕은 다시 헬레네에게 물었다. "아가멤논 왕보다 머리는 작지만 가슴이 떡 벌어진 저 자는 누구냐?" 프리아모스 왕이 가리킨 자는 바로 오디세우스였다. "저분은 이타케의 왕 오디세우스인데 매우 지혜로워 천하에 그가 모르는 전략이나 묘안은 없다고 합니다." 그때 장로 안테노르가 끼어들었다. 그는 현명하고 사려가 깊어 불필요한 전쟁을 막기 위해 헬레네를 그리스 진영으로 돌려보내라고 프리아모스 왕에게 충고했고 헬레네의 귀환을 위해 오디세우스와 메넬라오스가 트로이아에 사절로 왔을 때 그들을 영접했다. "저도 오디세우스를 만난 적이 있습니다. 헬레네 부인과 관련된 사명을 띠고 메넬라오스와 함께 왔었죠. 때마침 저의 집에서 대접해 그의 용모를 살피며 지략을 들을 기회가 있었습니다. 메넬라오스는 언변이 뛰어났지만 꼭 필요한 말만 했습니다. 오디세우스는 무게 있고 부드러운 말들을 청산유수처럼 쏟아냈습니다. 언변으로 치면 천하 웅변가 중 그를 따라올 자가 없었죠. 우리는 그가 그렇게까지 뛰어난 줄 미처 몰랐습니다." 프리아모스 왕이 헬레네에게 다시 물었다. "다른 사람 머리보다 머리 하나가 더 큰 저 자는 누구냐?" 헬레네가 다시 대답했다. "저분은 텔라몬의 아들 아이아스입니다. 그는 살라미스의 왕으로 엄청나게 큰 체구와 힘을 자랑하는 장사로 아가멤논의 장수 중 아킬레우스 다음으로 뛰어난 장수입니다." 헬레네가 대답을 마칠 때 전령이 프리아모스 왕에게 와 다음과 같이 전했다. "왕이시여! 트로이아와 그리스 양군 수장들이 평원으로 와 친선 서약을 맺길 청합니다." 프리아모스 노왕은 긴장했지만 마구를 갖추게 하고 채비를 했다. 노왕 일행이 평원에 다다르자 아가멤논과 오디세우스가 함께 일어섰다. 아가멤논은 서약에 앞서 신에게 빌었다. "오, 제우스 아버지시여! 굽어살피시어 이 맹세를 성스럽게 지키도록 하옵소서. 파리스가 메넬라오스를 이긴다면 헬레네와 그녀의 모든 보물을 차지하게 하소서. 저희는 함대를 이끌고 고국으로 조용히 돌아가겠습니다. 하지만 메넬라오스가 파리스를 이긴다면 파리스가 헬레네와 그녀의 모든 보물을 포기하게 하고 트로이아군이 합당한 보상을 하게 하옵소서. 파리스가 쓰러졌을 때도 프리아모스 왕 부자가 보상하지 않으면 보상할 때까지 싸우겠습니다." 그러자 프리아모스 왕이 서약을 마치고 말했다. "양군 용사들이여! 나는 성으로 돌아가겠소. 소중한 자식이 메넬라오스와 싸우는 걸 차마 볼 수가 없구려. 신께서 둘 중 누가 죽을 운명인지 아실 것이오."

프리아모스 왕이 떠나자 헥토르와 오디세우스는 결투할 장소부터 정한 후 창 던지는 차례를 정하기 위해 투구에 넣은 주사위를 던졌다. 파리스의 파란색 주사위가 나와 파리스가 먼저 메넬라오스를 공격하게 되었다. 모두 말과 무기 옆에 열을 지어 앉는 동안 파리스는 무장했다. 메넬라오스도 무장했다. 둘이 완벽히 무장을 마치자 가운데로 걸어 나갔다. 이윽고 정해진 자리에 마주 보고 서자 두 용사는 서로 창을 흔들며 굳은 의지를 보였다. 먼저 파리스가 메넬라오스를 향해 힘차게 창을 던졌다. 메넬라오스는 날아오는 창을 재빨리 방패로 막았다. 창은 방패를 뚫지 못하고 끝이 구부러지고 말았다. 이어서 메넬라오스 차례가 되었다. 그는 창을 힘차게 잡고 제우스에게 기도를 올렸다. "오, 제우스여! 파리스에게 복수할 기회를 주시어 남의 여인을 가로챈 죄를 벌하게 하소서." 기도를 마친 메넬라오스는 파리스를 향해 힘차게 창을 던졌다. 창은 파리스의 방패를 뚫고 나가 갑옷 속까지 파고들었지만 비켜나가 파리스는 죽음을 면했다. 그러자 메넬라오스는 칼을 뽑아 파리스에게 돌진했다. 파리스의 목숨이 절체절명에 이르자 지켜보던 아프로디테 여신은 짙은 안개로 파리스를 감싸 헬레네의 방으로 피신시킨 후 헬레네가 신뢰해 따랐던 늙은 부인으로 변신해 헬레네를 찾았다. 헬레네는 많은 부인과 함께 망루 위에 서 있었다. 아프로디테는 그녀의 치맛자락을 건드리며 슬쩍 말을 걸었다. "자, 어서 궁으로 가시죠. 파리스 왕자께서 오시랍니다. 화려한 의상과 치장을 하고 침대에서 기다리고 계시죠." 그 말을 듣자 헬레네는 혼란스러웠다. 아름다운 목소리, 예쁜 가슴, 빛나는 눈빛만으로도 '미의 여신' 아프로디테임을 눈치챈 것이다. 이를 눈치챈 헬레네는 절규했다. "너무 하시는군요. 그에게 잘해주면 그를 남편으로 모실 날이 올지도 모르니 당신이나 시중을 드시죠. 나는 그의 잠자리 시중을 들지 않겠어요." 그러나 헬레네는 인간의 몸으로 여신의 말을 거역할 수 없었다. 그녀는 최면에 걸린 듯 파리스 앞에 왔지만 파리스를 외면하고 멸시하듯 대했다.

파리스와 메넬라오스의 결투
트로이아 전쟁의 원흉이자 헬레네를 유혹하여 납치한 파리스를 거세게 공격하자
아르테미스 여신이 파리스를 보호하는 장면이다.

그런 냉대에도 파리스는 그녀에게 말을 걸었다. "나를 비웃지 마시오. 다음에는 반드시 내가 이길 것이니 말다툼을 하지 말고 사랑이나 나눕시다! 내가 이토록 그대를 그리워한 적은 없었소." 헬레네는 자기 의지와 상관없이 파리스 옆에 다가가 누웠다.

파리스와 헬레네가 사랑을 나누는 동안 메넬라오스는 성난 사자처럼 파리스를 찾아 헤맸다. 그러나 어디서도 파리스의 흔적을 찾을 수 없었다. 메넬라오스는 하늘을 향해 포효했다. "오, 제우스여! 정말 무정하십니다. 분명히 파리스가 내 칼에 무릎 꿇어야 할 상황인데도 어느 신이 간절한 제 복수의 칼날을 빗나가게 했습니까?" 메넬라오스의 절규를 들은 아가멤논이 전군 앞에서 큰소리로 외쳤다. "트로이아군과 동맹군 여러분, 들으시오! 방금 봤듯이 승리는 메넬라오스 것이 되었소. 이제 그대들의 임무는 헬레네와 그녀의 보물을 우리에게 넘기고 후세에 길이 남을 보상을 해주는 것이오." 아가멤논의 외침에 그리스군은 환호했다. 제우스와 모든 신은 올림포스에 모여 있었다. 제우스와 헤라 사이에서 태어난 헤베가 신들에게 넥타를 대접하는 동안 그들은 트로이아에서 벌어지는 상황을 내려다보았다. 그때 제우스가 헤라에게 히죽거리며 말했다. "지금 메넬라오스 편을 드는 건 당신과 아테나겠지. 당신들은 광경을 엿보는 데 만족하지만 파리스 편을 돕는 아프로디테는 적극적으로 그를 도와준단 말이야. 지금도 죽을 뻔했던 파리스를 구했구려. 자, 우리는 싸움에 불을 지필까, 아니면 화해할까? 화해한다면 이것으로 메넬라오스는 헬레네를 데려갈 것이고 트로이아도 온전해지겠지." 제우스의 비아냥에 헤라는 더 못 참고 언성을 높였다. "무슨 뜻입니까? 내 수고를 헛되게 하려는 겁니까? 프리아모스 왕과 그 자손을 멸하기 위해 사람들을 모은 것 아닙니까? 그 말에 찬성하지 않아요." 제우스가 일침을 놓았다. "그대는 나를 막으면 안 될 것이오. 나는 트로이아 백성들도 소중히 여기오." 이에 질세라 헤라도 응수했다. "저도 당신과 같은 신입니다. 그러나 신들의 왕인 당신을 거스를 수 있겠습니까? 다만 아테나가 트로이아군이 그 맹세를 저버리게 해 그리스군을 출전시키도록 만듭시다." 제우스는 기가 센 헤라와 언쟁을 계속하고 싶지 않았다. 그래서 즉시 아테나에게 말했다. "아테나는 저 평원으로 내려가 먼저 트로이아군이 맹세를 거두고 출전하게 하라." 아테나로서는 내심 원하던 명령이 떨어지자 트로이아의 용감한 창병 라오도코스로 변신해 판다로스를 찾아가 말했다. "판다로스! 자네의 뛰어난 솜씨를 발휘해 메넬라오스를 습격해보게! 트로이아는 자네를 영웅으로 받들 것이네." 아테나의 꾐에 빠진 판다로스는 귀국하는 날 아폴론 신에게 첫배의 엄숙한 제물을 올릴 것을 기도하며 지체없이 메넬라오스에게 활을 당겼다. 화살은 메넬라오스의 가슴 한가운데로 날아갔지만 아테나 여신이 화살을 빗나가게 했다. 빗나간 화살은 메넬라오스의 황금 허리띠를 치고 땅에 떨어졌다. 하지만 화살이 그의 살갗을 스쳐 붉은 피가 허벅지 사이로 흘러내렸다. 그것을 본 아가멤논은 아연실색했다. 이로써 트로이아군은 서약을 어긴 셈이 되었다. 메넬라오스가 치료받는 동안 트로이아군도 다시 병장기를 잡고 아카이아군을 공격해왔다. 아가멤논은 불타는 마음으로 소리쳤다. "그리스 병사들이여! 트로이아 녀석들이 먼저 서약을 깨고 우리를 공격해왔다. 저들을 격퇴해 독수리 밥으로 만들어주자!" 그리스 연합군은 용장 지휘관들이 병사들을 진두지휘한 반면, 트로이아군은 중구난방이었다. 그들은 트로이아 이웃 동맹군으로 결성되어 저마다 떠들고 보니 각양각색일 수밖에 없었다. 그나마 트로이아군은 군신 아레스가 후원했지만 그리스군은 '지혜의 여신' 아테나가 적극적으로 개입했다. 드디어 양군이 창과 방패를 휘두르며 전투를 시작하자 삽시간에 천지는 무기들끼리 부딪치는 소리로 진동했다.

첫 번째로 안틸로코스가 트로이아 선봉의 무장 에케폴로스를 벤 후 아이아스가 시모에이시오스를 베었다. 그때 안티포스가 아이아스에게 창을 던졌지만 엉뚱하게도 시모에이시오스의 시신을 끌어내던 레우코스를 살상시켰다. 레우코스는 오디세우스의 절친이었다. 눈앞에서 친구를 잃자 화가 머리끝까지 치민 오디세우스는 창을 던져 프리아모스 왕의 서자 데모콘을 죽였다. 그러자 헥토르의 선봉대는 주춤하며 물러섰다. 그 모습을 내려다보던 아폴론은 화가 치밀어 소리쳤다. "트로이아 병사들이여! 그들의 살갗은 돌도 철도 아니다. 그들도 맞으면 상처를 입는다. 더욱이 아킬레우스도 없는 전투 아니냐!" 그리스군과 트로이아군의 최초의 대규모 전투는 양 진영에 엄청난 인명손실을 가져왔다. 그때 아테나가 티데우스의 아들 디오메데스에게 용기를 불어넣어 공명을 떨치게 만들었다. 트로이아 군중에는 '대장간의 신' 헤파이스토스의 사제 다레스라는 부유하고 평판 좋은 사람이 있었다. 그는 페게우스와 이다이오스라는 두 아들이 있었는데 둘 다 뛰어난 무사였다. 그들은 전차를 몰고 나와 디오메데스를 맞았다. 먼저 페게우스가 디오메데스에게 창을 던졌지만 창은 디오메데스의 왼쪽 어깨너머로 빗나가 그의 털끝조차 건드리지 못했다. 이번에는 디오메데스가 창을 던져 페게우스의 가슴을 관통해 절명시켰다. 페게우스의 동생 이다이오스가 뛰어나왔지만 디오메데스의 위세에 눌려 형의 시신을 수습하지 못했다. 이에 헤파이스토스 신이 그의 늙은 아버지가 상심할까 봐 그를 몰래 구하지 않았다면 자기 형과 운명을 함께 했을 것이다. 트로이아군은 순식간에 벌어진 참상에 아연실색했다. 그때 아테나가 아레스의 손을 잡고 말했다. "아레스여! 제우스의 노여움을 사기 전에 이 전쟁에서 손을 뗍시다." 아테나는 아레스를 싸움터에서 끌고 나와 스카만드로스의 제방으로 유인했다. 이렇게 되자 전황은 그리스군에게 유리하게 돌아가 트로이아 장수들은 마구 죽어 나갔다. 아테나 여신의 아낌없는 지원을 받은 디오메데스는 수많은 트로이아군 용장들을 무찔러 나갔다. 그 모습을 본 트로이아의 판다로스는 화살을 쏴 디오메데스의 오른쪽 어깨를 관통시켰다. 판다로스는 기세등등해 소리쳤다. "진격하라. 트로이아군이여! 아카이아군의 최대 용사가 부상당했다." 그러나 판다로스의 화살을 맞은 디오메데스는 어깨

를 관통시켰다. 판다로스는 기세등등해 소리쳤다. "진격하라. 트로이아군이여! 아카이아군의 최대 용사가 부상당했다." 그러나 판다로스의 화살을 맞은 디오메데스는 어깨에 박힌 화살을 스테넬로스가 빼내게 했다. 화살이 뽑히자 피 한 줌이 솟구쳤다. 아테나 여신은 그런 디오메데스에게 힘을 더 불어넣었다. 용기백배한 디오메데스는 트로이아군을 거침없이 무찔렀다. 그 모습을 본 판다로스는 놀란 표정으로 입을 다물지 못했다. "저 사나이는 분명히 어떤 신의 도움을 받고 있다." 그 소리를 들은 아이네이아스가 판다로스에게 말했다. "우리에게도 신의 가호가 있으니 내 전차에 올라타 디오메데스와 결전을 벌여봅시다."

아이네이아스는 트로이아 왕족 안키세스와 '미의 여신' 아프로디테 사이에서 태어난 아들로 어머니 아프로디테의 절대적 후원을 받고 있어 아이네이아스가 전차를 몰고 판다로스가 창을 겨누고 디오메데스를 향해 돌진했다. 그러자 스테넬로스가 디오메데스에게 말했다. "여보게, 한 번도 패한 적 없는 판다로스와 아프로디테 여신의 아들 아이네이아스가 자네를 노리고 돌진해오니 어서 피하세." 그런데도 디오메데스는 말 머리를 돌려 그를 향해 달려오는 전차를 향해 맞서 나갔다. 판다로스가 아이네이아스의 전차 안에서 창을 겨누며 소리쳤다. "티데우스의 위대한 아들이여! 내 화살은 그대를 쓰러뜨리지 못했지만 이 창은 결코 벗어나지 못할 것이다!" 그러나 디오메데스의 손이 더 빨랐다. 그의 손에서 날아간 창은 판다로스를 전차에서 떨어뜨렸다. 그러자 아이네이아스는 놀란 말들을 급히 멈춰 세우고 방패와 창을 들고 전차에서 뛰어내려 판다로스를 보호했다. 그러나 사기충천한 디오메데스의 공격에 아이네이아스도 수세에 몰리고 말았다. 아이네이아스가 위기에 처하자 그의 어머니 아프로디테가 나타나 구출했다. 그럼에도 디오메데스는 멈추지 않고 여신을 뒤쫓았다. 한참 추격하다가 여신을 찾아낸 디오메데스는 창을 찔러 여신의 예쁜 손에 상처를 냈다. 영원불변의 신의 옷이 찢어지며 팔목에서 피가 흘렀다. 여신은 외마디 비명을 지르며 아들 아이네이아스를 놓아버렸다. 그러나 아폴론이 아이네이아스를 집어 올리고 검은 구름으로 가려 그의 목숨은 가까스로 위기에서 벗어났다. 그러자 디오메데스가 아프로디테를 향해 소리쳤다. "여신이시여! 이 전쟁에서 손을 떼시오! 그래도 전쟁에 간섭한다면 앞으로 전쟁이라는 말만 들어도 몸서리치게 만들어주겠소." 아프로디테가 고통에 신음하며 달려가자 이리스가 바람처럼 날쌔게 그녀를 빼냈다. 디오메데스는 아이네이아스가 아폴론의 보호하에 있음을 알면서도 그에게 덤볐다. 아이네이아스를 죽이기 위해 세 번이나 덤볐지만 아폴론의 방패에 번번이 막혔다. 디오메데스의 끈기에 참다못한 아폴론이 소리쳤다. "디오메데스여! 조심하라! 감히 신과 겨룰 생각을 하다니 정말 건방지구나." 그제야 정신을 차린 디오메데스는 아폴론의 노여움이 두려워 한발 물러섰다. 그러자 아폴론은 아이네이아스를 페르가모스의 자기 신전으로 데려다 놓았다. 그곳에

디오메데스와 아이네이아스의 결투
용맹한 디오메데스가 아이네이아스를 보호하려는
아르테미스 여신을 공격해 손등에 상처를 입히는 장면이다.

서 아폴론의 어머니 레토와 누나 아르테미스가 아이네이아스를 정성껏 치료하고 보살펴 주었다.

한편, 디오메데스의 창에 부상을 당한 아프로디테는 자신이 태어난 파포스섬으로 돌아갔다. 헤시오도스의《신들의 계보》에 의하면 제우스의 아버지 크로노스가 자기 아버지 우라노스에게 반역할 때 우라노스를 거세해 거세물을 바다에 던졌는데 이것으로부터 아프로디테가 태어났다고 한다. 그녀가 태어난 곳이 바로 파포스섬이었다. 파포스섬의 샘은 상처를 치유하고 처녀성을 재생시켜 '미와 사랑의 여신' 아프로디테는 거기서 목욕해 다시 처녀로 태어났다고 한다. 아프로디테가 파포스섬에서 치유받는 동안 '태양의 신' 아폴론은 아레스를 만나 아프로디테가 디오메데스로부터 부상을 당했다고 말했다. 이에 놀란 아레스는 신을 모독한 디오메데스를 용서할 수 없었고 더욱이 자신의 연인이던 아프로디테가 아름다운 손을 다쳤다니 디오메데스뿐만 아니라 그리스군을 몰살시키겠다고 결심했다. 아레스는 발 빠른 장군 아카마스로 변신해 트로이아 전열에 들어가 그들을 독려했다. "오, 프리아모스의 후예들이여! 그대들은 어찌 디오메데스에게 살육을 맡기고 손 놓고 바라만 보고 있는가! 그대들에게 헥토르만큼 존경받는 아이네이아스가 지금 디오메데스의 일격에 쓰러져 있소. 아이네이아스를 데려오게 나를 도와주시오." 그러자 제우스와 라오다메이아의 아들 사르페돈이 헥토르를 꾸짖었다. "헥토르여! 그 옛날의 용기는 어디

가고 이렇게 성만 지키고 있는가? 지금이라도 늦지 않았으니 공격합시다." 이에 헥토르는 마음이 움직여 병사들에게 돌격하라고 소리쳤다. 아레스는 트로이아군을 돕기 위해 병사들을 헤집고 다니며 독려했다. 그때 아폴론의 도움으로 다시 살아난 아이네이아스도 돌아왔다. 트로이아군이 공격하려고 하자 그리스 진영은 다시 긴장감이 흘렀다. 그런 분위기를 깨고 독려하기 위해 두 아이아스와 오디세우스, 디오메데스가 선봉에 섰다. "전우들이여! 용기를 잃지 말라! 비겁한 자는 치욕을 남기고 죽음을 각오한 자는 반드시 살아남으리라. 도망치는 자는 죽음을 면치 못하리라." 아가멤논은 그리스 병사들에게 소리치고 창을 던져 아이네이아스 옆에 있던 페가수스의 아들 데이콘을 명중시켰다. 데이콘은 트로이아군이 프리아모스의 아들처럼 존경하는 인물이었다. 아가멤논의 창이 데이콘의 방패를 뚫고 배를 찌르자 고꾸라지는 모습을 본 아이네이아스가 공격해 디오클레스의 쌍둥이 아들 크레톤과 오르실로코스를 죽였다. 그 참혹한 광경을 본 메넬라오스가 창을 휘두르며 밀려오는 무리 속을 뚫고 들어갔다. 메넬라오스와 아이네이아스가 서로 팽팽히 노려보며 결투를 벌이려는 순간 네스토르의 아들 안틸로코스가 메넬라오스 옆에 우뚝 섰다. 결국 대담한 아이네이아스도 둘을 상대로 싸울 수 없음을 깨닫고 뒤로 물러섰다. 그러자 메넬라오스는 필라이메네스를 창으로 관통시켜 즉사시켰다. 또한, 안틸로코스는 전차에서 말을 다루던 마부 미돈에게 돌을 던지고 칼로 찔렀다. 그가 비틀거리며 곤두박질치자 안틸로코스는 말들을 채찍질해 자기 진영으로 몰았다. 트로이아 진영에서 그 모습을 본 헥토르가 고함을 지르자 아레스와 에니오가 달려왔다. 에니오는 아레스의 짝인 '전쟁과 파괴의 여신'이다. 아레스의 딸, 누나, 아내로 신화에서의 역할은 '불화의 여신' 에리스와 비슷하다. 아레스와 에니오가 거대한 창을 휘두르며 헥토르를 호위하자 디오메데스는 경악했다. "동지들이여! 저기 헥토르를 호위하는 무장들을 보라! 저들은 인간의 탈을 쓴 전장의 신들이다. 모름지기 인간은 신의 적수가 될 수 없다. 모두 각자 진영으로 퇴각하라!" 헥토르는 두 '전쟁의 신'의 호위를 받으며 뛰어난 용사 메네스테스와 안키알로스를 죽였다. 그 모습을 본 텔라몬의 아들 아이아스는 트로이아의 암피오스를 창으로 찔렀다.

부유한 암피오스는 파이소스에 살고 있었는데 프리아모스 왕을 위해 전투에 참가했다가 전사한 것이다. 아이아스는 암피오스의 갑옷을 벗기기 위해 안간힘을 썼지만 빗발치는 창들 때문에 실패했고 자신도 빗발치는 창에 죽을지 모른다는 생각에 허둥지둥 후퇴했다. 이같이 처절한 전투가 계속되었다. 그때 그리스 진영의 헤라클레스의 아들 틀레폴레모스와 트로이아 진영의 제우스의 아들 사르페돈이 결투해야 하는 기막힌 운명에 놓였다. 틀레폴레모스는 헤라클레스와 필라스 왕의 딸 아스티오케 사이에서 태어난 아들이다. 틀레폴레모스가 사르페돈에게 일갈을 날렸다. "제우스의 아들 사르페돈이여! 그대

사르페돈과 틀레폴레모스의 결투
제우스의 아들 사르페돈이 틀레폴레모스와 싸우다가
그를 죽이고 자신도 위기에 처하자 헥토르가 돌을 던져 사르페돈을 구출하는 장면이다.

처럼 전사답지 못한 자가 어찌 제우스의 아들이라고 하겠는가? 나는 사자의 용기를 가진 헤라클레스의 아들이다. 지금이라도 늦지 않았으니 백기를 들고 항복하라." 그러자 사르페돈이 맞받아쳤다. "네 아버지 헤라클레스가 한때 트로이아를 멸한 것은 선왕 라오메돈이 어리석었기 때문이다. 하지만 이번에는 네가 내 창 앞에 무릎 꿇어야 할 것이다." 둘의 언쟁이 끝나자 창을 겨누었다. 사르페돈의 창이 틀레폴레모스의 목을 관통했고 틀레폴레모스의 창은 사르페돈의 왼쪽 허벅지를 찔렀다. 하지만 사르페돈은 그의 아버지가 보호해준 덕분에 부상만 입은 채 전우들이 구해주었다. 그러나 싸늘한 시체로 변한 틀레폴레모스는 그리스군이 운구해갔다. 그 참혹한 광경을 목격한 오디세우스는 분개해 사르페돈을 추격할지, 그의 군대 리키아군을 더 죽일지 고민했다. 제우스의 아들을 죽일 운명이 아님을 감지한 아테나 여신은 오디세우스의 마음을 리키아군에게 쏠리도록 만들었다. 오디세우스는 전쟁의 화신이라도 된 듯 트로이아군 리키아 부대의 수장 코이라노스, 알라스토르, 크로미오스, 알칸드로스, 할리오스, 노에몬, 프리타니스를 절멸시켰다. 하지만 헥토르가 이를 발견하고 번개처럼 달려와 오디세우스를 저지했다. 헥토르가 저지하지 않았더라면 오디세우스는 더 많은 리키아 병사들을 죽음으로 몰았을 것이다. 부상당한 사르페돈은 헥토르가 등장하자 매우 기뻐하며 외쳤다. "오, 헥토르여! 나를 구해 그대의 성에서 죽게 해주니 고맙소."

그러나 헥토르는 그의 말에 아랑곳하지 않고 노도처럼 달려가 그리스군의 많은 적장을 죽였다. 그제야 펠라곤이 사르페돈의 상처를 살펴며 그의 넓적다리에서 창을 빼냈다.

이같이 아레스의 후원을 받은 헥토르가 종횡무진 활약하자 전세가 역전되어 그리스군이 매우 불리하게 되었다. 그 광경을 내려다본 헤라 여신은 아테나 여신을 불러 말했다. "아테나여! 그대는 무장한 채 제우스의 머리를 깨고 태어난 '전쟁의 여신'이오. 그대는 일찍이 테스족과의 전쟁에서 큰 승리를 안겨주고 '전쟁의 여신'으로 추앙받고 있소. 그런데 지금 다른 '전쟁의 신' 아레스로부터 우리 그리스군이 괴멸당할 위기에 처했소. 우리는 메넬라오스에게 트로이아를 멸망시키겠다고 이미 약속했는데 전세를 어떻게 반전시킬지 고민해야 할 것 같소." 헤라의 제안에 아테나는 기꺼이 따랐다. 헤라는 무쇠보다 더 강하게 만든 마차를 끄는 말들을 주었다. 아테나는 제우스의 갑옷을 입고 어깨에는 술이 달린 염소 가죽 망토를 두르고 전쟁터로 나갈 준비를 마쳤다. 무장을 갖춘 그녀의 모습은 위엄이 넘쳤다. 전쟁, 지혜, 공포, 투쟁, 용기, 충격, 의심, 경이, 상징의 신이 그녀를 감쌌기 때문이다. 그녀는 번쩍이는 수술이 듬뿍 달린 투구를 썼는데 투구 위에는 밤의 제왕인 올빼미가 우뚝 서 있었다. 아테나가 거대한 창과 메두사의 머리가 박힌 방패를 들고 전차에 발을 올리자 그 위용은 온 대지에 뻗쳤다. 이윽고 헤라 여신이 채찍을 휘두르자 하늘 문이 저절로 열렸다.
헤라와 아테나는 제우스가 올림포스의 상상봉에 혼자 앉아 자신들

디오메데스와 아테나 여신
아테나 여신이 쉬고 있는 디오메데스를 책망하고
용기를 불어넣는 장면이다.

을 지켜보는 것을 발견했다. 헤라는 잠시 말을 세우고 제우스에게 외쳤다. "올림포스의 주신이신 제우스여! 아레스의 무례한 행동을 더 이상 지켜볼 수 없습니다. 그는 그리스군 병사들을 죽음으로 내몰고 있습니다. 게다가 아폴론은 아레스를 움직여 마음 편히 재미를 보고 있습니다. 제우스여! 이제 제가 나설 겁니다. 그래도 역정을 내시겠습니까?" 제우스는 헤라의 비장한 발언에 감동받았는지 그동안의 깐죽거리던 태도를 돌변해 승낙했다. "좋소. 아테나를 전장에 보내시오. 아테나는 아레스를 따끔히 혼낼 방법을 알고 있으니!" 제우스의 말이 끝나자 헤라는 지체없이 말들을 채찍질했고 말들은 전속력으로 한밤중에 떨어지는 별똥별처럼 지상으로 내려왔다. 이윽고 두 여신이 그리스군을 구하기 위해 총총걸음으로 나아갔다. 두 여신은 분주히 움직이는 병사들 속에서 부상당한 디오메데스를 보았다. 헤라 여신은 용사 스텐토르의 모습으로 변신해 병사들 한가운데 서서 독려했다.

한편, 아테나는 판다로스에게서 입은 상처를 치료하는 디오메데스 곁으로 갔다. 디오메데스는 방패의 널찍한 끈을 잡아올려 피와 땀을 한창 닦아내는 중이었다. 아테나 여신은 디오메데스를 책망했다. "그대는 선친 티데우스만도 못하오. 선친은 체구는 작았지만 투사였소. 그는 테바이를 공격한 일곱 장수 중 한 명으로 카드메이아족을 무찔렀소. 하지만 그대는 내가 당신을 보호하면서 전심전력으로 싸우길 바랐는데도 이미 기진맥진한 것 같소. 이래서야 어찌 티데우스의 자

제라고 하겠소?" 아테나 여신의 원성에 디오메데스가 대답했다. "아테네를 수호하는 아테나 여신이여! 내 마음속 깊은 얘기를 아뢰겠소. 내가 이렇게 있는 건 두렵거나 주저하는 것이 아니오. 여신께서 아프로디테 이외에는 어떤 신과도 싸우지 말라고 당부하신 걸 잊으셨습니까? 바로 그것 때문에 물러나 있습니다. '전쟁의 신' 아레스가 전면에 나섰기 때문입니다." "디오메데스여! 이제 나는 그대와 함께할 것이니 아레스나 다른 신도 두려워 말라. 그대는 지금 당장 진정한 용사의 참모습을 보여라." 아테나의 독려로 디오메데스는 자리에서 벌떡 일어서더니 아테나가 이끄는 전차를 타고 아레스를 찾아 나섰다.

한편, 아레스는 그리스 연합군의 아이톨리아 부대에서 최고인 페리파스를 쓰러뜨려 갑옷을 벗기는 중이었다. 아테나는 아레스의 눈을 피하기 위해 눈에 보이지 않는 투구를 썼다. 아레스는 아프로디테의 손을 다치게 한 디오메데스가 달려오자 페리파스를 제쳐두고 디오메데스에게 창을 던졌다. 그러나 아테나가 그 창을 받아 전차 위로 넘겨 버렸다. 그 순간 디오메데스가 아레스에게 창을 던졌다. 아테나는 디오메데스가 던진 창이 아레스의 배를 향하도록 조종했다. 디오메데스의 창이 아레스의 배에 명중하자 아레스는 만여 명의 병사가 울부짖는 듯한 괴성을 질렀다. 그 괴성에 양군 병사는 모두 벌벌 떨었다. 아레스는 디오메데스에게서 깊은 상처를 입고 크고 검은 회오리 기둥을 일으켜 피신했다. 올림포스로 돌아온 아레스가 아버지 제우스에게 불

기둥을 일으켜 피신했다. 올림포스로 돌아온 아레스가 아버지 제우스에게 불만을 터뜨리자 제우스가 그의 말을 막았다. "너는 신들 중 유일하게 두 번이나 인간에게 당했는데도 과연 '전쟁의 신'이냐?" 제우스는 혀를 끌끌 차며 아레스를 꾸중하며 자리를 떠났다.

제4부

치열한 결투

그리스군과 트로이아군은 시모에이스강과 크산토스강 유역에서 혈전을 벌이는 중이었다. 그리스군의 아이아스가 트로이아 진영에 뛰어들어 트라키아군을 이끌던 아카마스를 죽여 처음으로 그리스군에게 서광을 선사했다. 다음으로 디오메데스는 아리스베의 부자이자 만인의 사랑을 받던, 테우트라스의 아들 악실로스를 죽였다. 그는 인덕이 높았지만 그를 선뜻 구하겠다고 나서는 사람은 아무도 없었다. 또한, 에우리알로스는 드레소스와 오펠티오스를 무찌르고 곧장 아이세포스와 페다소스를 뒤쫓았다. 그들은 옛날 아바르바레아 샘에 살던 님페가 영예도 드높은 부콜리온에게 낳아준 자식들이었다. 결국 에우리알로스의 손에 죽임을 당해 갑옷과 투구까지 벗겨진 채 나뒹굴어야 했다. 오디세우스는 페르코테의 피디테스를 베었고 테우크로스는 고귀한 아레타온을 베었다. 그리고 네스토르의 아들 안틸로코스는 아블레로스를 쓰러뜨렸고 아가멤논은 엘라토스를 찔러 죽였다. 레이토스는 달아나는 필라코스를 붙잡았고 에우리필로스는 다시 멜란티오스를 처치했다. 목소리도 용맹한 메넬라오스는 아드라스토스를 생포했다. 아드라스토스의 말들이 평원을 이리저리 달아나다가 능수버들 가지에 걸려 그가 전차에서 굴러떨어지는 바람에 메넬라오스의 포로가 된 것이다. "제발 생포해주시오. 아트레우스의 아들이시여! 그리고 내 몸값을 넉넉히 받으시오. 부유한 내 아버지는 많은 재물이 집 안 가득 있소. 내가 이곳에 살아 있다는 말을 들으면 아버지는 기꺼이 거액의 몸값을 드릴 것이오." 메넬라오스는 아드라스토스의 제안을 받아들였다. 그때 아가멤논이 그들의 모습을 보고 큰소리로 외쳤다. "아우여! 어찌 그리 심약한가? 트로이아인들이 우리에게 그토록 선한 짓을 하던가? 트로이아인들이 슬퍼할 틈도 없이 전멸시켜라!" 아가멤논의 말은 일리가 있어 메넬라오스가 자기 몸에서 아드라스토스를 밀치자 아가멤논은 지체없이 칼을 뽑아 그를 죽였다. 네스토르는 기다렸다는 듯 큰소리로 병사들에게 외쳤다. "동지들이여! 전리품에 급급해 아무도 시체에 얼씬거리지 말라. 우리의 목표는 전리품을 잔뜩 싣고 막사로 돌아가는 게 아니라 눈앞의 적을 죽이는 것이다. 그리고 전투에서 승리하고 전리품을 챙겨도 늦지 않으리라."

한편, 트로이아 진영에서는 프리아모스의 아들이자 카산드라와 이란성 쌍둥이(쌍둥이지만 생김새가 다른)로 태어난 헬레노스가 아이네이아스와 헥토르를 독려했다. "아이네이아스와 헥토르여! 트로이아군과 리키아군은 전투나 전략 면에서 최고인 그대들을 전적으로 믿으니 더 이상 지체하지 말고 싸우라. 헥토르여! 당신은 성에 들어갔다가 오시오. 그리고 어머님께 말씀하시오. 나이 많은 여자들을 불러모아 성채 언덕 위 아테나의 신전에 모이게 하시오. 어머니가 가장 소중히 아끼는 옷과 아직 채찍을 맞아본 적 없는 1년생 어린 암소 12마리를 아테나 신전에 바쳐 여신이 우리를 동정해 디오메데스를 트로이아에서 쫓아내게 하시오." 헥토르는 헬레노스의 말을 듣고 병사들을 독려하며 전투 의욕을 고취시켰다. 드디어 트로이아군이 전열을 가다듬어 대항하자 그리스군은 한발 물러났다. 그때 헥토르가 큰소리로 외쳤다. "용맹한 트로이아 전사들이여! 죽음을 두려워하지 말고 싸우라! 나는 성 안에 들어가 우리 여인들에게 천상에 계신 신들에게 축원을 올리고 엄숙히 제물을 올리라고 말하리라." 그렇게 말한 후 헥토르는 성으로 들어갔다. 헥토르가 떠나자 트로이아군의 글라우코스와 그리스군의 디오메데스가 무서운 기세로 서로에게 달려들었다. 서로 얼굴을 마주 볼 때쯤 디오메데스가 먼저 입을 열었다. "도대체 그대는 어떤 사람인가? 머지않아 목숨을 잃을 인간 중에서 비길 데 없이 뛰어난 용사이고 무사에게 영광을 주는 싸움에서 지금까지 한 번도 본 적이 없구나. 하지만 지금 그대가 감히 나와 겨루겠다니 정말 불행하구나. 그대가 하늘에서 온 신이라면 나는 싸우지 않겠노라. 그러나 그대가 인간이라면 순식간에 멸망의 구렁텅이에 빠지게 해주리라." 그러자 글라우코스가 대답했다. "교만한 디오메데스여! 그대는 어째서 내 가문을 따져 묻는 가? 인간 세상은 한낱 낙엽과 같은 것. 봄에 피었다가 가을에 쓸쓸히 지는 게 인간 세상 아니냐? 한때 융성해도 언젠가는 소멸하는 게 사람 사는 이치이거늘. 좋다. 내 가문을 말해주마. 말을 기르는 아르고 스의 한구석 에피라라는 도시에 일찍이 인간으로 최고로 총명하다는 아이올로스의 아들 시시포스라는 자가 있었소. 그는 슬하에 글라우코 스라는 아들을 두었고 글라우코스는 천상의 미모와 고상한 인품을 가 진 벨레로폰테스를 낳았소. 그러나 제우스의 비호하에 그 지역을 정 복한 프로이토스는 벨레로폰테스를 모함해 아르고스 땅에서 축출했 소. 프로이토스의 아내 안테이아가 그를 흠모했는데 벨레로폰테스가 마음을 허락하지 않았기 때문이오. 부인은 프로이토스에게 벨레로폰 테스를 모함해 그를 죽이라고 부추겼소. 프로이토스는 벨레로폰테스 를 직접 죽이고 싶지 않아 벨레로폰테스에게 봉한 편지 한 통을 주어 리키아에 있는 장인 이오바테스에게 보냈소. 벨레로폰테스는 리키아 에 도착해 왕비의 아버지로부터 환대를 받았소. 그는 관습에 따라 9일 간 벨레로폰테스에게 융숭히 대접한 후 10일째 되던 날 사위가 보낸 편지를 뜯어보았소. 거기에는 이 편지를 가져가는 자를 죽이라고 적 혀 있었소. 그러자 이오바테스 왕은 벨레로폰테스에게 리키아를 어지 럽히는 키마이라라는 괴물을 퇴치해달라고 부탁했소. 키마이라는 불 을 뿜는 무서운 괴물로 몸의 전면은 사자와 염소의 모습이고 뒤는 용 의 모습인 괴물이었소. 왕은 벨레로폰테스가 키마이라에게서 죽임을

벨레로폰테스와 키마이라의 결투
그리스 신화의 영웅 벨레로폰테스가 머리는 사자, 몸은 염소, 꼬리는 뱀인
괴물 키마이라를 격퇴하는 장면이다.

당할 거라고 생각했소. 그러나 벨레로폰테스는 하늘을 나는 말 페가수스의 도움으로 괴물을 죽였소. 벨레로폰테스가 키마이라를 처리하자 이오바테스 왕은 강력한 힘을 가진 솔리모이족과 싸우고 올 것을 명했소. 이 싸움이야말로 벨레로폰테스가 치른 전투 중 가장 격렬했소. 세 번째는 남성도 못 당하는 아마존의 여걸들을 무찔렀소. 그가 돌아오자 또 다시 간계를 꾸며 광대한 리키아 땅에서 선발한 용사들을 그가 오는 길목에 매복시켜 그를 급습하려고 했지만 그들도 벨레로폰테스의 손에 하루살이처럼 죽어가야 했소. 드디어 왕은 그가 정말 신의 후손임을 깨닫고 자신의 딸 필로노에와 결혼시켜 사위로 삼았소. 그리고 왕은 자신이 간직하던 모든 위엄과 권리의 절반을 그에게 나눠주었소. 또한, 신부가 된 필로노에는 벨레로폰테스에게 세 아이를 낳아주었으니 바로 이산드로스, 히폴로코스, 라오다메이아라오. 그리고 제우스가 라오다메이아와 관계를 가져 쇠비늘 갑옷의 사르페돈 왕자를 낳았소. 그러나 벨레로폰테스는 결국 신들의 미움을 받아 알레이온 평야를 떠도는 고독한 방랑자가 되었소. 그의 아들 이산드로스는 솔리모이족과 싸우다가 군신 아레스에게서 살해되었고 딸 라오다메이아는 아르테미스 여신에게서 죽임을 당하고 말았소. 히폴로코스만 살아남았는데 내가 바로 그의 아들 글라우코스요." 글라우코스의 신분을 알게 되자 목소리도 우렁찬 디오메데스는 매우 기뻐하며 손에 쥔 창을 땅에 찍어 세우고 마음을 녹이는 부드러운 말투로 글라우코스에게 말했다. "그렇다면 그대와 나는 옛날부터 조상 대대로 매우 친한 집안인 셈이오. 내 할아버지 오이네우스께서는 용감무쌍한 벨레로 폰테스를 20일간 유숙시킨 적이 있소. 그분들은 헤어질 때 우정의 선물까지 교환했소. 오이네우스께서는 진홍빛으로 빛나는 띠를 주셨고 벨레로폰테스께서는 양손잡이 금잔을 주셨소. 내가 떠나올 때까지 그 잔은 집에 있었소! 그러니 지금부터 나는 당신의 좋은 친구가 될 것이오. 내가 다시 리키아에 가면 당신도 대접하리라 생각하오. 자, 우리 마주치면 서로 피합시다. 내가 벨 사람은 트로이아군도 그 동맹군도 얼마든지 많소. 또한, 그대가 칠 아카이아군도 수없이 많을 것이오. 자, 그럼 서로 갑옷을 교환해 우의를 다지고 사람들에게도 널리 알립시다." 둘은 전차에서 내려 악수하고 오랜 우의를 나누며 서로 갑옷을 바꿔 입었다. 그런데 제우스가 글라우코스의 분별력을 흐트려 그는 황소 100마리 가치가 있는 자신의 황금 무구를 황소 아홉 마리 가치밖에 없는 디오메데스의 청동 무구와 맞바꾸고 말았다.

헥토르가 성안에 들어가자 부인들이 우르르 몰려와 그들의 형제와 남편, 가족 소식을 물었다. 헥토르는 신들에게 축원을 올릴 것을 묵묵히 그들에게 권하고 프리아모스의 화려한 궁전에 다다랐다. 번드르한 주랑을 갖춘 궁전 안에는 잘 다듬은 돌로 꾸민 방이 50개나 있었는데 프리아모스의 아들들은 거기서 부인들과 기거했다. 정원 맞은편에 열 지어 지은 석조 방에는 딸과 사위들이 기거했다. 헥토르의 어머니 헤카베가 아름다운 딸 라오디케를 데려 나오다가 그와 마주쳤다. "애야,

어째서 싸움터를 떠나 이곳에 왔느냐? 오호라! 제우스에게 축원을 올리기 위해 왔구나. 그렇다면 내가 곧 포도주를 가져올 테니 그것으로 먼저 제우스에게 신주를 드린 후 너도 마시면 힘이 솟을 것이다." 그러자 번쩍이는 투구를 쓴 헥토르가 말했다. "어머니, 제게 술을 권하지 마십시오. 그러면 소심해지고 정신도 흐려집니다. 또한, 부정한 손으로 감히 제우스에게 신주를 바칠 수는 없습니다. 진흙과 피투성이 속에서 이같이 혼났는데도 제우스에게 축원을 올린다니 저도 제정신이 아닌가 봅니다. 어머니, 친히 노부인을 모아 아테나 신전에 가셔서 구운 제물을 올리소서. 그리고 간직하신 옷 중에서 가장 좋은 것을 아테나의 무릎에 올리소서! 그래야만 여신께서 저 잔인무도한 티데우스의 아들 디오메데스를 우리의 성스러운 도시 밖으로 내쫓을 수 있습니다. 먼저 아직 채찍 맛을 모르는 암소 12마리를 제물로 올리겠다고 약속하소서. 저는 파리스를 찾아내 할 말이 있습니다. 오, 대지가 그놈을 삼켜버린다면! 그놈 때문에 위대한 프리아모스와 자식들에게 크나큰 재앙이 내린 걸 생각하면 그놈이 하데스에게 간다면 여한이 없습니다." 헥토르의 어머니는 노부인을 모으도록 하인들을 성으로 보낸 후 옷을 보관해둔 방으로 갔다. 그곳에는 온갖 기술을 부려 만든 피륙과 옷이 보관되어 있었다. 시돈 도시의 여자들이 만든 것으로 신으로 착각할 만한 파리스가 넓은 바다를 항해해 손수 시돈에서 가져온 것이었다. 그녀는 아테나에게 바치기 위해 매우 화려한 장식이 달린 긴 의상을 옷장에서 꺼내 신전으로 향했다. 그러자 많은 노부인이 그녀의 뒤를 따랐다. 그들이 아테나 신전에 도착하자 뺨이 아름다운 무녀 테아노가 신전 문을 열어주었다. 테아노는 키세우스의 딸이자 말을 길들이는 안테노르의 아내로 트로이아인들은 그녀를 아테나의 여사제로 삼고 있었다. "천상의 아테나시여! 디오메데스가 스카이아 문 앞에서 쓰러지게 하옵소서! 그리고 우리를 동정하신다면 이 신전에 어린 암소 12마리를 제물로 바치겠습니다." 그러나 아테나는 테아노의 축원을 외면했다.

한편, 헥토르는 파리스의 저택으로 발길을 옮겼다. 파리스의 저택은 트로이아 최고 건축가들이 지은 거대한 누각이었다. 파리스는 침실에서 갑옷, 방패, 활을 손질 중이었고 헬레네는 시녀들에게 일감을 지시하고 있었다. 헥토르는 파리스를 보자 꾸짖었다. "아우여! 왜 이곳에 있는가? 이 전쟁은 모두 그대 때문에 일어났거늘. 누구보다 먼저 앞장서야 할 그대가 게으름을 피우다니 말이 되는가? 어서 일어나 전장 속으로 몸을 던져라." 헥토르의 말에 파리스가 대답했다. "형님의 비난은 당연하며 부당하다고 할 수 없습니다. 그러나 제가 이곳에 있는 것은 나약해서가 아니라 가슴이 아프기 때문입니다. 조금 전 헬레네가 저를 설득해 싸움터로 돌려보내려고 애썼습니다. 물론 저도 그것이 현명하다는 것을 압니다. 무장을 갖출 테니 형님께서 먼저 가시면 저도 곧 뒤따라가겠습니다." 헥토르가 아무 대꾸도 하지 않자 헬레네가 헥토르에게 말을 걸어왔다. "시아주버님, 부끄럽습니다. 저는

파리스를 힐책하는 헥토르
헥토르가 방에 처박혀 헬레네의 품에서 떠나지 않는
파리스를 발견하고 그를 질책하는 모습이다.

재앙을 가져오는 무서운 여자입니다. 정말 어머니께서 처음 저를 낳으셨을 때 회오리바람이 몰아쳐 이 몸을 산꼭대기로 데려가거나 날뛰는 바다 속으로 휩쓸어 갔으면 좋았을 텐데 이런 운명을 타고난 이상 저는 더 뛰어난 사람과 연을 맺기를 바랍니다. 무슨 일이 있더라도 굴하지 않는 사람을 원했습니다. 하지만 이 양반은 줏대가 없고 언젠가는 오늘의 실수를 깨달을 날이 있겠죠. 시아주버님, 들어오셔서 앉으세요. 우리 때문에 일어난 전쟁으로 너무 심한 고초에 괴로워하시네요. 하지만 우리는 제우스께서 내리신 비운을 받아 후세 사람들의 입에 두고두고 오르내릴 겁니다." 그러자 번쩍이는 투구를 쓴 헥토르가 대답했다. "나를 앉히려고 하지 마오, 헬레네여! 그럴 여유도 없으니. 내 마음은 트로이아인들을 수호해 싸우라고 이미 재촉하기 때문이오. 병사들은 어서 내가 돌아오기를 고대하고 있소. 어쨌든 그대는 내가 아직 이 도성 안에 머무는 동안 따라나서도록 그대의 남편을 일어서게 해주오." 헥토르는 작별 인사를 하고 자기 집으로 갔지만 아내 안드로마케가 보이지 않았다. 그녀는 아이와 시종 한 명을 데리고 성벽 위에 올라가 슬프게 울고 있었다. 헥토르는 하녀들에게 물었다. "마님께서 어디로 가셨는지 아느냐?" "마님께서는 높은 성벽에 올라가셨습니다. 우리 군대가 위기에 처했다는 소식을 들었기 때문이죠." 그 말을 들은 헥토르는 스카이아 문으로 가 사랑하는 아내를 만났다. 안드로마케는 테바이의 플라코스 숲에 있는 킬리키아의 왕 에티온의 딸이었다. 그녀는 헥토르를 보자마자 달려왔고 어린애를 품에 안은 유모가 뒤를 따랐다. 헥토르는 아들을 스카만드리오스라고 불렀지만 다른 사람들은 '도성의 군주'라는 뜻의 아스티아낙스라고 불렀다. 헥토르가 트로이아의 유일한 구원자였기 때문이다. 헥토르는 아들을 보고 조용히 웃었다. 그러나 안드로마케는 눈가에 눈물을 보이며 남편에게 기댔다. "여보, 어쩌면 좋아요? 당신의 용기는 당신에게 파멸을 가져오겠죠! 곧 원수들이 몰려와 당신을 벨 테니까요! 오, 저는 당신이 없으면 차라리 죽는 게 나아요. 우리 아버님은 저 용감한 아킬레우스의 손에 돌아가셨고 제 일곱 형제도 한날 아킬레우스에게서 죽임을 당했어요. 그러니 당신이 내 아버지이자 어머니이고 형제이자 그리운 남편임을 잊지 마세요! 그러니 제발 전쟁터에 가지 마세요. 당신 자식을 고아로 만들거나 아내를 과부로 만들지 말아 주세요." 그러자 번쩍이는 투구를 쓴 위대한 헥토르가 말했다. "나도 그걸 잘 알고 있소. 하지만 어쩌겠소? 나는 트로이아 백성들에게 얼굴을 들지 못할 짓은 못하오. 지금까지 내가 배워온 것은 진두에서 용감히 행동하는 것과 아버지나 나의 명예를 살리는 거였소. 그러나 야속하게도 성스러운 트로이아는 멸망할 운명인 것 같소. 오, 불쌍한 당신! 내가 슬퍼하는 것은 당신이 아카이아 병사의 노예가 되는 것이오. 그것은 어머니 헤카베나 프리아모스 왕, 진실한 내 용사들이 적의 면전에서 죽임을 당하는 것보다 내게 더 큰 고통이오." 그렇게 말을 마친 헥토르는 양팔을 벌려 어린아이를 안았다. 하지만 아이는 청동 투구와 그 위의 깃털 장식이 심하게 흔들리자 놀라 울음을 터뜨렸다. 헥토르는 재빨리 투구

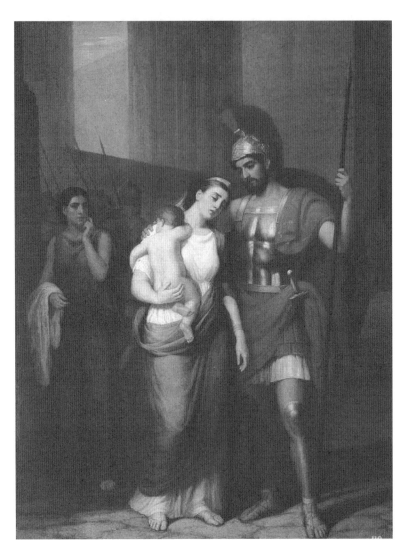

헥토르와 안드로마케
헥토르가 전장에 나가기 전 아내 안드로마케와 이별하는 모습으로
트로이아 전쟁에서 가장 슬픈 장면을 묘사하고 있다.

를 벗어 아들에게 입을 맞추고 두 손으로 안아 올려 제우스와 다른 신들에게 기원한 후 아이를 아내의 품에 넘겨주었다. 그녀는 아이를 안으며 눈물의 미소를 지었다. 남편은 마음이 아팠지만 용기를 내 말했다. "여보, 너무 서러워 마시오. 운명이 아니라면 나를 하데스에게 보낼 자는 없으니 이제 집으로 돌아가 집안일을 돌보고 시녀들에게 일을 시키시오. 전쟁은 남자가 할 일. 트로이아 시민 중에서도 특히 내가 해야 할 일이오." 헥토르가 투구를 들자 아내는 그를 계속 뒤돌아보며 집으로 향했다. 그녀의 눈에서는 눈물이 비오듯 흘러내렸다. 안드로마케와 시녀들은 헥토르가 아직 살아 있는데도 한탄했다. 그녀들은 헥토르가 그리스 병사들의 손아귀에서 벗어나 살아 돌아올 거라고 기대하지 않았기 때문이다.

한편, 파리스는 높은 대들보의 그의 집 안에서 정교하게 만든 청동제 갑옷을 차려입고 최대한 빠른 속도로 성을 나섰다. 그는 서둘러 전쟁터로 향하던 도중 헥토르를 만났다. "형님, 바쁘실 텐데 제가 시간을 너무 지체했습니다. 죄송합니다." 그러자 헥토르가 말했다. "아우여! 올바른 마음을 가진 사람이라면 네가 전쟁터에서 한 일로 너를 얕잡아보지는 않을 것이다. 너는 잘 싸웠으니까. 그런데 자꾸 뒤로 빼는 걸 보면 진심으로 싸우고 싶은 마음이 없어 보여 형으로서 안타깝고 부끄러울 뿐이다. 자, 가자. 제우스께서 일찍이 우리에게 집안 홀에서 주연을 올리는 것을 허락하시고 트로이아에서 불사의 신들에게 감사하는 제전을 펼치게 해주신다면 머지않아 트로이아 시민들을 만족시키실 것이다." 헥토르와 파리스는 전의를 불태우며 트로이아 진영에 도착했다. 그들을 본 트로이아군은 험난한 파도와 싸우던 사공이 순풍을 만난 듯 반가워했다. 파리스는 그동안의 부진을 만회하려는 듯 출전하자마자 철퇴의 명수인 아레이토스 왕의 아들 메네스티오스를 죽이고 헥토르는 에이오네우스의 목을 창으로 찔러 죽였다. 또한, 리키아의 대장 글라우코스도 전차에 오르던 덱시오스의 아들 이피노스를 절명시켰다. 올림포스에서 그 광경을 지켜보던 아테나는 서둘러 트로이아로 내려왔다. 트로이아군의 승리를 바라던 아폴론도 여신이 오는 것을 보고 페르가모스에서 출발했다. 두 신은 떡갈나무 옆에서 마주쳤다. 먼저 '태양의 신' 아폴론이 입을 열었다. "제우스의 따님이 왜 올림포스를 내려오셨나요? 혹시 그리스군에게 승리를 돌리기 위해서입니까? 트로이아군이 지더라도 그대는 동정하지 않겠죠. 자, 이렇게 하는 게 어떻겠습니까? 오늘은 일단 휴전하고 나중에 싸우는 겁니다. 트로이아를 완전히 멸망시키는 것이 그대 '불사의 여신들'의 염원이라면 트로이아의 최후를 확인할 때까지 나중에 얼마든지 싸울 기회가 있을 테니까." 그러자 아테나가 응수했다. "궁술의 신이시여! 그럽시다. 나도 그런 생각으로 올림포스에서 내려와 트로이아군과 아카이아군 사이로 온 겁니다. 그런데 무사들의 싸움을 어떻게 중지시킬 생각인가요?" 아폴론은 아테나 여신의 말을 기다렸다는 듯 대답했다. "그리스 연합군에서 한 명을 추천해 트로이아의 헥토르와 결투하게 합시다. 그러면 나머지 그리스 병사들도 자극받아 출전할 것이오."
아테나도 아폴론의 의견에 동의했다.

  한편, 그들의 약속은 트로이아의 예언자 헬레노스의 마음속에 예감
으로 나타났다. 그는 헥토르에게 말했다. "트로이아의 영광인 헥토르
형님! 형님께서 아카이아군 중 가장 힘센 자에게 도전해 양군에게 우
리의 위용을 보여주는 게 어떻겠습니까?" 그 말을 들은 헥토르는 기
뻐하며 양군 사이로 나아가 병사들을 모두 자리에 앉혔다. 아가멤논
도 아카이아군을 똑같이 자리에 정렬시켰다. 독수리 두 마리로 변신
한 아폴론과 아테나는 큰 떡갈나무에 올라앉아 그 장면을 내려다보았
다. 그때 헥토르가 양군 사이로 나아가 말했다. "트로이아와 아카이아
양군은 잠시 내 말을 들으시오. 천상에 계신 제우스께서는 우리에게
전쟁의 무거운 짐을 지워 서로 살육하도록 하셨소. 결국 트로이아 성
이 점령당하거나 그대들이 굴복해 두 번 다시 트로이아 땅을 밟지 못
할 것이니 먼저 그대 진영에서 가장 힘센 장수를 내보내시오. 자, 제
우스를 증인으로 그 장수와 겨루고 싶소. 다만 내 청을 들어주길 바라
오. 이 자리에서 내가 패하면 내 갑옷을 전리품으로 가져가되 몸은 트
로이아 동포들이 화장하게 해주시오. 대신 아폴론이 내게 성공을 허
락하신다면 나도 그 갑옷을 벗겨 '궁술의 신' 아폴론의 신전 앞에 걸
어놓고 몸은 돌려줘 넓은 헬레스폰토스 해안에서 장례를 치르게 하
겠소. 그러면 먼 후대 사람들은 이렇게 말할 것이오. '먼 옛날 헥토르

에게 당한 자의 무덤이 저기 있구려.' 그렇게 내 명성이 오래 전해지지 않겠소?" 헥토르의 말을 들은 아카이아 병사들은 조용해졌다. 헥토르의 제안을 거절하기에는 부끄러웠고 수락하기에는 겁이 난 것이다. 그 모습을 더 이상 지켜보지 못하겠다는 듯 메넬라오스가 일어섰다. "그리스군에서 헥토르를 상대할 자가 한 명도 없다면 이것이야말로 수치이자 불명예다. 체면도 명예도 없는 그대들이여! 앉은 자리에서 진흙과 함께 썩어 문드러질지어다! 내 몸소 저 자와 결판을 내리라." 그때 아가멤논이 메넬라오스를 제지했다. 메넬라오스가 헥토르를 상대하기에는 모든 면에서 부족했기 때문이다. "메넬라오스! 미쳤느냐? 네가 아무리 힘이 세도 자기보다 강한 자와 싸우는 건 미련한 법! 헥토르는 아킬레우스조차 두려워하는 인물임을 모르느냐?" 아가멤논의 일갈에 메넬라오스는 주저앉아야 했다. 그의 모든 말이 사실이었기 때문이다. 그러자 네스토르가 일어나 말했다. "병사들이여! 오늘 이 모습을 미르미돈군의 지휘자이자 뛰어난 웅변가 펠레우스가 보면 뭐라고 하겠는가? 영웅호걸의 사적을 즐겨 말하던 그가 헥토르 앞에서 전전긍긍하는 우리 모습을 보았다면 통곡했을 것이오. 제우스와 아테나와 아폴론의 신들이여! 그 옛날 물결이 빠른 켈라돈 강변에서 필로스 군대와 창을 잘 쓰는 아르카디아 병사들이 결전을 벌일 때와 같이 내가 다시 젊어질 수만 있다면 좋으련만! 당시 내 상대는 기골이 장대한 투사 에레우탈리온이었는데 그는 아레이토스 왕의 갑옷을 입고 있었소. 아레이토스는 누구인가? 사람들은 그가 철퇴로 적군을 무찔러 '철퇴 장사'라고 불렀소. 그런데 리쿠르고스의 계략에 말려 죽었고 그의 갑옷은 리쿠르고스 것이 되었소. 이후 리쿠르고스는 그 갑옷을 자신의 충복 에레우탈리온에게 준 것이오. 에레우탈리온은 이 갑옷을 입고 정예 장사들에게 도전했고 병사들은 모두 몸서리치며 덤비지 못했소. 그러던 중 내가 그를 상대로 나선 것이오. 가장 나이가 어렸지만 과감히 맞서니 아테나 여신께서 내게 승리를 돌리셨소. 내가 벤 자 중 그는 가장 강했고 최대 장사였소. 그때와 같은 젊음이 지금 내게 있다면 당장 헥토르와 싸울 텐데. 아카이아 최고의 무사들이여! 정녕 그대들 중에 헥토르에 대적할 자가 한 명도 없단 말이오?"

노익장 네스토르의 야멸찬 비난에 마침내 아홉 명이 일어섰다. 먼저 아가멤논 총사령관이 걸어 나왔고 디오메데스가 그 뒤를 따르고 두 아이아스가 뒤를 이었다. 두 아이아스는 로크리스의 왕 오일레우스와 에리오피스 사이에서 태어난 소(小) 아이아스, 살라미스의 왕 텔라몬과 페리보이아 사이에서 태어난 대(大) 아이아스였다. 그 뒤를 이도메네우스, 군신에 비견될 만한 그의 부하 메리오네스, 명문 태생의 에우리필로스, 토아스, 오디세우스가 나섰다. 그때 게레니아의 기사 네스토르가 말했다. "그러면 제비뽑기로 헥토르에 대적할 자를 결정합시다. 여기서 뽑히는 용사야말로 아카이아군의 영광이며 헥토르를 이긴다면 영웅이 탄생하는 것이오." 네스토르의 말에 고무된 아홉 용사는 모두 자기 제비에 표식해 아트레우스의 아들 아가멤논의 투구 안에 던져 넣고 두 손을 높이 들어 신에게 기도했다. "오, 제우스 아버지시여! 텔라몬의 아들 아이아스나 디오메데스가 뽑히게 해주소서." 네스토르가 투구를 흔들자 여러 사람이 바라던 제비가 툭 튀어나왔다. 아이아스였다. 그것을 전령들이 들고 다니며 차례대로 장수들에게 보여주었다. 그러나 누구 것인지 아무도 분별할 수 없었고 자기 것이 아니라는 것만 알았다. 아이아스는 전령의 표식이 자기 것임을 알아보고 기쁜 마음으로 표식을 자기 발 옆 땅바닥에 내던지고 소리 높여 외쳤다. "동지들이여! 이것은 틀림없는 내 제비오. 나는 마음속 깊이 기쁘게 생각하오. 반드시 저 용감한 헥토르에 이기리라고 믿으니 그대들도 지금부터 내가 갑옷을 몸에 걸치는 동안 모두 제우스 신에게 축원을 올리시오." 아이아스의 말에 모두 제우스 신에게 기도를 올렸다. "제우스 아버지시여! 이다산에서 다스리는 가장 위대하신 신이시여! 부디 아이아스에게 승리를 안겨주시어 빛나는 영광을 차지하게 해주소서. 신께서 헥토르를 특별히 좋아하시고 그 몸을 걱정하신다면 둘에게 똑같은 힘과 영광을 돌리소서!" 아이아스는 번쩍이는 청동 갑옷으로 무장해 앞에 나섰다. '전쟁의 신' 아레스가 싸움터 앞에 선 듯한 모습이었다. 아카이아군의 방어벽이라는 아이아스는 하늘을 찌를 듯 우뚝 몸을 솟구치고 무서운 얼굴에 웃음을 띠면서 길게 그림자를 끄는 큰 창을 손에 쥐고 흔들며 성큼성큼 걸음을 옮겼다. 그 모습을 본 그리스 진영 병사들은 함성을 올리며 기뻐했지만 트로이아군 진영은 너나 할 것 없이 숨을 죽였다. 헥토르 자신도 심장이 두근거렸다. 아이아스는 탑과 같은 큰 방패를 들고 일정한 간격을 두고 헥토르 앞에 섰다. "헥토르여! 결투하게 되면 그제야 그대도 깨달을 것이오. 그리스 군 중에 아킬레우스 외에도 용기 있는 무장이 수두룩하게 대기하고 있음을 알게 되리라! 아킬레우스가 아가멤논과의 불화로 이곳에 참가하지는 않았지만 우리는 능히 그대에 맞서 싸울 무장이 넘치오. 자, 그대가 먼저 공격하라!" 그러자 키가 크고 번쩍이는 투구를 쓴 헥토르가 대답했다. "제우스의 후예 텔라몬의 아들 아이아스여! 전투에 무지몽매한 부녀자처럼 나를 놀리지 말라. 나도 싸우고 죽이는 법쯤은 충분히 알고 있소! 방패를 어떻게 다루는지, 전차 틈으로 어떻게 돌진해 들어가는지, 접근전에서 아레스 춤 발동작이 필요하다는 것쯤은 알고 있소. 하지만 당신과 같은 무장에게 교활한 방법을 쓰고 싶지는 않소. 그대가 보는 앞에서 정정당당히 맞서고 싶을 뿐이오." 헥토르는 말을 마치자 아이아스에게 창을 던졌다. 창은 방패의 여섯 겹을 뚫고 일곱 겹에서 멈췄다. 이번에는 아이아스가 긴 창을 던지자 헥토르의 방패를 뚫고 들어가 갑옷까지 뚫어버렸다. 그러나 다행히 옆구리를 아슬아슬 빗나가 헥토르는 목숨을 부지할 수 있었다. 둘은 창을 뽑아 날고기를 먹는 야생의 사자나 들판에 엎드린 멧돼지처럼 사납게 덤벼들었다. 헥토르는 방패 한가운데를 창으로 찍었지만 청동 외피는 찢지 못하고 창끝은 휘고 말았다. 그것을 본 아이아스는 재빨리 덤벼들어 헥토르의 방패를 찍으니 창끝이 '쿡' 꿰뚫고 들어갔다. 헥토르는 피를 흘리며 물러났다. 그러나 그는 지지 않고 땅에서 큰 돌을 집어 던졌다.

헥토르와 아이아스
제우스의 전령에 의해 둘의 결투가 중단되는 장면을 묘사했다.

그러자 아이아스는 더 큰 돌을 머리 위로 빙빙 돌려 힘껏 던졌다. 거대한 돌은 둥근 방패를 산산조각내고 헥토르를 쓰러뜨렸지만 아폴론이 그를 다시 일으켜 세워 혈전은 계속되었다. 그때 양군에서 전령 두명이 나타났다. 한 명은 아카이아 진영에서 온 탈티비오스였고 또 한명은 트로이아 진영에서 온 이다이오스였다. 먼저 이다이오스가 말했다. "이제 그만 싸움을 멈추십시오. 올림포스의 제우스께서는 쌍방이비길 데 없는 용사들이므로 두 분 다 아끼시고 우리도 잘 알고 있소. 게다가 날이 완전히 어두워졌소. 밤이 닥쳤으니 밤의 여신에게 복종함이 맞소." 그러자 아이아스가 대꾸했다. "이다이오스여! 그러면 헥토르에게서 약속을 받으시오! 싸움을 걸어온 자가 헥토르이기 때문이오. 그러니 나는 그가 하는 대로 따를 작정이오." 그러자 헥토르가 말했다. "아이아스여! 그대야말로 아카이아 진영에서 창의 최고 고수로다. 오늘은 이 정도로 끝내고 훗날 다시 겨루는 게 어떻소? 자, 밤이되었으니 밤의 여신에게 복종하는 게 좋을 것이오. 나는 성으로 돌아가 나를 위해 신들에게 축원을 올리기 위해 모인 트로이아 병사들과부인들을 위로하리다. 또 부탁할 것은 서로 선물을 교환해 진정한 혈전을 벌였지만 친구로서 헤어졌음을 온 세상에 알립시다." 그렇게 둘은 싸움을 멈췄다.

헥토르는 은으로 장식된 칼과 칼집, 잘 만든 식대를 아이아스에게주었고 아이아스는 반짝이는 자줏빛 허리띠를 내놓았다. 그렇게 둘은자기 진영으로 돌아갔다. 헥토르가 무적 장군 아이아스의 손에서 무사히 살아 돌아오자 트로이아의 백성들은 기뻐했으며 특히 헥토르의 아내 안드로마케는 죽은 사람이 살아 온 것처럼 눈물을 흘리며 그를 반겼다.

한편, 아카이아군에서도 아이아스가 자랑스러운 승리를 안고 돌아오자 환호성이 터졌다. 아가멤논은 그의 막사에서 아이아스를 위해 향연을 베풀었다. 제우스의 신전에 황소 제물을 올려 황소 고기를 잘게 썰어 꼬챙이에 꿰어 정성껏 불에 구워 내놓았다. 모두 성찬을 즐겼는데 특히 아이아스에게는 아가멤논이 손수 등심을 잘라 주었다. 향연이 무르익자 고문관 네스토르가 자리에서 일어나 입을 열었다. "그리스 연합군의 용맹한 투사들이여! 이 벌판에는 많은 동지가 잠들어 있습니다. 아레스 군신이 스카만드로스 강변에서 동지들이 죽자 그 영혼을 하데스 궁에 머물게 했듯이 우리도 내일은 잠시 휴전해 전사자들을 실어 함대 가까운 데서 화장합시다. 우리가 귀국할 때 그 유골들을 자식들에게 안겨주는 것이 우리가 당연히 해야 할 도리일 것이오. 또한, 우리 함대와 막사를 보호하도록 방벽을 쌓고 밖으로는 방벽 가까이 참호를 파 트로이아군이 넘어오지 못하게 합시다." 네스토르의 말에 모두 찬성했다.

한편, 트로이아군도 프리아모스 궁에서 모임을 가졌다. 지혜와 분별력이 누구보다 뛰어난 안테노르가 일어나 말했다. "여러분, 트로이아인, 기타 동맹군 사람들도 제 말을 들어주시오. 내 가슴속에서 명령하는 일을 지금 말하리다. 지금부터 아르고스 태생의 헬레네를 보물과 함께 아가멤논에게 넘겨줍시다. 지금 우리는 굳은 약속을 어겨 그들과 싸우는 것이니 그렇게 하지 않으면 작은 덕도 우리가 얻으리라고 도저히 기대할 수 없습니다." 그가 그렇게 말하고 자리에 앉자 이어서 일어난 파리스가 기세등등한 어투로 안테노르에게 항의했다. "안테노르여! 그대의 주장에 전혀 찬성할 수 없습니다. 이 자리의 트로이아 용사들이여! 나는 내 아내를 버릴 수 없습니다. 대신 아르고스에서 가져온 재물과 내 재물을 내놓겠소." 그 말을 들은 프리아모스 왕이 친히 일어나 말했다. "트로이아의 용맹한 무장과 동맹군 여러분! 내 말을 들으시오. 오늘은 전과 같이 지내되 날이 밝는 대로 이다이오스를 보내 이 모든 싸움의 원흉인 파리스의 제안을 전하게 합시다. 또한, 그들이 동의한다면 전사자 시신을 화장할 때까지 잠시 휴전을 제안합시다." 모두 프리아모스 왕의 말에 승복했고 트로이아군 전부대는 만찬을 마쳤다. 이윽고 날이 밝자마자 이다이오스는 그리스군 진영 함대 앞으로 가 큰소리로 외쳤다. "아트레우스 가문의 군주님과 그밖의 모든 아카이아군 장수들이여! 프리아모스 왕과 그밖의 영예가 드높은 트로이아 여러분으로부터 파리스의 말씀을 전하라는 명령을 받고 찾아왔습니다. 파리스가 전에 가져왔던 재산은 물론 자기 재산도 내놓겠답니다. 하지만 헬레네만은 절대로 포기할 수 없다고 하셨습니다. 또한, 이의가 없다면 전사자를 화장할 때까지 일시 휴전을 제안하셨습니다." 그리스군 진영에서 모두 트로이아 전령 이다이오스의 말을 듣고 있다가 디오메데스가 먼저 입을 열었다. "자, 보물이든 헬레네든 파리스의 제안을 거부합시다. 멸망의 굴레가 이미 트로이아 백성들에게 단단히 씌워져 있는 것을 바보도 다 알고 있소!" 그 말에 모두 환호성으로 찬성했다. 아가멤논은 전령에게 말했다. "이다이오스여! 그대의 메시지에 대한 아카이아군의 반응이 바로 회신의 답이오. 그러나 전사자에 대한 프리아모스 왕의 제안은 받아들이겠소. 쓰러진 자의 몸이 불의 위안을 받는 것조차 반대할 사람은 아무도 없을 것이오." 아가멤논은 왕홀을 신들에게 받들어 보였다. 그렇게 이다이오스는 트로이아 진영으로 돌아갔다. 전령 이다이오스가 아가멤논의 회신을 전하자 프리아모스 왕은 병사들에게 화장 준비를 명했다. 어느덧 해는 뉘엿뉘엿 오케아노스강 쪽으로 지기 시작했다. 그러나 시신을 분간할 방법이 없는 병사들은 뜨거운 눈물을 흘리며 피를 씻어낸 후 시신들을 전차에 실어야 했다. 양군은 슬픔에 싸여 전우의 시체를 장작더미 위에 쌓아 화장한 후 각자 진영으로 돌아갔다. 다음 날 새벽 아카이아군에서 선발된 자들이 화장할 장작더미 주위에 모여 큰 무덤을 만들고 무덤을 잇대어 높은 방벽을 쌓아 함대와 막사를 보호했다. 밖으로는 방벽 가까이 깊고 넓은 참호를 파고 그 안에 뾰족한 막대를 꽂았다. 올림포스의 제우스 앞에 모여 있던 신들은 이 거대한 과업을 주시했다. 이윽고 '바다와 지진의 신' 포세이돈이 먼저 말했다. "제우스 주신이여! 아직도 지구상에 불사의 신들에게 소원을 말하는 인간이 있습니까? 자, 저기를 보십시오. 아카이아군이 저토록 거대한 방벽을 쌓고 깊고 넓은 참호를 파는데도 신들에게는 아무 제물도 바치지 않았습니다. 이 방벽에 대한 소문은 해가 뜨는 곳이라면 어디든 퍼져 나갈 텐데 말이죠. 그러면 아폴론과 내가 라오메돈을 위해 쌓은 트로이아 성벽은 안중에도 없겠죠." 그 말에 제우스는 크게 화를 냈다. "나 이외에 가장 위력적인 힘을 가진 그대가 저들의 과업을 질투하다니. 자, 아카이아군이 고국으로 돌아갈 때가 되면 저 방벽을 부숴 바닷속에 처넣을 것이오. 그러면 아카이아군의 저 방벽도 끝장나겠지!" 해가 저물자 아카이아군 진영에서는 소를 잡고 렘노스에서 에우네오스가 보낸 술을 마시며 저녁식사를 즐겼다. 트로이아군도 모든 도시에서 환락에 빠져 헤어나올 줄 몰랐다. 그러자 제우스는 그들에게 천둥을 보내 두려움에 떨게 했다.

제5부

신들의 분쟁

'새벽의 여신' 에오스가 장밋빛 손가락을 펼칠 무렵 제우스는 올림포스 정상에서 신들의 회의를 소집했다. "신들이여! 모두 내 말을 들으시오. 내 가슴속에서 일렁이는 생각을 말하겠소. 이제 어느 신이든 자기 이익을 위해 트로이아군이나 그리스군 중 한쪽을 돕는다면 벼락을 맞고 불행한 죽음을 맞으리라. 아니면 타르타로스의 깊고 깊은 감옥에 집어넣어 하늘이 높은 만큼 하데스의 감옥도 얼마나 깊은지 깨닫게 하리라. 자, 존경하는 신들이여! 그대들이 나를 시험해보고 싶다면 마음껏 시험해보라. 그러면 내가 증명해보일 테니. 모든 신은 힘을 합쳐 하늘에 황금사슬을 달아 힘껏 당겨보라. 그래도 나를 땅에 떨어뜨리지 못할 것이다. 하지만 나는 그대들 모두 올림포스 상상봉에 매어놓을 수 있다. 나는 신이나 인간 중에서 가장 전지전능한 신이기 때문이다." 올림포스에 모인 신들은 제우스의 무시무시한 발언에 감히 입을 열지 못했다. 이윽고 '지혜의 여신' 아테나가 용기를 내 말했다. "왕 중의 왕이시고 신 중의 신이신 제우스 아버지시여! 아버지의 위력이 불가침임은 익히 아옵니다. 그러나 그리스 병사들이 파멸되고 불행한 운명을 맞는 걸 어떻게 외면할 수 있겠습니까? 그런데도 아버지의 명령을 어기지 않을 것입니다. 하지만 적어도 그리스 병사들에게 적절히 조언해 그들이 전멸당하는 걸 막아주십시오." 제우스는 딸의 말을 듣자 빙그레 웃었다. "내 몸속에서 자라 태어난 사랑스러운 딸아! 용기를 내라. 내 본뜻은 그게 아니니라!" 말을 마친 제우스는 빛나는 황금빛 갈기와 날쌘 청동색 다리의 한 쌍의 말을 수레에 매고 황금 갑옷을 입고 세공은 훌륭한 황금채찍을 쥐고 마차에 올라 채찍을 후려치며 말들을 몰았다. 수레는 하늘과 땅 사이를 전광석화처럼 날아 그의 신전이 있는 이다산 봉우리 가르가론에 다다랐다. 이어서 제우스는 상상봉에 혼자 앉아 트로이아 도시와 아카이아 함선들을 내려다보았다. 아카이아군과 트로이아군은 전투 준비 중이었다. 이윽고 양군이 부딪치자 전장에서 요란한 소리가 들려왔다. 더불어 죽이는 자의 기합 소리, 죽어가는 자의 신음, 자랑스러운 승리의 함성이 동시에 울리고 대지에는 붉은 피가 가득히 흘렀다.

아침이 지나고 낮이 되자 양군에서 서로 던지는 화살과 창이 비오듯 쏟아져 병사들은 잇따라 쓰러져 갔다. 이윽고 태양이 창공 한가운데 이르자 제우스 신은 황금으로 만든 평형 저울을 꺼내 양쪽 접시 위

제우스의 머리에서 태어나는 아테나
제우스가 신탁을 두려워한 나머지 첫 번째 아내인 임신한 메티스를 집어삼켰다.
제우스의 배 속에서 태어난 아테나는 무장한 채 제우스의 머리를 깨고 태어났다.

에 트로이아 측과 아카이아 측의 죽음의 운명을 올려놓고 저울의 한 가운데를 쥐고 들어 올리자 아카이아 측의 운명이 아래로 처졌다. 아카이아군의 죽음의 운명이 대지를 향해 기울고 트로이아 측은 드높은 천공을 향해 올라간 것이다. 제우스는 손수 엄청난 천둥을 일으켜 훨훨 타오르는 번개를 아카이아군에 내리쳤다. 그러자 모두 혼비백산했고 너나 할 것 없이 새파랗게 공포에 질렸다. 이도메네우스도 아가멤논도 더 이상 버틸 수 없었다. 군신 아레스의 수행병인 두 아이아스도 땅을 부여잡았다. 그러나 게레니아의 기사 네스토르만 혼자 버티고 있었다. 그도 그러고 싶어 버티는 게 아니라 말이 부상당했기 때문이었다. 트로이아의 파리스가 활로 그의 아끼던 말의 급소에 쏴 말은 괴로움에 몸부림치며 전차를 끄는 다른 말들을 당황시켰다. 그래서 네스토르는 뛰어나가 말에 매어둔 가죽끈을 단검으로 자르려고 했다. 그 사이 헥토르의 준마들이 비호처럼 쫓아왔다. 디오메데스가 고함쳐 알리지 않았다면 네스토르는 헥토르의 창에 목숨을 잃었을 것이다. 디오메데스는 멀리 달아나는 오디세우스에게도 소리쳤다. "지략이 넘치는 오디세우스여! 겁쟁이처럼 어디로 도망가시오? 그런다고 그대의 어깨가 적군의 창에 뚫리지 않으리라 어찌 보장하겠소? 그러니 나와 힘을 합쳐 노인에게서 저 사나이를 쫓아냅시다." 그러나 오디세우스는 듣지 못하고 아카이아 병사들 속으로 사라졌다. 그래서 디오메데스는 혼자 네스토르의 전차 앞으로 다가가 말했다. "노병이시여! 내 전차에 올라타 트로스의 말을 느껴보시오. 이 말들은 내가 아이네이아스에게서 빼앗은 것으로 매우 잘 달리고 전쟁터에서의 행동 요령도 알고 있소. 노장께서 마차를 몰아주시면 내가 창으로 저 헥토르를 전차에서 떨어뜨려 보겠소." 디오메데스는 헥토르를 향해 전차를 돌진시켜 창을 던졌지만 마부 에니오페우스의 심장을 관통했고 헥토르는 비켜 갔다.

헥토르는 마부의 죽음에 격분했지만 다른 마부를 찾아 나설 수밖에 없었다. 그렇게 헥토르가 잠시 지체하는 동안 트로이아군은 치명타를 입었다. 모든 상황을 지켜보던 제우스가 무시무시한 번갯불을 디오메데스의 말 앞에 던지자 말은 놀라 미끄러지듯 땅바닥에 나뒹굴었고 네스토르는 고삐를 놓쳤다. 그러자 겁먹은 네스토르가 디오메데스에게 말했다. "디오메데스여! 말을 돌려 이곳에서 벗어납시다. 아무래도 트로이아를 돕는 제우스의 입김이 작용한 것 같소." 디오메데스는 주저했다. "노장이시여! 옳은 말씀이지만 우리가 말의 꽁무니를 보여 헥토르가 공식 석상에서 자랑할 것을 생각해 보시오. '티데우스의 아들이 나를 보자 자기 부대로 줄행랑쳤다.'라는 생각만으로도 차라리 죽는 게 낫겠소." 네스토르가 다시 정중히 타일렀다. "그대는 진정한 용사 중의 용사요. 하지만 걱정마시오. 아무도 그대를 겁쟁이라고 생각하지 않을 테니." 그렇게 디오메데스는 네스토르의 제안을 따르기로 했다. 그가 말을 돌려 싸움터에서 빠져나가자 헥토르와 트로이아군은 환호하며 창을 비오듯 던졌다. 디오메데스를 쫓던 헥토르는 목소리를

그리스 연합군 막사의 네스토르
그리스군의 최고령 네스토르는
명석한 판단력으로 모두로부터 존경을 받는다.

높였다. "디오메데스여! 그대는 항상 최고 성찬을 받으며 영광스러운 자리를 차지했겠지. 하지만 앞으로는 그대를 경멸하리라. 그대는 두 번 다시 우리 성벽을 기어오르지 못할 것이다. 그 전에 그대를 '죽음의 신'에게 인도할 테니." 헥토르의 수치스러운 비아냥을 들은 디오메데스는 망설였다. 전차를 돌려 싸우느냐, 이대로 돌아가느냐? 그는 세 번이나 전차를 돌리려고 했지만 그때마다 제우스의 천둥 번개야말로 트로이아 측이 승리할 전조라는 결론을 얻었다. 이 같은 전조는 헥토르도 느꼈다. 그는 용기백배해 트로이아군에게 외쳤다. "트로이아와 리키아, 다르다니아와 내 동지들이여! 그대들은 장부답게 싸워 이겨라! 제우스께서 내게 승리와 영광을 내리시고 적에게는 번개와 같은 불길을 내리심이 명백하도다. 저 원수의 방어벽을 보라. 우리를 막는 데 전혀 도움이 되지 않을 것이다. 말들은 참호쯤은 가뿐히 뛰어넘고 함대를 불살라 그리스군을 몰살시켜라!" 헥토르는 트로이아 병사들에게 용기를 심어주며 자기 말들을 불러모았다. 그는 심복과도 같았던 말들에게 사람에게 말하듯이 입을 열었다. "크산토스와 포다르고스, 아이톤과 고귀한 람포스여! 지금이야말로 그동안 돌봐준 보답을 해주오. 기상 높은 저 에티온의 딸이자 내 아내 안드로마케가 남편인 나를 제쳐두고 맨 먼저 너희에게 밀을 먹이로 주었지! 그러니 어서 달려가 네스토르의 둥근 방패를 빼앗자! 그리고 헤파이스토스가 직접 만든 디오메데스의 갑옷도 빼앗자!"

한편, 그리스군 진영의 함대와 방어벽은 날뛰는 전차와 병사들로 가득 차 있었다. 제우스는 그 한가운데를 파죽지세로 헤집고 다니는 헥토르에게 벌판을 열어주었다. 헤라가 아가멤논의 마음을 움직이지 않았다면 헥토르는 아카이아 함대를 궤멸시켰을 것이다. 아가멤논은 자줏빛 의상을 질질 끌며 모든 함대의 한복판에 있는 오디세우스 함대의 높은 함선에 올라 텔라몬의 아들 아이아스의 진지나 아킬레우스의 진지 쪽으로 소리쳤다. "그리스 병사들이여! 부끄러운 줄 알라. 겉보기에는 훌륭하지만 속은 형편없는 졸장부구나. 우리가 했던 호언장담은 어디로 가버렸는가? 렘노스섬에서 허세를 부리며 그대들이 떠들어댄 그 장담 말이다. 그런데 지금 우리가 단 한 명을 당하지 못하다니 말이 되는가? 헥토르가 순식간에 우리 함대를 궤멸시키다니! 오, 제우스 아버지시여! 저희는 이 땅으로 오는 도중 제우스 신전을 그냥 지나쳐본 적이 없습니다. 트로이아 성을 멸하겠다는 일념으로 소의 향기로운 살점과 허벅지를 구워 바쳤습니다. 그러니 이제 한 가지 은총만이라도 베풀어 주소서. 오, 제우스여! 우리가 트로이아군에게 이토록 참패당하지 않도록 여유를 주소서!" 아가멤논의 축원을 들은 제우스는 감동해 즉시 독수리 한 마리를 날려 보냈다. 새들 중 제우스의 조짐을 전달하는 가장 확실한 전령인 독수리는 암사슴이 낳은 새끼 사슴을 날카로운 발톱으로 차고 있었는데 제우스의 신성한 제단 위에 다다르자 그 새끼 사슴을 떨어뜨렸다. 새끼 사슴이 떨어진 제단은 아카이아인들이 제우스의 신탁을 받아내는 곳이었다. 그렇게 아카이아 병사들은 독수리가 제우스로부터 직접 왔다는 것을 알고 분발해 트로이아군을 막아냈다. 그리스 병사 중 가장 앞장서 트로이아군을 공격한 자는 디오메데스였다. 그는 트로이아군의 무사, 프라드몬의 아들 아겔라오스를 쓰러뜨렸다. 디오메데스가 선전해 트로이아군을 공격하자 뒤이어 아트레우스 가문의 군주들, 아가멤논과 메넬라오스, 두 아이아스 등 늠름하고 용기 있는 자들이 모여들었다. 이어서 이도메네우스와 그 수행 무사이자 군신인 에니알리오스에 비견되는 무사 메리오네스, 그 뒤에 에우아이몬의 아들 에우리필로스가 달려왔고 테우크로스도 활을 들고 아이아스의 큰 방패 뒤에 달라붙었다. 아이아스가 큼직한 방패를 옆으로 살짝 치워준 틈에 무사는 적 병사에게 활을 명중시켰고 어린애가 어머니 치마폭 뒤에 숨듯 얼른 방패 뒤로 몸을 숨겼다. 테우크로스가 이렇게 쓰러뜨린 트로이아 무장은 오르실로코스, 오르메노스, 오펠레스테스, 다이토르, 크로미오스, 신과 같은 리코폰테스, 폴리아이몬의 아들 아모파온, 멜라니포스였다. 그들이 모두 테우크로스의 화살에 맞아 쓰러지는 것을 목격한 아가멤논은 매우 기뻐하며 격려했다. "테우크로스여! 그대는 진정으로 영예로운 사나이다. 그대는 그리스군의 희망이오, 그대의 아버지 텔라몬의 희망이다! 서자이지만 그대는 진정으로 아버지의 명성을 타향에서 드높였다. 전지전능하신 제우스와 아테나께서 트로이아 성 함락을 허락하신다면 나 다음으로 맨 먼저 그대의 손에 명예로운 포상을 쥐어줄 것이오. 세 발솥이나 준마 두 필, 마차까지 주거나 그대와 잠자리에 오를 만한 여인

활을 쏘는 테우크로스
명궁 테우크로스가 몸을 숨겨가며
적진 사이로 화살을 날려 치명적인 공격을 가하는 장면이다.

을 주겠소." 그러자 영광을 드높인 테우크로스가 대답했다. "최고의 영광을 지니신 아트레우스의 아들이시여! 저를 격려할 필요는 없습니다. 저는 항상 최선을 다해 싸워 왔으니까요. 하지만 여덟 개의 날카로운 활을 날려 용감한 젊은이들의 몸을 모두 관통했지만 미처 날뛰는 저 개만은 맞출 수 없습니다." 테우크로스는 말을 마치고 헥토르에게 화살을 다시 날렸지만 이번에도 빗나가 여신처럼 아름다운 카스티아네이라의 아들 고르기티온의 가슴에 명중했다. 무거운 투구를 쓴 고르기티온의 머리가 어깨에 축 늘어진 모습은 화원의 양귀비 열매가 씨를 잔뜩 품고 봄비에 축축이 젖어 묵직하게 고개 숙인 것 같았다. 그는 투구의 무게를 못 이겨 고개를 꺾었다. 테우크로스는 화살 하나를 다시 재 활시위를 당겼지만 헥토르를 맞히지 못하고 그의 전차를 모는 마부 아르케프톨레모스 가슴의 갑옷을 뚫었다. 헥토르는 마부의 죽음을 매우 슬퍼하며 이복동생 케브리오네스를 불러 말고삐를 잡게 했다. 헥토르는 분노의 고함을 지르며 번쩍이는 전차에서 뛰어내려 돌덩이를 손에 쥐어 테우크로스를 향해 무서운 기세로 다가갔다. 테우크로스도 화살통에서 날카로운 화살을 뽑아 시위에 재고 어깨까지 끌어당겼다. 그러나 헥토르가 던진 돌덩이가 그의 쇄골에 명중해 그 자리에 고꾸라지자 동생을 지키던 아이아스가 방패로 그를 가렸다. 동시에 메키스테우스와 알라스토르가 심하게 신음하는 테우크로스를 일으켜 함대로 옮겼다. 변덕이 심한 제우스는 트로이아군에게 다시 용기를 주었다. 트로이아군은 깊은 참호 앞까지 아카이아군을 곧장 밀어붙였다. 그 선두에서 헥토르가 용감히 달려나갔다. 사냥 개가 멧돼지나 사자를 잽싸게 뒤쫓아 뒤에서 옆구리나 엉덩이에 달려 들어 짐승 몸이 뒤틀리기를 기다리는 것 같았다. 헥토르는 뒤에 처진 자를 줄곧 무찔러 나갔는데 그들은 달아날 뿐이었다. 그렇게 정신없 이 패주해 간신히 말뚝과 참호 사이에 이르렀을 때 많은 병사가 트로 이아군의 손에 죽었지만 그들은 배 안에서 버티며 서로 격려하며 모든 신에게 두 손을 치켜들고 저마다 소리 높여 기도를 올렸다.

한편, 흰 팔의 여신 헤라는 아카이아 병사들이 처참히 죽어 나가자 아테나 여신을 불러 말했다. "제우스의 사랑받는 딸이여! 우리 둘이 아 카이아군의 패배를 이대로 지켜만 보고 있을 것이오? 저 프리아모스 왕의 아들 헥토르가 사나울 대로 사나워져 이미 많은 해악을 끼치는데 도 말이오." 그러자 빛나는 눈빛의 여신 아테나가 대답했다. "저 헥토 르가 그리스 병사의 손에 고향에서 정말 최후를 맞아 목숨도 혼도 잃 었으면 좋겠어요. 그런데 아버지 제우스께서도 저 자처럼 실성해 화 만 내고 밤낮 방해만 하십니다. 아버지는 에우리스테우스 때문에 고 통받던 헤라클레스를 제가 구해주었다는 걸 잊으셨나 보군요. 아버지 제우스가 가장 아끼던 아들 헤라클레스가 에우리스테우스로부터 12 가지 노역을 받을 때 일이죠. 그는 과업을 수행하면서도 늘 하늘에 대 고 징징거렸어요. 제우스께서는 그런 그를 위해 저를 땅에 내려보내 도와주라고 하셨죠. 오늘의 일들을 예견했더라면 그때 헤라클레스가 지하세계의 수문장인 그 천한 개 케르베로스를 데려오라는 명령을 받고 갔을 때 스틱스강을 벗어나지 못하게 했을 겁니다. 그런데도 지금 와 저를 미워하시고 테티스의 음모를 이뤄주려고 하다니. 그 여인이 제우스의 무릎에 입을 맞추고 손을 뻗어 수염을 어루만지며 도성을 공략하는 아킬레우스에게 영광을 내려달라고 애원했거든요. 어쨌든 지금 당장 외발굽 말들을 준비하라고 명령해 주세요. 그동안 저는 산양 가죽 방패를 가진 제우스의 궁에 들어가 싸울 준비로 갑옷을 걸치고 나올게요. 우리 둘이 전투가 한창인 소란 속에 나타나면 저 프리아모스의 아들 헥토르가 과연 기뻐할지 볼 만하겠네요. 틀림없이 이번에는 트로이아 편 몇 명쯤은 아카이아군의 함선 옆에 수없이 엎어져 개와 독수리의 밥이 될 거예요." 그러자 반대할 이유가 없는 헤라는 황금가리개를 걸친 마차를 준비시키고 아테나 여신은 손수 만든 찬란히 수놓은 옷을 벗고 아버지가 전쟁 때 입는 튜닉을 입었다. 또한, 무시무시한 여신들이 인간의 군대를 멸할 때 사용하는 매우 무거운 창을 들고 노기등등한 모습으로 전차에 올랐다.

이윽고 헤라가 말들에게 채찍질하자 하늘의 문이 큰 소리를 내며 저절로 열렸다. 문을 지키는 여신은 호라이 여신들로 거대한 하늘과 올림포스가 그들에게 맡겨져 짙은 구름을 여닫는 일도 그녀들의 소관이었다. 헤라와 아테나 두 여신이 마차를 타고 나타나자 호라이 여신들이 물러나 여신들의 마차는 문을 통과할 수 있었다. 제우스는 이다산에서 그 광경을 보고 분노해 황금날개를 가진 '무지개의 여신' 이리스에게 즉시 명령했다. "이리스여! 어서 가 저들을 돌려보내라. 내 앞에 절대로 나타나지 못하게 하라. 우리가 말다툼하는 것은 좋지 않으니까. 내 지시를 듣지 않는다면 이것은 반드시 이뤄지니 저 둘의 마차에 맨 말들의 다리를 부러뜨리겠다고 분명히 말하라. 그들은 그 옛날 아폴론의 아들 파에톤이 태양 마차를 몰아 세상을 어지럽히자 내가 번개를 내려 태양 마차를 부수고 파에톤을 땅에 떨어뜨려 죽인 사실을 잘 알고 있을 것이다. 그들이 내 말을 듣지 않으면 그 일을 상기시켜라. 그러면 눈빛이 빛나는 딸도 제 아비와의 싸움이 무엇을 의미하는지 깨달을 것이다. 내 말이라면 무엇이든 항상 반항하는 헤라에게는 화낼 필요도 없다. 그녀의 버릇에 이미 이골이 났으니까!" '무지개의 여신' 이리스는 질풍 같이 달려 바로 문 앞에서 그들을 제지하고 제우스의 전갈을 알렸다. "어디로 그렇게 급히 가세요? 두 분이 무엇을 그렇게 기를 쓰고 꾸미고 계십니까? 크로노스의 아들 제우스 님이 그리스 측을 돕지 말라고 하셨어요. 제우스께서는 지금 화가 나셨습니다. 그대들이 모는 말들을 불구로 만들고 그대들을 파에톤처럼 전차에서 떨어뜨리고 전차는 박살내겠답니다. 10년이 흘러도 그대들의 벼락 맞은 상처가 낫지 않을 거랍니다. 그러면 자기에게 대적한 것의 의미를 깨달을 거라고 말씀하셨습니다." 이리스의 전갈에 긴장한 헤라가 아테나에게 말했다. "제우스의 따님이여! 인간들을 위해 우리가 제우스와 다투는 것은 삼가죠. 살고 죽는 것은 그들의 운명이니까. 제우스께

이다산의 제우스와 헤라
둘은 부부였지만 제우스의 바람기에 '가정의 수호신' 헤라와 갈등이 깊어진다.
특히 트로이아 전쟁에서 의견 차이로 앙숙이 된다.

서 알아서 판단하시겠지." 그들은 사실 불만스러웠지만 전차를 돌려 올림포스 신들 사이 황금의자로 돌아갔다.

한편, 제우스는 이다산에서 신들이 모인 올림포스로 돌아왔다. 제우스가 황금 옥좌에 앉자 거대한 올림포스 하늘 궁전이 그의 발밑에서 지축을 흔드는 것 같았다. 아테나와 헤라는 제우스로부터 멀리 떨어져 앉아 한마디도 하지 않은 채 삐쳐 있었다. 제우스가 이를 눈치채고 말을 걸었다. "그대들은 무슨 불만이 그리 많소? 무사들에게 영광을 주는 전쟁에서 그토록 미워하는 트로이아군을 격멸하느라 설마 피로한 것 아니오? 어쨌든 내 위세, 내 팔이 무적인 이상 나를 이기지는 못하리라. 이것은 그대들도 마찬가지오." 제우스의 말에 헤라와 아테나는 화가 치밀어 올랐다. 아테나는 아버지 면전에서 감히 대들 수 없어 참고 있었는데 헤라는 복받치는 감정을 억제하지 못하고 폭발시켰다. "올림포스의 무시무시한 제왕이시여! 지금 무슨 말씀하십니까? 이 세상 어느 천지에 당신을 당할 자가 있습니까? 하지만 이렇게 일방적으로 나가면 천신만고 끝에 온 그리스군이 전멸당할 겁니다." 그 말을 들은 제우스는 모든 신이 듣도록 엄숙하고 우렁차게 대답했다. "헤라여! 날이 밝기 전 그대의 눈으로 그리스군의 참사를 볼 것이오. 이 전쟁은 탐욕으로 가득 찬 전쟁이오. 아킬레우스가 뱃전에서 분기해 일어서기 전까지 헥토르가 전투를 멈추지 않게 하겠소. 이것이 요지부동한 내 뜻이오. 나는 그대를 전혀 개의치 않소. 설사 그대가 '태양의 신' 하이페리온의 광명이나 부드러운 바람결의 위안을 전혀 받지 못하는 타르타로스의 심옥에 던져지더라도 눈곱만큼도 개의치 않겠소. 그대보다 더 **뻔뻔한** 자는 없으니까." 모든 신 앞에서 면박을 당한 헤라는 아무 반박도 못 한 채 분만 삭이고 있었다. 그러는 동안 오케아노스 바다에 빛나던 태양빛도 가라앉고 곡식이 영그는 대지 위를 어둠이 덮었다. 이 일몰은 한창 승승장구하던 트로이아 측에서는 달갑잖은 것이었다. 그러나 아카이아 측에는 세 번이라도 신에게 기원해 얻을 만한 고맙기 그지없는 기회였다. 그동안 지친 몸을 추스르고 부대를 재정비할 수 있으니 말이다.

한편, 헥토르는 트로이아군 회의를 주관하고 있었다. 그가 사람들을 소집한 장소는 소용돌이치는 강가로 시체 따위는 보이지 않는 넓은 곳이었다. 헥토르는 한 자나 되는 창을 쥐고 있었다. 창은 청동 끝이 손 위에서 번쩍번쩍 빛났고 황금고리가 잘록한 창대를 감싸고 있었다. 그 창에 기댄 채 그는 트로이아인들에게 말했다. "트로이아와 동맹군 여러분! 내가 트로이아로 돌아가기 전에 그리스 함대와 병사들을 전멸시킬 거라고 생각했는데 그 전에 '밤의 여신' 닉스가 어둠을 드리웠소. 이 밤이 그리스군을 구했소. 자, 이제 우리는 닉스의 명령을 받들어 저녁식사를 준비합시다. 서둘러 성으로 가 향기로운 술과 빵, 소와 살찐 양을 끌고 오시오. 그리고 장작을 듬뿍 모아 '새벽의 여신' 에오스가 빛을 드리울 때까지 횃불을 환히 밝혀 아카이아 병사들이 도망치는지 감시합시다. 그들이 출항하도록 내버려두면 안 되오. 이 땅에서 다시 전쟁을 일으키면 안 된다는 것을 분명히 가르쳐 줍시다. 나는 내일 디오메데스가 과연 나를 후퇴시킬 수 있는지 시험할 것이오. 그는 내 첫 희생자가 될 것이오. 날이 밝으면 그리스군에게 재앙을 가져다줄 것이 확실하오." 헥토르가 이렇게 말하자 트로이아인들은 기뻐하며 박수갈채를 보냈다. 그들은 성에서 소와 팔팔한 양들을 끌어오고 포도주와 곡식도 내오고 장작도 쌓아 올렸다. 그렇게 불사의 신들에게 훌륭한 제물을 바치면서 사기도 드높게 대낮처럼 불을 피워 밤새 진을 쳤다. 평원에 활활 타오르는 휘황한 모닥불 수는 천 개였고 저마다 둘레에는 무려 50명의 병사가 둘러앉았고 말들은 흰 보리와 여물로 배를 채우며 새벽의 여신을 기다렸다.

한편, 아카이아군 진영은 사기저하로 위축된 상태에서 엄청난 공포를 겪고 있었다. 북풍 보레아스와 서풍 제피로스 등 트라키아에서 불어오는 바람에 들썩이는 바다처럼 아카이아 병사들은 고통스러웠다. 그때 아트레우스의 아들 아가멤논은 솟구치는 한탄을 가슴속에 억누른 채 자리에 앉아 있지 못했다. 그는 은밀히 전령을 시켜 장수들을 회의에 참석시켰다. 이윽고 모두 회의장에 시무룩한 표정으로 있을 때 침통한 표정의 아가멤논이 눈물을 흘리며 일어섰다. "오, 친애하는 그리스군 장수와 영주들이여! 무정한 신 제우스께서 트로이아를 공략시킨 후 귀국시켜 주겠다고 약속하셨는데 지금 와 변심하는 바람에 무수한 동포들의 생명을 버린 채 수치스럽게 빈손으로 돌아가려는군요. 이제 마음을 가다듬고 고국으로 탈출할 길을 찾읍시다." 아가멤논의 말에 회의장은 숙연한 분위기가 감돌았다. 그때 디오메데스가 침묵을 깨고 열변을 토했다. "아가멤논이시여! 그렇게 사리분별이 부족한 말씀을 하시면 이 회의석상에서 토론하지 않을 수 없습니다. 제우스께서는 당신에게 부와 영광의 왕홀을 주셨지만 용기는 주시지 않은 것 같습니다. 아직도 우리 용사들이 겁쟁이로 보입니까? 그렇다면 혼자 귀국하십시오. 우리는 저 트로이아 성을 함락시키지 못하면 돌아가지 않을 것이오." 디오메데스의 비장한 발언에 모든 장수가 감탄해 박수갈채를 보냈다. 그러자 기사 네스토르가 자리에서 일어났다. "티데우스의 아들 디오메데스여! 그대는 전장에서도 뛰어나지만 토론장에서도 어느 무사보다 으뜸이로다. 이곳의 그 누구도 그대의 말을 반박하지 못하리라. 하지만 그대는 아직 젊소. 그런데도 그대는 우리 장수들에게 고귀한 충언을 하셨소. 자, 여러분보다 한 살이라도 많은 내가 한마디 하겠소. 아가멤논도 내 말은 거부하지 못할 것이오. 먼저 현실을 직시해야 하오. 먼저 젊은 장수들에게 배불리 먹을 음식을 제공하고 참호와 방벽을 경계하도록 합시다. 그리고 아가멤논께서 연로한 장수들을 불러 연회를 베푸는 게 좋겠소. 그들에게서 현명한 충언을 들을 수 있을 것이오." 회의에 참석한 장수들은 네스토르의 조언을 따르기로 했고 완전 무장한 젊은 장수들이 여기저기 배치되었다. 모두 일곱 곳에 경비대를 세웠는데 한 경비대에 긴 창으로 무장한 무사 100명을 배치했다. 또한, 아가멤논은 연로한 장수들을 소집해 연회를 가졌다. 그 자리에서 네스토르가 노장들에게 말했다. "더없이 높은 영예를 받으시는 아트레우스의 아들 아가멤논이시여! 제 생각을 솔직히 말씀드리겠습니다. 당신께서 아킬레우스에게서 브리세이스를 빼앗아 그를 노하게 한 후 저보다 더 훌륭한 대책을 생각한 사람은 없었을 겁니다. 그때 제가 단념하시라고 강력히 권했지만 오만한 마음에 굴복한 당신께서는 불사의 신들조차 존경하는 아킬레우스를 모욕했던 것이오. 때는 늦었지만 아킬레우스를 달랠 방법을 강구해 겸손한 사과와 화해의 선물로 그를 돌아오게 합시다." 그러자 아가멤논이 말했다. "노장이신 그대는 내 어리석음을 꾸짖어 주었소. 그때는 뭔가에 씌운 듯 정신이 나갔나 보오. 제우스께서 수천 수만 명의 인간보다 더 사랑하시는 아킬레우스를 욕보이다니. 그 대가로 엄청난 보상금을 기꺼이 치르겠소. 보상금은 다음과 같소. 아직 불에 얹어보지도 않은 큰 솥 일곱 개, 황금추 열 개, 번쩍이는 작은 솥 20개, 준마 12필로 모두 경주에서 우승한 늘씬한 말들이오. 이 통발굽 말들이 가져다주는 많은 상품, 이토록 많이 받은 사나이는 수확이 부족하다고 느끼지 않을 것이고 더없이 귀중한 황금을 차지하지 못했다는 소리는 듣지 않을 것이오. 또한, 내가 레스보스를 점령했을 때 전리품으로 챙긴 세상 최고의 미녀 일곱 명도 보내리다. 이 여인들과 함께 내가 데려왔던 브리세이스도 돌려보내리다. 하늘에 맹세컨대 나는 그녀와 동침은커녕 손조차 잡아본 적이 없소. 그 물건들을 당장 전달해주리다. 그리고 신들이 우리에게 프리아모스의 위대한 도성 트로이아 함락을 허락하신다면 전리품 분배에 그를 참여시켜 황금과 청동으로 함대를 채우고 헬레네 다음가는 미녀 20명을 선발하겠소. 그리고 우리가 고국에 돌아가면 그를 내 사위로 삼아 사랑하는 아들 오레스테스와 동등하게 대우하리다. 훌륭하게 지은 내 궁전에는 세 딸 크리소테미스, 라오디케, 이피아나사가 있소. 그중 한 명을 선택해 가장 많은 지참금과 함께 아킬레우스에게 데려가게 하겠소. 그리고 부유한 도시 일곱 개를 그에게 주리다. 카르다밀레, 에노페, 히레 초원지대, 성스러운 페라이, 전원의 안테이아, 아름다운 아이페이아, 포도가 무르익은 페다소스라오. 모두 바다에서 가깝고 모래언덕이 많은 필로스 경계 가까이 있으며 주민들은 많은 새끼 양과 암소를 기르고 있소. 그들은 아킬레우스를 신처럼 섬길 것이오. 아킬레우스가 분노를 거둔다면 나는 이 약속을 지키려고 하니 이제 아킬레우스도 고집을 그만 피우는 게 좋을 것이오." 장로 네스토르가 아가멤논의 말에 대답했다. "위대하신 아가멤논이시여! 정말 잘 생각하셨습니다. 그 정도 선물이라면 감히 거부할 사람이 없을 겁니다. 그러면 내가 아킬레우스에게 보낼 사람을 고를 테니 그들을 승낙해주시오. 먼저 선두로 제우스의 사랑을 받는 포이닉스를 앞세우고 아이아스와 오디세우스를 따르게 합시다." 네스토르의 말에 모두 찬성했다. 하인들은 곧 물을 부어 손을 씻게 하고 사절들은 예의 바른 태도로 돌아다니며 술을 따랐다. 그들은 제주를 올리고 잔을 채워 마신 후 아가멤논의 막사를 떠났다. 미르미돈의 막사와 함대에 다다른 그들은

오디세우스 사절단을 반기는 아킬레우스
아킬레우스가 신뢰하는 오디세우스를 반갑게 맞는 장면으로
오디세우스는 아가멤논과의 불화를 해결하기 위해 사절단으로 왔다.

하프를 뜯던 아킬레우스를 발견했다. 하프는 아킬레우스가 에티온시를 함락했을 때 전리품으로 얻은 것이었다. 아킬레우스 곁에는 절친 파트로클로스가 앉아 있었다. 오디세우스를 선두로 세 사자가 다가가자 아킬레우스는 깜짝 놀라 하프를 든 채 자리에서 일어났다. "어서 오시오! 당신들을 뵈니 정말 반갑습니다. 나는 화가 났지만 그대들은 내 친한 벗들 아니오?" 사절단 일행을 맞은 아킬레우스는 옆에 있던 파트로클로스에게 말했다. "어서 향긋한 포도주와 잔을 가져오게. 막역한 친구들이 내 집에 찾아오셨어." 파트로클로스는 고기를 써는 도마를 내오게 해 양고기와 산양 등심, 살찐 돼지의 기름진 뒷다리를 올려놓고 불을 지피는 동안 고기를 꼬챙이에 꽂아 불에 구워 접시에 냈다. 아킬레우스는 파트로클로스에게 일러 신에게 제물을 올리게 했다. 파트로클로스가 불 속에 제물을 던지자 일행은 눈앞에 차려진 요리를 먹었다. 아이아스가 포이닉스에게 고개를 끄떡이자 오디세우스가 알아차리고 잔에 술을 가득 부어 아킬레우스에게 축배를 제안했다. "아킬레우스여! 그대의 건강을 비오! 정말 그대가 영광스러운 향연을 베푸시어 감사하오. 하지만 향연을 대접받는 것이 우리의 용무는 아닙니다. 펠레우스의 위대한 아들이시여! 지금 우리 군대는 큰 위기에 빠져 있습니다. 그래서 가슴 아파하는 것이오. 당신께서 나서지 않으면 자리가 잘 마련된 배들이 무사히 남을지 궤멸될지는 알 수 없소. 지금 트로이아군은 우리 함대를 포위한 채 야영 중이오. 적의 횃불이 불야성이고 그들은 우리가 그리스로 도망칠 거라고 믿고 있소. 게다가 제우스 신마저 그들에게 유리한 징조를 보여 오른쪽에 천둥을 울려 헥토르는 그것을 기회로 신의 뜻을 빌려 기세등등 한시바삐 새벽이 오길 기다리고 있소. 그는 뱃머리 장식을 잘라버리고 배를 불태울 기세로 덤빌 것이오. 그래서 이제 우리가 죽을 운명인지 심히 염려하는 것이오." 오디세우스는 아가멤논이 아킬레우스에게 주겠다는 물품 목록과 약속을 장황하게 설명하고 덧붙여 말했다. "그대의 화가 풀리지 않았다면 무엇보다 바람 앞의 촛불과도 같은 동포들을 살펴주시오. 그러면 그들은 그대를 신처럼 찬양할 것이오. 이제 그대가 나설 차례요. 그대야말로 헥토르를 제압하고 트로이아를 함락시킬 유일한 영웅이기 때문이오." 오디세우스가 말을 더 이으려고 하자 아킬레우스가 제지하며 대답했다. "계략에 능한 오디세우스이시여! 내 속마음을 솔직히 말하겠습니다. 사실 마음속으로 헥토르를 미워하오. 그러나 아가멤논이 나를 더 설득하지 못하리다. 늘 목숨을 내놓고 싸워 왔지만 마음에 고통만 받았을 뿐 아무 보답도 받지 못했소. 때로는 몇 날 며칠 한숨도 못 자고 피비린내 나게 아침부터 밤까지 싸웠소. 결국 아가멤논의 무사와 그 아내들을 위해 싸운 셈이오. 실제로 내가 배를 이끌고 공략한 도시는 12개나 되오. 모든 점령지에서 나는 많은 전리품을 가져와 아가멤논에게 넘겨주었소. 그런데 그것도 모자라 그는 내 마음에 든 여인까지 빼앗아가버렸소. 그 여인과 실컷 놀아보라지. 그러니 나와 그리스군이 트로이아군과 더 싸워봤자 무슨 소용이겠소? 그들 아가멤논과 그의 동생 메넬라오스는 아름다운 헬레네를 되찾기 위해 이곳에 왔소. 그러나 용감하고 분별력 있는 무장이라면 모두 자기 아내는 귀엽고 사랑스러운 법이오. 당신 오디세우스도 고향에 두고 온 아내 페넬로페가 그립지 않소? 나도 마찬가지오. 창으로 빼앗은 여자이지만 그녀를 진정으로 사랑하는 것은 마찬가지란 말이오. 그러니 나를 어지럽히기 위해 더 이상 오지 마시오. 또한, 아가멤논의 딸 따위를 아내로 맞을 생각은 추호도 없소. 설령 인물이 황금의 아프로디테보다 못 할 바 없고 눈빛이 빛나는 아테나와 수예 솜씨가 비견되더라도 결코 아내로 맞지 않겠소. 신들이 나를 고향으로 무사히 돌아가게 해주신다면 틀림없이 아버지 펠레우스가 직접 훌륭한 아내를 구해주실 테니까. 온 헬라스와 프티아에 아카이아의 딸들은 많소. 도성이며 보루를 가진 훌륭한 군주들의 딸도 많고 누구든 마음에 드는 여인을 정실로 맞을 것이니 나는 그대의 제안을 거절하겠소. 그리고 이제 헥토르와 싸울 생각은 전혀 없소. 내일이라도 제우스와 모든 신에게 제물을 바치고 배를 타고 이곳을 떠나리다. 그대의 생각도 나와 같다면 내일 함께 배에 올라 그리운 고향으로 돌아갑시다." 아킬레우스의 장황한 말에 모두 질려 한결같이 입을 다물고 말았다. 그토록 그는 단호히 거절한 것이다. 잠시 후 늙은 기수 포이닉스가 눈물을 흘리며 겨우 입을 열었다. "영광에 빛나는 아킬레우스여! 그대의 가슴이 아직도 분노로 들끓어 진정으로 귀향하고자 한다면 내 어찌 혼자 여기 남아 있겠소? 그대는 내가 책임지고 이곳에 데려왔소. 그대의 늙은 부친께서 그대를 아가멤논에게 보낼 때 나를 함께 보내셨소. 당시 그대는 어린 아이여서 전쟁이나 전술 경험이 전혀 없어 부친인 펠레우스께서 우수한 웅변가나 용사가 되는 방법을 가르치라고 나를 보내셨소. 그러니 그대가 이곳을 떠난다면 내 어찌 이곳에 혼자 남아 있으리오? 나는 내 아버지 아민토르와의 불화로 펠레우스 왕에게 간 것이오. 왕께서는 내게 기름진 토양의 프티아 변경에서 살게 하셨소. 그래서 오늘날의 그대를 이렇게 키워놓은 것이오." 포이닉스는 잠시 말을 멈추고 좌중을 둘러보았다. 숨을 돌린 그는 말을 이었다. "자랑스러운 아킬레우스여! 내가 진정으로 그대를 아낀다는 걸 잘 알 거요. 그대는 연회에도 잘 나가려고 하지 않았고 집안에서 음식을 차렸을 때도 내가 그대를 무릎 위에 앉혀 고기를 잘게 썰어 먹이고 잔을 채워 들려줄 때까지 자기 손으로 먹지 않는 성미였소. 그런 형편이었으니 성가신 아이가 으레 그렇듯 포도주를 입에서 흘려 내 속옷 가슴팍을 적신 적이 몇 번인지 모르오. 신들이 내게 자식을 점지하지 않은 것은 그대를 자식처럼 키우라는 당부였을 것이오. 실제로 나는 그대를 친자식처럼 여기고 언젠가는 나를 무서운 재난으로부터 구해주리라 생각하고 싶소. 자랑스러운 아킬레우스여! 오만한 분노는 참아주시오. 위엄과 지위, 힘이 인간보다 훨씬 뛰어난 신들조차 굽히고 참는 경우가 있는 법이오. '기도의 여신' 리타이는 제우스의 딸로 절름발에 주름살 투성인데 그녀에게 '죄의 여신'이 따라다닌다오. 그러나 '죄의 여신'은 강하고 걸음이 빨라 인간 세상 어디든지 돌아다니며 인간을 악의 재앙 속에 떨어뜨린다오. 그럴 때 인간이 '기도의 여신'에게 다가가 존경을 표하면

여신은 그 간청을 들어주지만 그러지 않고 여신을 모독하면 제우스께
'죄의 여신'이 자신을 따라다니도록 청해 벌받게 한다니 그대도 이 제
우스의 딸들에게 무례한 짓을 하면 안 되오. 누구든지 훌륭한 사람은
마음을 억누르고 참는 법이오. 아가멤논이 선물도 보내지 않거나 나
중에 보내겠다는 말도 전혀 하지 않아 여전히 화를 내는 거라면 아무
리 여러 사람이 바라더라도 나는 분노를 버리고 그리스 병사를 도와
주라는 말을 그대에게 결코 하지 않겠소. 그러나 지금 당장이라도 많
은 선물을 보내겠다고 할 뿐만 아니라 나중 일도 여러 가지로 약속하
면서 그대와 가장 친한 사람들을 간청의 사절로 보내지 않았소? 그러
니 그들의 말과 노고를 모독하면 안 된다는 말이오. 전해오는 옛 영웅
들의 무용담에 의하면 아무리 무섭게 화가 났더라도 선물을 받으면 마
음을 누그러뜨렸고 달래는 말에 귀를 기울였다고 하오. 나는 그 같은
일들을 하나하나 잘 알고 있소. 새로운 이야기는 결코 아니지만 여러
분께 들려드리겠소." 포이닉스는 잠시 말을 멈췄다. 좌중은 물론 아킬
레우스도 포이닉스가 어떤 이야기를 할지 궁금해졌다. 잠시 후 입을
연 포이닉스는 자신이 아는 이야기를 시작했다. "쿠레테스족과 용맹
스러운 아이톨리아인들이 칼리돈이라는 도시를 사이에 두고 개와 고
양이처럼 원수지간이 되어 살육을 멈추지 않았소. 아이톨리아인들은
아름다운 칼리돈을 지키려고 했고 쿠레테스족은 그 도시를 공격해 황
폐화시키고 싶어했소. 그것은 황금의 아르테미스 여신을 화나게 하는
일이어서 여신은 그들의 머리 위에 재앙을 내렸소. 결정적인 이유는

오이네우스가 신에게 추수 제물을 바칠 때 다른 신들에게는 큰 제물을 올렸지만 잊었든 깨닫지 못했든 오직 한 분, 숲의 수호신 아르테미스 여신에게만 바치지 않았기 때문이오. 그래서 큰 실수를 저지르고 말았던 거요. 활을 쏘는 여신은 그 일에 화가 나 야생의 거칠고 무서운 멧돼지 한 마리를 보내셨소. 그 멧돼지는 오이네우스의 밭을 엉망으로 만들었소. 거목들을 뿌리째 뽑아 밭에 쓰러뜨리고 능금밭의 꽃이 달린 몇 그루 나무를 뽑아버리곤 했소. 그러나 오이네우스는 그리스 전역에서 수많은 영웅을 불러모아 멧돼지 사냥에 나섰고 난폭한 멧돼지를 멜레아그로스가 죽이는 영광을 차지했소. 그런데 아르테미스 여신은 자신이 보낸 멧돼지가 죽자 멧돼지의 머리와 거센 털가죽을 놓고 쿠레테스족과 의기양양한 아이톨리아 사이에 큰 소동과 싸움을 일으킨 것이오. 군신 아레스의 사랑을 받는 멜레아그로스가 싸움터에 나간 사이 적인 쿠레테스족의 형세가 불리해 수만 많았을 뿐 자기 도시의 성벽 밖에 나가면 싸움을 견디지 못했소. 그때 아이톨리아의 멜레아그로스는 어머니 알타이아와의 불화로 아내와 함께 집에 있었소. 그의 아내는 복사뼈가 예쁜 마르펫사의 딸인 아름다운 클레오파트라였소. 그녀의 아버지는 이다스였는데 당시 그는 마르펫사를 위해 아폴론 신을 향해 활을 들 정도로 힘센 장사였소. 멜레아그로스와 그의 어머니가 불화를 빚은 것은 멜레아그로스가 외삼촌을 죽였기 때문이오. 그의 어머니는 땅을 치며 '명부의 대왕' 하데스와 그의 무서운 아내 페르세포네를 부르짖었고 자식이 죽음의 벌을 받기를 축원했소. 멜레

멧돼지와 싸우는 멜레아그로스

칼리돈의 멧돼지를 사냥해 머리와 가죽을 아름다운 아탈란테에게 주자 삼촌들의 반발로
그만 멜레아그로스는 그들을 죽이고 만다. 이후 그는 어머니로부터 죽임을 당한다.

아그로스가 자기 외삼촌을 죽인 건 한 여인 때문이었소. 그 여인은 칼리돈의 멧돼지 사냥에 참가한 영웅 중 아탈란테라는 유일한 여성이었소. 그녀는 보이오티아의 왕 스코이네우스, 또는 아르카디아의 왕 이아소스가 아버지이고 어머니는 미니아스의 딸 클리메네였소. 자기 뒤를 이을 아들을 원했던 아버지는 딸이 태어나자 깊은 숲속에 버렸소. 버려진 아탈란테는 여신 아르테미스가 보낸 곰의 젖을 먹으며 살다가 사냥꾼에게 발견되어 그들 손에 키워졌소. 아탈란테는 아름다운 처녀 사냥꾼으로 성장했고 사냥에 능하고 어느 영웅보다 달리기 실력이 뛰어났소. 그런 그녀를 본 멜레아그로스는 첫눈에 반하고 말았소. 영웅들이 멧돼지 사냥에서 고전하는 가운데 아탈란테가 처음으로 멧돼지에게 화살을 명중시켰고 이어서 멜레아그로스가 멧돼지를 창으로 찔러 죽이는 데 성공했소. 멜레아그로스가 전리품인 멧돼지 가죽과 머리를 아탈란테에게 주겠다고 선언하자 그녀를 질투한 플렉시포스와 톡세우스가 그것에 반대해 아탈란테가 받은 전리품을 빼앗았소. 이에 격분한 멜레아그로스는 그들이 자기 외삼촌임을 잊고 죽이고 말았소. 멜레아그로스의 어머니 알타이아는 자기 남매를 죽인 아들에게 죽음의 저주를 내뱉었소. 냉혹한 '복수의 신'이 어둠 속에서 그녀의 축원 소리를 들었소. 바로 그때 습격을 받은 성문 근처에서 야단법석이 일었소. 아이톨리아의 노장들은 사제들을 멜레아그로스에게 보내 많은 기증품을 약속하고 자신들을 도와달라고 간청했소. 그들은 칼리돈의 평야에서 절반은 포도원이고 절반은 경작지인 가장 기름진 땅 50에이

커를 멜레아그로스에게 준다고 말했소. 그리고 나이 든 오이네우스는 거대한 방문 앞에서 문을 두드리며 간청했소. 멜레아그로스의 누나들과 어머니도 간청했지만 그를 움직이지 못했다오. 그러나 결국 그의 방이 쿠레테스족의 습격을 받자 망설였소. 그 모습을 본 그의 아름다운 아내 클레오파트라는 쿠레테스족에게 사람들이 죽어가는 것을 더 이상 지켜볼 수 없어 남편에게 애원했고 멜레아그로스는 갑옷으로 무장해 쿠레테스족을 물리쳐 아이톨리아인들을 구출했소. 그러나 그들이 약속한 굉장한 선물은 전혀 받지 못했소. 자, 그대도 그런 식으로 이끌어가지 않길 바라오. 아킬레우스여! 그대가 돕기 전에 함대가 전부 불타버린다면 원통하지 않겠소? 선물이 손에 들어올 때 받으시오. 아카이아인들은 그대를 신처럼 우러러보리다. 하지만 선물도 못 받고 전투에 임한다면 그대가 승리를 거두더라도 영광은 얻지 못할 것이오.”

포이닉스의 장황한 이야기가 끝나자 좌중은 감탄했지만 아킬레우스는 냉정을 잃지 않고 대답했다. “제우스의 비호를 받는 포이닉스여! 나는 그 같은 영광은 바라지 않소. 제우스가 주신 운명으로 이제 충분한 영광을 받았다고 생각하니까. 아가멤논의 비위를 맞추기 위해 애통과 신음으로 내 마음을 더 이상 어지럽히지 마시오. 하지만 내가 드릴 말씀은 존경하는 당신이 그에게 친절을 베풀 필요가 없다는 것이오. 내가 당신을 얼마나 존경하는지 알 테니 나와 함께 지내면서 나를 괴롭히는 자를 괴롭혀주고 나와 함께 영광을 나눕시다. 소식은 다른 사람들이 전할 테니 당신은 여기서 편히 쉬다가 날이 밝으면 귀향 여부를 생각하시오." 그렇게 말하고 아킬레우스는 파트로클로스에게 포이닉스의 잠자리를 보살피도록 무언의 눈길을 보냈는데 다른 사람들에게 돌아가라는 암시이기도 했다. 이를 느낀 텔라몬의 아들 아이아스가 오디세우스에게 말했다. "지혜로우신 오디세우스여! 돌아갑시다. 아무래도 오늘의 이 방문은 목적을 이룰 수 없을 것 같소. 아킬레우스의 마음은 증오로 가득 차 생각을 돌리려고 하지 않는구려. 반가운 소식은 아니지만 우리를 기다리는 사람들에게 어쨌든 전해야 하오. 우리가 아킬레우스를 얼마나 숭배하는지조차 모르는 것 같소. 무정한 사람이구려! 세상에는 형제를 죽인 자조차, 또 죽은 자기 아들에 대해서조차 보상금을 받고 용서해준 예가 얼마든지 있소. 그 살인자가 많은 보상금을 내고 그 지역에 머물러 있으면 살해당한 측도 보상금을 받고 분한 마음을 가라앉혀 감정을 억제하고 물러앉는다오. 그러나 신들은 그대 가슴속에 그것도 여인 한 명 때문에 용서를 모르는 증오를 불어넣으셨소. 그러나 우리가 제안한 일곱 명의 가장 훌륭한 여인을 골라주고 많은 물품과 함께 선물하는 것이니 그대도 굽혀 마음을 누그러뜨려 그대의 막사를 찾아온 손님의 청을 들어주시오. 그리스군 속에서 선발되어 온 우리는 지금 이 지붕 밑의 그대 곁에 와 있을 뿐만 아니라 누구보다 그대를 마음속으로 소중하고 친근히 생각하고 있소. 모든 아카이아군 속에서도 특별히 말이오." 그러자 아킬레우스가 대답했다. "텔라몬의 아들 아이아스여! 그대는 모든 것을 내 생각대로 말해준 것 같소. 하지만 모든 걸 돌이켜보아도 아직 화가 가라앉지 않소. 아가멤논은 내가 경우도 의리도 없는 형편없는 사람인 것처럼 동지들 앞에서 나를 멸시했소! 어쨌든 가서 소식을 전하시오. 헥토르가 미르미돈 진영과 배 근처까지 그리스군을 무찌르며 접근해 배를 새까맣게 태우기 전에. 그러나 내로라하는 헥토르도 아무리 전쟁에 갈증이 났더라도 내 막사와 검은 배 옆에서는 물러날 것이오."

이렇게 말하자 사절들은 두 귀가 달린 잔을 들어 신들에게 올리고 돌아갔다. 파트로클로스는 포이닉스의 잠자리를 위해 푹신한 양털로 짠 침상을 마련했고 노인은 거기 누워 날이 밝기를 기다렸다. 한편, 아킬레우스는 견고하게 꾸민 막사 안쪽에서 잠자리에 들었다. 그 옆에는 그가 전에 레스보스에서 데려온, 두 볼이 아름다운 디오메데가 함께 누웠고 건너편에는 파트로클로스가 누웠는데 그 곁에서는 아름다운 허리띠를 맨 이피스가 잤다. 용감한 아킬레우스가 에니에우스의 도시인 험난한 스키로스를 함락시켜 전리품으로 챙겨 파트로클로스에게 준 여인이었다.

제6부

적진 잠입

오디세우스를 비롯한 사절단은 아가멤논의 막사로 돌아왔다. 그들이 돌아오자 모두 일어서서 금잔을 들어 맞았고 아가멤논이 말을 꺼냈다. "수고하셨소. 오디세우스여! 어찌 되었소? 아킬레우스가 내 의중을 들어주겠는가, 아니면 아직도 분노가 커 거절했는가?" 그러자 참을성 많고 지혜로운 오디세우스가 대답했다. "최고의 영예를 지니신 아가멤논이시여! 아킬레우스는 아직 화가 풀리지 않아 당신의 제안과 선물을 뿌리치고 우리 스스로 동지들과 더불어 아카이아군을 방어할 방법을 궁리하라고 했습니다. 또한, 날이 밝는 대로 자기는 돌아가겠다면서 우리에게도 귀향을 권했습니다. 트로이아는 제우스께서 보살피므로 종말을 못 볼 거라는 것이죠." 오디세우스의 말에 그 자리에 있던 사람들 모두 아연실색해 한동안 말을 잃었다. 그때 디오메데스가 침묵을 깨고 언성을 높였다. "아가멤논이시여! 펠레우스의 아들에게 많은 선물을 주면서까지 간청하지 말았어야 했습니다. 아킬레우스는 안 그래도 거만한데 이제 사령관께서 더 거만하게 만들었습니다. 어쨌든 이제 그자가 떠나든 말든 내버려 둡시다. 신께서 그의 마음을 돌리시면 결국 그도 싸움터에 나타나겠죠. 대신 우리 모두 성찬을 즐기고 단잠이나 잡시다. 새벽이 오면 군마를 정비해 친히 지휘하소서!"

디오메데스의 말에 만족해 진심으로 박수갈채를 보내고 각자의 막사로 돌아가 잠자리에 들었다. 아카이아군의 모든 수장이 정신없이 자고 있었지만 그리스 연합군의 우두머리 아가멤논만은 잘 수 없었다. 그의 마음속에는 제우스가 번갯불을 보내고 비와 우박의 격류를 쏟을 때처럼 격랑이 일었다. 때마침 멀리 트로이아 평원을 바라보니 무수한 모닥불이 타오르고 퉁소와 생황, 병사들이 떠드는 소리가 들렸다. 그리고 눈을 돌려 아카이아 진영을 바라보면서 몇 번이나 머리를 쥐어뜯으며 높은 하늘에 있는 제우스를 원망하고 괴로운 신음을 냈다. 고심 끝에 그는 네스토르를 찾아가 난국을 타개할 계책을 찾아보기로 마음먹고 서둘러 무장해 막사에서 나왔다.

때마침 아가멤논과 마찬가지로 메넬라오스도 그리스군에게 닥칠 위기를 생각하니 잠을 이룰 수 없었다. 생각할수록 모든 것이 자기 때문에 생겨 안절부절 못했다. 그는 얼룩 표범 가죽을 등에 걸치고 청동 투구를 머리에 쓰고 창을 쥐었다. 그리고 답답한 마음에 형 아가멤논을 만나러 나갔는데 뱃머리 근처에서 아가멤논과 마주쳤다. 아가멤논은 어깨에 갑옷을 걸치고 있었다. "형님, 무슨 일로 이 밤에 무장하고 계십니까? 혹시 트로이아 측에 정찰병을 내보낼 생각입니까? 하지만 걱정입니다. 그 임무를 맡으려는 병사가 있을지." 그러자 아가멤논이 대답했다. "제우스의 생각이 바뀌었으니 이를 이겨낼 훌륭한 책략이 필요하네. 그리스군과 함대를 방어해줄 슬기로운 방법이 필요하지. 제우스께서는 헥토르가 바치는 제물에 더 끌리신 모양이야. 헥토르 한 사나이가 하루 동안 이토록 끔찍한 일을 대담무쌍하게 해치운 것을 지금까지 보거나 들은 적이 없기 때문이야. 헥토르는 여신의 아들도 남신의 자식도 아닌데 우리 진영의 군대를 절망 직전까지 몰아넣었네. 자, 어서 달려가 아이아스와 이도메네우스를 불러오너라. 나는 네스토르를 찾아가 파수병들을 잘 단속시키라고 하겠다. 지금 네스토르의 아들이 파수병 지휘를 맡았거든." 아가멤논의 말에 메넬라오스가 반문했다. "그럼 제가 거기로 가 형님이 오시길 기다릴까요? 아니면 명령을 전하고 여기로 다시 올까요?" 아가멤논이 다시 말했다. "여기로 오지 말고 거기서 기다려라. 진중에는 길이 여러 갈래여서 서로 엇갈리면 안 되니까. 그러나 가는 곳마다 큰소리로 이름을 불러 잠에서 깨도록 명령해주게. 모든 무사를 그들의 혈통에 따라 격려해 남김없이 영광을 주고 절대로 흥분하지 않도록 우리 스스로 애쓰자. 태어날 때부터 제우스께서는 이 무거운 짐을 우리에게 지우셨으니 말일세!"

아가멤논은 동생을 떠나보내고 그리스 연합군의 장로 네스토르를

아가멤논
아트레우스와 아에로페의 아들이자 메넬라오스의 형이다.
트로이아 전쟁에서 그리스군의 맹주로 군대를 이끌었다.

만나러 갔다. 그는 함대 옆 막사에서 자고 있었다. 그 옆에는 방패와 투구, 두 자루의 창 등이 놓여 있었고 부하를 지휘할 때 늘 두르는 빛나는 띠도 있었다. 잠결에 인기척을 느낀 네스토르는 팔꿈치로 상체를 괴고 머리를 들고 입을 열었다. "누구요? 이 밤중에 무엇을 찾아온 것이오? 당나귀 때문이오? 아니면 전우를 찾아온 것이오?" 아가멤논이 대답했다. "네스토르여! 아가멤논이오. 동이 트면 전장에서 병사들이 겪을 고통에 잠이 오지 않는구려. 고민에 빠져 심장마저 튀어나올 것 같고 튼튼한 두 다리도 떨릴 지경이오. 당신도 잠에서 깼으니 함께 파수대로 내려가보는 게 어떻겠소? 적은 바로 앞까지 접근해 있소. 야간 기습해 올지도 모르니 우리 파수대 경계를 시찰하시죠." 게레니아의 기사 네스토르가 말했다. "최고의 영예를 지닌 아트레우스의 아들 아가멤논이시여! 설마 전지전능하신 제우스 신께서 헥토르의 생각대로 모든 걸 이뤄주시진 않겠죠? 아킬레우스가 고집을 버리고 당신께서 제안한 뜻을 받아들였다면 헥토르도 이보다 더 큰 근심으로 괴로워할 겁니다. 어쨌든 이 몸도 일어나 당신을 따라나서겠지만 다른 사람들도 깨우죠. 아킬레우스 못지않게 용감한 디오메데스와 오디세우스, 걸음이 빠른 작은 아이아스, 건장한 메게스도 깨우죠. 텔라몬의 아들 아이아스와 이도메네우스 군주도 불러오는 게 좋겠소. 이 두 명의 배는 가장 먼 데 있으니 말이오. 그러나 내가 메넬라오스를 사랑하고 존경하는 만큼 그를 좀 책망해야겠소. 그는 어째서 이 모든 고난을 당신에게만 맡기고 잠만 자고 있습니까? 그도 이 같은 수고를 마땅히 함께 해야죠?" 아가멤논이 대답했다. "노장이시여! 언젠가 다른 기회에 그 책망을 듣기로 하죠. 그는 때때로 게으름을 피워 힘든 일을 등한시하는 경우가 많지만 그건 귀찮아서가 아니라 나를 생각해 내가 일어서기를 기다리는 것이오. 그러나 이번에는 나보다 훨씬 전에 깨 나를 찾아왔소. 그래서 방금 노장께서 지명한 분들을 부르러 그를 보냈소. 그들이 성문 밖 초소에서 기다리고 있을 테니 가서 만나봅시다."

그러자 네스토르가 말했다. "그렇다면 그리스 병사도 그를 원망하지 않고 지시를 받을 때나 분부를 들을 때나 명령을 어기지 않을 겁니다."

이렇게 말하고 네스토르는 겉옷을 두르고 화려한 샌들을 신고 심홍색으로 물들인 외투를 두 어깨의 고리에 걸어 걸쳤다. 외투는 두 겹으로 폭이 넓고 겉에는 털이 가득 나 있었다. 그는 날카로운 청동 날을 끝에 단 굵은 창을 쥐고 청동 갑옷을 입은 아카이아군 선단 앞을 지나 먼저 지혜의 사나이 오디세우스를 깨웠다. 오디세우스는 대충 옷을 걸치고 나와 네스토르에게 말했다. "무슨 급한 일이라도 생겼습니까?"

네스토르가 대답했다. "지략이 풍부한 오디세우스여! 전쟁을 계속할지 철수할지 의논할 만한 장수들을 깨워야 하니 나를 따라와 주시오."

이렇게 말하자 오디세우스는 막사 안에 들어가 복장을 갖추고 큰 방패를 짊어지고 그들을 따라나섰다. 먼저 무장을 풀지 않은 채 동료들과 자는 디오메데스를 보았다. 그의 양쪽에는 부하들이 자고 있었고 머리맡에는 방패들이 놓여 있었다. 그 옆에는 창 손잡이 쪽이 아래로 세워져 있었는데 청동 창끝이 제우스의 번개처럼 번쩍였다. 네스토르는 그를 발로 흔들어 깨워 꾸짖듯 말했다. "일어나라. 어쩌자고 밤새도록 자는가? 그대는 모르는가? 적이 평야 한가운데로 진격해 우리 편 선단 가까운 언덕에 진을 치고 있다는 것을." 이렇게 말하자 그는 자리에서 벌떡 일어나 위풍당당한 모습으로 네스토르에게 말했다. "노익장의 장군이시여! 그렇게 고된 중에도 쉬지 않고 저를 깨우시다니 그리스군에서 사람을 깨울 젊은이가 없단 말입니까?" 네스토르가 말했다. "그대 말이 옳소. 내게는 훌륭한 참모와 병사가 많아 누구든 달려와 깨워줄 수 있지만 지금 우리 아카이아군은 처참한 파멸에 들어서느냐, 살아남느냐 기로에 위태로운 상황이오. 걸음이 빠른 작은 아이아스와 펠레우스의 아들 메게스를 어서 가 깨우시오." 이렇게 말하자 디오메데스는 두 어깨에 발등까지 내려오는 적갈색 사자 가죽을 걸치고 창을 집어 들고 곧 그들을 깨워 네스토르에게 데려왔다. 그렇게 모인 사람들이 파수대에 도착해보니 경계 지휘자들이 잠들지 않고 눈을 뜬 채 갑옷까지 들쳐 입고 앉아 있었다. 개들이 안마당에서 양 떼를 둘러싸고 감시하는 모습과 같았다. 그 모습을 본 네스토르는 흐뭇해하며 격려했다. "동지들! 경계를 게을리하지 마시오! 적이 기뻐하지 않도록 절대로 잠에 빠지지 마시오." 이렇게 말하고 참호를 빠져나가니 의논 상대로 소집된 그리스군 장수들도 뒤를 따랐다. 메리오네스와 네스토르의 훌륭한 아들 안틸로코스도 그들과 함께했다. 그들은 시신이 치워진 빈터에 앉아 토론하기 시작했다. 먼저 네스토르가 서두를 꺼냈다. "동지 여러분! 우리 중에 적진에 잠입을 감행할 이가 없는가?

그래서 적이 어떤 모의를 하는지 정탐하려고 합니다." 잠시 모두 침묵하다가 디오메데스가 입을 열었다. "제가 그 일을 완수하겠습니다. 그런데 누군가 저와 동행한다면 자신감이 더하고 마음도 놓일 겁니다. 둘이 함께하면 한 명이 못 보는 것을 알아낼 수 있으니까요." 디오메데스가 용기 있게 말하자 많은 장수가 그를 따르겠다고 나섰는데 아이아스 둘도 끼어 있었다. 메리오네스도 지원했고 네스토르의 아들 안틸로코스도 꼭 보내달라며 자원했다. 아가멤논의 동생 메넬라오스도 참가를 희망했고 참을성 있는 오디세우스도 늘 모험을 갈구해 트로이아군 진영을 잠행하고 싶다고 말했다. 비상회의에 소집된 용장들이 서로 나서겠다고 하자 감격한 아가멤논이 말했다. "그리스 연합군의 최고 용장인 디오메데스여! 그대는 정말 내 마음을 훔치는 사나이오. 그대를 따르겠다는 지원자가 많으니 그대께서 직접 선택해 동행하시오. 그대의 체면을 살려 적임자를 두고 가거나 지위가 높다는 생각에 어려워 삼가지 않길 바라오." 아가멤논이 이렇게 말한 것은 바로 금발의 메넬라오스가 걱정되었기 때문이다. 지원자들에게 디오메데스가 말했다. "내게 동행자를 선택하라고 하신다면 신성한 오디세우스를 선택하지 않을 수 있겠습니까? 그는 아무리 힘든 일이 닥쳐도 침착하고 신중하고 늠름한 기상까지 있고 아테나 여신의 총애도 받고 있습니다. 이분이 함께 가주신다면 불타오르는 불 속이라도 두 명 다 무사히 돌아올 겁니다." 오디세우스가 일어나 말했다. "디오메데스 장군이시여! 너무 그렇게 나를 칭찬하지 마시오. 그대가 그런 말을 하지

적진 잠행 회의
적진 잠행에 뽑힌 디오메데스가 오디세우스를 지명하자
장수들의 격려를 받으며 트로이아 진영을 떠나는 모습이다.

않더라도 그리스인들은 잘 알고 있으니. 그보다 밤도 ⅔ 이상 지나 새벽이 가까우니 어서 출발합시다." 둘은 갑옷을 몸에 둘렀다. 트라시메데스는 디오메데스에게 양날의 칼과 방패를 주고 머리에는 깃털과 꼭지가 없는 황소 가죽 투구를 씌워 주었다. 메리오네스는 오디세우스에게 활, 화살통, 칼을 주고 머리에 가죽 투구를 씌워 주었다. 투구 안쪽에는 많은 가죽끈이 튼튼히 얽혀 있고 겉에는 빛나는 멧돼지 이빨이 빈틈없이 사방으로 보기 좋게 새겨졌고 한가운데 모피가 입혀져 있었는데 전에 아우톨리코스가 엘레온에 있는, 경비가 삼엄한 아민토르 성에 들어가 훔쳐온 것이다. 이후 이 투구는 몇 사람 손을 거쳐 메리오네스가 오디세우스의 머리에 씌워 주었다.

이윽고 디오메데스와 오디세우스는 그리스 진영을 떠났다. 둘의 출정에 아테나 여신은 길옆 오른쪽에 푸른 왜가리 한 마리를 내려보냈다. 어둠 속에서 왜가리 울음 소리가 들려오자 오디세우스는 길조라고 기뻐하며 아테나 여신에게 축원을 올렸다. "제우스 신의 위대한 따님이시여! 늘 힘든 일이 있을 때마다 저를 도와주시고 제 일거수일투족을 세세히 아시는 아테나 여신이시여! 지금이야말로 은혜를 베풀어 주십시오." 이어서 목소리도 씩씩한 디오메데스도 아테나 여신에게 축원을 올렸다. "제우스의 따님이시여! 저희 아버지 티데우스가 아카이아 사절로 테바이에 갈 때처럼 저를 이끌어 주소서. 그때 그분은 당신의 은혜로 큰 공적을 이루었나이다. 원하옵건대 이번에도 함께해 저를 지켜주소서. 저는 여신께 한 살배기 암송아지, 지금까지 멍에를 지어본 적이 없는 놈을 제물로 바치겠습니다." 아테나는 그들의 축원을 들었다. 이렇게 둘은 두 마리 사자처럼 어둠을 타고 살육된 시신과 검은 피가 응고된 길을 누비며 나아갔다.

한편, 트로이아의 헥토르도 병사들을 재우지 않고 주요 장수들을 소집해 회의 중이었다. "누가 그리스 함대에 잠입해 동태를 살피고 올 텐가? 그 자에게 큰 보상을 내릴 것이오. 보상은 전차 한 대와 아카이아 진영 최고의 말 두 필이오." 헥토르의 말에 모두 침묵을 지켰다. 그때 유명한 전령 에우메데스의 아들 돌론이 나섰다. 그는 몰골이 흉했지만 금과 청동을 많이 가진 부자로 발이 매우 민첩했다. "헥토르여! 제가 적 진영에 잠입해 동정을 염탐해올 테니 먼저 당신의 왕홀을 들어 아킬레우스가 타는 훌륭한 전차와 말들을 주겠다고 맹세하소서. 그러면 저는 당신의 훌륭한 염탐꾼으로 실망시키지 않겠습니다." 돌론의 요구에 헥토르는 왕홀을 들어 맹세했다. "제우스여! 트로이아의 돌론을 굽어살펴 주소서. 아무도 아킬레우스의 말들을 못 끌게 하리다. 오직 그대만 그 말들을 소유하는 기쁨을 누릴 것이다." 헥토르의 이 맹세는 기대할 것이 못 되었지만 돌론을 아카이아 진영에 가도록 부추겼다. 돌론은 어깨에 굽은 활을 걸고 잿빛 이리 털가죽을 걸치고 담비 가죽 투구를 머리에 쓰고 시퍼런 창을 들고 아카이아 함대를 향해 떠났다. 그는 트로이아 편 병사들과 말을 뒤로하고 열심히 질주해 나갔다.

그러나 자기 진영으로 돌아와 헥토르에게 보고하지 못할 운명이었다. 오디세우스와 디오메데스가 트로이아 진영에 잠입하다가 그를 먼저 발견한 것이다. "디오메데스여! 누군가 적진 쪽에서 이쪽으로 오는 사나이가 있소. 우리 함선의 상황을 염탐하려는지, 시신에서 뭔가를 벗기러 왔는지 모르니 잠시 살펴보고 생포하세." 그렇게 둘이 옆으로 살짝 비켜 시신 사이에 엎드려 있으니 얼마 안되어 돌론이 조심성 없이 허둥지둥 달려 지나갔다. 오디세우스와 디오메데스가 그를 뒤쫓았다. 돌론은 뒤에서 인기척이 나자 헥토르의 취소 명령으로 트로이아의 전령이 자신을 부르러 온 줄로 착각해 걸음을 멈추었다. 그러나 둘이 가까이 오자 적의 무사임을 깨닫고 '걸음아 날 살려라' 달아나기 시작했다. 그러나 언제 왔는지 그 무서운 디오메데스가 앞을 가로막고 그를 잡았다. 그는 울음을 터뜨리며 애원했다. "살려주십시오! 몸값을 바치리다. 저희 집에는 청동과 황금, 연철도 많습니다. 아버지는 제가 죽지 않고 포로로 살아 있다는 소식을 들으면 막대한 보상금을 두 분께 드릴 겁니다." 그 말을 들은 오디세우스가 말했다. "겁내지 말라. 이 밤에 혼자 어디를 가는지 이실직고하라." 돌론은 두 명이 무서운 디오메데스와 오디세우스임을 알게 되자 사지를 부들부들 떨며 실토했다. "헥토르가 저를 현혹했습니다. 헥토르는 아킬레우스의 말들과 전차를 주겠다고 약속하고 걸음이 빠른 제게 아카이아군 진영을 염탐해 오라고 명령했습니다." 오디세우스는 만면에 미소를 띠고 부드럽게 말했다. "아킬레우스의 말이라면 탐낼 만하지! 그보다 먼저 내게 분명

돌론

돌론은 트로이아 병사였다. 전령 에우메데스의 외아들로 다섯 누이가 있었으며 부유했다. 돌론은 외모는 흉했지만 걸음이 빨랐다. 그리스 진영에 잠입해 정탐하겠다고 나서며 성공하면 아킬레우스의 준수한 말과 그의 전차를 달라고 요구했다. 잿빛 늑대 가죽을 입고 족제비 투구를 쓰고 그리스 진영에 잠입을 시도했지만 오디세우스와 디오메데스에게 발각되어 도망쳤다. 그러나 디오메데스에게 붙잡혔는데 오히려 목숨을 구걸하며 트로이아군의 현황을 그리스군에게 알려주고 말았다. 하지만 그에게서 정보를 캐낸 디오메데스는 그의 목을 베었다.

히 말하라. 여기 올 때 헥토르와 어디서 헤어졌는가? 그의 전쟁 무구와 말들은 어디 있는가? 감시 상태는 어떻고 야영지는 정비되었는가?" 에우메데스의 아들 돌론이 대답했다. "사실대로 말씀드리겠습니다. 헥토르는 모든 참모와 성스러운 일로스의 무덤 근처에서 회의를 열고 있습니다. 경계를 서는 파수대는 불이 있는 곳마다 있지만 동맹군으로 온 병사들은 자고 있고 트로이아 병사들이 돌아가며 경계를 서고 있습니다." 오디세우스는 그 정도에 만족하지 않고 계속 취조했다. "동맹군은 말을 길들이는 트로이아 병사와 섞여서 자고 있는지, 따로 자고 있는지 상세히 말하라." 돌론이 대답했다. "사실대로 말씀드리겠습니다. 먼저 바다에 가까운 곳에는 카리아 병사와 굽은 활을 가진 파이오니아, 그다음에는 렐레게스와 카우코네스의 펠라스고이 병사들이 있습니다. 트로이아 진영에 들어가려면 맨 가장자리에 주둔한 트라키아 병사들과 그들의 왕 에이오네우스의 아들 레소스가 주둔한 곳이 가장 취약합니다. 또한, 레소스의 말들은 가장 훌륭하고 힘이 셉니다. 눈보다 희고 바람보다 빠르고 전차는 금과 은으로 화려하게 장식되어 신들에게나 어울립니다. 제 말이 사실인지 아닌지 확인해보소서." 디오메데스가 돌론을 뚫어지게 쳐다보다가 말했다. "돌론, 너를 놔줄 수 없다. 정보는 고맙지만 후환을 없애기 위해 널 베겠다." 돌론은 살려달라고 애원했지만 디오메데스는 가차 없이 한 칼에 베 그의 머리에서 담비 가죽모자를 벗기고 이리 가죽과 굽은 활, 긴 창을 벗겨 높이 들어 아테나 여신에게 감사의 축원을 올렸다. "올림포스에 계신 모든 불사신 중 맨 먼저 도와달라고 청한 아테나 여신이시여! 이 물건들을 받아주시고 이번에는 트라키아 병사의 침소와 말들이 있는 곳으로 인도해주소서." 축원을 마친 둘은 전리품을 나뭇가지에 매달아놓았다. 밤의 어둠을 타고 되돌아올 때 길을 찾는 표시였다. 둘은 갑옷과 피로 가득한 장소를 지나 트라키아군 주둔지에 도착했다. 적병들은 피로에 지쳐 세상모르고 자고 있었다. 훌륭한 갑옷을 자기 곁에 가지런히 늘어놓았고 각자 옆에는 말 한 쌍이 서 있었다. 그중 왕으로 보이는 레소스가 자고 있었다. 그들은 '잠의 신' 힙노스의 마약에 취했는지 파수꾼도 곯아떨어져 있소. 오디세우스가 디오메데스에게 속삭였다. "돌론이 말한 자가 저기 잠들어 있소. 그의 곁에는 매우 훌륭해 보이는 말들이 있군요. 자, 말들을 풀든지 저 자를 죽이시오." 그때 아테나가 디오메데스에게 힘을 불어넣었다. 그렇게 그는 적을 가차 없이 죽였다. 순식간에 12명이나 죽였다. 오디세우스는 디오메데스의 뒤를 따라가며 돌아갈 통로를 만들기 위해 시신들을 길 밖으로 밀어냈다. 드디어 디오메데스가 레소스 왕을 베자 비명도 못 지르고 죽었다. 오디세우스는 전차에서 발을 구르는 말들을 풀어 가죽끈으로 묶어 활로 후려치며 진중으로 끌고 나가 휘파람을 불어 디오메데스에게 신호를 보냈다. 그러나 디오메데스는 뭔가 대담한 일을 궁리 중이었다. 그때 아테나 여신이 나타나 말했다. "디오메데스여! 어서 함대로 돌아가시오. 그러지 않으면 다른 신이 그대를 추격할지 모르오!" 여신의 목소리를 들은 디오메데스는 오디세우스가 모는 전차 위로 뛰어올라 아카이아군 진영으로 달려나갔다. 그러나 '궁술의 신' 아폴론은 아테나가 디오메데스를 돌보는 것을 보고 더 이상 방관하지 않았다. 그는 레소스의 친척이자 트라키아 수장 중 한 명인 히포콘을 깨웠다. 히포콘이 깜짝 놀라 일어나 보니 끔찍한 광경이 벌어지고 있었다. 그는 공포에 질려 비명을 지르며 전우들의 이름을 불러대며 돌아다녔다. 그렇게 트로이아군도 달려와 레소스 진영은 아수라장이 되었다. 오디세우스와 디오메데스는 탈취한 말이 끄는 전차를 몰고 조금 전 헥토르의 첩자 돌론을 죽인 자리에 다다랐다. 오디세우스는 말 고삐를 휘두르며 잠시 멈췄다. 그리고 디오메데스가 전차에서 내려 돌론에게서 탈취한 전리품을 챙겨 전차에 올랐다.

한편, 오디세우스와 디오메데스가 오는 소리를 네스토르가 맨 먼저 듣고 소리쳤다. "보라, 전우들이여! 매우 빠른 말발굽 소리가 들리오. 오디세우스와 디오메데스가 트로이아 진영에서 탈취한 말을 몰고 오는 소리라면 좋으련만! 그들에게 별일이 없는지 염려스럽소." 네스토르가 말을 마치기도 전에 둘의 전차가 들이닥쳤다. 아카이아 진영은 너무 기뻐 어쩔 줄 모른 채 둘을 맞았다. 네스토르가 먼저 축하 인사를 건넸다. "이렇게 훌륭한 말과 전차를 끌고 오다니 정말 자랑스럽소! 나는 늙었지만 항상 전선에서 살아왔거늘. 이렇게 훌륭한 말은 본 적이 없소. 신께서 이 말들을 주신 게 틀림없소. 오디세우스여! 그동안의 무용담을 말해주겠소?" 오디세우스는 트로이아군에 잠입한 과

디오메데스와 오디세우스 앞에 나타난 아테나 여신
트로이아 진영을 잠행하는 두 사람에게 아테나 여신이 나타나
함대로 돌아가라고 명하는 장면이다.

정을 상세히 설명했다. 트로이아 염탐꾼 돌론 사건과 트라키아 진영을 쑥대밭으로 만들고 명마를 탈취한 사건들을 말하자 아카이아 진영은 오랜만에 웃음꽃이 피었다. 오디세우스는 아테나 여신에게 제물을 바쳤고 둘은 깨끗이 목욕하고 온몸에 올리브 기름을 바른 후 식탁에 마주 앉았다. 술이 가득한 술통을 가져와 포도주 첫 잔을 아테나 여신에게 바쳤다. '새벽의 여신' 에오스는 자신의 연인 티토노스 곁에서 밤을 지낸 후 '불사의 신'과 인간들에게 빛을 보내주기 위해 일어났다. 그때 제우스는 '불화와 갈등의 여신' 에리스를 아카이아 진영에 보냈다. 준엄한 여신은 오디세우스의 배에 가 걸음을 멈췄다. 그 배는 중앙에 위치해 한쪽은 텔라몬의 아들 아이아스의 막사, 다른 한쪽은 아킬레우스의 막사에까지 목소리가 모두 들렸기 때문이다. 그곳에서 '갈등의 여신'은 큰소리로 아카이아군 한 명 한 명에게 싸움을 계속하도록 사나운 기운을 불어넣었다. 그 순간 그들은 전투하는 것이 고향에 돌아가는 것보다 더 달콤하게 느껴졌다. 아트레우스의 아들 아가멤논도 그 같은 분위기에 취해 그리스 병사들에게 무기를 들 것을 명령했고 자신도 번쩍이는 청동 갑옷으로 무장하기 시작했다. 먼저 정강이에 백은으로 만든 훌륭한 정강이받이를 대고 가슴둘레에 가슴받이를 입었다. 이것은 키프로스 왕 키니라스가 우호의 표시로 보내준 것으로 아카이아군이 트로이아를 원정한다는 소문이 나돌자 키니라스 왕이 아가멤논 왕에게 보낸 선물이었다. 이 갑옷은 검푸른 에나멜 열 줄, 금 12줄, 주석 20줄이 박혔고 푸른 뱀 형상의 고르곤이 양쪽에서 목을 향해 고개를 든 모습은 제우스가 구름 사이에서 인간들에게 전조로 보여주는 무지개와 같았다. 두 어깨에는 칼을 걸쳤는데 여러 황금징이 눈부시게 반짝였고 황금고리가 달려 있었다. 이어서 아가멤논은 몸을 충분히 가릴 정도의 방패를 들었다. 방패 표면에는 청동으로 만든 둥근 원 열 개가 새겨져 있고 원 안에는 주석으로 만든 흰 돌기가 20개나 박혀 있고 한가운데는 검고 큰 돌기가 박혀 있었다. 아가멤논은 뿔 두 개, 깃털 장식 네 개가 달린 투구를 썼다. 드디어 청동 날이 번쩍이는 창 두 자루를 들었다. 하늘에서는 아테나와 헤라 여신이 아가멤논의 훌륭한 무장을 축하하는 천둥을 보냈다. 아카이아 수장들은 각자 전차 마부들에게 명해 순서대로 참호 앞에 말과 전차를 대기시켰고 무장을 끝낸 수장들이 전차를 향해 달려나오자 새벽부터 엄청난 함성이 터졌다. 그러자 제우스는 그들에게 갑자기 소나기를 퍼부어 수많은 용장을 하데스 궁으로 보내겠다는 전조를 보였다.

한편, 트로이아군 진영은 평원 언덕 기슭 반대편에 진을 치고 있었다. 키가 큰 헥토르와 인품이 훌륭한 폴리다마스, 모든 트로이아인이 신처럼 추앙하는 아이네이아스, 안테노르의 세 아들 폴리보스, 아게노르, 아카마스 등이 집결해 있었다. 그 선두대열 속에 헥토르가 균형 잡힌 둥근 방패를 들고 선 모습은 인간에게 해를 끼치는 시리우스별이 구름 사이에서 빛나고 어둑어둑한 구름 뒤로 숨는 모습과 같았다. 그같이 그는 선두대열 부대 사이에 나타났다가 뒤처진 부대를 독려하기 위해 모습을 감췄다. 이윽고 아카이아군과 트로이아군은 평원에서 전투를 벌이게 되었다. 양군은 농부들이 양쪽으로 나뉘어 마주 보고 보리 이랑을 베어나가듯 서로 추격해 베 어느 쪽도 두려움에 도망치려는 병사가 없었다. 백중지세여서 병사들은 모두 이리처럼 사납게 덤벼들었다. 그 모습을 바라보던 '불화의 여신' 에리스가 매우 기뻐했다. 이 전투에 자기 혼자만 참가했기 때문이다. 다른 신들은 올림포스 은하수 계곡의 자기 궁전에 조용히 머물러 있었다. 그들은 트로이아군에게 승리를 안겨주려는 제우스에게 불만이었다. 그러나 제우스는 그 같은 비난을 전혀 개의치 않았다. 그는 다른 신들과 떨어진 곳에 앉아 트로이아군과 아카이아군이 서로 죽고 죽이는 광경을 즐겼다.

이윽고 해가 떠오르며 아침이 되었다. 그럼에도 양군은 양 진영에 투창을 비오듯 던져 적의 목숨을 빼앗았다. 멈출 줄 모르는 싸움은 정오까지 계속되었다. 아가멤논이 선봉에 서서 비에노르와 그의 마부 오일레우스를 함께 쓰러뜨렸다. 이번에는 이소스와 안티포스를 죽여 갑옷을 벗길 생각으로 덤볐다. 둘 다 프리아모스 왕의 아들로 본처와 후처의 자식이었지만 같은 전차를 타고 달려 나왔다. 그들이 이다산 기슭에서 양을 치고 있을 때 아킬레우스가 그들을 붙잡아 몸값을 받고 놓아준 적이 있었다. 후처 소생의 이소스가 고삐를 잡고 본처 소생의 안티포스가 창을 겨눴다. 그때 아가멤논이 창으로 이소스의 가슴을 찌르고 안티포스의 귀 밑을 칼로 쳐 죽였다. 아가멤논은 그들의 갑옷을 벗기고서야 프리아모스 왕의 아들들임을 알게 되었지만 트로이 아군은 수세에 몰려 그들을 구할 수 없었다. 다음으로 아가멤논은 안티마코스의 아들 페이산드로스와 히폴로코스를 생포했다. 그들의 아버지 안티마코스는 파리스에게서 특히 훌륭한 선물로 황금을 받고 헬레네를 메넬라오스에게 돌려주는 데 반대했다. 이 사나이의 두 아들이 같은 전차를 타고 달려오는 것을 아가멤논이 붙잡은 것이다. 그러자 둘의 손에서 빛나던 고삐가 떨어지고 말들은 놀라 날뛰었다. 아가멤논이 눈앞에서 사자처럼 우뚝 막아서자 둘은 전차 위에서 애원했다. "제발 죽이지 말고 사로잡아 주십시오. 그러면 몸값을 많이 드리겠습니다. 아버지 안티마코스의 집에는 청동, 금, 연철 등 보화가 산더미입니다." 아가멤논은 울부짖는 그들에게 말했다. "전에 우리 측 메넬라오스와 오디세우스가 사절로 교섭하러 갔을 때 그 자리에서 죽여 아카이아에게 돌려보내지 말라고 주장한 안티마코스의 아들들을 살려두라고? 너희 아비의 모욕의 대가로 너희 목숨을 거두리라." 이렇게 말하자마자 페이산드로스의 가슴을 창으로 찔러 그는 마차에서 굴러떨어져 땅바닥에 엎어졌다. 이어서 히폴로코스가 뛰어올라 달아나는 것을 땅에 쓰러뜨려 두 팔을 칼로 베고 목을 쳐 밀어 던져 통나무처럼 병사들 사이로 굴려 보냈다. 그러고는 이 둘을 방치하고 전열이 가장 혼잡한 곳에 뛰어드니 아카이아 병사들도 함성을 지르며 뒤따라 돌진했고 평원 일대에는 심하게 울려대는 말발굽이 차올린 흙먼지가

전투 시작
디오메데스와 오디세우스의 잠행 성공에 힘을 얻은 그리스군은
날이 밝자 트로이아군과 일전을 벌인다.

하늘 높이 솟았다. 아가멤논은 청동 칼을 휘두르며 적을 무찌르고 그리스 병사를 격려하며 적을 추격했다. 사납게 타들어가는 불이 울창한 숲을 덮치자 소용돌이 바람이 사방팔방으로 불꽃을 날리고 세차게 불어닥치는 불길에 나무들이 밀려 뿌리째 넘어가는 듯한 광경이었다. 헥토르는 제우스의 보호 덕분에 빗발치는 유혈 난투에서 벗어나 있었다. 그러나 아가멤논은 부하들을 무서울 정도로 격려하며 헥토르를 추격했다. 트로이아 병사들은 먼 옛날 다르다노스의 아들 일로스의 무덤 옆을 지나 도성을 향해 평야 한가운데를 가로질러 달아났다. 그러자 아가멤논이 함성을 지르며 쉴 새 없이 쫓아갔다. 그가 지나가는 곳마다 핏방울이 튀었다. 그러나 스카이아 문 근처 떡갈나무가 있는 곳에 다다르자 잠시 전진을 멈추고 다른 부대가 오길 기다렸다. 그때 제우스는 이다산 상상봉에 앉아 손에 벼락을 쥐고 전령 이리스를 불렀다. "'무지개의 여신' 이리스여! 가서 헥토르에게 전하고 오라. 아가멤논이 선두대열에서 전투에 가담할 때는 뒤로 물러서 다른 무사들에게 대적하게 하라. 그러나 아가멤논이 창에 찔리거나 화살에 맞아 전차에 몸을 피하면 내가 적군을 섬멸할 힘을 내려주겠다. 그러니 해가 질 때까지 계속 참살하라고 전하라." 이렇게 말하자 바람처럼 빠른 이리스가 즉시 이다산에서 내려와 헥토르에게 제우스의 뜻을 전했다. 이리스 여신의 말을 들은 헥토르는 갑옷을 걸친 채 수레에서 뛰어내려 날카로운 창을 휘두르며 진중을 구석구석 돌아다니며 병사들을 격려하고 전투로 몰아내 결전을 벌이게 했다. 병사들이 뒤돌아서 아카이아군과 대치하자 아카이아군도 전열을 정비해 멈췄다. 서로 바라보며 대치한 가운데 부하 병사들보다 앞장서 싸울 생각에 아가멤논은 기선을 잡아 뛰쳐나왔다. 그때 트라키아 안테노르의 아들 이피다마스가 대적해왔다. 그는 '양 떼의 어머니'로 불리는 트라키아 땅의 기름진 지역에서 태어나 어린 시절 외조부 키세우스의 성에서 자랐다. 키세우스는 이피다마스를 붙잡아두기 위해 볼이 아름다운 의붓딸 테아노를 그의 아내로 주었다. 이피다마스가 결혼한 지 얼마 되지 않을 때 아카이아군이 트로이아를 공격한다는 소문을 들었다. 그는 곧 신방에서 나와 뱃머리가 굽은 배 12척을 이끌고 트로이아 동맹군으로 참전해 아가멤논에게 도전한 것이다. 드디어 둘이 다가가 맞섰다. 먼저 아가멤논이 창을 던졌지만 빗나갔다. 그러자 이피다마스가 아가멤논의 가슴받이 아래 허리띠 근처를 찌르고 손으로 힘차게 밀며 몸을 가누고 나갔다. 그러나 화려한 허리띠를 뚫지 못하고 은으로 만든 제구에 부딪혀 창끝이 휘고 말았다. 아가멤논이 순발력을 발휘해 이피다마스의 창을 움켜잡고 끌어당겨 비틀어 빼앗으며 칼로 이피다마스의 목을 후려치자 피를 쏟아내며 쓰러졌다. 이렇게 이피다마스는 불쌍하게도 아름다운 아내 곁을 멀리 떠나 트로이아를 구하려다가 참변을 당했다. 이피다마스를 죽인 아가멤논은 그의 갑옷을 벗기고 화려한 병기를 들고 아카이아군 진영으로 돌아가려고 했다. 그때 안테노르의 맏아들 코온이 동생 이피다마스가 죽어 갑옷이 벗겨지는 것을 보았다. 동생이 살해된 것을 목격한 그는 깊은 슬픔에 눈앞이 캄캄해 창을 쥐고 곧 대열에서 빠져나와 아가멤논이 눈치채지 못하게 옆으로 접근해 팔꿈치 아래를 찔렀다. 창에 찔린 아가멤논은 몸을 부들부들 떨면서도 기세등등하게 코온에게 달려들었다. 그때 코온은 동생의 시신을 수습해가기 위해 서둘러 동료 장수들을 부르는 중이었다. 그가 시신을 무리 속으로 끌고 가는 도중 아가멤논이 큰 방패 뒤에서 창으로 찌르자 코온의 사지는 축 늘어졌다. 이렇게 안테노르의 두 아들은 아가멤논의 손에 저승으로 떠났다. 그 후에도 아가멤논은 병사들 사이를 창칼이나 거대한 돌덩이로 마구 치며 다녔는데 그동안 코온에게 당한 상처에서는 검붉은 피가 흐르다가 서서히 아물어 멈추니 욱신거리는 통증이 그를 괴롭히기 시작했다. 통증은 '출산의 여신' 에일레이티이아가 보내는 여인들의 산통과 같이 날카롭기 그지없었다. 아가멤논은 감당할 수 없는 고통에 전차에 올라타 마부에게 가운데가 깊숙한 배가 있는 곳으로 가라고 명령하면서 사방에 울리는 큰소리로 그리스군에 말했다. "전우들이여! 그리스군 수장과 영주들이여! 제우스께서는 지금 내게 트로이아군과 온종일 싸우는 것을 허락하지 않소." 아가멤논을 태운 전차는 함선을 향해 출발했다. 아가멤논의 퇴각을 본 헥토르는 전군에 큰소리로 외쳤다. "트로이아와 리키아, 다르다니아 전사들이여! 용기를 내시오. 적군의 최고사령관이 퇴각했소. 제우스께서 이리스를 내게 보내 대승을 약속하셨소. 자, 드높은 영광을 차지하기 위해 앞으로 돌진합시다!" 이렇게 말하며 모든 병사에게 사기와 용기를 북돋웠다. 사냥꾼이 이빨을 드러낸 개들을 야생 멧돼지

치열한 혈투
그리스군과 트로이아군은 신의 가호를 믿고
서로 물러서지 않고 치열한 혈투를 벌였다.

나 사자에게 덤비도록 부추기는 것 같았다. 헥토르는 '전쟁의 군신' 아레스와 같이 의기양양한 트로이아군을 아카이아 병사들 쪽으로 몰아세웠다. 그도 사기충천해 대지를 뒤흔드는 바람처럼 선두에서 싸움터에 뛰어드니 휘몰아치는 질풍 같았다. 헥토르가 참살한 자는 아사이오스, 아우토노오스, 오피테스, 클리티오스의 아들 돌롭스, 오펠티오스 등 수많은 아카이아 수장들이었다. 제우스의 의도대로 헥토르에 의해 아카이아군은 절멸 위기에 처했다. 다급한 상황에서 오디세우스가 디오메데스에게 소리치지 않았다면 아카이아군은 궤멸당해 재기 불능 상태에 빠졌을 것이다. "티데우스의 아들 디오메데스여! 어찌하여 그대는 기세도 용기도 잊었는가. 자, 내 옆에 와 나를 도우시오. 헥토르가 우리 함대를 전멸시킨다면 영원히 치욕일 것이오." 그러자 용맹한 디오메데스가 대답했다. "제우스께서 트로이아 편을 드시는 한 버티는 것도 잠시뿐일 것이오." 이렇게 말하자마자 팀브라이오스의 왼쪽 가슴을 창으로 찔러 전차에서 떨어뜨리자 오디세우스도 그의 마부 몰리온을 처치했다. 두 영웅은 난전 속에 치고 들어가 마구 날뛰기 시작했다. 야생 멧돼지 두 마리가 거센 사냥개 무리 속에 뛰어드는 것 같았다. 그들의 분전 덕분에 아카이아 병사들은 용맹한 헥토르의 공격을 겨우 피해 한숨 돌릴 수 있었다. 디오메데스와 오디세우스는 트로이아 병사들을 계속 막아냈다. 특히 트로이아의 뛰어난 예언자 메롭스의 두 아들을 죽였다. 메롭스는 아들들에게 전쟁에 나가 목숨을 버리지 말라고 일렀지만 이를 듣지 않고 참전해 변을 당했다. 디오메데스가 그들의 호화로운 갑옷을 벗기는 동안 오디세우스는 히포다모스와 히페로코스를 죽였다.

한편, 이다산에서 전장을 내려다보던 제우스는 전쟁의 불길이 양군에 똑같이 펼쳐지도록 조정했다. 디오메데스가 파이온의 아들 아가스트로포스의 관절을 창으로 찌르자 그는 말을 타고 달아나려고 했지만 덜미를 잡혀 죽고 말았다. 그러나 헥토르가 그 모습을 발견하고 트로이아군을 대동하고 고함치며 역습해왔다. 디오메데스는 당황해 옆에 있던 오디세우스에게 소리쳤다. "저기 헥토르가 우리 쪽으로 돌격해오고 있으니 마음을 굳게 먹고 한 치도 물러서지 말고 버텨봅시다." 디오메데스는 말을 마치자 헥토르에게 긴 창을 힘차게 던졌다. 잘 겨냥한 창은 빗나가지 않고 헥토르의 투구 앞을 맞혔지만 헥토르의 투구는 아폴론 신의 선물답게 견고해 창을 튕겨내었다. 그러나 충격이 상당해 헥토르는 식은땀을 흘리며 무리 속으로 주춤거리며 물러서 무릎을 꿇고 앉았다. 그 모습을 본 디오메데스는 다시 창을 던졌다. 그러나 헥토르는 재빨리 전차에 올라타 필사적으로 달아났다. 디오메데스는 헥토르를 추격하며 소리쳤다. "이번에도 용케 죽음을 면했지만 신이 나를 도와주신다면 네 목숨을 거두리라." 디오메데스는 말을 마치고 창으로 유명한 파이온의 아들 아가스트로포스의 갑옷을 벗기기 시작했다. 그때 트로이아의 옛 통치자였던 일로스의 무덤 기둥 뒤에 숨어 있던 파리스가 디오메데스를 겨냥해 활을 쏘았다. 파리스의 화살

결전의 전쟁터를 내려다보는 제우스
제우스는 그리스군과 트로이아군 사이에서 중립이었지만
헥토르만큼은 다른 장수와 달리 아꼈다.

은 디오메데스의 발에 꽂혔다. 파리스는 신이 나 웃으며 숨은 곳에서 뛰쳐나와 우쭐대며 조롱했다. "내 화살이 헛되이 날아가지는 않았구나. 다음에는 네 뱃속을 뚫어주마. 그러면 트로이아군이 이 악몽으로부터 고난을 겪지 않으련만." 발에 화살을 맞은 디오메데스는 침착하게 대꾸했다. "활을 쏘는 더러운 험담가야 뿔이나 활 따위나 자랑하고 계집이나 탐내는 자야! 나와 일대일로 싸운다면 네 활은 아무 소용 없겠지. 게다가 겨우 내 발을 스쳤을 뿐인데도 잘난 체하다니 정말 못 봐주겠구나." 이렇게 말하는 동안 오디세우스가 얼른 달려와 앞을 막자 디오메데스는 그의 뒤에 앉아 발등에서 화살을 재빨리 뽑았다. 심한 통증이 온몸을 꿰뚫으며 욱신거리기 시작했다. 디오메데스는 전차에 뛰어올라 함대 쪽으로 말을 몰았다. 디오메데스가 후퇴하자 그리스 병사들도 모두 도망쳤고 오디세우스만 남아 완전히 사면초가가 되었다. 오디세우스는 불안한 나머지 자신을 달랬다. '적이 많다고 겁을 먹고 달아난다면 크나큰 치욕이다. 그러나 혼자 적에게 포위를 당한다면 더 큰 위기겠지. 제우스께서 그리스 병사들을 도망치게 하셨더라도 영웅은 꿋꿋이 자기 위치를 지켜야 한다.' 이 같은 생각을 하는 동안 어느새 트로이아군이 그를 사방으로 에워쌌다. 칼리돈의 멧돼지 사냥 모습처럼 보였는데 오디세우스는 멧돼지 꼴이었다. 이윽고 트로이아군은 오디세우스에게 달려들었지만 오디세우스는 창의 고수답게 데이오피테스의 어깨를 찌른 후 토온과 엔노모스, 케르시다마스를 창으로 찔러 죽이고 이어서 히파소스의 아들 카롭스를 쓰러뜨렸다. 그러자 신과 같은 전사 소코스는 친형 카롭스를 돕기 위해 달려와 소리쳤다. "오디세우스여! 그대는 오늘에야말로 히파소스의 두 아들을 쓰러뜨리든 내 창에 찔려 죽든 둘 중 하나가 될 것이다." 소코스는 말을 마치자마자 오디세우스를 창으로 찔렀다. 육중한 창은 방패와 갑옷을 뚫고 들어가 오디세우스의 옆구리를 스쳤다. 아테나 여신이 창이 관통하지 못하게 한 것이다. 치명상이 아님을 느낀 오디세우스는 소코스에게 말했다. "불행한 젊은이여! 죽음의 그림자가 네게 드리웠구나." 소코스는 도망치려고 했지만 오디세우스가 던진 창은 그의 발걸음보다 빨랐다. 가슴을 관통당한 소코스가 그 자리에 고꾸라지자 오디세우스는 자랑스럽게 말했다. "오, 히파소스의 아들 소코스여! 죽음이 너무 빨리 찾아왔구나. 곧 독수리들이 너를 파먹겠지. 그러나 내가 죽으면 훌륭한 아카이아인들이 장례를 치러줄 것이다." 오디세우스가 말을 마치고 자기 몸에 박힌 소코스의 창을 뽑자 피가 솟구쳐 기력이 금방 약해졌다. 트로이아군은 오디세우스의 피를 보고 모두 한꺼번에 밀어닥쳐 그에게 다가갔다. 오디세우스는 뒤로 주춤거리며 동료들에게 구해달라고 세 번이나 소리쳤다. 그 외침을 들은 메넬라오스가 옆에 있던 텔라몬의 아들 아이아스에게 말했다. "아이아스여! 어디선가 위기에 처한 오디세우스의 울부짖음이 들리오. 어서 가 구해야겠소." 둘은 오디세우스의 목소리가 들린 쪽으로 말을 몰았다. 얼마 안 가 오디세우스가 트로이아군에 포위당한 채 고군분투하는 모습이 보였다. 트로이아 병사들이 오디세우스를 둘러싸고 욱실거리는 모습은 산골짜기에서 적갈색 이리 떼가 상처를 입은 수사슴을 습격하는 것 같았다. 그때 텔라몬의 아들 아이아스가 큰 방패를 들고 달려와 오디세우스 옆에 우뚝 서자 트로이아 병사들은 그를 알아보고 사방으로 달아났다. 동시에 메넬라오스는 오디세우스의 손을 잡고 전차에 태웠다. 아이아스는 프리아모스의 서자 도리클로스를 죽이고 판도코스, 리산드로스, 피라소스, 필라르테스에게 상처를 입혔다. 아이아스의 위세는 산골 개울이 홍수로 나무며 흙덩이를 휩쓸어 가는 형세 같았다. 헥토르는 이 소식을 전혀 모른 채 스카만드로스 강변에서 싸우고 있었다. 그 강변에서는 다른 전선에서보다 더 많은 전사자가 발생했다. 누를 수 없는 고함과 울부짖음이 위대한 네스토르와 용맹한 이도메네우스를 에워싸고 있었다. 헥토르도 그들과 교전하며 창과 전차를 조종해 분전하며 젊은 무사들의 전열을 휘저어 나갔다. 그래도 용감한 아카이아 병사들은 그들이 나아가는 길 앞에서 절대로 물러서지 않았다. 그때 머리채가 아름다운 헬레네의 남편 파리스가 갈고리 세 개가 달린 화살을 아카이아 군의관 마카온의 오른쪽 어깨에 꽂아 아카이아군의 사기를 꺾었다. 이윽고 이도메네우스가 네스토르에게 말했다. "영광스러운 네스토르시여! 부상당한 마카온을 데리고 즉시 함대로 돌아가소서. 군의관은 병사 여러 명보다 소중한 법. 그는 화살을 뽑고 자기 상처를 치료할 겁니다." 네스토르는 이도메네우스의 말을 듣고 마카온을 자기 전차에 태우고 말 한 쌍을 채찍질해 함대로 달려나갔다.

한편, 헥토르 옆에 있던 케브리오네스는 트로이아군이 추격당하는 것을 보고 '헥토르시여! 우리 둘은 후방에서 싸우고 있는데 전방의 트로이아 병사와 말은 한 덩어리가 되어 아우성치고 있습니다. 텔라몬의 아들 아이아스가 그들을 몰아붙였기 때문입니다. 넓은 방패를 보면 그가 분명해 보이니 전차를 돌려 아이아스에 대항하러 가소서.'라고 말하고 갈기가 고운 말들에게 소리도 요란하게 채찍을 후려쳐 말들이 전속력으로 달리자 많은 시신과 방패를 짓밟으며 돌진했다. 전차 바퀴대 아래쪽은 온통 피투성이였다. 헥토르는 병사들이 득실대는 속으로 들어가기 위해 애쓰면서 가까운 아카이아 병사들에게 쉴 새 없이 창을 휘두르며 다른 부대의 대오에도 창칼과 큼직한 돌을 던져 연거푸 몰아세웠는데 텔라몬의 아들 아이아스와 대결하는 것만 삼가고 있었다. 헥토르가 자기보다 뛰어난 자와 싸우는 것을 제우스가 좋아하지 않았기 때문이다. 그때 이다산에 앉아 전장을 내려다보던 제우스가 아이아스의 마음속에 공포심을 불어넣자 기가 꺾여 적의 무리를 훑어보더니 조금씩 무릎을 번갈아 끌어대며 뒷걸음질치면서도 너구리가 개에 쫓겨 물러나듯 두리번거렸다. 아이아스는 자기 의지와 상관없이 트로이아군 바로 앞에서 퇴각하려니 울화가 치밀었지만 밭을 가는 게으른 당나귀가 아이들을 얕잡아보고 쫓아도 끄떡하지 않는 모습 같았다. 그 당나귀를 때리느라 막대 여러 개가 부러져도 당나귀가 끄떡하지 않듯 아이아스도 요지부동이었다. 아이아스가 슬슬 물러서자 눈치챈 트로이아 병사들이 도처에서 몰려와 공격했다. 아이아스는 큰 방패로 막아내며 몇 번이나 완강한 방어전을 폈지만 다시 등을 돌리곤 했다. 때마침 그 광경을 바라본 에우아이몬의 아들 에우리필로스가 잇따라 날아오는 창들을 막아내며 아이아스에게 달려와 나란히 붙어섰고 창을 던져 트로이아 병사들의 수장 파우시오스의 아들 아피사온을 찔러 쓰러뜨리고 갑옷을 벗겼다. 그 모습을 본 파리스가 재빨리 화살을 쏴 그의 오른쪽 허벅지를 명중시켰다. 에우리필로스는 절룩거리며 소리쳤다. "전우들이여! 발걸음을 돌려 대항하라. 여기 아이아스가 트로이아군에 맞서 싸우고 있으니 그를 지키시오." 그의 말에 그리스군은 큰 방패를 어깨에 걸치고 창을 준비했다. 아이아스도 전우들 앞에 다다르자 적을 마주 보고 우뚝 섰다. 이렇게 해 양군은 한창 타오르는 불꽃처럼 혈전을 벌였다.

한편, 넬레우스 집안의 말들이 땀을 흘리며 네스토르를 싸움터에서 실어 날랐다. 네스토르는 부상당한 군의관 마카온을 함대로 이송 중이었다. 거대한 함선에 서서 싸움을 지켜보던 아킬레우스가 그 모습을 우연히 발견했다. 그때 그는 널찍한 중간 선실이 있는 배의 고물 옆에 서서 아카이아군이 패주하는 광경을 바라보고 있었기 때문이다. 아킬레우스는 곧 뱃전에서 친구 파트로클로스를 불렀다. 파트로클로스는 막사 안에 있다가 아킬레우스의 소리를 듣고 밖으로 나왔다. 이것이야말로 그가 겪을 불행의 시작이었다. 먼저 무용이 빼어난 파트로클로스가 물었다. "친구여! 무슨 일이라도 있는가?" 걸음이 빠른 아

헥토르의 위용

헥토르는 용맹함뿐만 아니라 고결한 성품으로도 중세 유럽에서 추앙받았다.
트로이아 방어전에서 그리스군 3만 1천 명을 죽였다.

킬레우스가 대답했다. "내 마음의 즐거움 파트로클로스여! 지금이야 말로 아카이아인들이 못 참을 만큼 위기가 목전에 왔나 보오. 어서 가 지금 부상당해 온 자가 누구인지 네스토르에게 물어보시오. 뒷모습이 꼭 아스클레피오스의 아들 마카온 같은데 말이 빨리 지나가 얼굴을 확인하지 못했소."

한편, 네스토르는 부상당한 마카온을 데리고 자기 막사에 도착해 자리에 앉았다. 헤카메데가 그들을 위해 술을 걸러 올렸다. 그녀는 아킬레우스가 테네도스를 점령했을 때 노인에게 선사한 여인으로 도량이 넓은 아르시노오스의 딸이었다. 헤카메데는 그들을 위해 먼저 상을 들고 왔다. 보기 좋은 감청색 다리의 번드르한 광을 낸 상이었다. 그 위에 그릇을 얹었는데 그 안에는 양파, 술에 딸린 꼬치, 달콤한 꿀, 거룩한 보리를 빻은 가루가 곁들여 있었고 그녀는 한층 높은 술잔을 옆에 늘어놓았다. 그것은 네스토르가 고향에서 가져온 것으로 둥근 황금 못과 네 개의 손잡이 양쪽에 황금 비둘기가 한 마리씩 앉아 있고 밑에는 바닥이 두 개나 붙어 있었다. 그 잔에 술을 가득 부으면 들지도 못할 만큼 무거웠다. 그러나 노인 네스토르만은 거뜬히 들었다. 그 잔에 헤카메데가 프람니안 포도주로 끓인 죽, 치즈가루, 흰 보릿가루를 뿌린 죽을 담아 내놓았다. 그때 신과 같은 파트로클로스가 나타났다. 그 모습을 보자 노인은 자리에서 일어나 그에게 자리를 권했다. "노장군이시여! 앉을 시간이 없습니다. 아킬레우스께서 당신이 데려온 부상자가 누구인지 알아오라고 하셨는데 마카온임을 이미 알았습니다." 파트로클로스가 막사 밖으로 몸을 돌리려고 하자 네스토르가 언성을 높였다. "아킬레우스가 왜 이토록 아카이아인의 아들 일을 걱정하는지 정말 이해할 수 없소. 그는 우리 진영이 얼마나 타격을 받고 있는지 전혀 모르고 있소. 내로라하는 사나이는 모두 화살이나 창에 부상당해 배에 누워 있소. 디오메데스뿐만 아니라 오디세우스와 아가멤논도 다쳐 누워 있단 말이오. 그리고 군의관인 이 자는 화살에 맞아 방금 싸움터에서 데리고 나왔소. 그러나 아킬레우스는 용기 있는 인물이라면서도 우리 병사들을 염려하거나 불쌍히 여기지도 않소. 혹시 우리 함대가 화염에 휩싸여 전멸당하길 바라는 것 아니오? 나도 이제 이전 같지 않아 기력이 쇠하오. 엘리스인들과 싸울 때처럼 젊고 강하다면 얼마나 좋겠소? 그때 나는 엘리스의 용사 이티모네우스를 죽였소. 자기 소를 보호하기 위해 선봉에 서서 싸우던 그를 투창을 던져 죽이자 주위 사람들이 동요했고 우리는 소 50두와 양을 포함해 많은 가축을 전리품으로 가져 왔소. 내가 첫 전쟁에 참전해 그토록 많은 전리품을 가져오자 아버지 넬레우스는 여간 기뻐하지 않았소. 그런 후 필로스의 지도자들이 회의를 열어 전리품을 분배했소. 사실 필로스에 있는 우리는 어려운 고비에 처해 있었소. 이미 옛날 헤라클레스가 와 우리 정예 용사들을 쓰러뜨렸기 때문이오. 그래서 넬레우스의 아들 12명 중 나만 살아남고 모두 몰살당했소. 상황이 이러니 에페이오이족은 우리를 무시하고 기고만장했던 것이오. 우리는 사태를 수습

마카온의 부상
군의관 마카온까지 전장에서 부상당하자 네스토르가
그를 부축해 치료한다. 파트로클로스는 그를 보고 괴로워한다.

하고 모든 도시에서 신에게 제를 올렸소. 그런데 사흘 후 에페이오이 족이 충분한 병력으로 다시 공격해왔소. 당시 어리고 전쟁 경험도 없는 몰리오네의 쌍둥이 아들도 함께 왔소. 그들은 트리오엣사에 모여 정복을 꾀하고 있었소. 그때 밤에 아테나 여신이 우리에게 와 전투 준비를 시킨 것이오. 하지만 내가 참전하는 것을 원치 않았던 넬레우스는 내가 타던 말을 감췄소. 그래도 나는 아테나 여신이 조종하는 대로 걸어가 우리 기병들보다 오히려 잘해냈소. 우리는 전속력으로 달려 정오 무렵 신성한 알페이오스강에 다다라 제우스에게 훌륭한 제물을 바치고 알페이오스 하신과 포세이돈에게 황소 한 마리씩, 아테나 여신에게 소 떼에서 골라낸 암송아지 한 마리를 바친 후 식사하고 무장한 채 잠들었소. 그 사이에 의기양양한 에페이오이족이 도시를 함락할 작정이었지만 '전쟁의 신'이 막았던 것이오. 다시 말해 빛나는 태양이 하늘에 솟자마자 우리는 일제히 제우스와 아테나 여신에게 기도드린 후 전투를 시작했소. 이윽고 필로스군과 에페이오이족이 대적했소. 먼저 내가 아우게이아스의 사위 물리오스를 무찔러 말을 빼앗았소. 그들은 수장이 쓰러지자 뿔뿔이 흩어졌소. 나는 때를 놓치지 않고 돌풍처럼 밀어붙여 전차 50대를 노획했소. '바다의 신' 포세이돈이 그들을 구름으로 가려 데려가지 않았다면 두 쌍둥이도 죽었을 것이오. 그때 우리가 승리한다는 제우스의 조짐을 받아 거침없이 그들을 추격해 부프라시온의 밀밭이며 올레니아 바위지대와 알레이시온 언덕까지 몰고 갔소. 아테나 여신이 우리를 돌아가게 하지 않았다면 더 추격했을 것이오. 우리는 필로스로 돌아와 제우스에게 제물을 올렸고 인간 중에서 바로 나 네스토르에게 감사를 올렸소. 한때 나도 그랬는데 아킬레우스는 자신의 용맹함을 혼자 즐길 참인가? 언젠가 그도 군대가 전멸하면 크게 후회할 것이오. 파트로클로스여! 그대의 부친 메노이티오스가 아가멤논에게 그대를 보낼 때 뭐라고 했소? 그대의 아버지가 했던 말이 아직도 생생하오. 그때 나는 오디세우스와 함께 전국에서 보충병을 모집하기 위해 펠레우스의 궁전에 도착했는데 아킬레우스의 부친 펠레우스 왕은 암소의 살찐 허벅지를 제우스 신에게 바치기 위해 넓은 뜰에서 고기를 굽고 있었소. 때마침 황금잔을 손에 들고 연기가 피어오르는 거룩한 제물에 찬란한 포도주를 붓고 있었는데 그대 둘은 쇠고기를 장만하느라 바빴소. 그때 우리가 넓은 방 입구에 나타난 것이오. 아킬레우스는 우리를 보자 깜짝 놀라며 우리를 안내해 자리를 내주고 훌륭한 음식을 대접했소. 충분한 만찬을 즐긴 후 내가 먼저 입을 열어 그대들에게 트로이아 원정에 동참할 것을 권했소. 그대 둘은 바로 마음이 움직였고 부친들은 여러 주의를 주었소. 먼저 펠레우스 노왕이 아들 아킬레우스에게 끝까지 용감히 싸워 뛰어난 공훈을 세우라고 말씀하셨소. 그대의 아버지 메노이티오스도 이렇게 말했소. "내 아들이여! 집안이나 혈통은 틀림없이 아킬레우스가 위이지만 나이로 보면 그대가 위다. 힘으로는 그에게 훨씬 뒤지지만 사리에 맞는 말을 하고 부드럽게 충고하며 잘 이끌어 보좌하라." 부친의 말씀을 잊었겠지. 지금이라도 아킬레우스에게 조언하면 들을지도 모르오.

그러나 아킬레우스가 그대의 조언에도 망설인다면 그대만이라도 출전하도록 말해보시오. 그리고 그대가 그의 갑옷을 빌려 입고 싸움터에 나가게 해달라고 해보시오. 그러면 트로이아군이 그대를 아킬레우스로 착각해 머뭇거리고 우리 병사들은 잠시 숨을 돌릴 것이오. 네스토르의 말에 파트로클로스는 가슴이 벅차올라 얼른 그곳을 빠져나왔다. 그는 오디세우스의 함대 근처를 지나가다가 허벅지에 화살을 맞은 에우리필로스가 절룩거리며 나오는 것을 보았다. 온몸이 땀과 피범벅이었지만 두려워하는 표정은 전혀 아니었다. 이를 본 파트로클로스가 속마음을 솔직히 토로했다. "오, 존경하는 에우리필로스여! 악마와 같은 헥토르를 우리가 저지할 수 없단 말이오? 정말 트로이아군의 개밥이 되어야 한단 말이오?" 에우리필로스가 대답했다. "파트로클로스여! 이제 우리를 구할 자는 없소. 우리 정예의 용사들은 이미 화살과 창에 맞아 누워 있소. 그러나 그대는 나를 살릴 수 있을 것이오. 나를 함대로 데려가 아킬레우스가 케이론에게서 배웠다는 고약을 발라주시오. 그대도 알다시피 군의관 마카온도 부상당해 움직이지 못하오." 파트로클로스가 말했다. "에우리필로스여! 어떡하면 좋겠소? 나는 지금 아킬레우스에게 가야 하지만 고통을 겪는 그대를 모른 척할 수도 없소." 이렇게 말하고 그를 부축해 자기 막사로 데려가 자리에 눕혔다. 파트로클로스는 그의 허벅지에서 화살을 뽑아 검은 피를 뽑아내고 따뜻한 물로 씻어냈다. 그리고 약초 뿌리를 잘게 빻아 상처 부위에 뿌렸다. 그러자 에우리필로스의 상처가 아물고 출혈도 멈췄다.

아킬레우스와 파트로클로스
아킬레우스와 파트로클로스의 관계는 절친 이상을 넘어
서로 사랑하는 사이로 당시 만연하던 동성애의 상대이기도 했다.

제7부

패퇴

　파트로클로스가 에우리필로스를 치료하는 동안에도 아카이아군과 트로이아군은 격렬히 싸웠고 이제 그리스 연합군의 참호도 그 위의 폭넓은 방벽도 밀려오는 트로이아군의 기세에 더 이상 견딜 수 없었다. 이 방벽은 그리스 연합군 함선을 지키기 위해 구축한 것으로 주위에는 넓고 깊은 참호가 있었다. 아카이아군을 위해 날렵한 배와 수많은 전리품을 안에 넣고 둘러친 방벽이지만 방벽을 쌓으면서 신들에게 제를 올리지 않아 절대로 오래 튼튼히 서 있을 수 없었다. 그렇더라도 헥토르가 살아 있고 아킬레우스가 여전히 참가하지 않았고 프리아모스 왕의 도성이 아직 함락되지 않은 동안 아카이아군의 거대한 방벽도 굳건히 버텼다. 그러나 트로이아와 그리스 연합군 측에서도 수많은 병사가 죽어 나갔다. 신들 중 포세이돈과 아폴론은 그리스의 생존한 병사가 트로이아 성을 함락시키고 고향으로 돌아갈 때 강물을 이

용해 방벽을 파괴하기로 결심해 이다산 기슭에서 시작되어 바다로 흐르는 모든 강줄기를 끌어들인다. 레소스와 헵타포로스, 카레소스와 로디오스, 그라니코스와 아이세포스, 거룩한 스카만드로스와 시모에이스다. 아폴론은 이렇게 강줄기 입구를 한군데 모아 9일간 방벽 쪽으로 강물을 흘려보낸다. 제우스는 조금이라도 빨리 이 방벽을 바다로 떠내려 보낼 생각에 쉴 새 없이 비를 쏟아붓는다. 지진과 해일을 일으키는 '바다의 신' 포세이돈은 삼지창을 들고 앞장서 아카이아군이 나무와 돌로 힘들게 쌓은 방벽과 토대를 파도에 넘겨줘 물결도 세찬 헬레스폰토스 일대를 평평하게 만든다. 그렇게 방벽을 치운 후 넓은 해변을 다시 모래로 덮고 여러 강줄기를 본래 물길로 되돌린다. 훗날 포세이돈과 아폴론은 이렇게 처리할 것이다. 하지만 이 무렵 튼튼히 쌓은 방벽 양쪽에서 치열한 전투의 함성이 아수라장을 만들었고 방벽 망루의 대들보는 날아오는 돌에 맞아 귀가 따가울 정도로 쩡쩡 울렸다. 제우스의 채찍에 쫓긴 아카이아군은 헥토르를 피해 가운데가 팬 배 옆에 틀어박혀 웅크리고 있었다. 트로이아의 헥토르는 성난 태풍처럼 아카이아군을 마음대로 몰아붙였다. 많은 개와 사냥꾼에 포위당한 야생 멧돼지나 사자가 거세게 몸부림치는 것 같았다. 아카이아군은 밀집 대열로 서로 몸을 얽어 트로이아군에 창을 던졌다. 헥토르는 자기편 군중 속을 돌아다니며 기병들에게 참호를 건너 진격하라고 독려했지만 헥토르의 명마들조차 참호를 감히 건너지 못하고 그 앞에서 걸음을 멈추고 요란스럽게 울어댔다. 폭넓은 참호가 겁났기 때문이다. 참호에는 깎은 듯한 절벽처럼 머리 위를 덮을 만큼 깊고 날카로운 말뚝이 가득 박혀 있었기 때문이다. 말뚝들은 트로이아군에게 엄청난 장애물이었다. 훌륭한 바퀴를 단 전차도 쉽게 들어가지 못했고 트로이아 병사들이 건너보려고 애썼지만 태반이 날카로운 말뚝에 찔려 죽어나갔다. 그때 폴리다마스가 다가와 입을 열었다. "헥토르시여! 참호를 넘으려는 시도는 미친 짓이오. 이 참호는 말을 이끌고 절대로 건널 수 없습니다. 무리해 건너다가 기동성이 떨어졌을 때 아카이아군이 역습해오면 참호에 갇힌 채 몰살당할 겁니다. 이 참호는 말과 전차를 참호 옆에 두고 걸어서 건너야 합니다." 폴리다마스의 조언을 받아들인 헥토르가 갑옷을 입은 채 전차에서 뛰어내리자 트로이아 기병 대장들도 전차에서 뛰어내렸다. 그리고 전차를 잘 정비해 참호 옆에 가지런히 세워두라고 전차병에게 명령했다. 또한, 각자 무장하고 다섯 부대로 정렬해 수장의 명령하에 전진했다. 먼저 헥토르와 폴리다마스를 따르는 자들이 인원도 가장 많고 전투 장비도 갖춰 특히 방벽을 돌파해 배 옆에서 싸우겠다고 기세가 하늘을 찔렀다. 이 부대에는 세 번째 지휘자로 케브리오네스도 끼어 있어 헥토르는 자기 전차에 케브리오네스보다 못한 무사를 딸려 놓을 수밖에 없었다. 두 번째 부대는 파리스, 알카토스, 아게노르가 지휘했고 세 번째 부대는 헬레노스와 신으로 착각할 데이포보스, 프리아모스의 두 아들과 아시오스가 지휘했다. 아시오스는 적갈색 윤기가 흐르는 말들을 셀레에이스 강변 아리스베에서 데려온 것이다. 네 번째 부대는 안키세스의 아들 아이네이아스가 지휘했고 싸움의 명장 안테노르의 두 아들 아르켈로코스와 아카마스가 뒤를 따랐고 사르페돈은 영예로운 동맹군을 인솔했으며 보좌로 누구보다 뛰어난 글라우코스와 아스테로파이오스를 선택했다. 그에게는 그 둘이 가장 뛰어난 용사로 보였기 때문이다. 물론 자신은 전군에서 가장 뛰어난 용사였다. 그렇게 서로 정교하게 바른 가죽 방패를 바짝 붙여 앞을 가리고 곧장 적 진영으로 밀고 들어가자 적도 더 이상 견디지 못할 거라고 생각했다. 그때 다른 트로이아 편 사람이나 그 명성을 떨친 동맹군은 나무랄 데 없는 폴리다마스의 의견을 따랐지만 무사들의 우두머리 아시오스는 마부와 말을 남겨 놓지 않고 적진으로 향했다. 정말 어리석기 짝이 없었다. 그는 아카이아 병사들의 함대 왼쪽으로 진격했다. 그 방향은 아카이아 병사가 으레 말과 전차를 이끌고 돌아오는 장소여서 문지기들이 긴 빗장도 채우지 않고 피난오는 동지들에게 문을 열어둔 것이다. 아시오스가 이곳으로 돌격하자 부하들도 귀청이 찢어질 듯한 함성을 지르며 뒤따랐다. 그러나 가장 뛰어난 문지기 둘이 버티고 있었다. 호전적인 라피타이족 후손임을 자랑하는 두 용장 페이리토스의 아들 폴리포이테스와 아레스처럼 잔인한 레온테우스였다. 둘은 우뚝 솟은 문 앞에 꿋꿋이 버티고 서 있었다. 산골짜기에서 가지를 높이 치켜든 떡갈나무가 큼직한 뿌리를 주변에 널찍이 뻗어내리고 바람과 비에도 1년 내내 끄떡없이 서 있는 것 같았다. 이같이 둘은 자기 실력과 힘을 믿고 달려드는 거구의 아시오스를 피하지 않고 버티고 서 있었다.

치열한 방벽 공격
트로이아군이 그리스군의 최후 보루
방벽까지 맹공하는 장면이다.

한편, 쇠가죽으로 만든 방패를 높이 쳐들고 우렁찬 함성을 지르며 아시오스 왕과 이아메노스, 오레스테스, 아시오스의 아들 아카마스, 토온, 오이노마오스 등이 맹공을 늦추지 않았다. 그러자 두 용사는 아카이아군이 방벽 안에서 배를 지켜 분전하라고 독려했다. 드디어 트로이아 병사가 방벽으로 돌진해와 병사들이 고함을 지르며 달아나자 둘은 참지 못해 앞으로 달려나가 문 앞에서 싸움을 계속했다. 야생 멧돼지가 산간에서 사냥꾼과 사냥개들이 요란스럽게 몰려오는 것을 기다리는 것 같았다. 멧돼지들이 이리저리 뛰어다니며 주변 나무들을 마구 부러뜨리고 뿌리째 그루터기를 받아넘겨 낮은 산골짜기에 으르렁댔다. 누군가가 창으로 멧돼지를 죽일 때까지 그랬다. 꼭 그처럼 정면에서 부딪치는 둘의 가슴팍에서 번쩍이는 청동 갑옷은 요란스럽게 덜거덕거렸다. 둘은 방벽 위의 병사들과 자신의 체력을 믿고 계속 맹렬히 싸웠다. 병사들이 자신과 진영과 날렵한 배를 지키기 위해 잘 쌓은 방벽 위에서 큰 돌덩이를 집어던지자 우박이 우수수 떨어졌다. 그때 아시오스는 절망감에 넓적다리 두 개를 치며 초조하게 외쳤다. "오, 제우스여! 신께서는 또 거짓말하셨군요. 아카이아군에게는 우리의 분노를 막을 힘이 없지 않나요? 그들은 기슭 바위틈에 집을 짓고 사는 말벌 떼처럼 굴에서 나오지 않은 채 사냥꾼이 지나가길 기다리는 것 같습니다. 단둘인데 보루 문에서 상대방을 죽이거나 자신이 죽기 전에는 도무지 물러서려고 하지 않습니다." 이렇게 외쳤지만 제우스의 마음을 움직일 수 없었다.

한편, 다른 트로이아 병사들은 아카이아군 진영의 다른 쪽 문을 공격 중이었다. 불길이 돌벽을 휘감자 그리스 연합군은 사력을 다해 함대를 방어했다. 그들의 처절한 저항에 호의를 베풀던 모든 신은 수심에 잠긴 반면, 두 라피타이족은 굳건히 문을 지키고 있었다. 드디어 폴리포이테스가 다마소스의 투구를 찔러 피를 흩뿌리자 전투의 운명도 끝났다. 그런 후 필론과 오르메노스를 죽였다. 아레스의 벗 레온테우스는 창으로 안티마코스의 아들 히포마코스를 찌른 후 안티파테스를 죽이고 메논과 이아메노스, 오레스테스를 잇달아 쓰러뜨렸다.

　한편, 헥토르와 폴리다마스가 이끄는 정예병들은 아직 참호 주위에 집결한 채 망설이고 있었다. 그들은 트로이아군 최강이었는데 참호를 넘으려고 하자 새 한 마리가 날아들었다. 높이 날던 독수리가 병사들 앞을 막았는데 발톱에는 시뻘건 커다란 뱀이 몸을 비틀고 있었다. 뱀은 싸울 뜻을 버리지 않고 독수리의 목 옆 가슴 언저리를 세게 물었다. 그러자 독수리는 몸부림치더니 병사들 한가운데 뱀을 떨어뜨리고 크게 울부짖더니 하늘로 사라졌다. 그 모습을 본 트로이아군은 제우스가 보낸 흉조로 생각했다. 폴리다마스가 헥토르에게 말했다. "헥토르여! 회의 석상에서 내가 현명한 의견을 발표하면 무슨 이유인지 그대는 늘 무시했소. 물론 일반적으로 보잘것없는 자들이 그대와 다른 주장을 하는 것은 사실 합당하지 않소. 회의나 전투에 임할 때 그대의 권위를 높이는 것은 당연하니까. 현재 상황을 살펴보면 전투를 중지하는 게 어떻겠소? 조금 전 조짐처럼 될지 모른다는 염려 때문이오. 독수리가 피를 흘리는 큰 뱀을 잡았지만 결국 놓쳤듯 우리도 그럴 수 있기 때문이오. 방벽을 허물고 적을 물리치더라도 결국 다시 혼란에 빠질 것이오. 수많은 전우만 잃을 징조요. 제발 내 의견을 가볍게 듣지 마시오." 아니나 다를까. 헥토르는 눈살을 찌푸리며 그를 핀잔했다. "폴리다마스여! 지금 그대의 말은 내 마음에 전혀 들지 않소. 더 그럴듯한 의견을 찾을 수 있었을 것이오. 그러나 정말 진심으로 그런 건의를 한다면 여러 신이 일부러 그대의 머리를 돌게 한 것이 분명하오. 새가 오른쪽으로 날든 왼쪽으로 날든 내가 상관할 바 아니오. 제우스의 조언을 따릅시다. 그분이야말로 죽어야 하는 모든 인간과 죽음을 모르는 모든 신을 통치하니까. 결전을 앞두고 왜 두려워하오? 저 침입자들에 맞서 싸우다가 모두 죽어가더라도 그대가 죽을 염려는 전혀 없소. 그대는 전투에 견딜 용기가 없고 전투도 싫어하기 때문이오. 그러나 그대가 짐짓 결전을 피하거나 다른 사람까지 싸움에서 물러나게 한다면 당장 내 창이 그대의 목숨을 거둘 것이오." 헥토르가 폴리다마스를 단호히 몰아세워 선봉에 서자 일제히 함성을 지르며 그를 따랐다. 번개를 휘두르는 제우스도 이다 산봉우리에서 일진광풍을 보냈다. 바람은 곧 함선들 쪽으로 모래 먼지를 몰아갔는데 아카이아군 진영의 분별을 흐트려 트로이아군과 헥토르에게 영광을 주려는 것이었다. 제우스의 이 같은 전조를 믿은 헥토르는 더 자신만만해 아카이아 방벽을 무너뜨리기 위해 온갖 수단을 동원했다. 돌을 잡아 빼거나 버팀벽 도리들과 땅속에 묻어둔 돌들을 마구 쑤셔 올려 끌어낸 후 침입을 시도했지만 그리스 연합군의 저항도 만만치 않았다. 방벽을 기어오르는 트로이아 병사들을 방패로 막아 떨어뜨렸다. 그때 그리스 연합군의 큰 아이아스와 작은 아이아스는 병사들을 독려하기 위해 망루 위에서 바쁘게 움직였다. "아카이아 동지들이여! 우리 중 가장 뛰어난 자든 중간쯤인 자든 그보다 못한 자든 지금이야말로 할 일이 있소. 그대들도 잘 알고 있을 것이오. 이렇게 격려하는 자의 말을 들은 이상 누구든지 뒤쪽, 배 쪽을 보면 절대로 안 되오. 그보다 서로 격려하며 앞으로 나아가시오. 올림포스에서 번개를 던지는 제우스 신이 이 공격을 물리치시고 적을 성벽까지 쫓아내 주실지도 모르니." 이같이 두 아이아스는 독려하며 아카이아군을 전투로 몰아세웠다. 제우스가 사자와 같은 아들 사르페돈을 보내지 않았다면 방벽을 사이에 두고 치열한 공방만 끝없이 이어졌을 것이다. 오랫동안 굶주린 사자가 양을 덮치듯 사르페돈은 방패와 창 두 개로 방벽을 공격해 칸막이를 무너뜨렸다. 그리고 사촌동생 글라우코스에게 말했다. "글라우코스여! 우리는 어떻게 리키아에서 최고의 영예를 누렸던가? 왜 우리를 보통사람보다 위대한 인간으로 취급하는가? 크산토스 유역 과수원이며 밀밭도 최고의 것으로 차지하고 있으니 그런 것을 위해서라도 지금이야말로 리키아군이 결연히 몸을 태우는 전투에 뛰어들지 않으면 안 된다. 자, 나가자. 우리가 적의 명예를 올려주든 적이 우리의 명예를 올려주든." 글라우코스도 사르페돈 못지않았다. 그들은 부대를 이끌고 전진했다.

때마침 보루에서 분전 중이던 메네스테우스는 사르페돈과 글라우코스가 맹렬히 돌진하자 도움을 청할 우군을 찾았다. 때마침 두 아이아스와 막사로부터 막 도착한 테우크로스가 그들 가까이 서 있는 것을 보았다. 그러나 사방이 아우성이어서 아무리 큰소리로 불러도 그들은 돌아보지 않자 메네스테우스는 전령 토오테스를 텔라몬의 아들 아이아스에게 보냈다. "토오테스여! 어서 달려가 아이아스 님을 모셔오라. 가능하면 두 분 다 모셔오라. 그러지 않으면 이곳은 전멸되리라. 그곳도 빠져나올 수 없는 상황이라면 큰 아이아스 님만이라도 모셔오고 유능한 궁수 테우크로스도 함께 오라고 전하라." 전령 토오테스는 아카이아 방벽을 따라 그들에게 다달아 말했다. "두 아이아스 님이시여! 저희 사령관 메네스테우스께서 도움을 청했습니다. 지금 도와주지 않으면 우리는 전멸한답니다. 그러나 이곳도 긴박한 상황이라면 텔라몬의 아드님이신 아이아스 장군님과 궁술에 뛰어난 테우크로스 님을 모셔오라고 하셨습니다." 텔라몬의 아들 큰 아이아스는 이를 승낙하고 곧 오일레우스의 아들인 작은 아이아스에게 말했다. "아이아스여! 리코메데스와 이곳을 지휘하시오. 나는 메네스테우스의 군영을 도와주고 곧 돌아오겠소." 그들은 방벽 안쪽을 따라 메네스테우스가 있는 망루에 다다랐다. 그리고 곧 사태의 긴박성을 깨달았다. 리키아 맹장들은 시커먼 폭풍우처럼 흉벽으로 쏟아져 나와 함성을 지르며 접전을 벌이고 있었다. 리키아군은 당장이라도 메네스테우스가 지키는 망루를 쓸어버릴 기세였다. 아이아스는 흉벽 옆에 솟은 집채 만한 바위를

치열한 방벽 방어전
그리스군이 마지막 남은 선단 방벽을 사수하기 위해
필사적으로 트로이아군에 대항하는 장면이다.

집어던져 사르페돈의 동료 에피클레스를 절명시켰다. 혈기왕성한 젊은이도 들기 힘든 커다란 바위를 아이아스가 내리치자 에피클레스의 투구와 머리는 산산조각났다.

한편, 방벽을 올라가는 글라우코스를 발견한 궁수 테우크로스는 화살을 쏴 그의 어깨를 관통시켰다. 그러자 글라우코스는 아카이아 병사들이 눈치채지 못하게 조용히 방벽에서 물러났다. 사르페돈은 사촌 글라우코스가 물러서자 몹시 서글펐지만 그대로 멈출 수 없었다. 그는 분발해 전투를 계속해 테스토르의 아들 알크마온을 창으로 찌른 후 강한 팔로 흉벽을 잡고 와락 잡아채 구멍을 뚫어 많은 병사가 방벽을 넘게 만들었다. 그때 아이아스와 테우크로스도 그를 공격했다. 그러나 제우스가 아들을 보호해 사르페돈은 아이아스와 테우크로스의 창에 찔렸지만 창 끝이 살점을 뚫지 못해 살아남을 수 있었다. 그 와중에 자신을 따르는 리키아 병사들에게 외쳤다. "리키아 병사들이여! 전진하라. 내가 아무리 강해도 나 혼자서는 길을 열기 어려우니 나를 따라 적 방어진을 무찌르자." 이 위대한 지휘관의 고함에 리키아군은 사기충천해 서로 앞장서 밀고 나갔다. 그러나 그리스 연합군 진영도 필사적으로 방어해 리키아군이 함대에 도달하기에는 역부족이었고 아카이아군도 방벽에서 그들을 밀어내기에는 역부족이었다. 양 진영이 매우 좁은 곳의 경계를 정하기 위해 다투는 것 같았다. 전투가 벌어진 방벽 망루는 양군의 피범벅으로 얼룩졌다. 드디어 제우스는 헥토르의 손을 들어주었다. 헥토르는 아카이아 방벽에 맨 먼저 들어가게 되었다. 그는 방벽 문에 우뚝 서 뒤따르는 부하들에게 외쳤다. "자, 오르라. 트로이아군이여! 이 방벽을 부수고 저들의 함선에 불을 질러라!" 그 소리는 천둥 번개와 같아 트로이아군의 사기를 엄청나게 끌어올렸다. 트로이아 병사들은 창을 들고 개미 떼처럼 방벽 위를 기어오르기 시작했다. 헥토르는 방벽 문 앞에 놓인 돌을 집었는데 둘이 들어도 끄떡하지 않을 만큼 컸다. 그러나 제우스가 가볍게 해줘 쉽게 들었다. 헥토르는 방벽 문짝 바로 앞으로 돌을 들고 갔다. 방벽 문은 이가 꼭 맞는 두 짝으로 높은 대문으로 이어 닫았고 안쪽으로는 빗장 두 개가 어긋나게 찔러져 있었다. 절대로 열리지 않을 것 같던 문은 헥토르가 던진 돌을 맞자 삐걱거리며 빗장이 부러졌다. 드디어 견고한 문이 활짝 열리자 헥토르는 빨리 지나가는 밤과 같이 문으로 달려 들어가 몰려드는 트로이아군을 돌아보고 병사들을 격려하며 방벽을 넘어 진격하라고 독려했다. 모두 방벽을 타넘고 구조도 견고한 대문을 지나 물밀듯 쏟아져 들어가자 그리스 연합군 병사들은 마지막 보루인 함대로 도망쳤다. 제우스가 트로이아의 헥토르에게 아카이아 진영 함대까지 진격시킨 이상 격전과 참화는 계속되었다. 제우스는 말을 잘 조련하는 트라키아인, 백병전에 능한 미시아인, 말젖을 마시는 히페몰기족, 인간 중에서 가장 의리가 강하고 준법정신이 투철한 아비오이족 등의 지역을 유심히 살펴보았다. 그러나 트로이아에 대해서는 더 이상 관심을 갖지 않았다. 감히 아무도 트로이아군이나 그리스군을 돕기 위해 발길을 돌리지는 못할 거라고 생각했기 때문이다. 그런데 대지를 뒤흔드는 포세이돈 신은 감시를 전혀 늦추지 않았다. 그는 바다에서 나와 숲으로 덮인 사모스의 가장 높은 산정에 좌정해 결전이 벌어지는 광경에 빠져 있었고 아카이아군이 트로이아군에게 형편없이 당하는 모습에 갑자기 제우스에게 화가 치밀어 깎은 듯한 험준한 산에서 황급히 내려오니 높은 산봉우리도 숲도 포세이돈 발밑에서 흔들렸다. 그는 세 번 걸음을 옮겨 네 번째 걸음으로 목적지 아이가이에 도착했다. 그곳에는 바닷속 깊이 영원히 썩지 않는 찬란한 황금궁전이 있었다. 그곳에서 청동 발을 가진 말 네 필을 마구에 달았고 자신도 황금의상을 걸치고 잘 다듬어 만든 황금채찍을 쥐고 전차에 올라 말들에게 채찍을 가했다. 그러자 깊은 바다는 양쪽으로 갈라졌고 바닷속 크고 작은 물고기들은 주인 포세이돈을 위해 사방에서 춤추었다. 말들은 거친 물보라를 일으키며 쏜살같이 달렸다. 얼마나 빠른지 수레바퀴 굴대조차 전혀 젖지 않았다. 포세이돈은 아카이아 함대를 향해 달렸다. 그런데 테네도스섬과 험한 바위로 유명한 임브로스섬 중간쯤 깊은 바다 밑바닥에 크고 넓은 동굴이 있었는데 대지를 뒤흔드는 포세이돈은 그곳에서 수레를 멈추었고 수레에서 말들을 풀어 향기로운 먹이를 주고 말 발에 절대로 부서지거나 풀리지 않는 황금족쇄를 채웠다. 말들은 주인 포세이돈이 돌아올 때까지 얌전히 기다릴 것이다. 모든 준비를 마친 듯 포세이돈은 접전이 벌어지는 아카이아군 진영으로 발길을 옮겼다. 그동안 트로이아군은 한 덩어리가 되어 불꽃과 태풍처럼 프리아모스의 아들 헥토르를 뒤따라 드높은 함성을 지르며 아카이아군에게 돌진했다. 그런데 대지를 흔드는 포세이돈이 깊은 바다에서 나와 우람한 칼카스의 모습을 빌려 우렁찬 목소리로 그리스 병사들을 독려하고 두 아이아스에게 말했다. "아이아스들이여! 그대 둘이 아카아이아군을 지켜다오. 잠시도 용기를 잃지 말고 두려움에 떨게 만드는 패배 따위도 마음속에 두지 말라." 이렇게 말을 마친 포세이돈이 삼지창으로 그들을 툭툭 쳐 불굴의 용기를 불어넣어 주자 온몸이 가벼워지고 더 민첩해졌다. 그러자 포세이돈은 그곳을 썰물처럼 빠져나갔다. 그때 오일레우스의 아들 작은 아이아스가 큰 아이아스에게 먼저 말했다. "아이아스여! 이는 올림포스에 계시는 신의 계시가 분명하오. 그 신은 우리를 격려하기 위해 예언자 칼카스의 모습으로 변신해 우리에게 오신 것이오. 발꿈치와 무릎을 보니 금방 알겠소. 신께서 우리를 잊지 않고 저렇게 말씀하시니 더 용기가 생기는구려." 텔라몬의 아들 큰 아이아스가 말했다. "나도 생각이 같소. 몸이 가뿐하고 무겁던 창이 가벼우니 신의 보살핌이 분명하오. 지금과 같다면 헥토르와 다시 겨뤄도 절대로 패할 것 같지 않소."

한편, 두 아이아스 곁을 떠난 포세이돈은 아카이아 패주병들이 잠시 숨을 돌리는 후방으로 갔다. 그들은 기진맥진해 함대 옆에 널브러져 있었다. 패전에서 벗어날 가망이 사라져서인지 모두 기가 죽어 있었다. 포세이돈은 우선 테우크로스와 레이토스, 페넬레오스, 토아스,

데이피로스, 메리오네스, 안틸로코스 등을 격려하며 소리쳤다. "그리스 병사들이여! 부끄럽지 않은가? 그대들이야말로 우리 함대를 지켜야 할 최후 보루 아닌가! 그런데도 패색에 겁을 먹고 이렇게 누워만 있다니 한심하기 짝이 없다. 이 두 눈으로 꿈에도 본 적 없는 조짐을 보았다. 트로이아군이 우리 함대로 진격해오다니! 지금까지 그들은 달아나는 사슴과 같은 무리였지. 숲속에서 늑대의 먹이가 되는 존재. 아무 힘도 없고 달아나기만 할 뿐 싸울 생각은 아예 없던 트로이아 병사들 따위가 전에 아카이아군의 위세에 감히 정면으로 맞서리라곤 전혀 생각하지 못했다. 그런데 지금 그들의 성안에서 이렇게 멀리까지 나와 그대들의 함대를 전멸시키려는 것은 모든 게 지휘관이 비겁하고 병사들이 태만한 결과다. 그들은 아킬레우스와 다툰 후부터 함선을 지킬 의욕도 잃고 지금은 함대 안에서 잇달아 죽어가고 있다. 그러나 진실로 저 아트레우스의 아들이자 그리스 연합군의 총사령관 아가멤논이 펠레우스의 아들 아킬레우스에게 심한 모욕을 줘 이 모든 불행을 초래했더라도 전쟁을 절대로 포기하면 안 된다. 그보다 당장 유화책을 강구하는 게 낫다. 그러나 그대들이 이제 과감한 의기를 내던진다면 칭찬받을 일이 못 된다. 그대들은 전군에서 가장 강한 정예병이기 때문이다. 다시 말해 나도 하찮은 인간이 싸움을 태만하게 하면 이렇게 넋두리하진 않을 것이다. 그러나 그대들에 대해 마음속으로 도저히 용납할 수 없는 언어도단이라고 생각한다. 그대들은 마음이 연약한 사람들이 이 태만 때문에 금방이라도 더 엄청난 재난을 부른다

포세이돈의 등장
그리스군이 마지막 보루 방벽을 사수하기 위해 분전할 때
포세이돈이 나타나 그들에게 힘을 불어넣는 장면이다.

는걸 잘 알고 있을 것이다. 그러니 각자 가슴속에 염치를 아는 마음과 정의에 대한 분노를 잘 간직하라. 저토록 맹렬한 전투가 시작되었으니 헥토르가 강단에 찬 사나이여서 방벽 문도 두들겨 부수고 쳐들어왔구나." 포세이돈이 아카이아군을 간절히 독려하자 두 아이아스를 중심으로 많은 병사가 모여들었고 아레스 군신이나 아테나 여신조차 무시 못할 강력한 부대로 재탄생하고 병사들의 눈동자는 전의로 불타올랐다.

한편, 한 덩어리가 된 트로이아군은 헥토르를 선두로 거침없이 쳐들어왔다. 소나기에 갑자기 불어난 물에 밀려 쏟아져 내려온 둥근 돌덩이 같았다. 하지만 평원에 다다르면 속도를 내지 못하듯 헥토르가 막사와 함대를 덮치려고 했지만 아카이아군의 완강한 저항에 막혔다. 헥토르는 뜻밖의 저항에 부딪히자 머뭇거리며 물러섰다. 그 같은 낌새를 느낀 헥토르는 찢어지는 목소리로 트로이아군을 독려했다. "트로이아와 리키아, 다르다니아 용사들이여! 적의 방벽을 뚫고 들어왔으니 이제 저들의 목숨은 경각에 달렸다." 헥토르의 말이 끝나기 무섭게 프리아모스의 아들 데이포보스가 자신만만한 걸음으로 방패를 세우고 진격했다. 그때 아카이아의 메리오네스가 그에게 창을 던졌지만 황소 가죽 방패를 뚫지 못했고 데이포보스는 자연스럽게 방패를 돌려대며 공격을 무위로 만들었다. 메리오네스는 화가 치밀었지만 물러설 수밖에 없었다. 그럼에도 쌍방 혈전은 계속되었다. 맨 먼저 테우크로스가 멘토르의 아들 임브리오스를 죽였다. 페다이온에 살던 그는 프리아모스가 친아들 이상으로 사랑했고 그의 서녀 메데시카스테를 아내로 삼을 예정이었는데 테우크로스의 창에 죽은 것이다. 테우크로스가 그의 갑옷을 벗기기 위해 달려들자 헥토르가 창을 던졌다. 그러나 테우크로스가 재빨리 고개를 숙여 창은 크테아토스의 아들 암피마코스의 가슴에 맞았다. 헥토르는 암피마코스의 투구를 벗기기 위해 뛰어나왔다. 그때 아이아스가 헥토르에게 창을 던졌지만 둥근 방패에 맞고 튕겨 나왔다. 그러나 이 타격에 헥토르가 움찔하며 한발 물러서자 아카이아군은 때를 놓치지 않고 반격했다. 암피마코스의 시신은 스티키오스와 메네스테우스가 데려갔고 임브리오스의 시신은 두 아이아스가 들고 갔다. 두 아이아스는 시신을 끌어와 갑옷을 벗기고 암피마코스의 전사에 대한 복수로 임브리오스의 목을 효수해 허공에 흔들고 적진으로 날렸다. 임브리오스의 잘린 머리는 헥토르의 발밑에 떨어져 흙투성이가 된 채 뒹굴었다. 포세이돈은 손자 암피마코스의 죽음을 목격하고 분개해 아카이아군의 막사와 함선들 옆으로 달려가 병사들을 독려했고 트로이아에 슬픔을 줄 방법을 궁리했다. 먼저 포세이돈은 이도메네우스를 만났다. 이도메네우스는 막 부하를 위문하고 돌아가던 길이었다. 부하는 날카로운 오금을 다쳐 전장에서 방금 후송되었다. 전우들이 그를 전차에 싣고 오자 이도메네우스는 그를 치료할 것을 의사들에게 지시하고 자기 막사로 돌아가던 중이었다. 전투에 참가하려는 의욕이 여전히 높아 포세이돈은 안드라이몬의 아들 토아스의 모습으로 변신해 말을 건넸다. 토아스라는 무장은 펠레우론 전역에서 험한 칼리돈에 걸쳐 아이톨리아인을 다스리며 백성들로부터 신처럼 존경받는 존재였다. "크레타의 영주 이도메네우스여! 아카이아의 아들들이 트로이아군에게 퍼붓던 그 호언은 어디 갔소?" 이도메네우스가 대답했다. "토아스여! 책망할 필요 없소. 우리는 싸울 테니까. 우리 중 겁내거나 비겁한 자는 더더욱 없소. 전지전능하신 제우스께서 우리가 이역만리 타국에서 멸하길 바라시는 것 같습니다. 그러나 토아스여! 그대는 항상 다른 사람들이 실의에 빠지는 것을 보면 용기를 북돋아 주었소. 계속 굽히지 말고 충고를 잊지 말기 바랍니다." 그러자 대지를 뒤흔드는 포세이돈이 말했다. "이도메네우스여! 이 같은 날 전투에서 고의로 주저하는 자는 트로이아로부터 절대로 귀국하지 못하고 이 땅에서 이대로 죽어 들개 밥이 될 것이오. 어쨌든 갑옷을 이리 가져오시오. 우리는 둘뿐이지만 도움이 될지 누가 알겠소? 나약한 자들도 뭉치면 용감해지거늘 하물며 우리 둘이라면 아무리 강한 상대도 충분히 싸울 수 있을 것이오." 이렇게 말하고 포세이돈은 무사들이 싸우는 사이를 다시 지나갔다. 이도메네우스가 막사에 도착해 훌륭한 갑옷을 두르고 창 두 자루를 쥐고 나가는 모습은 제우스가 올림포스에서 내던져 찬란히 번쩍이는 번개에 비교할 만했다. 올림포스에서 인간 세계의 전조로 보여주는 번개처럼 이도메네우스의 질풍과 같은 섬광도 똑똑히 보였다. 그같이 달려나가는 이도메네우스의 가슴팍에서 청동이 번쩍였다. 도중에 막사 가까이서 용감한 수행무장 메리오네스를 만났는데 그도 청동을 끼운 창을 가지러 가던 중이었다. 이도메네우스는 메리오네스에게 반갑게 말을 건넸다. "몰로스의 아들 메리오네스여! 걸음도 빠르고 내 전우 중에서 가장 두드러지게 다정한 이여! 어째서 결전을 그만두고 돌아오는가? 아니면 전갈을 갖고 나를 찾아왔는가?" 지혜로운 메리오네스가 대답했다. "청동 갑옷을 입은 크레타 영주 이도메네우스여! 막사에 창이 남아 있으면 얻으려고 왔습니다. 전에 내가 가졌던 것은 거만한 데이포보스의 방패에 부딪혀 부러졌거든요." 크레타 영주 이도메네우스가 말했다. "창이 필요하다면 내 막사 입구에 반짝반짝 빛나는 창이 20자루는 될 걸세. 트로이아군 전사자들에게서 빼앗았지. 적들과 멀리 떨어져 싸울 생각이 없어 창이며 방패며 갑옷을 잔뜩 쌓아놓았지!" 메리오네스가 대답했다. "저도 그렇습니다. 제 검은 배 안에 트로이아 병사들에게서 빼앗은 전리품이 많은데 지금 당장 쓸 것이 없을 뿐입니다. 저도 장군 못지않게 본분을 잊지 않고 살아왔습니다. 아시겠지만 항상 전투에서 선봉에 섰죠." 이번에는 크레타군 수장 이도메네우스가 말했다. "물론 그대의 활약상은 잘 알고 있소. 새삼 말할 필요도 없소. 지금 선봉 옆에 있는 우리 아카이아 용사들이 모두 나서 그중에서 돌격대를 선발한다면 누가 용기 있고 누가 겁쟁이인지 알 수 있지! 겁쟁이는 시시때때로 안색이 변하고 몸을 제대로 가누지 못하고 죽음이 두려워 가슴이 두근거리고 이가 덜덜 떨리지. 그러나 용감한 사나이라면 안색이 변하기는커녕 두려워하지 않고 싸우기만 바라네. 그렇게 되면 그대의 용기나 기량을 아무도 무시하지 못할 걸세. 그대가 싸우다가 칼이나 화살에 맞는다면 그곳은 뒤통수나 등이 아닌 가슴이나 배일 걸세. 자, 이야기는 그만하고 내 막사로 가 마음에 드는 창을 가져오게나." 메리오네스는 이도메네우스의 말이 끝나기 무섭게 청동 창을 가져 나와 당당히 그의 뒤를 따랐다. 둘은 군신 아레스가 아들과 싸움터로 돌진할 때처럼 청동으로 무장하고 나섰다. 메리오네스가 먼저 말했다. "크레타 영주시여! 어디로 가야 유리하겠습니까?" 이도메네우스가 대답했다. "중앙에는 두 아이아스와 뛰어난 궁수 테우크로스가 있소. 그들은 헥토르가 아무리 힘이 세도 함부로 대적할 수 없는 위력이 있소. 인간으로서 1대1로 싸운다면 저 텔라몬의 아들 큰 아이아스는 절대로 지지 않을 것이오. 무장들을 무찌르는 아킬레우스도 그와 1대1로 결투하면 누가 이길지 모르오. 그러니 그곳은 그들에게 맡겨두고 우리는 진영 왼쪽으로 가봅시다. 우리가 적에게 영예를 넘겨줄지 적이 우리에게 영예를 넘겨줄지 조금이라도 빨리 알고 싶소." 이렇게 말하자 메리오네스는 걸음이 빠른 아레스 못지않은 속도로 선두에 나서 격전이 벌어지는 진영 왼쪽 전장으로 나아갔다. 트로이아군은 용맹한 이도메네우스와 그를 수행하는 메리오네스가 훌륭한 갑옷을 두르고 나타나자 하이에나처럼 무리지어 달려들었다. 그렇게 양쪽 부대의 전투가 함대 뱃머리 근처에서 시작되었다. 전장에서 부딪치는 병장기 소리와 격동적으로 움직이는 양군의 동작에서 사나운 바람이 소용돌이쳤다. 길가에 모래 먼지가 가장 많이 쌓이는 계절이어

멘토와 이도메네우스

이도메네우스는 크레타의 왕으로 미노스의 손자이자 데우칼리온의 아들이다. 그는 헬레네의 구혼자 중 한 명으로 트로이아 전쟁에서 80척의 배로 크레타군을 이끌고 메리오네스와 함께 그리스 동맹군으로 참전했다. 그는 아가멤논의 충실한 조언자 중 한 명으로 창 솜씨로 유명했으며 그리스군의 중요한 장수였다.

서 한군데 휘몰아쳐 먼지구름이 온 천지에 끼듯 양군 병사들은 뒤죽박죽 치열한 혈투를 벌였다. 인간을 파멸시키는 전투에서 살을 뚫는 긴 창의 파도가 울렁일 때마다 번쩍번쩍 빛나는 많은 투구와 새로 광을 낸 가슴받이, 찬연히 빛나는 큰 방패, 밀어닥치는 무장들의 청동 갑옷에서 눈부신 광채가 번쩍거렸다. 이렇게 치열한 전투를 보고도 고통과 두려움을 느끼기는커녕 기뻐하는 인간이 있다면 그는 신일 것이다. 치열한 접전이 고조될 무렵 크로노스의 두 아들 제우스와 포세이돈은 서로 다른 생각을 하고 있었다. 제우스 쪽은 펠레우스와 테티스 님페의 아들 아킬레우스의 명예를 높여줄 생각에 트로이아군과 헥토르에게 승리를 안겨주고 싶었다. 그러나 아카이아군이 트로이아 평원에서 전멸당하길 아직 바라지 않았고 테티스 님페와 용맹한 아들 아킬레우스에게 영광을 줄 때만 기다렸다. 반면, 대지를 흔드는 포세이돈 신은 파도가 허옇게 이는 바다에서 살며시 솟아나 그리스 병사들 사이를 돌아다니며 독려했다. 그들이 트로이아군에 패퇴해 고통받는 것을 도저히 참을 수 없었고 사태를 이 지경으로 몰고 가는 제우스를 원망했다. 두 신은 혈통과 부모가 같았지만 권력 서열은 제우스가 높았다. 그럼에도 포세이돈은 제우스보다 항렬에서 형이었다.

헤시오도스의 《신들의 계보》에 의하면 제우스의 형제자매로 제우스를 비롯해 헤라, 포세이돈, 하데스, 데메테르, 헤스티아 등이 있었다. 제우스의 아버지 크로노스는 자신이 아들에 의해 권좌에서 쫓겨

난다는 예언 때문에 아내 레아에게서 낳은 자식들을 모두 자기 뱃속으로 삼켜버렸다. 자식을 잃을 때마다 고통스러웠던 레아는 한 명이라도 구하기 위해 여섯 번째 아이를 출산할 때 아이 대신 돌덩이를 강보에 싸 남편에게 건넸다. 그 돌덩이 이름이 바로 옴파로스다. 그리고 진짜 제우스는 아말테이아에게 맡겼다. 그렇게 제우스는 남매 중 유일하게 살아남았다. 레아는 제우스를 숨기기 위해 가이아의 조언대로 아무도 찾을 수 없는 아이가이온산 깊은 숲속으로 데려가 쿠레테스라는 정령들이 아기를 안전하게 지키도록 했다. 정령들은 칼을 부딪치고 청동 방패들을 요란하게 두드려 아기의 울음소리를 감추는 식으로 레아는 제우스가 성장해 어른이 될 때까지 무사히 지켜낼 수 있었다. 제우스는 아말테이아라는 암염소의 젖을 먹고 자랐는데 나중에 아말테이아가 죽자 감사의 표시로 그녀를 하늘로 올려보내 염소 자리로 만들어 주었다. 어른이 된 제우스는 신탁의 예언대로 아버지 크로노스를 폐위하고 신들의 왕이 되기로 결심했다. 우선 동료를 모으기 위해 아버지가 삼킨 형제와 누나들을 되찾기로 했다. 이를 위해 오케아노스의 딸 메티스로부터 구토제를 구해 어머니 레아에게 건네주었다. 레아는 제우스로부터 구토제를 받고 남편 크로노스에게 자신이 직접 담근 술이라고 속였다. 레아에게서 받은 구토제를 마신 크로노스는 전에 삼킨 모든 자식과 돌을 토해냈다. 헤스티아, 데메테르, 헤라, 하데스, 포세이돈이 그들이다. 그래서 제우스는 형제 중 가장 나이 어린 막내였지만 몸은 벌써 어른이 된 상태였고 크로노스 뱃속에서 토해져 나온 형제들은 크로노스가 삼킬 당시의 모습 그대로 갓난아기 형상이었다. 그런 이유로 제우스가 올림포스의 1인자가 되었고 포세이돈과 나머지 형제는 각각 영역을 나눠 세상을 다스리게 되었다. 이런 이유로 포세이돈은 제우스 몰래 인간의 모습으로 아카이아군 진영에 뛰어들어 은밀히 격려했다. 이같이 두 신이 양쪽 편에서 격렬한 투쟁과 처참한 전투의 줄이 끊기지도 풀리지도 않게 하면서 마구 끌어당기니 수많은 병사들만 피를 뿌리며 쓰러져 갔다.

그 무렵 이도메네우스는 머리가 반백인 노장의 나이임에도 그리스군을 격려하며 트로이아군 진영을 허물어뜨렸다. 맨 먼저 쓰러뜨린 장수는 카베소스 성에서 온 오트리오네우스로 그는 멀리서 전쟁 소문을 듣고 트로이아군에 합류했다. 그는 프리아모스의 딸들 중 가장 아름다운 카산드라와 약혼 선물 없이 아내로 삼는다는 약속을 받았다. 그런데 트로이아가 위기에 처하자 두고 볼 수 없어 참전했다. 그러나 그는 아름다운 아내 카산드라를 한 번 품어보지도 못한 채 이도메네우스의 번쩍이는 창에 가슴을 내주고 그 자리에 쓰러졌다. 이도메네우스는 그가 장렬히 죽음을 택하자 자랑스러운 목소리로 말했다. "오트리오네우스여! 프리아모스가 그대에게 딸을 주기로 했다니 천하의 행운아 아닌가! 그러나 우리도 그 정도 약속과 실행은 할 수 있네. 그대가 우리와 힘을 합쳐 이 트로이아의 훌륭한 도성을 공략만 해준다면 아트레우스의 딸들 중 가장 아름다운 딸을 그대의 아내로 삼게 했

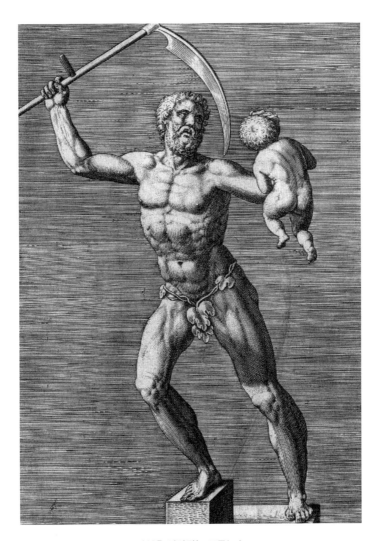

자식을 잡아먹는 크로노스

제우스의 아버지 크로노스가 자식들이 자신의 왕권을 가로채려는 것을 염려해 제우스의 형제들을 모두 집어삼켜 자신의 뱃속에 가두는 장면이다. 하지만 제우스는 어머니 레아의 보호로 이를 피했고, 나중에 형제들을 구한다.

을 거네. 그러니 따라오라. 대양을 건너는 배 위에서 혼례 의논이나 하자꾸나. 우리도 인연 상대로 부족함이 없을 테니." 이렇게 말한 이도메네우스는 그의 다리를 질질 끌고 갔다. 그때 오트리오네우스를 구하기 위해 아시오스가 전차를 몰고 달려왔다. 아시오스는 이도메네우스를 단번에 처치하려고 덤벼들었지만 이도메네우스의 창이 먼저 그의 목을 찔렀다. 그러자 아시오스는 나무 기둥이 쓰러지듯 전차 앞에 피를 뿌리며 쓰러졌다. 순식간에 벌어진 사태에 마부가 넋이 나가 전차를 돌릴 생각조차 못 하고 주춤거리자 네스토르의 아들 안틸로코스가 마부마저 찌르고 전차를 가로챘다. 그때 데이포보스는 아시오스의 원한을 갚기 위해 이도메네우스에게 창을 던졌다. 이도메네우스는 방패 뒤에 숨어 창을 피했고 빗나간 창은 히파소스의 아들 힙세노르(전에 죽은 사람과 동명이인)의 횡경막을 관통했다. 데이포보스가 기세등등해 큰소리로 외쳤다. "여기 아시오스가 죽었지만 그가 저승 하데스에게 가는 길에 동행을 붙여주었으니 외롭진 않을 것이다." 이 호언에 그리스군은 분개했다. 그중 특히 용맹한 안틸로코스는 분노를 삭이지 못했고 방패를 들어 힙세노르를 감싸 가려주었다. 죽음으로 내몰린 힙세노르가 가쁜 숨을 쉬는 가운데 신실한 전우 에키오스의 아들 메키스테우스와 용감한 알라스토르가 그를 구출해 함선으로 후송했다. 그런 가운데 이도메네우스는 전혀 굴하지 않고 트로이아군 병사들만 죽음의 어둠 속으로 밀어 넣거나 자신이 쓰러질 때까지 아카이아군을 패전의 굴레에서 구하기 위해 기세등등했다. 그때 그는 아이시에테스의 아들이자 안키세스의 사위 알카토스를 죽였다. 알카토스는 안키세스의 맏딸 히포다메이아와 결혼했는데 그녀는 미모, 솜씨, 총명함이 뛰어났다. 그런 그가 포세이돈의 도움을 받은 이도메네우스의 손에 운명을 달리했다. 이도메네우스는 기세등등 소리쳤다. "데이포보스여! 그대가 한 명 대신 셋을 죽였으니 우리는 일단 비겼구나. 그렇다면 그대가 내게 정면으로 덤벼라. 그러면 제우스의 후예인 내가 어떤 인간인지 알려주마! 제우스의 아들 미노스가 데우칼리온을 낳았고 데우칼리온이 나를 낳았지. 그래서 내가 크레타 왕국의 왕이 되었노라." 이도메네우스가 말을 마치자 데이포보스는 망설였다. 일단 뒤로 물러섰다가 트로이아군 병사 중에서 힘센 무장에게 도움을 청할지 혼자 싸울지 고민하던 찰나 그와 가까이서 분전하던 아이네이아스를 보았다. 결국 데이포보스는 아이네이아스에게 도움을 청하기로 했다. 아이네이아스는 평소 자신이 뛰어난 활약을 하는데도 존귀한 프리아모스가 무사들 사이에서 자신을 전혀 소중히 여기지 않아 늘 불만을 품고 있었다. 데이포보스는 아이네이아스에게 말을 건넸다. "아이네이아스여! 트로이아군의 조언자여! 지금이야말로 그대가 의리의 형제를 지켜줄 때오. 조금이라도 원통하다면 말이오. 자, 나와 함께 그대의 매부 알카토스를 도와줍시다. 지금 그는 이도메네우스에게서 죽임을 당했소." 데이포보스의 전언에 아이네이아스는 거친 분노가 치밀어 전의에 불타 이도메네우스를 향해 거침없이 나아갔다. 이도메네우스는 여신의 아들 아이네이아스를 알아보고 야생 멧돼지가 뻣뻣한 털을 세우고 번쩍거리는 눈과 하얀 송곳니를 드러내듯 자세를 잡고 아이네이아스가 공격해오길 기다리며 아스칼라포스, 아파레우스, 데이피로스, 메리오네스, 안틸로코스에게 솔직한 마음을 전했다. "전우들이여! 이제 나를 도와주어야겠소. 세상에 드문 명수이고 젊고 강한 아이네이아스가 여기로 달려오고 있소. 내가 그처럼 젊다면 1대1로 승부해볼 텐데." 이렇게 말하자 전우들은 한마음으로 의기를 모아 큰 방패를 어깨에 걸치고 나란히 좁혀 결전 태세를 갖추었다.

한편, 아이네이아스도 데이포보스, 파리스, 아게노르 등 트로이아 군 장수들을 불렀다. 부하들까지 가세하자 양 떼가 숫양을 따라 움직이는 것처럼 보였다. 그 모습을 본 아이네이아스는 뜨거운 용기가 불타올랐다. 그렇게 알카토스의 시신을 놓고 양쪽 병사들이 상대방 눈앞까지 다가가 잘 다듬은 긴 자루의 창으로 찌르며 덤비니 접전 속에 무서운 파열음이 울려 퍼졌다. 그 가운데서도 눈에 띄는 훌륭한 무장 아이네이아스와 이도메네우스는 군신 아레스의 용맹함처럼 인정사정없이 서로 베기 위해 접전을 벌였다. 먼저 아이네이아스가 이도메네우스에게 창을 던졌고 이도메네우스가 눈치채고 청동 창끝을 피하자 아이네이아스의 창끝은 부르르 떨며 땅에 꽂혔다. 그러자 이도메네우스는 오이노마오스의 배를 관통시켜 쓰러뜨렸다. 청동 창끝이 그의 창자를 휘젓자 그는 단말마 비명과 함께 육중한 몸이 먼지 속에 엎어졌다. 이도메네우스는 그의 시신에서 그림자가 길게 드리운 창을

트로이아 전장의 결투
제우스의 도움으로 승기를 잡은 트로이아군의 파상공세를 막아내기 위해
필사적으로 저항하는 그리스군의 전투 장면이다.

뽑았지만 날아오는 화살 세례에 갑옷을 벗기진 못하고 체력의 한계까지 느꼈다. 앞으로 돌진하려니 다리가 후들후들 떨렸고 적의 공격을 피할 수 없는 지경에 서서히 물러서는데 데이포보스가 그에게 창을 던졌다. 그러나 빗나가 아스칼라포스의 어깨에 꽂혔다. 아레스의 아들 아스칼라포스는 흙을 손아귀에 움켜쥐고 쓰러졌다. 그때 아레스는 제우스에 의해 올림포스산에 감금당해 이 사실을 몰랐다. 이제 양군은 아스칼라포스의 시신을 놓고 결전을 벌였다. 먼저 데이포보스가 아스칼라포스의 번쩍이는 투구를 벗기자 메리오네스가 민첩한 아레스처럼 덤벼들어 데이포보스의 팔 위쪽을 찌르자 투구가 땅에 떨어졌다. 그러자 데이포보스의 동생 폴리테스가 뛰쳐나와 데이포보스의 허리를 안고 전차로 재빨리 후송했다.

한편, 아이네이아스는 칼레토르의 아들 아파레우스의 목을 창으로 찔렀다. 아파레우스는 머리가 한쪽으로 축 처지면서 방패와 투구가 나동그라지더니 숨을 거두었다. 그때 네스토르의 아들 안틸로코스는 트로이아의 무장 토온이 뒤돌아서는 걸 보고 재빨리 덤벼 칼을 내리쳐 그의 등줄기를 이어 목덜미까지 올라가는 혈관을 베어버렸다. 토온의 몸은 피가 솟구치며 먼지가 이는 땅에 나뒹굴었다. 안틸로코스는 주위를 살피며 그의 두 어깨에서 갑옷을 벗겼다. 그 사이 트로이아 병사들은 사방에서 그를 포위 공격했다. 그러나 안틸로코스는 티끌 하나 다치지 않았다. 창이 즐비한 가운데서도 대지를 뒤흔드는 포세이돈이 네스토르의 아들 안틸로코스를 지켜주었기 때문이다. 안틸로코스는 물러서지 않고 오히려 적병 사이를 돌아다니며 쉴 새 없이 창을 휘두르며 용감히 싸웠다. 그는 창을 힘껏 들고 누구에게 던질지 살폈다. 그때 아시오스의 아들 아다마스가 안틸로코스의 행동을 제지하기 위해 달려들었다. 아다마스가 일단 공격했지만 포세이돈이 안틸로코스를 보호해 아다마스의 힘을 빼버렸다. 아다마스는 공격이 실패로 돌아가자 뒷걸음치며 달아나다가 메리오네스의 창에 아랫배를 찔려 절명했다. 한쪽에서는 헬레노스가 접전 끝에 데이피로스의 관자놀이를 트라키아 칼로 베어 투구를 떨어뜨렸다. 이를 본 메넬라오스가 격분해 헬레노스에게 창을 겨누었지만 헬레노스도 메넬라오스를 향해 활시위를 겨누었다. 둘은 동시에 창과 화살을 날렸다. 헬레노스의 화살은 메넬라오스의 갑옷 심장부를 명중했지만 갑옷을 뚫지는 못했다. 그러나 메넬라오스가 던진 창은 헬레노스의 손에 맞아 헬레노스가 쥐고 있던 활이 튕겨져 나갔고 그는 팔을 축 늘어뜨린 채 동료들에 의해 구출되었다. 이번에는 페이산드로스가 메넬라오스에게 덤벼들었다. 먼저 메넬라오스가 창을 던졌지만 빗나갔고 페이산드로스도 메넬라오스에게 공격했지만 굳건한 방패를 뚫을 수 없었다. 그런데도 페이산드로스는 자신의 승리를 확신했다. 그는 번쩍이는 도끼를 꺼내 메넬라오스에게 덤벼들었다. 메넬라오스도 지지 않고 창을 겨누어 달려들었다. 다시 맞붙은 결전에서 페이산드로스의 도끼는 말총을 단 투구의 별장식 아래위를 찍었지만 메넬라오스는 달려드는 페이산드로스의 이마와 콧마루 위쪽 끝 언저리를 후려쳤다. 페이산드로스는 이마뼈가 빠개지며 두 눈은 피투성이가 되어 그의 발아래 땅바닥 모래 속에 떨어져 파묻혔다. 메넬라오스가 그의 가슴을 발로 짓밟고 무구를 벗기며 승리를 외쳤다. "버릇없는 트로이아군이여! 그대들은 무섭도록 천둥을 울리는 제우스 신의 격노를 전혀 두려워하지 않고 나를 심하게 모욕했다. 너희는 손님으로 와 내 아내를 강탈해갔다. 정말 무례하고 뻔뻔하구나. 그대들이 아무리 더러운 개처럼 날뛰어도 언젠가는 전쟁도 끝난다. 오, 제우스 아버지시여! 인간은 물론 모든 신보다 위에 계신 이여! 이같이 무도한 인간들에게 어찌 은혜를 내리시나이까? 트로이아군은 전쟁에 싫증을 낼 줄 모르는 인간들입니다." 이렇게 말하며 메넬라오스는 피에 젖은 갑옷을 페이산드로스의 몸에서 벗겨내 부하들에게 넘겨주고 다시 달려가 선두 부대에 합류했다. 그때 메넬라오스는 필라이메네스의 아들 하르팔리온의 공격을 받았다. 하르팔리온은 자신의 아버지와 함께 파리스의 손님으로 트로이아를 돕기 위해 참전했다. 메넬라오스 가까이 접근한 하르팔리온은 메넬라오스의 방패 한가운데를 힘껏 찔렀지만 꿰뚫지 못하고 오히려 메넬라오스가 쏜 화살에 오른쪽 엉덩이가 관통되고 말았다. 결국 자기 부족 파플라고니아의 전우에 의해 구출되었지만 숨을 거두고 말았다. 그의 죽음에 트로이아 성에 있던 아버지 필라이메네스는 피눈물을 흘리며 복수를 바랐지만 결국 복수하지 못했다. 그 소식을 접한 파리스는 격분했다. 파플라고니아족은 그가 초청한 손님이었기 때문이다. 그래서

혼전 중인 트로이아 전쟁
바다를 배수진으로 친 그리스군이 엄청난 병력손실에도
필사적으로 트로이아군에 대항하는 장면이다.

손님에 대한 복수의 화살을 겨누었다. 파리스의 화살은 예언자 폴리이도스의 아들 에우케노르를 절명시켰다. 에우케노르는 트로이아로 출항하기 전 아버지 폴리이도스의 예언으로 자신의 운명을 알고 있었다. 이같이 양군은 한 치의 양보도 없이 치열한 접전을 벌였지만 아카이아군이 우세를 점했다. 그러나 헥토르는 배 왼쪽에서 트로이아 병사들이 쓰러지는 걸 전혀 모른 채 싸우고 있었다. 그는 아직도 방벽을 밟고 들어간 자리에 있었다. 그곳은 아이아스와 프로테실라오스의 함선들이 기슭을 따라 매어진 곳으로 이 근처 방벽이 가장 낮아 트로이아군이 거세게 몰려와 헥토르는 힘을 얻어 용맹을 떨칠 수 있었다. 밀려드는 트로이아군을 막기 위해 아테네 정예 용사들이 분전했다. 여기서 보이오티아 부대, 옷자락을 끄는 이오니아 부대, 로크리스 부대, 프티아 부대, 세상에 이름을 떨친 에페이오이족 등이 간신히 헥토르군을 막고 있었다. 그들의 선봉장은 메네스테우스로 페이다스, 스티키오스, 굳건한 비아스를 부하로 거느리고 있었다. 에페이오이족 지휘관은 필레우스의 아들 메게스와 암피온, 드라키오스였다. 프티아인들은 오일레우스 왕의 서자이자 작은 아이아스와 형제지간인 메돈과 포다르케스가 지휘했다. 이 둘은 선봉에 서서 보이오티아 병사들과 함께 방어했다.

한편, 오일레우스의 아들 작은 아이아스는 텔라몬의 아들 큰 아이아스 곁에서 조금도 떨어지지 않았다. 소 두 마리가 튼튼하게 만든 커다란 쟁기를 한마음 한뜻으로 끌고 가듯 어깨를 나란히 한 채 서 있었다. 특히 작은 아이아스가 지휘하는 로크리스 부대는 백병전에 뛰어난 부대가 아니라 활을 잘 다루는 궁수 요원들이었다. 그들은 양모를 꼬아 만든 팔매로 트로이아군을 끊임없이 괴롭혔다. 헥토르와 트로이아군은 빗발치는 화살 공세 속에서 분전하며 혼란스러워했다. 그때 폴리다마스가 헥토르에게 조언하지 않았다면 트로이아군은 빗발치는 화살 세례를 못 이기고 물러났을 것이다. "헥토르여! 아무래도 그대는 남의 충고를 받아들이기 힘든 것 같소. 그대는 싸움에서는 신께서 뛰어난 재능을 내려주셨지만 모든 일을 혼자 다 할 수는 없소. 그것은 신께서 한 명에게 전쟁 업무를 통달시키면 다른 사람에게는 춤추는 재주, 하프를 튕기며 노래 부르는 재능, 훌륭한 분별력을 심어주어 많은 사람이 그 혜택을 입게 해 중생을 안도시키고 자신도 그 덕택을 잘 터득하는 것이오. 헥토르여! 지금 나는 최상책이라고 믿는 것을 그대에게 말하려고 하오. 이곳은 그대를 둘러싸고 불타는 격전이 벌어지고 있소. 우리 군은 방벽을 무너뜨린 흥분에 취해 함대 안에서 흩어져 적과 싸우고 있지만 우리가 함대를 함락시킬지 아직 안전할 때 물러날지 장수들과 의논해야 하오. 저들은 아킬레우스가 아직 건재하기 때문이오." 헥토르는 폴리다마스의 의견에 주저 없이 말했다. "좋소. 그러면 그대가 이 자리에 장수들을 전원 소집하시오. 그동안 나는 저곳에 가 한바탕 싸우고 오겠소." 헥토르는 그렇게 말하자마자 큰소리로 외치며 트로이아군과 동맹군 사이를 헤치고 뛰어갔다. 트로이아 수장들은 판토스의 아들 폴리다마스 곁에 모이기 시작했다. 모두 헥토르의 부름을 받았기 때문이다.

한편, 헥토르는 데이포보스와 용맹한 군주 헬레노스, 아다마스, 아시오스 등을 찾기 위해 선두대열 사이를 헤집고 돌아다녔다. 그러나 보일 리 없었다. 둘은 아카이아군에 의해 목숨을 잃었고 나머지는 부상 당해 성으로 돌아갔기 때문이다. 그런 가운데 파리스가 부하들을 독려하는 것을 발견했다. 헥토르는 가까이 가 질책했다. "얄미운 파리스, 그대는 괴이한 녀석이다. 모습은 남보다 뛰어날지 모르지만 여자에 미친 유혹자와 똑같구나. 도대체 데이포보스와 용맹한 군주 헬레노스, 아시오스의 아들 아다마스, 히르타코스의 아들 아시오스는 어디 있느냐? 오, 이제 트로이아 성은 무너졌구나!" 파리스가 대답했다. "형님은 무고한 사람을 책망합니다. 형님께서 싸움을 시작할 때부터 나는 줄곧 여기 버티고 서서 그리스군과 쉴 새 없이 싸움을 계속해왔습니다. 형님이 찾으시는 우리 편 무장들은 안타깝게도 모두 전사했습니다. 데이포보스와 용맹한 헬레노스 님은 부상당해 성으로 돌아갔습니다. 어쨌든 명령만 내리십시오. 진심으로 복종하겠습니다. 우리 힘이 미치는 한 이 전쟁에서 반드시 승리하리라 생각합니다." 파리스의 말에 헥토르는 마음이 조금 진정되어 파리스와 그의 부대를 이끌고 격전이 벌어지는 곳으로 갔다. 그곳에는 케브리오네스, 폴리다마스, 팔케스, 오르타이오스, 용감한 폴리페테스, 팔미스, 히포티온의 두 아들 아스카니오스와 모리스 등이 있었다. 제우스가 이들에게 용기를 불어넣자 매섭고 냉혹한 사방으로부터 불어닥친 바람처럼 사나운 기세로 나아갔다. 바람은 제우스의 천둥을 따라 인간 세계로 불어닥쳐 무서운 굉음과 바닷물이 교차한 순간 엄청난 파도가 해면에 우렁차게 으르렁거리는 바다 표면에 일어 활 모양으로 높이 휘어 오르면 앞뒤에서 흰 물결이 잇달아 일어나게 했다. 그같이 트로이아군은 앞뒤에서 나란히 어깨를 맞추어 청동 창을 번쩍이며 앞으로 나아갔다. 그들을 인솔하는 헥토르는 인간에게 화를 끼치는 아레스를 연상하듯 팔방으로 균형이 잘 잡힌 방패를 앞에 들었다. 쇠가죽으로 빈틈없이 바른 튼튼한 것으로 청동이 두껍게 입혀져 있었다. 그는 앞으로 나아가면서 이렇게 방패를 들고 밀어붙이면 물러설지도 모른다며 적의 동태를 살폈다. 그러나 헥토르의 무용은 아카이아 병사들의 용기를 꺾지 못했다. 아카이아군 진영에서 아이아스가 성큼성큼 걸어 나왔다. "이놈들! 덤빌 테면 덤벼라! 너희가 용기백배해 덤벼도 우리는 한 발도 물러서지 않을 것이다." 때마침 오른쪽으로 독수리 한 마리가 높이 날았다. 아카이아군은 그 전조를 보고 함성을 질렀다. 헥토르가 소리쳤다. "아이아스여! 나는 산양 가죽 방패를 가진 제우스의 아들이나 헤라 여신의 아들처럼 존경받고 있다. 이 손으로 너희 그리스군을 한 놈도 남김없이 전멸시킬 것이다." 이렇게 소리치고 선두에 나서자 병사들도 뒤를 따랐다. 그들의 아우성은 무서울 정도로 울려 뒤에서 대기한 부대도 함성을 질러댔다. 아카이아군도 뒤질세라 함성을 질렀다. 양군의 함성이 얼마나 우렁찼는지 제우스가 있는 올림 포스에까지 울렸다.

제8부

여신의 유혹

아카이아군 진영에서는 노구를 이끌고 전쟁에 참가한 네스토르가 막간의 시간을 내 술잔을 기울이고 있었다. 그러나 밖에서 들려오는 함성 때문에 신경이 날카로워졌다. "마카온이여! 무슨 큰일이라도 일어났나 보구려. 그대는 아직 부상 치료를 받아야 하니 헤카메데가 물을 데워 상처를 씻어줄 때까지 편히 쉬시오. 나는 돌아보고 오겠소." 네스토르는 말을 마치기 무섭게 아들 트라시메데스의 방패를 집어 들었다. 그 방패는 청동으로 만들어 매우 번쩍였다. 조금 전 아들이 아버지의 방패를 들고 나갔다. 네스토르가 막사 밖에 나가자 그의 눈앞에 무참한 광경이 펼쳐지고 있었다. 아카이아군 뒤에서 트로이아 병사가 기세등등 뒤쫓아오는데 아카이아군의 방벽이 허물어진 곳으로 일렁이는 큰 파도가 들이닥치는 것 같았다. 그 같은 상황에서 거센 바람을 기다리는 파도처럼 전투에 참가할지 아가멤논을 찾아볼지 잠시 망설이다가 아가멤논을 찾아보기로 마음먹고 전선을 뒤로하고 그곳에서 벗어났다. 도중에 상처를 입고 함대에서 나오는 디오메데스와 오디세우스, 아가멤논을 만났다. 아가멤논이 먼저 네스토르에게 말했다. "오오, 넬레우스의 아들 네스토르여! 아카이아군의 큰 영광인 그대는 어찌하여 싸움터를 떠났는가? 나는 트로이아 헥토르의 호언이 실현될까 봐 두렵소! 그는 전에 트로이아인들끼리 회의를 열었을 때 우리 함선들을 불태워 없애고 아카이아 병사들을 다 죽이기 전에는 트로이아로 절대로 돌아가지 않겠다고 협박했소. 지금 그의 호언이 이루어지려고 하오." 네스토르가 말했다. "말씀대로 그 같은 일이 실현되어 가는 셈이고 제우스 신도 계획을 바꾸실 수는 없을 것이오. 우리 모두 그토록 의지하고 믿었던 방벽마저 보람도 없이 완전히 무너졌고 뱃전에서 격전이 벌어지니 말입니다." 그리스 연합군 총사령관 아가멤논이 말했다. "네스토르여! 그대 말대로 지금 함대 부근에서는 여전히 싸움이 계속되고 있고 견고하게 세운 방벽과 참호는 아무 소용도 없었소. 제우스의 뜻은 아카이아군이 이곳 타향에서 멸망하는 것인 듯하니 지금부터 하는 말대로 그대들이 동의해 지켜주시오. 첫째, 바다 가까이 끌어 올려놓은 함선을 모조리 끌어내려 바다에 띄운 후 저 앞바다에 닻을 던져 정박시킵시다. 그리고 밤이 오길 기다려 야반도주해서라도 이 곤경에서 벗어나는 게 현명할 듯하오." 그러자 오디세우스가 눈을 부릅떴다. "아트레우스의 아들이여! 무슨 가당찮은 말씀입니까? 부끄러운 줄 아십시오. 우리는 마지막 한 명이 죽어 쓰러질 때까지 싸우겠습니다. 이곳에 어떻게 왔습니까? 그런데 그냥 떠나자고요? 지금 그 말을 듣고 그대의 분별력이 의심되오. 싸움과 함성이 여전한데 함선을 바다로 끌어내리라고 명령하시니 말입니다. 그렇지 않아도 트로이아군이 우세한데 그들의 소원이 이루어지는 명령을 내리시다니 실망입니다. 이제 우리는 졌습니다. 함대를 띄우는 것을 보면 병사들은 싸우지 않을 겁니다." 오디세우스의 질책에 아가멤논이 대답했다. "오디세우스 장군이여! 그대의 준엄한 비난이 내 마음을 찔렀소. 그러나 나라고 아카이아의 아들들이 바라지 않는 것을 굳이 하라고 명령하는 것은 아니오. 누구든 훌륭한 방안을 알려준다면 기쁘게 받아들이겠소." 그때 디오메데스가 일어나 말했다. "우리 중에 가장 나이 어린 제가 나선다고 꾸짖지만 않으신다면 감히 말씀드리겠습니다. 저는 훌륭한 혈통을 이어받았습니다. 지금은 테바이의 무덤에 누워 계시지만 포르테우스의 혈통을 이어받으신 티데우스가 제 아버지이기 때문입니다. 포르테우스께서는 아그리오스와 멜라스, 제 조부 오이네우스를 두셨습니다. 그리고 아버지 티데우스께서는 제우스를 비롯한 신들의 뜻을 받들어 아르고스에 정착해 아드라스토스의 따님과 결혼하셨습니다. 그러니 제 출신이 천하다는 핑계로 제 말을 가볍게 여기지 말아 주십시오. 싸우러 나갑시다. 부상당했지만 어쩔 수 없습니다. 우리는 결전장에서 떨어져 사정거리 밖에서 몸을 피하고 있으면 될 겁니다. 저는 전투를 계속할 겁니다. 부상당하면 그때는 다른 병사들을 독려하면 됩니다." 이렇게 말하자 모두 진심으로 감탄해 그대로 따르기로 하고 아가멤논이 앞장서 싸움터로 향했다. 대지를 뒤흔드는 그 이름도 드높은 포세이돈 신도 눈먼 파수를 보지는 않았다. 그래서 나이 많은 병사의 모습으로 그들 뒤를 따라가다가 아트레우스의 아들 아가멤논의 오른손을 덥석 잡더니 그를 향해 위세 드높게 말했다. "아트레우스의 아들이여! 아킬레우스는 그 저주스러운 마음 밑바닥에서 아카이아군이 살해되고 패주하는 모습을 보고 기뻐하고 있을 것이오. 분별력이라곤 털끝만큼도 없는 자 아니오? 자, 그 어리석음으로 땅을 치게 만들고 트로이아 장수들과 지휘관들이 넘어온 저 평야를 다시 먼지투성이로 만들 날이 다가온다는 것도 알아두시오. 그대 눈으로 그들이 자기네 성으로 달아나는 것을 보리라." 말을 마친 포세이돈은 큰 소리를 지르며 평원을 향해 질주했다. 그의 목소리는 장정 만 명이 혈전 중에 외치는 함성처럼 평원에 울려 퍼져 아카이아군의 가슴속에서 사기가 드높아졌다.

한편, 황금옥좌의 헤라 여신은 올림포스 봉우리에 서서 사방을 내려다보고 있었다. 여신은 아카이아 병사들 사이를 바쁘게 돌아다니는 친오빠이자 시동생 포세이돈을 발견하고 매우 기뻤다. 그러나 한편으로 남편 제우스가 미워졌다. 암소 눈의 헤라 여신은 산양 가죽 방패를 가진 제우스의 마음을 어떻게 감쪽같이 속일지 궁리했다. 궁리 끝에 생각해낸 것이 제우스를 유혹해 단잠을 재우는 것이었다. 그래서 헤라는 아들 헤파이스토스가 지어준 방으로 들어갔다. 그곳은 굵은 기둥이 양쪽에 서 있고 튼튼한 문짝이 붙어 있고 눈에 안 보이는 빗장까지 달려 다른 신들은 출입할 수 없었다. 헤라는 문을 잠그고 지성을 다해 목욕한 후 신들만 사용하는 서늘하고 향기로운 올리브 기름을 온몸에 듬뿍 발랐다. 풍부한 훈향이 스며 몸을 움직일 때마다 향기가 제우스의 궁전, 대지, 창공으로 퍼져 나갔다. 이같이 여신은 고운 살갗과 머리카락에도 올리브 기름을 바르고 머리를 빗어 윤기나는 머리카락을 손수 땋아 올렸다. 또한, 아름답고 향기로운 머리카락을 몇 가닥 불사의 머리에서 늘어뜨렸다. 몸에는 향기 그윽한 신의를 입고 가슴에는 황금브로치를 꽂았다. 빛나는 신의는 여신 아테나가 선사한 옷으로 직물의 여신답게 매우 정교하고 아름다운 무늬가 새겨진 것이었다. 백 개 술이 달린 띠를 허리에 매고 예쁜 귀에 오디 세 개의 귀걸이를 달자 눈부실 정도였다. 여신들 중에서도 가장 고귀한 여신은 새로지은 깨끗한 비단옷으로 온몸을 감쌌다. 그 하얀 빛은 태양 빛을 보는 듯했다. 이어 매끄러운 발에 훌륭한 샌들을 신고 모든 치장이 끝나자 방에서 나와 '미의 여신' 아프로디테를 은밀히 불렀다. "청이 있는데 들어주시오. 내가 그리스군 편을 든다고 화내지 말고 모처럼 하는 청이니 들어주시오." '미의 여신' 아프로디테는 어느 때보다 아름답게 치장한 헤라 여신의 요구가 궁금했다. "헤라 님, 여신의 우두머리이자 높으신 크로노스 신의 따님이시니 생각하시는 일을 뭐든지 말씀하세요. 제가 할 수 있는 일이라면 부탁을 사양하지 않겠습니다." 그러자 교활한 속셈을 숨긴 헤라 여신이 말했다. "그럼 그대가 가진 애정과 욕

아프로디테의 허리띠를 빌리는 헤라 여신
헤라가 그리스군의 불리한 전세를 역전시키기 위해
아프로디테의 유혹의 허리띠를 빌린다.

망을 주세요. 그것으로 신이든 인간이든 정복해버릴 수 있으니까. 나는 지금부터 풍요의 대지 끝으로 가려고 하오. 그곳에 계신 신들의 아버지 오캐아노스와 어머니 테티스를 찾아 화해시키고 싶소. 전지전능하신 제우스께서 크로노스를 땅과 바다 밑의 감옥 타르타로스에 밀어넣었을 때 두 분은 나를 레아의 손아귀에서 빼앗아 보호하고 돌봐주셨으니 그냥 있을 수 있겠소? 그분들을 설득해 옛날로 돌이킬 수만 있다면 소원이 없겠소." 그러자 미소를 좋아하는 여신 아프로디테가 대답했다. "그런 말씀이라면 거절하면 안 되죠. 당신은 전지전능하신 제우스 주신의 품에서 잠드시는 분인데요." 아프로디테는 온갖 매력을 수놓은 끈을 가슴에서 내놓았다. 그 끈에는 사랑, 갈망, 애인의 달콤한 속삭임이 있었다. 그 끈은 어떤 냉혹한 남신의 마음도 단번에 녹이는 비법의 '케스토스 히마스'였다. 아프로디테는 이것을 헤라의 손에 건네주며 말했다. "제가 가장 아끼는 마법의 끈을 빌려드릴 테니 가져가세요. 이것만 있으면 여신께서 원하시는 모든 일을 이룰 거예요." 이렇게 말하자 헤라 여신은 미소를 지으며 띠를 자기 품에 넣었다. 그렇게 두 여신이 헤어진 후 헤라 여신은 올림포스 봉우리를 힘차게 떠나 피에리아와 경치가 아름다운 에마티에 등의 도시 위를 지나갔고 말을 기르는 트라키아인들의 눈 덮인 산정 위를 나는 듯 걸어갔다. 그러나 여신의 발은 결코 땅에 닿지 않았고 아토스산의 곶에서 물결치는 바다 위를 건너 렘노스섬에 다다랐다. 거기서 헤라 여신은 죽음의 형제 '잠의 신' 힙노스를 만나 손을 잡으며 이름을 불러 말했다. "온 세상을 잠재우는 '잠의 신' 힙노스여! 모든 신과 인간을 지배하는 그대는 전에도 내 청을 들어주었는데 이번에도 꼭 들어주소서. 그러면 언제까지나 고맙게 생각할 테니. 내가 제우스와 몸을 섞어 자리에 들면 제우스 님의 빛나는 두 눈이 꼭 감기게 해주소서. 사례로 황금으로 만들어 절대로 부서지지 않는 대좌를 드릴께요. 내 아들 헤파이스토스가 만들어드릴 거예요." 달콤하고 즐거운 '잠의 신' 힙노스가 대답했다. "헤라 여신이여! 다른 분이라면 영생하는 신들 중 누구든 금방 잠재울 수 있지만 제우스 님만은 쉽게 가까이 갈 수 없고 잠재워드릴 수도 없습니다. 그분 스스로 그 같은 명령을 내리신다면 아시겠지만 지난번에도 여신님의 분부대로 했다가 혼났어요. 바로 그날 의기양양한 제우스의 아드님 헤라클레스가 트로이아 도성을 공략한 후 일리오스(트로이아)에서 배를 타고 떠날 무렵이었죠. 나는 제우스 님의 마음에 달콤하고 즐겁게 살며시 덮쳐 잠재워드렸습니다. 그 후 여신님은 바다의 태풍을 일으켜 헤라클레스를 벗들로부터 먼 작은 코스 섬으로 쫓아냈죠. 잠에서 깬 제우스 님이 그 사실을 알고 크게 화를 내 궁전 안의 신들을 닥치는 대로 집어 던지셨습니다. 특히 나를 찾으셨습니다. 그래서 형태도 그림자도 사라지도록 높은 하늘에서 바다 속으로 던져졌겠지만 신들과 인간을 굴복시키는 저 '밤의 여신' 닉스 님이 도와줘 달아날 수 있었습니다. 제우스 님은 화가 다 풀리지 않았지만 참아주셨습니다. 그분은 '밤의 여신'의 비위를 건드리는 걸 삼가셨기 때문이죠. 그런데 다시 그 같은 위험한 일을 분부하시는군요." 다시 암소 눈처럼 눈망울이 큰 헤라 여신이 말했다. "'잠의 신' 힙노스여! 어찌 그대는 마음속으로 그런 생각을 하시나요? 멀리 천둥 번개를 울리시는 저 제우스 님께서 아들 헤라클레스 때문에 격노하셨을 때처럼 트로이아인들을 도와줄 거라고 정말 생각하시나요? 자, 젊고 아름다운 카리테스 중 평소 그대가 흠모했던 파시테아를 그대에게 줄 테니 아내로 맞으시오." 그러자 '잠의 신' 힙노스는 기뻐하며 여신에게 대답했다. "좋습니다. 그 약속을 저승의 강 스틱스의 거짓말을 모르는 강물에 맹세해 주십시오. 한 손으로 어머니인 대지를 붙잡고 다른 손으로 번쩍이는 바다를 짚으시오. 그리고 크로노스와 모든 신께 증명하도록 언약하시오. 맹세코 젊은 '미의 신', 즉 내가 항상 그리던 파시테아를 내게 보낸다고 말이오." 헤라 여신은 힙노스의 요구대로 타르타로스 아래 티탄이라는 모든 신을 증인으로 내세워 맹세했다. 그리고 두 신은 렘노스섬과 임브로스의 도시를 떠나 구름에 모습을 감춘 채 순식간에 앞으로 나아갔다. 이윽고 두 신은 많은 샘이 솟는 이다산에 도착해 '야수의 어머니'라는 렉톤에 멈췄다. '잠의 신' 힙노스는 제우스의 눈을 피하기 위해 가장 키가 큰 소나무 위에 올라갔다. 나무는 안개 속을 뚫고 높은 하늘까지 이르렀다. 힙노스는 가지 위에 명금(鳴禽)으로 변신해 앉아 있었다. 신들은 그 새를 칼시스, 인간들은 키민디스라고 불렀다.

한편, 헤라 여신이 이다산의 가르가론 봉우리 쪽으로 나아가자 구름을 모으던 제우스의 눈에 그 모습이 들어왔다. 그 순간 제우스는 헤라 여신과 처음 사랑을 나눌 때처럼 마음 깊은 곳에서 애욕이 솟구쳤다. 당시 제우스는 헤라에게 빠져 양친의 눈을 속이고 가끔 살며시 잠자리에 들어 사랑을 나눴는데 그런 마음이 새삼 솟구친 것이다. "헤라여! 어디로 가느라고 올림포스에서 내려와 여기에 이르렀는가? 말도 보이지 않고 타고 다닐 수레도 없는 것 같은데…" 교활한 속셈을 품은 헤라 여신은 하프가 찰랑거리는 듯한 목소리로 대답했다. "저는 풍요의 대지 끝으로 가고 있답니다. 신들의 조상 오케아노스와 테티스를 뵈러 가는 길입니다. 한때나마 두 분이 저를 돌보며 길러주셨으니 찾아가 오래된 불화를 풀어드리려고요. 두 분이 잠자리도 식사도 함께 하시지 않은 지 정말 오래되어 당신께 말하려고 여기 온 겁니다. 아무 말 없이 깊은 오케아노스 궁전에 가면 나중에 당신께서 노할 것 아닙니까?" '구름의 신' 제우스가 말했다. "헤라여! 그쪽은 나중에 찾아가도 되오. 그보다 우리 둘이 잠자리에 들어 사랑의 기쁨을 누려봅시다. 일찍이 여신이나 인간의 여인에 대한 애정이 이같이 가슴속에서 압도한 적은 없었소. 신에 못지않게 지혜로운 페이리토스를 낳은 디아에게 반했을 때도, 모든 전사 중 가장 용감한 페르세우스를 낳아준 다나에를 사랑했을 때도, 나를 위해 미노스와 라다만티스를 낳은 에우로페를 납치해 사랑을 나눌 때도, 디오니소스를 낳은 세멜레와 힘센 헤라클레스를 낳은 테바이의 알크메네를 사랑했을 때도 이렇진 않았소. 더욱이 그대와 자매인 '대지의 여신' 데메테르를 사랑하고 레토를 사랑했을 때도, 아니 진정으로 그대를 사랑했을 때도 이렇진 않았소. 진

헤라의 유혹에 넘어가는 제우스
아프로디테의 허리띠를 찬 헤라에게 반한 제우스가 전쟁에서
헤라로 관심을 돌리는 모습이다.

정으로 지금처럼 달콤한 욕망이 나를 사로잡은 적은 없었소!" 제우스의 말이 끝나자 헤라는 속으로 회심의 미소를 지었지만 겉으로 부드러우면서도 쌀쌀한 어투로 말했다. "누구보다 두려운 크로노스의 아드님이여! 그게 무슨 말씀이세요? 지금 이런 곳에서 저와 사랑의 동침을 원하시다뇨? 이 이다산 꼭대기에서 그런 짓을 하다가는 다른 신들에게 들키고 말아요. 제우스 님께서는 아프로디테와 아레스가 몰래 불륜의 사랑을 나누다가 아프로디테의 남편 헤파이스토스에게 들켜 모든 신의 웃음거리가 된 것을 기억하시죠? 물론 아레스와 헤파이스토스는 당신과 내 아들이지만 그때 일을 생각하면 지금도 웃음을 참을 수 없답니다. 기억하지 못한다면 다시 상기시켜 드리겠어요." 헤파이스토스는 그의 외모와 불구 때문에 아내가 없었지만 올림포스 신들 중 최고의 손재주를 가졌다. 올림포스 신들이 티탄족과 싸울 때 헤파이스토스는 번개를 무기로 발명해 제우스에게 선물로 바쳤다. 당시 제우스는 '티탄족을 무찌르게 해주는 자에게 신들 중 가장 아름다운 아프로디테를 아내로 주겠다.'라고 약속했는데 헤파이스토스가 만든 번개 덕분에 티탄족을 하나씩 토벌할 수 있었다. 이후 제우스는 그대가로 아프로디테를 헤파이스토스의 아내로 맺어주었다. 하지만 헤파이스토스가 대장간 일을 핑계로 아프로디테와 함께하지 않자 아프로디테는 '전쟁의 신' 아레스와 밀회를 즐기기 시작했다. 이를 지켜본 '태양신' 아폴론이 헤파이스토스에게 밀고하자 헤파이스토스는 청동을 가늘게 늘여 짠 그물을 만들어 아프로디테의 침대에 쳤다. 그것을

신화 속 최고의 스캔들
아프로디테와 아레스가 헤파이스토스 몰래 정을 통하다가 헤파이스토스가 설치한
투명 그물에 걸려 신들에게 적나라한 모습을 보여주는 장면이다.

모른 채 아레스와 밀회를 즐기던 아프로디테는 헤파이스토스를 보자 아레스와 함께 자리를 피하려고 했지만 그물에 걸려 꼼짝할 수 없어 여러 신들에게 망신을 당했다. 포세이돈이 두 신을 풀어달라고 설득하자 헤파이스토스는 아레스가 보상하려고 한다는 포세이돈의 보증을 받고 두 신을 풀어줬다. 아프로디테와 아레스의 밀회는 신들의 세계에서 최고의 스캔들로 회자되어 제우스도 익히 알고 있었는데 헤라는 여신답게 다시 상기시켰다. 그러자 제우스가 말했다. "아프로디테와 아레스는 불륜 관계였지만 당신과 나는 신과 인간들이 다 아는 부부관계이니 무엇이 문제요?" 헤라 여신은 못 이긴 척 다시 말했다. "진정으로 원하신다면 당신과 나의 아들 헤파이스테스가 지어준 궁으로 가 사랑을 나누죠." 제우스는 급한 나머지 헤라에게 다시 말했다. "헤라여! 신이 보든 인간이 보든 무엇이 두려운가? 내 황금구름을 주위로 잔뜩 모아 가장 강렬한 태양신도 못 보게 하리다." 그렇게 말하기가 무섭게 제우스가 두 팔로 헤라를 끌어안자 이슬에 젖은 클로버, 크로커스와 히아신스 등 귀여운 꽃들이 땅 위로 쑥쑥 솟아올라 푹신한 침대가 되었다. 거기에 두 신이 눕자 금빛 구름이 몰려와 반짝이는 이슬방울이 뚝뚝 떨어졌다.

제우스가 가르가론 꼭대기에서 헤라의 품에 안겨 사랑에 빠져 있을 때 힙노스는 서둘러 포세이돈을 찾아 그 소식을 알렸다. "헤라 여신이 제우스 주신을 잠자리로 유혹해 내 친히 그분을 달콤한 잠에 빠지게 했소. 지금이 기회이니 그리스군에게 승리를 베푸시오." 힙노스의 말을 들은 포세이돈은 싸움터로 달려가 큰소리로 외쳤다. "그리스 병사들이여! 이대로 주저앉을 것인가? 아킬레우스가 없다고 헥토르에게 승리를 안겨줘도 되는가? 자, 내 말을 듣고 따르라. 가장 튼튼한 방패들만 골라 몸을 가리고 머리는 눈부시게 번쩍이는 투구로 덮고 두 손으로는 가장 긴 창을 쥐고 앞으로 전진한다. 내가 선봉에 서리라. 헥토르도 감히 내 앞에서 견디지 못할 것이다." 포세이돈의 말에 디오메데스와 오디세우스, 아가멤논은 부상에도 불구하고 사방을 돌아다니며 병사들을 독려했다. 포세이돈이 섬광처럼 번쩍이는 칼을 들고 앞장서자 아무도 덤비지 못했다.

한편, 트로이아군도 영예가 드높은 헥토르가 병사들을 독려해 격전을 준비했다. 드디어 헥토르와 포세이돈이 맞붙게 되었다. 그러자 양군의 함성이 지축을 흔들었다. 일찍이 이 같은 함성은 없었다. 거센 바람이 나무를 휩쓸 때도, 성난 파도와 폭풍우가 바다를 휘감았을 때도 이토록 높지 않았다. 그때 헥토르는 자신을 향해 돌진하는 텔라몬의 아들 아이아스를 발견했다. 헥토르는 급히 창을 겨눠 던졌지만 방패 끝부분을 맞혔고 상처를 입히진 못했다. 헥토르는 주춤하며 한 발 물러났다. 그때를 놓치지 않고 아이아스가 큰 돌을 집어 헥토르에게 던졌다. 돌은 헥토르의 쇄골 부위를 맞혀 그는 비틀거리며 쓰러졌고 쥐고 있던 창과 방패는 나동그라지며 요란한 소리를 냈다. 헥토르가 쓰러지는 장면을 본 아카이아군은 함성을 지르며 바로 달려나왔다. 그러나 그보다 먼저 트로이아군의 수장 폴리다마스와 아이네이아스, 아게노르, 리키아의 왕 사르페돈, 글라우코스 등이 헥토르를 보호하기 위해 그를 빙 에워싸 헥토르에게 아무도 더 이상 상처를 입히지 못했다. 트로이아 수장들은 신음하는 헥토르를 성으로 옮겼다. 크산토스강 하구에 다다르자 헥토르를 땅에 눕히고 물을 끼얹었다. 그제야 그는 눈을 떴다가 피를 토하더니 다시 정신을 잃었다. 헥토르가 쓰러져 실려나가는 것을 본 아카이아군은 용기백배해 트로이아군을 공격했다. 누구보다 앞장서 활약한 인물은 오일레우스의 아들인 민첩한 아이아스였다. 그는 창을 들고 달려들어 사트니오스의 옆구리를 찔러 쓰러뜨렸다. 사트니오스는 사트니오에이스 강가에서 가축 떼를 돌보던 에놉스에게 님페가 낳아준 아들이었다. 양군은 그의 시신을 빼앗기 위해 싸움을 벌였다. 먼저 그를 지키기 위해 판토스의 아들이자 창의 명수 폴리다마스가 나타나 프로토에노르의 오른쪽 어깨를 공격해 쓰러뜨렸다. 폴리다마스는 신이 나 큰소리로 외쳤다. "자, 봤느냐! 의기양양한 아카이아 용사가 하데스 궁에 떨어졌다. 그와 저승으로 동행할 자는 어서 나와라." 그리스 병사들은 그의 호언장담에 모두 속이 쓰렸는데 특히 텔라몬의 아들 큰 아이아스의 용맹심이 솟구쳤다. 그는 기고만장한 폴리다마스에게 창을 던졌다. 그러나 폴리다마스가 살짝 피하는 바람에 안테노르의 아들 아르켈로코스가 맞아 즉사했다. 아이아스는 폴리다마스에게 소리쳤다. "건방진 폴리다마스여! 프로토에노르의 목숨의 대가로 아르켈로코스의 목숨을 대신했노라. 그는 안테노르의 자식 같거든." 아이아스의 모욕에 트로이아군은 자극 받았다. 그때 아카마스는 죽은 형 곁을 돌아다니다가 보이오티아인 프로마코스를 창으로 찔렀다. 그는 아르켈로코스의 두 다리를 잡고 끌고 가려던 참이었다. 아카마스는 자신만만해 외쳤다. "활이나 쏘는 그리스 녀석들. 주둥이로만 큰소리치는 데 진력이 난 것 같구나. 우리에게만 이 같은 고생과 비탄이 있는 건 아니고 언젠가는 너희도 칼에 맞아 죽을 것이다. 자, 프로마코스가 고꾸라진 꼴을 보라. 내 형님의 피의 대가다." 아카마스의 호언장담에 그리스군은 전의를 불태웠는데 특히 페넬레오스가 격분해 아카마스에게 덤벼들었다. 그의 맹공을 막을 수 없었던 아카마스가 달아나자 페넬레오스는 양을 많이 가진 포르바스의 아들 일리오네우스를 찔렀다. 그는 헤르메스가 트로이아인 중에서도 특별히 총애해 많은 재산을 나눠준 사나이였다. 그러나 모친이 외아들로 귀하게 여겼던 일리오네우스를 페넬레오스가 눈썹 밑 반짝이는 눈을 겨눠 찔러 안구를 밀어내고 창끝은 눈구멍을 쿡 꿰뚫고 들어가 목덜미를 관통했다. 그리고 칼로 자른 일리오네우스의 목을 번쩍 쳐들고 소리쳤다. "트로이아 병사들이여! 일리오네우스의 양친에게 조의를 표한다고 전해주시오. 프로마코스의 아내도 우리가 귀국하더라도 사랑하는 남편의 귀환을 반길 수 없게 되었으니까. 언젠가 트로이아로부터 우리 아카이아 젊은이들이 배를 타고 돌아갈 때도." 이렇게 말하자 트로이아 병사들은 모두 팔다리를 덜덜 떨더니 달아나 이

험한 파멸을 모면하기 위해 사방을 둘러볼 뿐이었다. 오, 올림포스의 뮤즈여! 말해다오. 포세이돈이 전세를 역전시킨 후 아카이아군에서 누가 맨 먼저 피에 물든 전리품을 차지할지? 텔라몬의 아들 아이아스가 맨 먼저 기르티오스의 아들 히르티오스를 공격했고 다음으로 안틸로코스가 팔케스와 메르메로스를 무찔렀다. 메리오네스는 모리스와 히포티온을 죽였고 테우크로스는 프로톤과 페리페테스를 쓰러뜨렸다. 아트레우스의 아들 아가멤논은 히페레노르를 죽였다. 그러나 오일레우스의 아들 작은 아이아스는 그 누구보다 많은 트로이아 병사를 죽였다. 그보다 빠른 자는 없었기 때문이다.

제9부

전멸 위기

아카이아군이 파죽지세로 트로이아군을 몰아붙이자 전차를 세워둔 곳까지 후퇴했다. 그때 헤라와 달콤한 관계를 가진 제우스는 잠에 취해 있었다. 그런데 어떤 낌새인지 몰라도 제우스는 벌떡 일어나 트로이아 전장의 전선을 내려다봤다. 전선은 포세이돈이 앞장서 트로이아군을 무찌르고 있었는데 헥토르는 평원에 나자빠져 피를 토하고 있었다. 제우스는 의식을 잃은 그를 보자 분노했다. 제우스는 헤라를 무섭게 쏘아보며 말했다. "그대는 정말 고약한 음모를 꾸미는구나. 괘씸한 여자, 헤라여! 용감한 헥토르의 싸움을 제지하고 트로이아군을 패주시킨 것은 그대의 사악한 간교 때문임이 틀림없다. 그대는 비열한 속임수의 대가를 치를 것이오. 과거 헤라클레스를 쫓아내기 위해 계략을 썼을 때 내가 그대를 어떻게 했는지 기억하시오. 나는 그대의 두 발에 큰 돌을 매달고 손목에는 아무도 끊지 못할 금사슬을 채워 구름

속에 대롱대롱 매달아 놓았지. 신들이 분개했지만 아무도 나설 수 없었지. 내 분노를 두려워했거든. 결국 코스섬에 갇힌 헤라클레스를 다시 구해 아르고스로 돌려보냈지만 분노는 여전히 풀리지 않았소. 다시 그 같은 일이 벌어지지 않도록 따끔히 알려주리라. 그리고 나와 동침해 무슨 소득이 있었는지 곧 깨닫게 해주리라." 헤라는 몸서리치며 항의했다. "절대로 그 같은 계책을 꾸민 적이 없습니다. 대지와 넓은 하늘 위, 스틱스의 폭포를 두고 맹세합니다. 절대로 우리의 침실을 경솔히 한 적이 없습니다. 포세이돈이 아카이아군을 돕는 것이 어찌 내 탓입니까? 뱃전에서 빈사 상태인 아카이아 병사들을 불쌍히 여겨 참가했겠죠. 그러나 당신이 원한다면 그를 설득하겠어요." 그러자 제우스는 미소를 띠며 매우 부드럽게 말했다. "오, 알겠소. 그대의 말이 사실이라면 이리스와 아폴론을 불러주시오. 포세이돈에게 전쟁에 참견하지 말라고 이리스를 보내고 아폴론에게는 헥토르에게 다시 용기를 불어넣어 싸움터로 돌려보내겠소. 그래서 아카이아군이 또다시 쫓겨 아킬레우스 함대로 물러나게 하겠소. 아킬레우스가 부하 파트로클로스를 내보내면 파트로클로스는 내 아들 사르페돈을 포함한 수많은 트로이아군을 전장에서 죽인 후 영광스러운 헥토르의 창에 죽을 것이오. 그러면 아킬레우스가 파트로클로스의 원수를 갚기 위해 헥토르를 죽이게 되는 거요. 그 후에야 아테나의 계획대로 트로이아 성을 점령하게 할 것이오. 하지만 그동안 어떤 불사신도 그리스군을 돕는 것을 허락하지 않겠소. 테티스가 내 무릎을 껴안고 애원하던 그 날 나는 머리를 숙였으므로 아킬레우스의 소원이 이뤄지는 날까지 아무도 용서하지 않겠소." 제우스의 말에 헤라는 감히 항의할 수 없었다.

헤라가 올림포스에 돌아오자 '영생의 신들'이 모두 일어나 잔을 들어 환영했다. 아름다운 테미스가 달려와 헤라를 맞으며 물었다. "여신이시여 왜 오셨나요? 혹시 부군 크로노스의 아드님께서 위협하신 건 아닌가요?" "테미스, 아무 것도 묻지 마세요. 그분의 성미 잘 아시잖아요? 자, 앉아서 식사나 하시죠. 그분의 계획을 말씀드릴게요." 헤라의 말에 잠시 좌중은 어수선해졌다. 입가에 미소를 띠던 헤라가 열변을 토하자 검은 눈썹과 이마 위에는 한기가 맴돌았다. 여신은 계속 열변을 토했다. "제우스에게 대항하려는 우리야말로 분별력 없는 바보들이에요. 그래도 그의 옆에 가 말로나 힘으로나 그만두게 하려고 안간힘 쓰지만 따로 초연히 앉아 상관하지도 않고 죽음을 모르는 여러 신들 사이에서 권력이나 무력으로 자신만 월등한 것으로 알고 있으니 더 이상 무슨 말이 필요하겠어요? 그러니 제우스가 어떤 화를 내도 참으세요. 벌써 아레스에게 재난이 일어나는 것 같잖아요? 아레스의 아들이 싸우다가 죽었거든요. 무사 중에서도 가장 귀여워하던 아스칼라포스 말이에요." 이렇게 말하자 아레스 신은 튼실한 두 허벅지를 손바닥으로 철썩 때리며 슬픔을 이기지 못하고 말했다. "올림포스의 신들이여! 내가 자식의 복수를 하더라도 놀라지 마시오. 설령 내 운명이 제우스의 번갯불에 맞아 시체 더미와 눕더라도 말이오." 아레스는 '공포의 신'과 '위협의 신'을 불러 말들에게 마구를 갖추게 한 후 자신도 무구를 갖췄다. 이로 인해 여러 불사신들은 제우스에게서 더 크고 무서운 노여움과 원한을 살 게 뻔했다. 때마침 아테나가 여러 신들을 위해 크게 걱정해 앉아 있던 자리에서 일어나 현관으로 달려가지 않았다면 말이다. 아테나 여신은 아레스의 머리에서는 투구 어깨에서는 방패를 벗기고 청동 창도 억센 손에서 빼앗아 쾅쾅 찍어대며 소리 높여 기세도 사나운 아레스 신을 꾸짖었다. "지금 미쳤나요? 제정신으로 하는 건 아니죠? 귀가 있어도 소용없고 분별력도 예의도 다 저버리다니! 방금 헤라의 말을 듣고도 이 같은 일을 감행하려고 하나요? 어쩌면 그분은 트로이아군과 아카이아군의 싸움을 놔두고 우리를 하나씩 잡아갈지도 모르오. 그러니 죽은 아들은 잊읍시다. 그보다 우월하고 강한 사나이가 많이 쓰러졌을 뿐만 아니라 앞으로도 수없이 쓰러질 것 같소." 이렇게 말하고 기세도 사나운 아레스를 자리에 다시 앉혔다. 그동안 헤라 여신은 아폴론과 여러 신들 사이의 전갈을 맡은 이리스를 밖으로 불러냈는데 여신은 그들에게 낭랑한 목소리로 말했다. "제우스께서 두 신에게 한시바삐 이다산으로 오라는 분부시오. 그곳에 가뵙거든 무슨 일이든 주신께서 명령하시는 대로 해야 하오." 이렇게 헤라 여신이 말하고 되돌아와 대좌에 앉자 두 신은 얼른 출발해 날아갔다. 아폴론과 이리스가 '짐승들의 어머니'로 불리는 샘이 넘치도록 솟아나는 이다산에 다다르자 천둥을 울리는 제우스가 가르가론 봉우리 꼭대기에 앉은 모습이 멀리 보였다. 주위에는 온통 향기로운 안개가

아레스를 제압하는 아테나 여신
그리스군을 돕는 아테나와 트로이아군을 돕는 아레스는 앙숙이었다.
아테나가 올림포스 자리를 놓고 아레스를 제압하는 장면이다.

엷게 끼었는데 두 신은 그 사이를 나아가 구름을 모으는 제우스 앞에 다다랐다. 제우스는 두 신을 보자 조금 전 분노는 어디로 갔는지 헤라의 분부대로 당장 달려와줘 흐뭇해 먼저 이리스에게 위엄 있게 말을 건넸다. "걸음이 빠른 이리스여! 포세이돈에게 가 빠짐없이 전하라. 이제 전투와 전쟁에서 손을 떼고 신들의 모임이나 신성한 바다 속으로 가라고 전하라. 내 명령을 어기면 그때부터 가슴속에서 잘 생각해보는 게 좋을 거라고 전하라. 제아무리 강기와 용맹을 떨치더라도 내가 덤벼들면 도저히 못 견딜 거라고. 그보다 내가 훨씬 힘이 세다. 그런데도 그는 도무지 반성하지 않고 다른 신들이 모두 두려워하는 나와 동격으로 알고 있다." 제우스의 명령을 받은 이리스는 바람처럼 빠른 걸음으로 이다산 봉우리에서 내려가 트로이아로 향했다. 구름 사이에서 눈송이나 우박이 떨어지듯 높은 하늘에서 휘몰아치는 북풍의 거센 힘에 휘날리며 순식간에 명성도 드높은 대지를 뒤흔드는 신 곁에 멈춰 말을 건넸다. "대지를 떠받드는 검은 머리 신이시여! 산양 가죽 방패를 가진 제우스 신의 전갈을 가져왔습니다. 이제 전투와 전쟁에서 손을 떼고 신들의 모임이나 신성한 바다 속으로 가시라는 분부십니다. 만약 명령을 어기고 가볍게 처신하면 정면 대결하러 몸소 여기까지 오시겠답니다. 그러니 처벌을 피하는 게 좋을 거라는 전갈입니다." 이리스의 전갈에 대지를 뒤흔드는 포세이돈은 불쾌한 기색으로 바뀌며 말했다. "무슨 말인가? 그가 강하다지만 언사가 매우 거만하구나. 같은 위계를 받는 나를 억지로 힘으로 누르려고 하다니. 내가 이런 말을 하는 것도 본래 우리 셋이 한 형제이기 때문이다. 크로노스에게서 레아가 낳은 제우스와 나, 지하명부를 통치하는 하데스 말이다. 그래서 전 세계를 셋으로 나눠 각각 직분을 맡긴 것이다. 셋이 제비뽑기로 나는 햇빛 바다를 주거로 차지했고 하데스는 모호한 기운으로 싸인 지하세계, 제우스는 높은 대기와 구름 사이에 있는 아득한 하늘을 차지했지만 대지와 올림포스의 높은 봉우리는 아직 모두의 공유물이다. 그러니 나는 제우스의 생각대로 살아갈 생각이 추호도 없다. 그의 힘이 훨씬 강하더라도 셋 중 하나를 차지한 자기 몫에 만족해 잠자코 있는 게 좋을 것이다. 나를 완전히 겁쟁이로 취급하고 위협할 생각은 아예 하지 말아야 할 것이다. 그의 아들딸에게나 난폭한 말투로 꾸짖으라고 하라. 자기가 낳은 자식들이니 제우스가 이래라저래라 명령하면 복종하지 않을 수 없겠지." 포세이돈의 말에 바람처럼 빠른 '무지개의 여신' 이리스가 말했다. "대지를 떠받드는 검은 머리 신이여! 그토록 무뚝뚝하고 엄한 말씀을 제우스 님께 그대로 전해도 정말 상관없습니까? 아니면 조금 양보하시겠습니까? 현명한 자는 양보할 줄 안다고 합니다. 아시다시피 '복수의 여신들'이 제우스 편임을 잊지 마십시오." 그러자 포세이돈이 말했다. "무지개의 여신이여! 방금 그대의 말은 이치에 맞다. 또한, 전령으로 온 자가 충분한 분별심을 가진 것도 훌륭하지만 동등한 권한을 가진 나를 제우스가 분노해 꾸짖을 때마다 심히 불쾌할 수밖에 더 있느냐? 몹시 분하지만 일단 양보한다. 다만 진심으로 일러두는 말이다. 만약 제우스가 나와 수확물을 모으는 아테나와 헤라, 헤르메스나 헤파이스토스의 희망을 어기고 높이 솟은 트로이아를 아껴 공략되길 바라지 않고 그리스군에게 대승을 안겨주지 않으려고 한다면 우리도 분노에 사로잡힐 것임을 그가 알아야 한다." 이렇게 말하고 포세이돈이 아카이아 병사들의 진지를 떠나 바다 속으로 들어가자 아카이아 용사들은 그가 사라지는 것을 원통하게 생각했다.

한편, 이다산에서는 아폴론을 향해 구름을 모으는 제우스가 말했다. "지금부터 청동 갑옷을 두른 헥토르에게 가거라. 때마침 조금 전 포세이돈이 내 분노가 두려워 바다로 돌아갔구나. 그러지 않았다면 격렬히 싸우는 소리를 다른 신들도 들었겠지. 명부에서 크로노스를 둘러싼 자들까지 화는 났지만 싸우기 전에 내 힘에 양보한 것은 나나 그에게 훨씬 다행스러운 일이다. 그렇지 않았다면 땀 흘리지 않고는 결말이 나지 않았을 테니. 어쨌든 그대는 지금부터 술 장식이 가득 달린 산양 가죽 방패를 들고 나가 세게 흔들어 아카이아 용사들의 기를 죽여 패주시켜라. 그리고 특히 궁술에 능한 그대가 영광에 빛나는 헥토르를 위해 배려해주라. 그래서 아카이아군이 달아나 선박이 놓인 헬레스폰토스 해변에 다다를 때까지 그의 용맹심을 불러일으켜라. 이후 작전과 지시는 내가 생각해두마. 또한, 아카이아 병사들을 고전으로부터 어떻게 한숨 돌릴지까지도." 이렇게 말하자 아폴론은 아버지 제우스의 분부를 이의 없이 받들어 이다산 봉우리에서 매처럼 곤두박질해 내려갔다. 날개를 가진 새 중에서도 가장 빠른 비둘기를 잡는 매와 같았다. 그렇게 용맹하고 과감한 프리아모스의 고귀한 아들 헥토르가 앉은 곳으로 갔다. 헥토르는 막 정신을 차려 누워 있지도 않았다. 주위에 둘러앉은 전우들도 똑똑히 분간할 수 있었고 거친 숨결과 땀도 가라앉고 있었다. 산양 가죽 방패를 가진 제우스의 의향이 그를 다시 일으켜 세우기로 한 후로 말이다. 그래서 '궁술의 신' 아폴론이 가까이 서면서 말을 건넸다. "프리아모스의 아들 헥토르여! 다른 사람들과 떨어진 곳에 맥없이 왜 혼자 앉아 있는가?" 헥토르가 기진맥진해 대답했다. "신들 중 가장 친절한 분이시여! 도대체 당신은 누구시기에 이렇게 얼굴을 마주하고 물으십니까? 아카이아군의 뱃고물 근처에서 목소리도 씩씩한 아이아스가 제 전우를 무찌르고 제 가슴에 커다란 돌덩이를 던져 용맹한 기상이 꺾인 걸 모르십니까? 그래서 이제 틀림없이 망령들 사이의 하데스 집으로 가는 줄로 알았습니다. 소중한 목숨이 다 끊겨가고 있으니까요." 이 말에 '궁술의 신' 아폴론이 말했다. "자, 기운을 내라! 이토록 강력한 후원자가 호위하도록 크로노스의 아드님이 이다산에서 보내주셨으니까. 황금 칼을 찬 이 태양신 아폴론을 말이다. 나는 전부터 그대와 함께 높은 성벽을 지켜왔다. 자, 지금부터야말로 많은 기사를 독려해 가운데가 팬 함대를 향해 그 날렵한 전차를 몰아가라. 나는 앞질러 전차가 지나갈 길을 평평하게 만들고 아카이아군을 패주시키겠다." 이렇게 말해 병사들의 우두머리 헥토르에게 엄청난 사기를 불어넣었다. 그러자 헥토르는 외양간

헥토르 앞에 나타난 아폴론
제우스가 헤라에게 한 눈 판 사이 트로이아군은 그리스군에게 역전당하자
제우스가 아폴론을 보내 힘을 불어넣어 주는 장면이다.

에 매여 있던 말이 구유통 보리에 싫증나 묶여 있던 끈을 끊고 요란스럽게 말발굽을 울리며 물결도 맑은 강가에서 목욕하기 위해 의기양양하게 고개를 들고 나가듯, 또한 좌우로 훌륭한 갈기가 두 어깨에 물결치는 말이 훌륭한 자태를 은근히 자랑하며 늘 즐겨 찾는 초원으로 늠름히 걸음을 옮기듯 민첩하게 앞으로 나아갔다. 그러는 동안에도 신의 소리를 듣고 있어 말 관리병들을 줄곧 독려했다.

한편, 그리스 병사들은 뿔이 돋은 숫사슴이나 야생 산양들을 사냥개와 시골 몰이꾼들이 몰아나갈 때처럼 떼를 지어 칼과 두 가닥 창을 내지르며 트로이아 편을 추격해갔다. 그러나 헥토르가 나타나 무사들의 대오 사이를 둘러보는 모습을 본 순간 간담이 서늘해져 어느새 사기가 땅바닥에 떨어지고 말았다. 그때 그들을 향해 안드라이몬의 아들 토아스가 입을 열었다. 그는 아이톨리아군 최고의 용사로 투창에 능하고 접근전도 잘했으며 젊은 아카이아 병사들이 이치를 따져가며 논쟁을 벌일 때는 연설로 압도했다. 그런 토아스가 지금 전우들을 걱정해 말을 꺼냈다. "이 무슨 일인가? 정말 대단한 기적을 보고 있구나. 또 다시 헥토르가 죽음을 모면해 살아났다니. 너나 할 것 없이 그가 텔라몬의 아들 아이아스의 손에 죽었다고 굳게 믿었는데. 틀림없이 이번에도 신들 중 누군가가 헥토르를 살린 것이다. 그는 무수한 그리스인들의 무릎을 꿇렸는데 이번에도 그런 일이 벌어지겠구나. 무시무시한 천둥을 울리는 제우스 신의 뜻에 의하지 않고는 저토록 투지에 가득 차 선봉에 서지 못할 것이니 어쨌든 내가 말하는 대로 따라다오. 우리 병사들에게 모두 선단으로 후퇴하라고 명령하는 게 좋겠다. 그러나 진영에서 최고 용사라고 자처하는 우리는 창을 들고 나란히 버티자 어쩌면 그를 막을 수 있을지도 모르니까. 제아무리 기를 쓰고 덤벼들어도 그리스군 한가운데로 들어올 엄두는 못 내겠지." 이 말이 모두 그럴듯하다고 해 그대로 했다. 아이아스나 이도메네우스 군주들을 둘러싼 무리나 테우크로스, 메리오네스, 아레스에 비견되는 메게스 등을 둘러싼 사람들은 용맹한 자들을 불러모아 헥토르를 뒤따르는 트로이아 병사를 맞아 정면에서 결전을 벌이는 한편, 뒤쪽에서는 많은 병사가 아카이아군 함선으로 철수해갔다.

한편, 트로이아군은 한군데 떼를 지어 쳐들어가는데 선봉에서 헥토르가 성큼성큼 걸으면 헥토르 앞에서 아폴론 신이 두 어깨를 구름에 감춘 채 산양 가죽 방패를 받들고 기세등등하게 나아갔다. 그 둘레에 거친 털을 달아 모든 이의 눈에 띄는 이 무서운 방패야말로 '대장장이의 신' 헤파이스토스가 인간에게 위력을 보여주기 위해 제우스에게 만들어 바친 것이다. 아폴론 신이 지금 그걸 두 손에 받쳐 들고 병사들을 인도하는 것이다. 그리스 병사들도 한군데 뭉쳐 버티고 서자 요란한 함성이 양군에서 터져 나왔다. 활시위에서 화살이 끊임없이 날아가고 수많은 창이 대담무쌍한 팔에서 날았다. 그중에는 젊고 날렵한 무사들의 살에 박혔지만 대부분 끈질기게 살갗을 찾으면서도 끝내

닿지 못하고 땅에 꽂혔다. 아폴론이 꼼짝하지 않고 산양 가죽 방패를 손에 든 동안 양군에서 날아가는 무기에 병사들이 쓰러져 갔다. 그러나 아폴론이 날렵하게 말을 달리는 그리스 병사를 똑바로 쏘아보고 산양 가죽 방패를 흔들어대며 우렁찬 목소리로 아카이아군의 기세를 어지럽히자 열화와 같던 투지도 사라져 소나 양 떼 무리가 뒤죽박죽 허둥지둥 달아나듯 아카이아 병사들은 용기를 잃고 허물어지기 시작했다. 아폴론 신이 그들의 마음에 두려움을 불어넣어 트로이아 편과 헥토르에게 영광을 주려고 했기 때문이다. 그때 사방에 흩어져 서로 베고 찌르는 가운데서도 헥토르는 스티키오스와 아르케실라오스를 죽였다. 그중 한 명은 청동 갑옷을 두른 보이오티아군 대장이었고 또 한 명은 기상이 높은 메네스테우스의 충실한 부하였다. 또한, 아이네이아스는 메돈과 이아소스를 죽였으니 메돈은 기품 있는 오일레우스의 후처 소생으로 아이아스의 동생이었다. 한때 그는 의붓어머니의 오빠를 죽이는 바람에 고향을 떠나 필라케에서 살았다. 또한, 이아소스는 아테네 부대의 장수로 손꼽히던 사나이로 스펠로스의 아들이라고 했다. 모두 시신에서 무구를 벗기는 동안 아카이아 병사들은 장벽 뒤로 피했다. 그러자 헥토르가 말에 채찍질하며 큰소리로 전열을 꾸짖었다. "전리품은 놔두고 모두 함대를 공격하라. 늑장 부리면 누구든 즉결 처분해 개밥이 되게 하리라!" 그러자 트로이아군은 환호성을 올리며 돌진했다. 그들 앞에 선 아폴론이 참호 둑을 발로 차 참호를 메워 그 위로 다리처럼 길을 내자 힘센 사람이 창을 던질 만큼 되었다. 방벽도 간단히 밀어냈는데 강가에서 노는 아이들이 모래사장에서 모래성을 쌓다가 발로 허무는 것 같았다. 영광의 아폴론이여! 그리스군이 천신만고 끝에 쌓은 방벽을 한순간에 허물다니! 뱃전까지 쫓긴 그리스군은 모든 신에게 열렬히 축원을 올렸다. 그중에서도 게레니아의 기사 네스토르가 그 누구보다 뜨겁게 두 손 모아 빌었다. "제우스 아버지시여! 일찍이 그리스 시민이 황소와 양을 불살라 올린 것을 기억하소서. 아카이아군이 이 참혹한 운명에서 벗어나게 하소서!" 제우스는 네스토르의 축원을 듣고 요란한 천둥을 울렸다. 그러나 트로이아군은 공격을 멈추지 않았다. 아카이아군과 트로이아군이 싸우는 동안 파트로클로스는 에우리필로스 막사에서 그의 상처에 고약을 발라 통증을 진정시키고 있었지만 아카이아군이 트로이아군에 쫓기는 소리가 들려오자 침통하게 말했다. "에우리필로스여! 더 이상 지체할 수 없을 것 같소. 그대 부하가 잘 돌봐줄 테니 걱정하지 마시오. 나는 속히 아킬레우스에게 달려가 그를 설득해보겠소. 혹시 누가 아오? 천만다행으로 그를 설득할지. 친구의 권고는 종종 행복한 결말을 가져오니까!" 파트로클로스는 최대한 빨리 아킬레우스 막사로 달려갔다. 아카이아군은 쳐들어오는 트로이아군을 방어하고 있었지만 트로이아군을 격퇴할 수는 없었고 트로이아군도 선발부대를 쳐부수고 함대나 막사로 들어갈 수 없었다. 널빤지를 자를 때 쓰는 목수의 먹줄처럼 전세는 팽팽했다. 헥토르는 아이아스 함대 맞은편에서 전투를 벌였지만 함대를 공략할 수 없었고 아이아스는 헥토르를 몰아낼 수 없었다. 그때 아이아스는 배에 불을 지르기 위해 횃불을 가져오던 클리티오스의 아들 칼레토르의 가슴을 찔렀다. 헥토르는 사촌이 함대 옆에 쓰러지자 큰 소리로 외쳤다. "트로이아와 리키아, 다르다니아의 용사들이여! 여기 함대 사이에 쓰러진 칼레토르를 구하라." 그리고는 아이아스에게 창을 던졌지만 맞히지 못하고 마스토르의 아들 리코프론을 맞혔다. 리코프론은 키테라에서 사람을 죽이고 달아나 아이아스의 집에서 살고 있었다. 리코프론이 죽자 아이아스가 더 분노해 동생에게 소리쳤다. "테우크로스여! 충실한 전우 마스토르의 아들이 살해당했다. 키테라에서 떠나 있는 동안 우리는 그를 친부모처럼 공경했거늘 저 헥토르가 죽이고 말았다. 자, 아폴론이 준 그대의 활과 화살이 어디 있느냐?" 그 말은 들은 테우크로스는 활을 계속 쏘았고 그중 하나가 페이세노르의 아들 클레이토스를 맞혔다. 그런 다음 헥토르에게 활을 겨냥했지만 활줄이 끊겨 화살은 엉뚱한 방향으로 날아갔다. 갑자기 어이가 없어진 테우크로스는 당황해 형에게 중얼거렸다. "정말 어이가 없군. 활줄이 끊기다니. 오늘 아침 새 걸로 바꿨는데…" 텔라몬의 아들 아이아스가 대답했다. "신께서 하시는 일이니 너무 연연하지 말라. 창과 방패를 들고 싸우되 다른 사람도 싸우게 하라. 우리가 할 일을 잊지 않으면 되지." 테우크로스는 활을 막사에 갖다 놓고 무구를 갖추고 아이아스 옆에 섰다. 헥토르는 테우크로스의 활쏘기가 갑자기 멈추자 크게 소리쳤다. "용감한 전우들이여! 우리는 적 함대에 도착했다. 사나이답게 싸워 의무를 다하라. 지금 한 투사의 화살이 무위로 돌아가

접전을 벌이는 그리스군과 트로이아군
테우크로스의 활줄이 끊겨 활을 쏠 수 없자
접근전이 벌어지는 장면이다.

는 걸보라. 제우스가 했음을 누구나 알 수 있다. 지금도 원수의 사기를 떨어뜨리고 우리를 돕고 있으니 한마음 한뜻으로 진격하라. 죽음을 맞는 자는 그대로 놔두라. 조국을 위해 싸우다가 죽는 게 어찌 욕되리오?" 헥토르의 말에 트로이아군은 용기백배해 함성을 질렀다. 그때 아이아스도 전우들의 사기를 북돋웠다. "아카이아군이여! 이 무슨 치욕인가! 지금이야말로 적을 묵사발로 만들 기회다. 헥토르에 쫓겨 고국 땅을 어찌 다시 밟겠는가! 자, 헥토르의 외침을 들어보라. 저 자는 오만무도하다. 몸으로 함대를 지킬 수밖에 없다. 목숨 바쳐 지켜내는 게 질질 끌다가 죽는 것보다 낫지 않은가!" 그동안 헥토르는 페리메데스의 아들 스케디오스를 죽였고 아이아스는 안테노르의 아들 라오다마스를 죽였다. 또한, 폴리다마스가 메게스의 동료 오토스를 죽이자 메게스는 폴리다마스에게 창을 던졌고 그가 살짝 피하자 크로이스모스의 가슴을 관통했다. 메게스가 그의 무구를 벗기기 시작하자 람포스의 가장 용감한 아들 돌롭스가 덤벼들었다. 그는 메게스에게 바짝 다가가 창으로 찔렀지만 견고한 갑옷을 뚫지 못했다. 그러자 이번에는 메게스가 돌롭스의 청동 투구 위에 달린 말총 장식을 날카로운 창으로 쳐 땅에 떨어뜨렸다. 돌롭스는 이에 질세라 계속 덤벼들었다. 그때 메넬라오스가 돌롭스 옆으로 살금살금 다가가 그의 어깨를 뒤에서 찌르자 그는 곤두박질쳤다. 그때 헥토르가 히케타온의 아들 멜라니포스를 꾸짖었다. 궁중에서 기거한 그를 프리아모스 왕은 친아들처럼 대해주었다. "멜라니포스여! 그대는 사촌 돌롭스가 죽어도 눈도 깜짝

안 하는가? 그의 갑옷을 적들이 노리는 것이 보이지 않는가? 자, 나를 따르라. 여기서 물러설 수 없다. 놈들이 전멸할 때까지 싸워야 한다." 헥토르가 말을 마치고 선봉에 서자 멜라니포스도 그의 뒤를 따랐다.

한편, 텔라몬의 아들 아이아스는 그리스군을 훈계했다. "동지들이여! 사나이답게 싸우라! 동포들이 우리를 어떻게 생각할지 잊지 말라. 명예롭게 싸우다가 죽는 게 치욕스럽게 살아남는 것보다 백 배 낫다!" 그의 훌륭한 이 격언은 그들의 가슴속 깊이 새겨졌다. 아카이아군이 청동 울타리로 함대를 둘러싸자 제우스는 트로이아군을 격려하며 용기를 불어넣었다. 그때 우렁찬 목소리의 메넬라오스가 안틸로코스를 불렀다. "안틸로코스여! 그대는 우리 중 가장 젊고 빠르고 싸움에 능하니 나가 누구든지 베어오라!" 이 말을 들은 안틸로코스는 사방을 돌아보다가 진격해오는 히케타온의 아들 멜라니포스에게 창을 던졌다. 그가 '쿵' 넘어지는 순간 안틸로코스는 화살에 맞은 새끼사슴을 사냥개가 물어오려고 덤벼들듯 멜라니포스의 갑옷을 빼앗기 위해 달려들었다. 하지만 헥토르가 달려들자 안틸로코스는 빠른 발로 재빨리 도망쳤다. 헥토르와 트로이아군이 악마처럼 쫓아왔지만 그를 잡을 수는 없었다. 트로이아군은 미쳐 날뛰는 사자처럼 함대로 몰려들었다. 모두 제우스의 뜻대로 되는 중이었다. 제우스의 의도는 헥토르에게 승리를 베풀어 함대를 타오르는 불도가니로 만든 후 테티스의 터무니없는 축원을 풀어주는 것이었다. 그래서 헥토르는 아레스 군신처럼 미처 날뛰었고 울창한 산에 불이 난 듯 마구 휘몰아쳤다. 입술에서는 게 거품이 일고 덥수룩한 눈썹 밑에서는 눈알이 튀어나올 듯 타오르고 투구는 관자놀이 위에서 맹렬히 뛰어놀았다. 제우스가 친히 그에게 혈전을 이어가는 영광과 명예를 베풀어 주었기 때문이다. 즉, 그는 자신의 목숨이 경각에 놓인 걸 몰랐다. 헥토르는 거듭 적진을 돌파하기 위해 애썼지만 뜻대로 되지 않았다. 그들은 함대 안에서 깎은 듯한 해안 절벽이 쌩쌩거리는 바람결에 부딪혀 깨지는 무서운 격랑을 막아내는 것처럼 견고하게 서 있었다. 그러나 헥토르는 수천 마리 소들 사이에 뛰어드는 사자처럼 날쌔게 덤벼들었다. 그러나 질겁한 소 떼가 달아나 한 마리만 잡히듯 헥토르는 그리스군 한 명만 죽였을 뿐이다. 전사자는 코프레우스의 아들 페리페테스였다. 위대한 영웅 헤라클레스에게 에우리스테우스 왕의 전갈을 나르는 전령이던 아버지보다 페리페테스는 모든 면에서 뛰어났다. 달리기뿐만 아니라 전투나 지혜도 무척 뛰어나 헥토르의 승리가 빛을 더 발했다. 이같이 트로이아군이 물밀듯 들어오자 아카이아군은 앞쪽 배를 버리고 퇴각하지 않을 수 없었다. 그들은 모두 막사 앞에서 수치와 공포에 눌려 고함만 지를 뿐이었다. 누구보다 네스토르가 각자의 부모 이름을 빗대 사람들에게 탄원했다. "동지들이여! 사나이답게 행동하라! 죽든 살든 처자식, 재산, 부모를 생각하라! 세상 평판도 생각하라. 그대들의 이름을 걸고 이까짓 공포는 떨쳐버려라!" 그때 아테나가 나타나 어둡게 드리운 안개를 헤쳤다. 안개가 걷히자 양 진영이 고스란히 드러났다. 헥토르와 병사들, 멀리 떨어져 싸우는 자, 뱃전에서 싸우는 자 모두 지천으로 보였다. 아이아스는 해전용 창 몇 개를 이어 22큐빗이나 되는 긴 창을 들고 갑판 위를 껑충껑충 뛰어다녔다. 그러면서 하늘까지 울릴 만큼 큰 소리로 그리스군에게 함대를 지킬 것을 호소했다. 헥토르도 흙빛 독수리가 강가에서 모이를 줍는 거위며 목이 긴 백조를 휩쓸듯 검은 선체를 휩쓸어갔다. 그는 프로테실라오스를 트로이아로 실어온 배를 빼앗고 고물 장식을 꼭 잡고 서서 트로이아군에게 외쳤다. "불을 가져오라. 그리고 모두 함성을 올려라! 지금이야말로 제우스께서 우리에게 승리를 허락하셨다." 그들은 소나기처럼 활을 쏴대며 맹공을 가했다. 아이아스도 더 이상 견딜 수 없어 갑판을 떠나 이물과 고물로 통하는 다리를 따라 일곱 발자국 정도 물러선 후 동료들을 독려하는 것을 잊지 않았다. "동지들이여! 용감한 영웅들이여! 사나이답게 싸워라! 우리는 우리 스스로 지켜야 한다. 여기 눈앞에 무장한 적이 날뛰는데 이곳은 원수의 땅, 트로이아 평원 아닌가. 자, 우리가 살 길은 그들을 무찌르는 것이다. 전쟁에는 동정의 여지가 없는 법. 동지들이여! 힘을 내라!" 이렇게 외친 후 아이아스는 날카로운 창으로 맹렬히 공격했다. 그는 트로이아군이 타오르는 횃불을 들고 함대로 덤벼들 때마다 거대한 창으로 공격했다. 이같이 그의 손에 죽거나 부상당한 적은 12명이나 되었다.

승리의 트로피를 높이 든 그리스군
대(大) 아이아스는 트로피를 만들어 후퇴하는
그리스군을 보호하는 지략을 펼친다.

제10부

죽음의 희생

그리스 연합군이 트로이아군에게 일방적으로 밀리는 가운데 파트로클로스는 두 눈에 눈물을 쏟으며 아킬레우스 앞에 나아갔다. 그 모습을 본 아킬레우스는 매우 안타까워하며 물었다. "파트로클로스여! 아이처럼 왜 이토록 서럽게 우시오? 전우에게서 무슨 소식이라도 왔소? 아니면 고국에서 특별한 소식이라도 온 것이오? 그대 부친이나 내 부친께 무슨 일이라도 생긴 것이오? 아니면 진정으로 아카이아 동포들이 무더기로 쓰러지는 걸 차마 볼 수 없어 그런 것이오? 이는 그들 스스로 저지른 과오, 무도한 처사 때문 아니오? 궁금하니 어서 말해보시오." 그러자 파트로클로스가 대답했다. "오오, 아킬레우스여! 아카이아군 최고 용사로 이름난 그대여! 제발 화내지 말고 내 말을 들어주오. 지금 티데우스의 아들 디오메데스와 오디세우스, 아가멤논이 부상당했고 에우리필로스도 다리에 화살을 맞았소. 그래서 의사들이 동분서

주 치료하느라 바쁘오. 하지만 장군이시여! 당신의 마음만은 고칠 수가 없구려. 당신이 품은 원한이 내게 아예 들어오지 않기를 빕니다. 궁지에 처한 동포를 당신이 구하지 않는다면 적선을 베푼들 무슨 도움이 되겠소? 냉혹한 장군이시여! 당신 어머니께서 당신에 대한 불길한 예언을 두려워하신다면 저라도 시켜 미르미돈 동족을 건져내게 하소서. 그리고 당신 갑옷을 제게 입혀주소서. 트로이아군이 나를 당신으로 오인해 쓰러져가는 동포에게 다소나마 숨쉴 여유라도 줄지 누가 알겠소? 전쟁에서는 작은 틈이 대세를 바꾸니 아군에 생기를 불어넣어 적을 도시로 쫓아낼 수도 있을 겁니다." 어리석도다. 이렇게 애원하다니! 이 애원이 그에게 마지막 운명이 될 줄이야! 그러자 아킬레우스는 크게 화내며 말했다. "도대체 그게 무슨 소리요? 예언은 들었지만 그 같은 예언은 나와 상관없소. 하지만 상처가 가슴에 남아 있소. 누군가가 나보다 권세가 있다고 나를 함부로 짓밟으니 어찌 서럽지 않겠소? 전군이 내 보상으로 택한 여성을 아가멤논이 빼앗아 나를 이방인 취급했소. 그러나 지나간 일을 묻는 게 무슨 소용이겠소? 언제까지나 원한을 품고 있을 수는 없소. 자, 가시오. 내 갑옷을 걸쳐 입고 용사들을 싸움터로 이끄시오. 적은 구름 떼처럼 아카이아 함대를 뒤덮었고 이제 동포가 도망갈 곳은 바다뿐이니 트로이아군이 더 기세등등한 것 아니겠소? 오, 아가멤논 사령관이 우의를 베푼다면! 그런데 그들은 우리 병영 근처에서 싸우고 있더군. 디오메데스는 창도 없이 그리스군을 전멸당할 위기에서 구하기 위해 애쓰는데 아가멤논은 소리치는 것조차 듣지 못했소. 헥토르의 호령이 온 평야를 뒤흔드는데 말이오. 하지만 파트로클로스여! 우리 함대를 구하시오. 지금부터 내 말을 잘 듣고 실행하면 나 대신 그대가 온 겨레의 영광과 명예뿐만 아니라 귀한 선물까지 받을 것이오. 특히 제우스께서 그대에게 승리의 호운을 베푸시어 그대가 트로이아군을 쓸어내더라도 동포를 도시의 성까지 이끌지는 마시오. 신이 간섭할지도 모르기 때문이오. 특히 아폴론은 그들과 우의가 깊으니 함대를 구하는 대로 돌아오고 평원 공격은 다른 사람에게 맡기시오. 오, 제우스 아버지시여! 아테나와 아폴론이시여! 아카이아군이 다 죽고 우리 둘만 살아남더라도 트로이아의 성스러운 왕관을 우리가 끌어내리게 해주소서.”

한편, 아이아스는 창칼의 폭우 속에 묻혀 더 이상 버티지 못할 지경이 되었다. 트로이아군의 맹공이 거듭되자 그의 청동 투구는 쇳소리를 내며 울려댔다. 왼팔은 무거운 방패를 너무 오래 들고 버텨 지쳤지만 트로이아군은 감히 그를 동요시키지 못했다. 그는 숨이 가빠지고 땀이 비오듯 흘렀다. 사방팔방에서 맹공이 계속되어 숨돌릴 틈도 없었다. 오, 올림포스의 뮤즈시여! 아카이아 함대에 불이 붙은 연유를 말해다오! 우선 헥토르가 다가와 큰 칼로 아이아스의 추상과 같은 창 자루 끝을 치자 창은 완전히 부러졌다. 창날은 멀리 날아가 떨어지고 텔라몬의 아들 아이아스는 창날 없는 창 자루만 헛되이 흔들 수밖에 없었다. 아이아스는 섬뜩했다. 신의 짓 아니던가! ‘천둥의 신’ 제우스가 트로이아군에게 승리를 안겨주려는 의도임을 눈치챈 그는 적의 화살이 닿지 않을 거리만큼 물러섰다. 그때 트로이아군이 함대에 불을 던지자 불길은 순식간에 고물을 휩싸고 함대 전체로 번져 올랐다. 파트로클로스는 빛나는 청동 갑옷을 입었다. 그는 먼저 은으로 된 발목 장식을 차고 별처럼 반짝이는 아킬레우스의 갑옷을 입었다. 양어깨에는 청동 날에 은 자루로 된 칼을 차고 두꺼운 방패와 술이 달린 투구를 착용했다. 마지막으로 창 두 개를 들었는데 아킬레우스 것이 아니었다. 아킬레우스의 창은 펠리온산의 물푸레나무로 만든 것이었다. 적을 무찌르도록 케이론이 아킬레우스의 아버지 펠레우스에게 주었는데 아킬레우스 외에는 아무도 휘어잡지 못했다. 파트로클로스는 아우토메돈에게 즉시 마구를 갖추라고 일렀다. 아우토메돈은 아킬레우스의 말인, 바람처럼 빠른 크산토스와 발리오스에게 마구를 채웠다. 이 말들의 아비는 제피로스이고 어미는 욕심 많은 포다르게로 오케아노스 강가 목장에서 풀을 뜯다가 수태했다. 순종의 페다소스를 맨 앞에 매달았는데 아킬레우스가 에티온 성을 점령했을 때 획득한 것으로 신계의 말과 다를 바 없었다.

한편, 아킬레우스는 부하들을 무장시켜 막사에서 지휘했다. 이들은 사냥을 나서는 난폭한 이리떼 같았다. 연약한 사슴을 낚아채 갈기갈기 찢어먹고도 포만감은커녕 눈을 다시 희번덕거리며 둘러보는 이리떼처럼 미르미돈족 명장들은 파트로클로스를 에워싸고 용기백배했

파트로클로스의 무장
전세가 불리해진 그리스군을 더 이상 지켜볼 수 없던 파트로클로스가
아킬레우스의 복장을 입고 대신 출정하는 모습이다.

다. 아킬레우스가 트로이아로 가져온 전함은 총 50척이었다. 배들마다 건장한 장부 50명씩 탔는데 다섯 부대로 나눠 장교를 배치했다. 제1부대는 '하천의 신' 스페르케이오스와 펠레우스의 딸인 아름다운 폴리도라 사이에서 낳은 아들 메네스티오스가 지휘를 맡았다. 그는 보로스의 아들로도 불리는데 페리에레스의 아들 보로스가 결혼지참금을 가져와 그의 어머니와 결혼했기 때문이다. 제2부대는 호전적인 무사 에우도로스가 맡았다. 그의 어머니는 필라스의 딸로 무희인 폴리멜라인데 아르테미스의 축제 동안 무희들이 노래할 때 헤르메스가 첫눈에 반해 에우도로스를 낳았다. 그는 달리기가 빠르고 싸움도 잘했다. '출산의 여신' 에일레이티아의 인도로 아기가 드디어 햇빛을 보게 되자 악토르의 아들 에케클레스는 그의 어머니와 결혼했다. 제3부대는 파트로클로스 다음으로 미르미돈에서 가장 유명한 창수 마이말로스의 아들 페이산드로스가 지휘했다. 제4부대는 노인 포이닉스가 지휘했고 제5부대는 라에르케스의 아들 알키메돈이 맡았다. 아킬레우스는 각 대열별로 정비한 후 근엄하게 마지막 지시를 내렸다. "미르미돈의 용사들이여! 힘껏 트로이아군을 물리쳐라. 그동안 내가 출정하지 않아 나를 얼마나 책망했는가! '완고한 인간 아킬레우스여! 그대는 젖 대신 담즙으로 자란 게 아닌가? 정말 잔혹하구나. 우리를 이같이 억류시키다니! 차라리 함대에 올라 귀향하는 게 낫겠다.'라고 속으로 욕했겠지. 하지만 이제 그대들이 기꺼이 참전할 수 있는 대전투가 벌어졌다. 각자 용기를 잃지 말고 싸워 반드시 승리하라!" 아킬레우스가 이렇게 열변을 토하자 병사들의 사기가 더 높아졌다. 방패는 방패와 맞닿고 투구는 투구와, 사람은 사람과 맞닿으니 움직일 때마다 투구의 깃털 장식이 서로 건드렸고 그들의 선봉장 파트로클로스와 아우토메돈은 몸은 둘이지만 한마음으로 미르미돈군을 지휘할 뿐이었다. 아킬레우스는 막사로 돌아와 아름다운 장식이 새겨진 상자를 열었다. 그 안에는 은발의 테티스가 넣어둔 속옷과 털 담요, 바람을 막아줄 옷들, 최상품 잔이 들어 있었는데 주신 제우스 외에는 이 같은 잔으로 술을 마신 영광을 얻지 못했으리라. 그는 잔을 꺼내 유황으로 닦은 후 다시 깨끗한 물에 씻고 자신도 정갈하게 손을 닦았다. 이윽고 술을 따라 하늘에 뿌리며 축원을 올리자 제우스는 내내 지켜보았다. "오, '천둥의 신' 제우스여! 일찍이 제 축원을 들어주시던 신이시여! 제게 영광을 내리시고자 아카이아군에게 심한 타격을 주신 걸 아나이다. 다시 애원하오니 저희에게 은혜를 베푸소서! 제가 이렇게 남아 있는 동안 전우들은 싸우기 위해 죽음의 전장으로 나갔습니다. 전지전능하신 제우스여! 파트로클로스에게 승리를 안겨주소서! 그의 용기를 북돋워 제 충복 혼자 싸울 수 있음을 헥토르가 알게 해주소서! 그가 적을 함대에서 몰아내고 무사히 돌아오게 해주소서!" 물론 제우스가 아킬레우스의 축원을 다 들어준 건 아니다. 파트로클로스는 트로이아군을 몰아냈지만 귀환하진 못했다. 아킬레우스는 제주와 축원을 올리고 막사로 돌아가 잔을 상자 안에 다시 넣고 밖으로 다시 나와 친히 전투를 보기 위해 애썼다.

한편, 파트로클로스와 그의 부대는 드디어 트로이아군과 맞붙어 벌떼처럼 일제히 기습했다. 아이들이 벌집을 쑤셨다가 벌떼의 습격을 받는 것처럼 미르미돈군도 막사에서 우르르 나오며 트로이아군을 무찌르는 데 앞장섰다. 파트로클로스가 큰소리로 외쳤다. "미르미돈군이여! 사나이답게 싸워라! 이전의 용맹함을 발휘하라! 펠레우스의 후예답게 싸워 아가멤논 사령관에게 자신의 과오를 깨닫게 하자! 아카이아군 최고의 명장을 무시한 걸 후회하게 하자!" 아카이아군이 벌떼처럼 트로이아군을 맹습하자 함성은 하늘까지 울렸다. 게다가 트로이아군은 파트로클로스가 아킬레우스의 복장을 하고 나타나자 대열이 뒤죽박죽되었다. 아킬레우스가 분노를 거두고 출정한 줄로 생각한 것이다. 먼저 파트로클로스는 파이오니아의 장수 피라이크메스를 죽였다. 따라서 파이오니아군은 대장을 잃어 공포에 질려 사방으로 도망쳤다. 파트로클로스는 그들을 함대에서 몰아내고 급한 불을 꺼 그리스군은 잠시 숨돌릴 시간을 벌었다. 트로이아군은 함대에서 물러났지만 여기저기 흩어져 아카이아군을 공략했다. 다음으로 파트로클로스는 달아나려는 아레일리코스의 넓적다리를 찔러 쓰러뜨렸다. 그동안 메넬라오스는 토아스의 가슴을 찔렀고 메게스는 덤벼드는 암피클로스의 넓적다리를 찔러 죽었다. 네스토르의 아들 안틸로코스는 날카로운 창으로 아팀니오스를 쓰러뜨렸다. 그러자 그의 형 마리스가 안틸로코스를 찌르려고 달려들었다. 그러나 네스토르의 다른 아들 트라시메데스가 먼저 창을 던져 그를 죽였다. 이렇게 네스토르의 두 아들은

파트로클로스의 출정
아킬레우스로 변장한 파트로클로스가 나타나자
트로이아군은 겁을 먹고 전세는 역전된다.

'파멸의 괴물' 키마이라를 기른 아미소다로스의 용감한 두 아들을 저 승으로 보냈고 오일레우스의 아들 아이아스는 갈팡질팡하는 클레오 불로스에게 덤벼들어 그를 생포했지만 그는 먼저 자결했다. 또한, 페 넬레오스와 리콘은 서로 칼을 들고 달려들었다. 그러나 리콘의 칼은 투구에 맞아 부러졌고 페넬레오스의 칼은 리콘의 귀밑 목을 쳐 목숨 을 빼앗았다. 메리오네스는 막 전차로 올라가는 아카마스의 오른쪽 어깨를 찔러 쓰러뜨렸다.

한편, 이도메네우스가 청동 창으로 에리마스의 입을 찌르자 그의 양쪽 눈은 피에 잠기고 코와 입에서 피가 쏟아졌다. 이같이 그리스 장 수들은 도주는 부끄럽지도 않다는 듯 달리기에만 정신이 팔린 트로 이아군을 섬멸했다. 텔라몬의 아들 아이아스는 헥토르를 죽일 일념에 창을 겨눴지만 그의 전법을 훤히 아는 헥토르는 쇠가죽 방패로 방어 하며 전우를 구했다. 제우스가 태풍을 몰아치려고 하면 구름이 하늘 로 들어가듯 트로이아군은 기겁하고 아카이아 요새를 가로질러 도망 쳤다. 역전된 전세를 깨달은 헥토르는 달리는 전차에 올라 전속력으 로 후퇴했다. 많은 전차가 참호 속에 빠지자 병사들은 전차를 버리고 도주하기 시작했다. 그 모습을 본 파트로클로스가 호령하며 적을 몰 아치자 전차는 마구 뒤집히고 난장판이 되었다. 파트로클로스는 이미 함대를 떠나 참호를 곧장 뛰어넘으며 소리쳤다. "헥토르가 도망친다. 어서 가 쳐라!" 그에게는 헥토르를 응징하는 게 유일한 소원이었지만 헥토르도 재빨라 이미 멀리 도주한 상태였다. 그러자 파트로클로스는 퇴각하는 적의 앞길을 차단해 그들을 아카이아 함대 쪽으로 다시 몰았다. 그야말로 그들을 옴짝달싹 못 하게 만들어 아카이아 병사들의 죽음을 복수하려는 것이었다. 먼저 그는 프로노스를 창으로 찔러 죽인 후 창으로 테스토르의 오른쪽 턱을 공격해 전차 난간 밖으로 끌어내 쓰러뜨렸다. 그때 에릴라오스가 파트로클로스에게 덤벼들었지만 이미 파트로클로스의 힘을 당할 자는 없었다. 그는 에릴라오스의 머리를 돌로 쳐 죽이고 나서 차례대로 에리마스, 암포테로스, 에팔테스, 틀레폴레모스, 에키오스, 피리스, 이페우스, 에우이포스, 폴리멜로스 등을 사지로 보냈다. 그때 사르페돈은 부하들이 힘없이 쓰러지는 걸 보고 책망했다. "이 무슨 수모요? 리키아군이여! 어디로 도망치는가? 전우들이여! 내가 이 자를 맡을 테니 그대들도 용기를 내 싸우라." 그러고는 전차에서 뛰어내리자 이를 본 파트로클로스도 같이 움직였다. 그들이 서로 외치며 달려드는 모습은 한 쌍의 독수리가 높은 바위에서 소리지르며 발톱과 주둥이로 싸우는 것 같았다. 그 모습을 본 제우스가 헤라에게 푸념했다. "정말 슬픈 일이군. 내가 가장 사랑하는 아들이 파트로클로스의 손에 쓰러질 팔자란 말인가! 싸움 도중 그를 생포해 고향으로 돌려보내면 어떨까?" 헤라가 대꾸했다. "오, 그런 말씀은 하지도 마소서! 인간은 언젠가 한 번은 죽는 법. 죽음에서 구하시다뇨? 마음대로 하소서. 하지만 이것만은 잊지 마소서. 사르페돈을 살리고 싶으시다면 다른 신들도 마찬가지일 거라는 사실 말입니다. 누구나 자식을 사랑할 테니까요. 많은 신의 자식이 트로이아 전선에 출정했음을 기억하소서. 그러니 진정으로 그를 사랑하신다면 파트로클로스의 손에 쓰러지게 하소서. 하지만 그의 혼백이 세상을 떠나면 '죽음과 잠의 신'이 그를 리키아로 데려가게 하소서. 거기서 일가친척과 친구들이 무덤과 비석을 세우도록 말입니다." 제우스도 헤라의 말에 동의했다. 제우스는 트로이아 땅에서 파트로클로스의 손에 죽는 사랑하는 자식의 명복을 빌기 위해 피의 소나기를 땅에 퍼부었다. 파트로클로스가 사르페돈의 시종 트라시멜로스의 아랫배를 공격해 죽이자 사르페돈이 파트로클로스에게 창을 던졌지만 살짝 빗나가 그의 말 페다소스의 오른쪽 어깨에 맞았다. 말은 몇 번 바둥대다가 숨을 거뒀다. 사르페돈이 다시 창을 던졌지만 파트로클로스의 왼쪽 어깨를 스쳐 역시 정곡을 찌르지 못했다. 반면, 파트로클로스가 던진 창은 사르페돈의 횡격막을 뚫어 고꾸라뜨렸다. 사르페돈은 숨이 끊기면서 사랑하는 전우의 이름을 불렀다. "글라우코스여! 그대는 사나이 중 사나이 아닌가! 최선을 다해 용사의 면목을 세우라! 먼저 나를 빼앗기지 않도록 정예병을 모으라. 만약 아카이아군이 내 갑옷을 벗긴다면 영원히 그대들 일생의 치욕이 되리라." 사르페돈은 더 이상 말을 잇지 못하고 눈과 코로 죽음을 받아들였다. 파트로클로스가 그의 가슴을 짓밟고 창을 뽑으니 횡격막이 뽑혀 나왔다. 글라우코스는 사르페돈의 유언을 듣자 가슴이 미어졌지만 어쩔 도리가 없었다. 그는 테우크로스의 화살에 맞아 아픈 팔을 누른 후 아폴론에게 높이 축원을 올렸다.

"트로이아, 비옥한 리키아 땅에 계시는 신이시여! 굽어살피소서! 저는 지금 팔에서 피가 나고 금방이라도 끊어질 듯 무척 아픕니다. 창을 잡을 수도, 원수와 싸울 수도 없나이다. 무정한 제우스께서는 아들의 죽음을 모른 척하시나이다. 원하건대 신이시여! 이 상처를 낫게 해 우리가 다시 시신을 빼앗아 오게 하소서!" 아폴론 신은 축원을 들어주었다. 상처에서 흐르던 피는 말라붙었고 용기가 저절로 솟았다. 글라우코스는 신이 자신의 축원을 곧바로 들어주자 기뻤다. 그는 먼저 리키아 장수들에게 사르페돈을 빼앗기지 말라고 호소하며 돌아다녔고 트로이아군 쪽으로 달려가 폴리다마스, 아게노르, 아이네이아스, 헥토르 등에게 소리쳤다. "헥토르 장수여! 어찌 이럴 수 있습니까? 우리는 그대 때문에 부모형제를 버리고 만리타향에서 이같이 풍파를 겪는데도 우리를 돕지 않는구려. 사르페돈이 파트로클로스의 창에 쓰러졌습니다. 동지들이여! 우리를 도와 미르미돈족이 시신을 모욕하는 걸 묵과하지 마소서!" 그 말을 들은 트로이아군은 모두 비탄에 잠겼다. 사르페돈은 이방인이지만 그들의 중심축이었고 전선에서는 항상 빛나는 투사였기 때문이다. 그들은 원한에 불타는 헥토르를 따라 전속력으로 돌격했다.

한편, 파트로클로스는 만반의 준비가 된 두 아이아스를 불렀다. "자, 두 아이아스여! 적을 공격하는 게 그대들의 기쁨 아니오? 아카이아 성벽을 처음 뛰어올랐던 사르페돈이 쓰러졌소. 자, 와서 무구를 벗깁시다. 막으려는 자에게는 누구든 혹독한 창 맛을 보여줍시다!"
사르페돈의 시신을 놓고 양군이 맞서자 병사들의 아우성과 무기끼리
부딪치는 소리로 떠나갈 듯 시끄러웠다. 그러자 제우스는 자기 자식
을 빼앗으려는 이 전투를 무서운 것으로 만들었다. 처음에는 헥토르
가 아가클레에스의 아들 에페이게우스의 해골을 부숴 기선 제압을 했
다. 에페이게우스는 부데이온의 군주로 사촌을 죽이고 펠레우스와 은
발의 테티스를 따라 피난했다가 아킬레우스를 따라 참전한 것이다.
파트로클로스는 전우를 잃자 갈까마귀를 뒤쫓는 매처럼 달려들어 이
타이메네스의 아들 스테넬라오스의 목을 돌로 쳐 힘줄을 끊어놓았다.
그러자 리키아의 대장 글라우코스가 미르미돈족의 부자 칼콘의 아들
바티클레스를 죽이고 병사들이 갑옷을 벗기려고 시신 주위에 모여들
었다. 이에 다시 격분한 아이네이아스가 메리오네스에게 창을 던졌
지만 앞으로 살짝 몸을 숙여 창은 땅바닥에 꽂혔다. 머리끝까지 화가
난 아이네이아스가 큰소리로 부르짖었다. "메리오네스여! 그대는 춤
출 줄도 아는구나! 내 창은 그대의 춤을 영원히 멈출 수도 있었다!" 그
러자 메리오네스가 대답했다. "아이네이아스여! 네가 아무리 힘이 세
도 결국 속세의 인간 아니냐? 세상사 모르는 일. 내가 너를 찌를지 누
가 알겠느냐? 그렇게 되면 네 강한 손은 하데스에 있겠지." 그러자 파
트로클로스가 그를 나무랐다. "메리오네스여! 허송세월할 필요 없소.
야유나 조롱으로 적을 물리칠 수는 없는 법이오. 토론에서는 말이 능
사이지만 전쟁에서는 행동이 운명을 좌우하오." 파트로클로스가 따

사르페돈의 죽음
파트로클로스와 결투를 벌인 제우스의 아들 사르페돈이 전사하자
제우스가 아폴론을 보내 그의 시신을 수습하는 장면이다.

끔한 충고를 하자 사르페돈의 시신을 차지하기 위해 서로 일진일퇴를 거듭했다. 고귀한 사르페돈의 시신은 피투성이에 흙투성이가 되어 형체도 알아볼 수 없게 되었다. 그들은 우유통에 몰려드는 파리 떼처럼 우르르 몰려들었다. 그동안 제우스는 어떡해야 할지 속으로 곰곰이 생각했다. 드디어 제우스는 파트로클로스가 더 많이 죽이게 해 헥토르를 도시 성벽까지 내쫓기로 결정했다. 그래서 먼저 헥토르의 용기부터 꺾었다. 헥토르는 전차에 올라 트로이아군에게 퇴각하라고 소리쳤다. 아카이아군은 사르페돈의 양어깨에서 빛나는 무구를 벗겨냈고 파트로클로스는 그것을 함대로 가져가라고 일렀다. 그때 '구름의 신' 제우스가 아폴론에게 말했다. "포이보스여! 어서 가 사르페돈을 멀리 옮겨 강물에 목욕시킨 후 신의 향수를 바르고 불후의 옷을 입혀라. 그러고는 두 '잠과 죽음의 신'에게 내줘 리키아 땅에 안착시켜라. 거기서 이웃이며 친척이 무덤과 비석을 세워 마지막 경의를 표하게 하라." 아폴론은 아버지 제우스의 분부대로 사르페돈을 리키아 땅에 안착시켰다.

한편, 파트로클로스는 아우토메돈에게 트로이아군을 추격하라는 명령을 내렸다. 아킬레우스의 말대로만 했다면 죽음은 면했을 텐데 어리석음이 지나쳐 어두운 운명 쪽으로 걸어 들어가고 있었다. 파트로클로스여! 신들이 그대를 죽음에 초대하니 그대가 죽인 자들은 누구인가? 바로 아드라스토스와 아우토노스, 에케클로스, 페리모스, 에피스토르, 멜라니포스, 엘라소스, 물리오스, 필라르테스 등이었다. 이같이 파죽지세로 트로이아군을 몰아붙였는데도 도시를 점령하지 못한 것은 아폴론 덕분이었다. 파트로클로스는 세 번이나 성벽을 기어오르려고 했지만 그때마다 아폴론이 밀어냈다. 그가 초인처럼 다시 네 번째 덤벼들자 아폴론은 고함을 질렀다. "물러가라, 파트로클로스! 강대한 트로이아가 그대나 아킬레우스의 손에 넘어갈 운명은 아니니!" 이 말을 들은 파트로클로스는 아폴론의 노여움이 두려워 뒤쪽으로 물러났다. 그때 헥토르는 스카이아 문에 이르러 다시 싸울지 성안에 잠시 피할지 망설였다. 그때 아폴론이 아시오스의 모습으로 변신해 다가왔다. 아시오스는 헤카베의 오빠이니 헥토르의 외삼촌이며 프리기아의 산가리오스 근처에 사는 디마스의 아들이었다. "헥토르여! 그대는 왜 도망갈 궁리만 하는가? 퇴각한 것을 나중에 후회할 걸세. 아폴론이 그대에게 승리를 돌릴지도 모르니 어서 가 파트로클로스를 습격하게." 그제야 헥토르는 말들을 싸움터로 몰아 파트로클로스에게 달려갔다. 그때 파트로클로스는 전차에서 뛰어내려 왼손에는 창, 오른손에는 크고 뾰족한 돌을 집었다. 최대한 힘껏 던지니 돌은 고삐를 잡고 있던 프리아모스의 서자 케브리오네스의 앞이마를 맞혔다. 돌에 맞은 그의 눈두덩이는 바스라졌고 눈알이 빠져나왔다. 그리고 잠수부처럼 전차에서 굴러떨어졌다. 그 모습을 보며 파트로클로스가 조롱을 퍼부었다. "재주도 좋구나. 바다에 갔더라면 성게나 잡아 주린 배를 채울 텐데. 육지에서도 저렇게 멋있게 다이빙하는 걸 보면 트로이아에도 잠수부가 있었던가?" 그는 말을 마치고 사자처럼 케브리오네스에게 달려들어 가슴을 찔렀다. 그 순간 헥토르도 전차에서 뛰어내려 그에게 다가갔다. 그들은 사슴 몸을 빼앗기 위해 싸우는 두 마리 사자처럼 한 치의 양보도 없이 으르렁거리며 싸웠다. 헥토르가 그의 머리를 잡고 놓지 않자 파트로클로스는 헥토르의 발을 잡았다. 동풍과 남풍이 산골짜기 나무들을 흔들기 위해 서로 싸우는 것 같았다. 트로이아군과 그리스군은 서로 죽이느라 물러설 줄 몰랐다. 케브리오네스의 시신을 둘러싸고 날카로운 창들이 밀림을 이루는가 하면 날개 달린 화살들이 빗발치듯 덮쳤다. 또한, 큰 돌덩이들이 소나기처럼 전사들의 방패를 쳤다. 서산에 해가 걸릴 때까지 공격과 반격은 계속되었고 병사들은 죽어 나갔다. 그러나 해가 기울어 소의 멍에를 풀 때가 되자 아카이아군은 점점 더 강해졌다. 그들은 케브리오네스의 시신을 끌어내 무구를 벗겼고 파트로클로스는 다시 트로이아군에게 달려가 아홉 명이나 죽였다. 하지만 파트로클로스여! 그대의 운명이 다했음을 모르는가? 아폴론이 서 있는 모습이 보이지 않는가? 그러나 파트로클로스의 눈에는 아폴론이 보이지 않았다. 아폴론이 숨어서 분노해 눈을 부라리며 파트로클로스의 등을 치자 파트로클로스의 투구가 벗겨져 피범벅이 된 땅에 굴렀고 쥐고 있던 창이 부러졌다. 띠와 장식을 매단 방패와 갑옷은 아폴론의 손에 벗겨졌다. 정신이 아찔한 파트로클로스 등 뒤에서 판토스의 아들이자 가장 뛰어난 창수 에우포르보스가 가격했다. 그는 이미 적군 20명을 전차에서 떨어뜨린 무사였지만 파트로클로스가 맨몸이더라도 그의 창에 완전히 고꾸라지지 않자 에우포르보스는 뒤로 물러섰다. 파트로클로스가 어깨에 상처를 입고 피신하는 동안 헥토르가 다시 다가와 그의 배를 찔렀다. 파트로클로스가 쓰러지자 작은 웅덩이를 차지하려고 멧돼지가 사자와 싸우다가 물려 죽는 것 같았다. 헥토르는 파트로클로스를 죽이자 기쁨을 감추지 못하고 떠들었다. "파트로클로스여! 네가 우리 도시를 점령할 줄 알았더냐? 어리석은 놈! 네 앞에는 헥토르의 말들이 있음을 몰랐더냐? 내 창은 그 누구보다 강하다. 이제 독수리 밥이 되게 해주마! 오, 아킬레우스는 네게 이렇게 말했겠지. '용감한 파트로클로스여! 헥토르의 몸에서 피에 젖은 갑옷을 벗겨올 때까지 돌아오지 말라!' 너도 그렇게 할 수 있으리라 생각했겠지. 너나 그나 얼빠진 놈들이지?" 파트로클로스는 고통스럽게 숨을 헐떡이며 말했다. "헥토르여! 신들이 너를 돕지 않았다면 너 같은 자가 20명이 덤벼도 눈 하나 깜빡했을 것 같으냐? 나를 죽게 한 건 잔인한 운명과 레토의 아들, 인간은 에우포르보스지 네가 아니다. 한 가지만 일러두마. 네게도 이미 검은 죽음의 그림자가 드리워졌다. 곧 아킬레우스의 손에 쓰러질 테니." 말을 마친 파트로클로스는 하데스 궁으로 갔다. 헥토르는 죽어가는 그에게 말했다. "파트로클로스여! 아킬레우스가 테티스의 자식일지는 모르겠지만 그가 내 창에 죽지 않는다고 누가 단언하겠는가?" 헥토르는 시신을 발로 밀어내며 창을 뽑더니 곧 마부 아우토메돈에게 향했다. 그러나 아우토메돈은 신이 펠레우스에게 준 영생의 말들을 타고 이미 사라진 뒤였다.

파트로클로스의 죽음
에우포르보스의 창에 찔린 파트로클로스가 죽어가는 장면으로
그리스군과 트로이아군은 그의 시신을 놓고 또 혈전을 벌인다.

파트로클로스의 죽음을 목격한 메넬라오스가 곧 달려와 암소가 송아지의 죽음을 슬퍼하듯 구슬프게 울었다. 그는 창과 방패를 겨누고 누구든 덤비면 죽여버릴 자세로 서 있었다. 에우포르보스가 메넬라오스 앞에 와 말했다. "메넬라오스! 물러가라! 시신도 전리품도 건드릴 생각은 아예 말라! 파트로클로스를 맨 먼저 찌른 건 나다. 생명은 소중한 것. 거역하면 그대를 죽이리라." 메넬라오스가 분개해 소리쳤다. "제우스 아버지시여! 저토록 야비하고 기고만장할 수 있습니까? 표범도 사자도 멧돼지도 저 판토스의 아들과 같은 교만은 없습니다. 에우포르보스여! 사나이 히페레노르가 나를 업신여길 때도 너처럼 과신하진 않았다. 네 교만을 끝장내줄 테니 가까이 오라. 겁난다면 달아나도 좋다. 때로는 바보도 간사해질 때가 있으니!" 그러자 에우포르보스는 아랑곳하지 않고 대꾸했다. "메넬라오스여! 지금이야말로 네 무구를 빼앗아 판토스와 프론티스 부인에게 가져다주면 위안이 되겠지. 이 투쟁이 우리 생사의 시금석이 되는 것도 경각이구나." 그는 메넬라오스의 방패를 공격했지만 창끝만 구부러질 뿐 뚫지는 못했다. 그러자 메넬라오스가 제우스에게 축원을 올리며 에우포르보스의 목을 찌르자 무구가 덜거덕거리며 그는 힘없이 쓰러졌다. 샘물가의 큰 올리브 나무가 갑자기 불어닥친 폭풍에 뿌리째 뽑히는 것 같았다. 이제 트로이아군은 아무도 메넬라오스에게 덤벼들지 못했다. 그러나 아폴론이 키코네스의 조상 멘테스로 변장해 헥토르에게 가 에우포르보스의 훌륭한 갑옷을 탈취하지 못하게 속삭였다. "헥토르여! 잡지도 못할 말을 뭐하러 쫓는가? 아킬레우스의 말은 아킬레우스만 가질 수 있으니 그의 어머니가 바로 불사의 몸 아닌가! 자, 메넬라오스가 트로이아군 최고의 용사 에우포르보스를 죽였다." 헥토르가 화가 나 돌아보니 정말 메넬라오스가 에우포르보스의 무구를 벗기는 중이었다. 헥토르는 소리지르며 불같이 달려들었다. 메넬라오스는 중얼거렸다. "오, 전리품 때문에 파트로클로스를 그대로 둔다면 모두 나를 욕하리라. 그렇다고 헥토르와 트로이아군에 맞서 혼자 싸울 수도 없지 않은가! 그래, 신의 총애를 받는 자와 싸운다면 재앙만 초래할 뿐이다. 그러나 불굴의 사나이 아이아스의 도움을 받을 수 있다면 아킬레우스를 위해 이 전사자를 구할 수 있으리라. 이것이 재앙에서 구하는 최상의 길일지 모르겠군." 헥토르와 트로이아군이 다가오자 메넬라오스는 시신을 버리고 퇴각했다. 그는 무거운 발걸음을 옮겨 동포가 있는 데로 가 얼른 텔라몬의 아들 아이아스를 찾았다. 아이아스는 전선 왼쪽에서 아폴론에 대한 치명적 공포에 사로잡힌 병사들을 독려 중이었다. 메넬라오스는 한걸음에 달려가 그에게 말했다. "아이아스여, 이리 오시오. 파트로클로스는 죽었지만 시신만이라도 아킬레우스에게 가져가야 하지 않겠소? 무구는 헥토르가 빼앗아 갔지만 말이오." 아이아스는 놀라면서 인파 속을 뚫고 얼른 달려갔다. 헥토르는 이미 파트로클로스를 끌고 가는 중이었다. 그는 목을 자르고 몸뚱이는 개밥으로 만들 작정이었다. 그러나 아이아스가 다가오자 헥토르는 슬쩍 물러나 전차 위로 뛰어올랐다. 훌륭한 갑옷을 구하는 것만으로도 감지덕지해 큰 자랑거리로 삼았다.

한편, 아이아스는 파트로클로스를 거대한 방패로 가리고 우뚝 섰다. 사자가 새끼를 다리 사이에 숨긴 채 사냥꾼을 노려보는 것 같았다. 그 옆에는 메넬라오스가 슬픈 표정으로 서 있었다. 그때 글라우코스가 눈을 부릅뜨고 헥토르를 꾸짖었다. "그대가 미남인 건 틀림없지만 무사로서는 형편없구려. 쓸데없이 이름만 높았지 겁쟁이일 뿐이오! 자, 시민들이 트로이아를 구하기 위해 얼마나 많은 피를 흘렸는지 생각해보시오. 이제 리키아군에서 그대를 위해 싸울 자는 아무도 없으리라. 그대가 사르페돈을 그렇게 죽여놓고 보통사람을 어떻게 구하겠소? 그가 살아 있을 때 그대에게 어떻게 했는지 기억해보시오. 그런데도 그대는 개밥에서 그를 구할 의기도 없소. 리키아군이 내 말을 듣는다면 고향으로 돌아갈 것이오. 그러면 트로이아는 멸망하겠지. 트로이아군이 불굴의 용기가 있다면 파트로클로스를 일리오스로 끌어갈 것이오. 그럼 우리는 파트로클로스와 사르페돈을 맞바꿀 수 있을 것이오. 파트로클로스의 지휘관이 그리스군 최고의 투사이기 때문이오. 하지만 그대는 우리를 실망시켰소. 아이아스가 그대보다 우월하다고 감히 그와 싸울 생각도 하지 않았소." 그러자 헥토르가 분노해 그에게 쏘아붙였다. "글라우코스여! 잔소리 그만하라. 나는 그대가 제법 분별력 있다고 생각했는데 그따위 소리나 하다니. 내가 괴물 같은 아이아스에 대항하지 않는다지만 정말 그런지 내 옆에 서서 보라! 그대 말대로 내가 온종일 겁쟁이인가? 파트로클로스의 시신을 빼앗기 위해 치열한 격전을 벌이는가?" 그런 후 트로이아군에게 소리쳤다. "전우들이여! 무사답게 싸우라! 본분을 잊지 말고 내가 아킬레우스의 갑옷을 차려입을 때까지 힘껏 싸우라. 내가 파트로클로스를 죽이고 그의 갑옷을 벗겨 놓았다." 헥토르는 싸움터에서 급히 빠져나와 아킬레우스의 훌륭한 갑주를 도성으로 운반하는 부하들에게 달렸다. 바람처럼 달려 그들을 따라잡고 불멸의 아킬레우스 갑주로 갈아입었다. 이것은 신들이 펠레우스에게 준 것을 펠레우스가 늙자 아들 아킬레우스에게 물려준 것이다. 제우스는 그 모습을 보고 혀를 끌끌 찼다. "아, 불쌍한 인간! 죽음이 다가왔는데도 전혀 모르는구나! 그리고 점잖고 강한 자의 갑주를 무엄하게도 벗겨내다니! 하지만 일단 네 손에 큰 힘을 주리라. 그러면 너는 결국 싸움터에서 돌아오지 못하고 펠레우스 가문의 유명한 갑주는 안드로마케에게 줄 수 없게 되리라." 제우스는 검은 눈썹을 껌뻑거리며 갑주를 헥토르의 몸에 꼭 맞추고 사지가 힘과 용기로 가득차게 했다. 그러자 동맹군에게 달려가는 헥토르의 모습은 위대한 아킬레우스의 갑주로 온통 빛났다. 드디어 그는 여러 사람에게 호소했다. "인근 각국에서 참전한 여러 종족 여러분이여! 들어주소서! 처음 내가 그대들에게 바랐던 것은 여러분의 따뜻한 애정이었소. 아카이아 침략자의 손에서 트로이아의 아내와 아이들을 구하고 싶었기 때문이오. 그러니 그 마음으로 돌아가 죽든 살든 전선으로 돌진하시오. 그것만이 전쟁에서 살 길이오! 파트로클로스의 시신을 끌고 오는 자에게는 그 전리품의 절반을 주겠소. 또한, 그가 나와 같은 명예를 갖게 하리다!" 그러자 그들은 그리스군에게 일제히 돌격했다. 아이아스는 몰려오는 병사들을 닥치는 대로 죽였지만 힘에 부쳐 메넬라오스에게 말했다. "장군! 이제 단둘이 여기서 벗어날 수 없을 것 같소. 파트로클로스의 시신을 걱정하기보다 내 목숨부터 부지해야 할 것 같소. 저기 구름처럼 헥토르가 병사들과 달려오는 걸 보니 우리도 죽음의 문턱에 다다랐나 보오. 정신차리고 용사를 부르시오." 그러자 메넬라오스는 크고 똑똑한 목소리로 외쳤다. "동지들이여! 고위 장수와 영주들이여! 이곳 전투가 너무 치열해 일일이 이름을 부를 수 없지만 모두 오시오. 파트로클로스를 트로이아의 개밥이 되게 해서야 체면이 서겠소?" 오일레우스의 발빠른 아들 아이아스가 먼저 달려오자 이도메네우스와 그의 충복 메리오네스도 뒤따랐다. 그들의 이름을 누가 다 기억할 수 있겠는가? 그때 헥토르는 댐의 수문이 열려 한꺼번에 쏟아지듯 트로이아군을 이끌고 함성을 지르며 떼로 몰려왔다. 그러나 아카이아군은 파트로클로스 주위에 울타리를 치고 꼼짝하지 않았다. 제우스도 파트로클로스가 트로이아의 개밥이 되는 건 싫어 그들의 빛나는 투구를 짙은 구름으로 덮었다. 처음에는 아카이아군이 트로이아군에게 밀려 시신을 빼앗겼지만 아이아스가 있는 한 아카이아군은 다시 힘을 모아 공격했다. 아이아스는 아킬레우스 다음으로 뛰어나고 강한 장수였다. 그가 아카이아군을 다시 몰아치자 트로이아군은 뿔뿔이 흩어졌다. 아이아스는 시신을 다시 끌어다 놓았다. 그때 레토스의 아들 히포토스

파트로클로스의 시신을 수습하는 메넬라오스
파트로클로스의 시신을 놓고 많은 병사들이 죽어 나갔지만
메넬라오스는 그의 시신을 수습하는 데 성공한다.

가 헥토르에게 공을 보이려고 방패 손잡이 끈으로 파트로클로스의 발목을 묶어 끌고 가려고 했지만 아이아스의 공격을 받았다. 그는 부모에게 자식의 도리를 다하지 못하고 파트로클로스의 시신 위에 엎어져 생을 마감하고 말았다. 이번에는 헥토르가 아이아스에게 창을 던졌지만 아이아스가 옆으로 살짝 피해 파노페우스의 왕 스케디오스를 맞혔다. 그는 이피토스의 아들로 포키스인 중 최고의 사나이였다. 그러자 아이아스가 히포토스를 걸터타고 있는, 파이놉스의 아들 포르키스의 배를 찔렀다. 그러자 헥토르와 전위부대는 물러섰고 아카이아군은 승리의 함성을 지르며 포르키스와 히포토스의 갑옷을 벗겼다. 아폴론이 아이네이아스를 분기시키지 않았더라면 트로이아군은 실망해 일리오스로 퇴각했을 것이고 아카이아군은 제우스가 예정한 승리보다 더 빨리 승리를 거뒀을지도 모른다. 그러나 아폴론은 아이네이아스의 충복 페리파스로 변신해 말했다. "아이네이아스 장군이시여! 신이 반대하는 싸움은 지게 되어 있지만 저들은 신이 반대하는데도 제 나라를 지키고 있습니다. 하물며 제우스께서 우리 손을 들어주시는데 장군은 달아나기만 하고 싸우려고 하지 않다뇨!" 한눈에 아폴론을 알아본 아이네이아스는 헥토르에게 외쳤다. "헥토르여! 그리고 트로이아군과 동맹군 병사들이여! 이렇게 뭇매 맞은 겁쟁이처럼 도시로 도망간다면 크나큰 치욕일 것이오. 제우스께서 아직 우리 편이라고 방금 신이 내게 말씀하셨으니 적에게 반격합시다. 파트로클로스의 시신을 빼앗기지 맙시다." 이윽고 아이네이아스가 레이오크리토스를 창으로 공격하자 동료 리코메데스가 다가와 파이오니아의 용사 아피사온의 가슴을 찔러 쓰러뜨렸다. 이것을 본 아스테로파이오스가 즉시 달려와 복수하려고 했지만 방패가 파트로클로스를 담처럼 에워싸 쉽게 창을 던질 수 없었다. 아이아스는 아무도 한 발자국 물러서거나 전선에서 나오지 못하게 했고 시신을 빈틈없이 에워싸게 하면서 가능하면 창을 던지게 했다. 따라서 일심동체로 서로 지켜 많이 쓰러지진 않았을망정 피를 흘리지 않고서는 싸울 방법이 없었다. 이토록 목숨을 건 혈전의 장은 온통 짙은 구름이 끼어 해가 졌는지 달이 떴는지 짐작조차 할 수 없었다. 그들은 온종일 파트로클로스 시신 쟁탈전을 벌였다. 필사적인 싸움으로 발과 무릎, 다리와 손, 눈에는 땀이 비오듯했다. 시신을 밀고 당기는 모습은 운동장에서 줄다리기하는 것 같았다. 아레스 군신이나 아테나도 대수롭게 넘기지 못할 정도로 시신 쟁탈전은 치열했는데 아킬레우스는 파트로클로스가 죽은 사실을 여전히 몰랐다. 전투가 함대에서 멀리 떨어진 트로이아 성 밑에서 벌어졌기 때문이다. 하기야 그가 죽으리라곤 생각조차 하지 않았다. 파트로클로스가 자기 뜻을 따르지 않고 도시를 점령할 욕심을 부렸을 거라곤 상상조차 하지 않았기 때문이다. 어쨌든 모두 시신을 둘러싸고 혈투를 벌이는 가운데 아카이아 병사들은 서로 격려했다. "아아, 선량한 동지들이여! 트로이아군이 이 용사를 끌어가게 할 수는 없다. 검은 대지여! 차라리 우리부터 먼저 삼키소서! 그게 낫겠나이다." 트로이아 병사들도 격려의 말을 주고받았다. "오, 동지들이여! 우리 모두 이 시신을 둘러싸고 죽더라도 한발도 물러서면 안 된다." 이렇게 격려해가며 치열하게 싸워 허공에서는 요란한 쇠붙이 소리가 들려왔다.

　한편, 헥토르의 창에 마부가 쓰러진 후 전선 뒤에서는 아킬레우스의 말들이 계속 울고 있었다. 아우토메돈은 말들에게 가끔 채찍질하다가도 달랬지만 말들은 비석처럼 그 자리에 꼼짝도 하지 않고 고개를 숙인 채 눈물을 흘렸다. 짐승조차 슬퍼하는 모습에 제우스는 머리를 흔들며 중얼거렸다. "아, 가엾구나! 너희는 늙지도 않고 죽지도 않는데 어째서 펠레우스 같은 인간에게 주었던가? 땅을 딛고 움직이는 동물 중에 인간보다 불행한 존재는 없는 듯하구나. 그렇더라도 너희가 헥토르의 손에 넘어가게 하지는 않으리라. 무기를 가져와 허영에 찬 교만을 채운 것만으로도 과분하다. 너희가 아우토메돈을 함대로 데려가 싸움을 피하게 해주마. 트로이아군이 함대에 다다를 때까지 참살을 계속할 테니까." 그러고는 말에게 용기를 불어넣었다. 그러자 말들은 아우토메돈을 태운 채 거위를 덮치는 독수리처럼 싸움터를 헤쳐나갔다. 그러나 아무도 말들을 해칠 수는 없었다. 드디어 그의 동료 알키메돈이 전차 뒤에 멈춰 서서 소리쳤다. "아우토메돈이여! 그대처럼 착한 자에게 어느 신이 쓸데없는 생각을 넣어주었단 말인가? 어찌하여 혼자 전선으로 나가는가? 그대의 동료는 죽었다. 헥토르가 아킬레우스의 갑옷을 입고 뽐내는 게 보이지 않는가?" 아우토메돈이 대답했다. "알키메돈이여! 그대야말로 나를 잘 알지 않는가? 불같은 이 말들은 천재 파트로클로스를 제외하면 다룰 사람이 없다. 하지만 그는 이미 고인이 된 몸. 이 고삐와 채찍을 들라. 내가 나가 싸우리라." 그러자 알키메돈이 전차에 들어와 고삐와 채찍을 잡았다. 그 모습을 본 헥토르가 아이네이아스에게 말했다. "아이네이아스여! 방금 아킬레우스의 말 두 필이 싸움터에 나타난 것을 보았소. 그대가 도와만 준다면 그들을 잡을 수 있을 것 같소. 그들은 그대와 내게 감히 대항할 수는 없을 것이오." 아이네이아스와 헥토르는 청동을 입힌 쇠가죽 방패를 어깨에 메고 함께 전진했다. 그 뒤를 크로미오스와 아레토스가 따랐다. 그러나 그들이 피를 흘리지 않고 아우토메돈을 어떻게 벗어날 수 있으리오.

한편, 아우토메돈은 자신만만하게 친구 알키메돈에게 말했다. "알키메돈이여! 말들의 숨소리가 들리도록 가까이 모시오. 헥토르는 자신이 죽거나 이 말들을 빼앗을 때까지 계속 버틸 작정 같소." 그런 다음 그는 두 아이아스와 메넬라오스를 불렀다. "두 분의 아이아스 장군과 메넬라오스시여! 헥토르와 아이네이아스의 손에서 우리를 구해주시오. 그들은 트로이아군에서 가장 무서운 자들 아닙니까!" 그는 말을 마치고 아레토스에게 창을 던졌다. 창은 아레토스의 배를 뚫고 지나가 그는 앞으로 고꾸라졌다. 헥토르는 아우토메돈에게 번쩍이는 창을 던졌지만 몸을 숙여 피했다. 하마터면 칼싸움을 벌일 뻔했지만 두 아이아스가 달려오는 바람에 헥토르와 아이네이아스, 크로미오스는 벌벌 떨면서 물러났다. 아우토메돈은 즉시 아레토스에게서 갑주를 벗기고 신이 나 말했다. "자, 이것 보시오. 내가 죽인 놈이 신통치는 않지만 동지의 죽음에 좀 위로가 되다!" 그는 피 묻은 노획품을 전차에 집어넣었다. 파트로클로스의 시신 쟁탈전은 더 필사적이 되었다. 제우스는 그리스군을 격려하기 위해 구름으로 휘감은 아테나를 보냈다. 아테나는 포이닉스로 변신해 메넬라오스에게 말했다. "메넬라오스여! 아킬레우스의 위대한 동료가 트로이아 성 밑에서 개밥이 된다면 그야말로 치욕이 아니겠소?" 그러자 메넬라오스가 큰소리로 대답했다. "오, 연로하신 포이닉스 원로시여! 아테나께서 힘을 주신다면 기꺼이 파트로클로스를 보호하리다. 그의 죽음은 진정으로 애끓는 듯 슬프다오. 그러나 제우스께서 헥토르의 손을 들어주시니 저 자가 죽이고 또 죽이는 것 아니겠소!" 아테나는 메넬라오스가 누구보다 먼저 자신에게 축원해 그를 더 좋아했다. 여신이 그의 두 어깨와 다리에 힘을 주자 메넬라오스는 백절불굴의 담력으로 시신 옆에 서서 창을 던져 포데스의 가슴을 관통시켰다. 메넬라오스는 트로이아 병사들 틈에서 그 시신을 자기편으로 끌고 갔다. 그때 아폴론이 헥토르와 가장 친한 파이놉스로 변신해 말했다. "헥토르여! 저런 얼빠진 메넬라오스에게서 쫓겨 간다면 아카이아군이 어찌 당신을 두려워하겠소? 방금 그대의 막역한 벗 포데스를 죽이고 그대 앞에서 혼자 시신을 끌고 가지 않았소?" 이 말에 헥토르는 불같이 화를 내며 돌진했다. 때마침 제우스는 찬란히 빛나는, 술 달린 방패를 아카이아군 쪽으로 흔들었다. 그

혼전
파트로클로스의 전사 이후 사기가 오른 트로이아군은
제우스의 가호로 더욱 그리스군을 더 세차게 몰아친다.

러자 갑자기 아카이아군은 공포감에 쫓겼고 트로이아군은 싸움터를 휩쓸기 시작했다. 맨 먼저 페넬레오스가 폴리다마스의 창에 맞아 뼈까지 잘렸다. 그다음 헥토르는 레이토스의 팔목을 공격해 불구로 만들었다. 레이토스가 달아나자 헥토르가 쫓아갔고 그걸 본 이도메네우스가 헥토르의 가슴으로 창을 던졌고 긴 창의 회목이 부러지자 트로이아군은 환호성을 올렸다. "말을 몰아 함대로 후퇴하시오. 보다시피 형세가 불리하오." 이도메네우스는 말을 몰고 떠났다.

한편, 아이아스도 승리가 자신들에게서 멀어진 것을 알고 메넬라오스에게 말했다. "제우스께서 트로이아군을 도울 거라는 것은 바보도 아는 것. 그들이 쏘는 것은 잘 쏘는 놈이나 못 쏘는 놈이나 백발백중이구려. 그러나 우리 것은 모두 빗나가 땅에 꽂히니 대책을 강구해야겠소. 우선 이 시신을 챙겨 동료들에게 돌아가야겠소. 그들이 보면 매우 반길 것이오. 누군가가 달려가 아킬레우스에게 이 소식을 빨리 전했으면 좋으련만. 사방에 안개가 짙은데 누굴 보내야 할까? 제우스여! 이 안개로부터 아카이아군을 구해주소서!" 눈물을 흘리며 축원을 올리자 제우스는 순식간에 안개와 먼지를 걷어냈다. 그러자 아이아스가 메넬라오스에게 다시 말했다. "메넬라오스여! 네스토르의 아들 안틸로코스가 아직 살아 있는지 찾아본 후 아킬레우스에게 이 끔찍한 소식을 전하게 하시오." 메넬라오스는 아카이아군이 쫓기는 것을 보고 마음이 아팠다. 게다가 트로이아군에게 파트로클로스를 개밥으로 던져줘야 하다니! 그는 떠나기 전 열의에 찬 목소리로 말했다. "조심하시오. 두 분 아이아스와 메리오네스여! 모두 착한 파트로클로스를 잊으면 안 되오. 생전에 누구에게나 친절하고 다정했던 그에게 죽음과 액운이 찾아오다니." 그러고는 독수리처럼 조심조심 사방을 둘러보면서 그곳을 떠나 매서운 눈초리로 네스토르의 아들이 아직 살아 있는지 살펴봤다. 그러다가 갑자기 왼쪽 끝에서 동지들을 격려하는 안틸로코스를 발견했다. 메넬라오스는 가까이 가 곧 그를 불렀다. "안틸로코스여! 이리 좀 오시오. 섭섭한 말이지만 신은 우리에게 재앙을 보내고 트로이아군에게는 승리를 안겨주고 있소. 게다가 파트로클로스까지 전사했으니 최대한 빨리 달려가 아킬레우스에게 알리시오. 그는 시신이라도 구해낼 수 있을 것이오." 안틸로코스는 이 소식을 듣자 기가 막혀 입이 떨어지지 않았다. 눈물이 앞을 가리고 말문이 막혔지만 메넬라오스가 시키는 대로 아킬레우스에게 불길한 소식을 전하기 위해 전속력으로 달려갔다. 메넬라오스는 다시 돌아와 두 아이아스에게 말했다. "방금 안틸로코스를 아킬레우스에게 보냈소. 그러나 그가 곧 올 거라고 확신할 수는 없소. 맨몸으로 싸울 수는 없으니 말이오. 자, 우리가 할 수 있는 일을 해야겠소. 그래서 시신을 구하고 우리도 살아남읍시다." 그러자 텔라몬의 아들 아이아스가 대답했다. "메넬라오스여! 지당하신 말씀이오. 그대와 메리오네스 둘이 시신을 운구하면 우리 둘이 헥토르와 그 무리를 막으리다. 우리 둘은 이름도 마음도 하나이니 나란히 서서 적에게 대항하는 데는 익숙하오." 둘은 시신을 힘껏 들어올렸다. 그것을 보고 트로이아군이 환호성을 올리며 사냥개처럼 덤벼들었지만 용맹한 두 아이아스가 돌아서서 방어하자 아무도 도전하지 못했다. 그렇게 해 메넬라오스와 메리오네스는 애써가며 파트로클로스의 시신을 함대까지 운구했다.

한편, 갑자기 전투가 치열해져 거센 불길처럼 더 멀리 확산되었다. 두 아이아스는 홍수 범람을 막는 둑처럼 든든히 서서 적군을 맞았다. 그러나 트로이아군도 공격의 고삐를 늦추지 않고 쳐들어왔다. 특히 헥토르와 아이네이아스가 필사적으로 고함을 지르며 달려오자 아카이아군은 전의를 완전히 상실하고 말았다. 매를 보자 죽는 소리를 내며 구름 속으로 도망치는 갈까마귀나 찌르레기 같았다. 그리스군은 날카로운 비명을 지르며 혼비백산 도망쳤다. 참호 근처에는 그들의 번쩍이는 창, 방패가 수없이 널려 있었다. 정말 눈 깜짝할 새도 없는 전투였다.

▶**파트로클로스의 시신을 수습하는 메넬라오스**
이 조각상은 헬레니즘 시기(기원전 300년경)에 만들어진 것을 르네상스 시기(1570년) 로마 포도원에서 발굴되었으며 피렌체의 예술가 피에트로 타가에 의해 모각되어 복원하였다. 사실적이고 역동적인 동세로 인해 트로이아 전쟁 조각 중 가장 뛰어난 작품이다. 피렌체 시뇨리아 광장에 전시되고 있다.

제11부

분노의 증오

전속력으로 아킬레우스에게 달려가 눈물을 보이며 비보를 전했다. "펠레우스의 용감무쌍한 아들이시여! 그대에게 말씀드리기도 어려운 소식을 가져왔습니다. 파트로클로스가 죽었습니다. 모두 그의 시신을 빼앗으려고 싸우고 있습니다. 그의 갑주는 이미 헥토르에게 빼앗긴 상태입니다." 슬픔이 구름처럼 몰려와 아킬레우스를 뒤덮었다. 그는 두 손으로 흙을 파헤쳐 머리에 쏟아붓고 머리를 쥐어뜯으며 땅에 엎드리고 대성통곡했다. 아킬레우스의 통곡은 바닷가에 있던 어머니에게까지 들렸다. 그 소리를 들은 테티스가 갑자기 목놓아 통곡하자 바다 깊은 곳에 사는 네레이스들이 모여들었다. "이봐요. 네레이스 자매들이여! 나보다 불행한 어미가 어디 있단 말이오? 나는 투사 중의 투사, 영웅 중의 영웅을 아들로 두었다오. 그런 애가 저토록 서러워하는데도 도울 길이 없구려. 오, 사랑하는 내 아들! 그 애가 무슨 문제로 그토록 서러워하는지 가서 들어봐야겠소." 테티스가 서둘러 동굴을 떠나자 님페들도 눈물을 흘리며 물가까지 배웅했다. 이윽고 테티스는 아들이 머무는 미르미돈군 함대에 다다랐다. 아들은 아직 머리를 움켜쥐고 몸부림치며 통곡하고 있었다. 테티스가 아들에게 물었다. "애야! 왜 우느냐? 무슨 걱정이 있는지 숨기지 말고 말하거라. 제우스께서는 너를 위해 모든 걸 하시지 않았느냐? 네가 참전하지 않아 전군이 화를 입고 함대 밑에서 허둥지둥한 걸 모르느냐?" 아킬레우스는 매우 괴로워하며 말했다. "네, 어머니. 올림포스 주신께서 제게 은혜를 베푸신 걸 아나이다. 하지만 파트로클로스가 죽었는데 그게 다 무슨 소용입니까? 제 생명이나 다름없는 소중한 그를 잃었습니다. 헥토르가 그를 죽여 제 갑주까지 빼앗았습니다. 신들이 인간의 자리에 어머니를 보내시던 날, 아버지 펠레우스에게 주신 갑옷을! 차라리 당신은 바닷속 불사의 형제자매들과 사시고 아버지 펠레우스는 인간과 결혼했어야 했나 봅니다. 이제 살고 싶지도 않습니다. 헥토르를 죽여 파트로클로스의 죽음의 대가를 받기 전에는!" 그러자 테티스가 울며 말했다. "애야! 그런 말 하지 말거라. 네 마음이 그러니 너도 오래 살 것 같지는 않구나. 헥토르를 따라 불운이 네게도 덮치는가 보다." "어머니! 빨리 죽게 해주소서. 친구가 죽는데도 저는 모르고 있었습니다. 그런데 어찌 혼자 고국에 돌아갈 수 있겠습니까? 전쟁에서는 저를 당할 사람이 없다고 했는데 저는 뱃전에서 말뚝처럼 버티고 있었습니다. 아, 그따위 알량한 자존심 때문에 목숨과 같은 친구를 잃었습니다.

비통해하는 아킬레우스
파트로클로스의 죽음에 분노한 아킬레우스가 비통해하자
그의 어머니 '바다의 여신' 테티스가 아들을 찾는 모습이다.

분노여! 분별력 있는 사람조차 꼼짝 못 하게 하는 달콤한 분노여! 이 제 모두 사라지거라. 비분강개야 말해 뭐하랴마는 이제 지난 일은 새 삼스럽게 묻지 않겠습니다. 다만 귀중한 저 생명을 빼앗은 헥토르를 찾아내 복수하겠습니다. 액운으로 치면 제우스의 사랑을 듬뿍 받았던 헤라클레스도 운명이 지워졌다면 죽을 수밖에 없지만 이제 트로이아 와 다르다니아 아내들의 고운 얼굴에 눈물이 흐르게 하고 싶습니다. 제가 장기간 싸움터에 나타나지 않은 것을 그들에게 알리고 싶으니 제 출전을 만류하지 마소서. 저를 사랑하는 어머니! 제게 충고는 하지 마소서!" 은발의 테티스가 말했다. "물론이다. 역경에서 동지를 지키 는 것은 잘못이 아니다. 하지만 부탁하건대 내일 아침까지는 전쟁터 에 나가지 말아다오. 내가 가서 헤파이스토스가 손수 만든 새 갑주를 갖고 돌아오마." 테티스는 돌아서서 자매들에게 일렀다. "자, 모두 집 에 돌아가 아버지에게 말하라. 나는 올림포스로 가 헤파이스토스에게 내 아들에게 입힐 새 갑주를 만들어달라고 해야겠다." 님페들은 바닷 속으로 뛰어들어가고 은발의 테티스는 올림포스로 향했다.

한편, 헥토르는 무서운 속도로 아카이아군을 무찌르며 헬레스폰 토스 함대에까지 다다랐다. 이같이 헥토르가 불길처럼 덤벼들어 아 카이아군은 파트로클로스의 시신을 무사히 운구할 수 없었다. 세 번 이나 헥토르가 뒤에서 파트로클로스의 다리를 잡아당기며 트로이아 군을 불러 외쳤지만 세 번 모두 두 아이아스가 병사들과 돌진하는가

하면 '떡' 버티고 서서 부하에게 호령하며 한 발자국도 물러서지 않았다. 하지만 이 불패의 두 장군도 헥토르를 시신으로부터 쫓아버리지는 못했다. 사실 그때 이리스만 나타나지 않았다면 헥토르가 시신을 빼앗아 승리했을지도 모른다. 헤라가 제우스와 다른 신들에게는 한마디도 없이 이리스를 아킬레우스에게 보낸 것이다. 이리스가 전한 말은 다음과 같다. "펠레우스의 아들이여! 어서 가 파트로클로스를 구하라! 그 시신 때문에 양군의 희생이 너무 크구나! 더욱이 누구보다 헥토르는 그의 목을 잘라 장대에 꽂고 개밥으로 만들 작정이다. 지체 말고 어서 가거라. 시신이 능지처참을 당한다면 망신은 그대 몫 아닌가?" 이상하게 여긴 아킬레우스가 물었다. "이리스여! 누가 이 소식을 보냈나요?" "헤라가 보내셨다. 제우스의 귀하신 아내 분께서 친히 제우스 몰래 보내셨다. 다른 신들도 역시 모른다." "그런데 어머니께서 헤파이스토스에게서 새로운 갑주를 가져오실 때까지 가만 있으라고 하셨습니다. 게다가 아이아스의 큰 방패 외에 쓸 만한 게 있는지도 모르고요. 그는 파트로클로스를 지키기 위해 창질해가며 전선에 있을 텐데." 이리스가 상세히 설명해주었다. "나도 그 사실을 모르는 게 아니다. 다만 그대가 참호에 몸이나마 보이면 트로이아군은 놀라 도망칠 것 아닌가? 그러면 전우들은 숨을 돌릴 수 있을 것이다. 지금은 숨쉴 틈도 없을 거야!" 이리스의 말에 아킬레우스가 일어서자 아테나가 그의 넓은 어깨에 술이 달린 산양 가죽 방패를 걸어주고 머리는 황금안개로 가려줘 그의 몸에서는 봉화와 같은 불꽃이 반짝였다. 이같이 아킬레우스는 방벽에서 걸어 나와 참호 옆에 서서 소리쳤다. 어머니의 간곡한 분부로 싸움은 하지 않았지만 아테나가 그의 음성을 멀리까지 퍼져 나가게 했다. 그것은 무서운 적이 한 도시를 완전히 포위했을 때의 나팔 소리와 같았다. 트로이아군은 공포심에 온몸이 굳었다. 전차병들은 그의 머리 위로 타오르는 광채를 보자 할 말을 잊었다. 아킬레우스가 참호 주위에서 세 번이나 소리 높여 고함지르자 우왕좌왕해 자기편 전차와 창에 찔려 쓰러진 장수만 12명이나 되었다. 그러자 아카이아군은 매우 기뻐하며 파트로클로스의 시신을 끌고 와 관이 있는 곳에 눕혔다. 전우들이 관 주변에 몰려들어 통곡했다. 아킬레우스도 다가와 충실한 벗이 잔혹하게 찢긴 채 누운 것을 보았다. 아킬레우스는 뜨거운 눈물을 흘리며 슬퍼했다. 전차와 말들을 줘 싸움터에 보낼 때 무사히 돌아오리라 믿었는데 이 무슨 기막힌 귀환인가! 지칠 줄 모르고 하늘을 달리던 태양은 오케아노스강 밑으로 자취를 감추고 아카이아군은 절망적인 격전에서 잠시 안식을 얻었다.

한편, 트로이아군도 철수해 말들의 멍에를 풀자마자 회의를 열기 위해 모였다. 그들은 모두 앉을 생각도 못하고 서성거렸다. 오랫동안 보이지 않던 아킬레우스가 나타나 모두 모골이 송연해 할 말을 잊었기 때문이다. 우선 헥토르의 친한 벗 판토스의 아들 폴리다마스가 입을 열었다. 그는 헥토르와 같은 날 태어났는데 헥토르가 전투의 선봉이라면 그는 작전의 선봉이었다. "동지들이여! 주위를 잘 살피시오. 우리는 성벽에서 너무 멀리 나와 있소. 아킬레우스가 아가멤논과 불화인 사이 우리는 희망도 있었지만 이제 나도 아킬레우스가 너무 두렵소. 그의 목표는 우리 도시와 여인들이니 도시로 후퇴합시다. 내일이라도 그가 출격한다면 수많은 트로이아 병사들이 개와 독수리의 밥이 되리다. 나도 내키지 않지만 지금 우리가 할 수 있는 것은 도시로 피하는 것뿐이오. 그래서 성벽과 큰 대문과 높은 문들을 단속만 잘하면 도시는 안전할 것이오. 그러면 그가 와 싸우더라도 그에게 더 불리하니 결국 함대로 돌아갈 것이오. 그의 성미로 도시 공격은 좀 어렵지 않겠소?" 그러자 헥토르가 찡그리며 말했다. "폴리다마스여! 나는 그대의 의견에 반대하오. 성으로 돌아가 법석이나 떨라니? 물론 온 세상이 프리아모스의 도시를 운운할 때도 있었소. 거창한 황금과 청동을 보고 트로이아를 노래한 시대도 있었소! 하지만 이제는 그렇지 않으니 새삼스럽게 그런 의견을 내지는 마시오. 지금이야말로 제우스께서 내가 승리를 거두도록 허락하시어 아카이아군을 바다에 몰아넣게 하시지 않았는지 말이오. 자, 그런 소리는 듣지 않을 테니 다시는 하지 마시오. 우선 각 부대에 가 식사를 충분히 하고 파수를 보며 모두 잠들지 마시오. 재물이 탐나는 자는 누구든 마음껏 나눠 가지시오. 적의 손에 넘어가기보다 우리 병사들이 즐기는 게 훨씬 낫소! 내일 아침 함대를 다시 공격합시다. 아킬레우스가 진정으로 함대 옆에 나타난다면 정말 자기 불행일 것이오. 이기든 지든 내가 맞아 대항하리다. '전쟁의 신'은 정당한 전투를 보실 것이오. 죽이려는 자가 종종 죽는 수도 있으니까!" 트로이아군은 어리석게도 헥토르의 그 말에 찬성했다. 아테나가 그들의 분별력을 빼앗았고 그들은 저녁식사를 했다.

한편, 아카이아군은 밤새도록 파트로클로스를 애도했다. 아킬레우스는 고인을 부둥켜안고 대성통곡해 전군의 슬픔을 자아냈다. 그는 비통해하며 탄식했다. "내가 얼마나 어리석었는가! 그날 나는 귀하신 메노이티오스를 위안하기 위해 입을 건방지게 놀렸도다! 트로이아군을 반드시 이겨 전리품을 가득 싣고 그 아들을 데려오겠다고 했도다! 하지만 제우스께서는 인간의 계획을 실현해주지 않으시는구나. 우리 둘은 이 땅 트로이아에서 피로 물들일 운명인가 보다. 하지만 파트로클로스여! 내가 남아 있는 한 헥토르의 무기와 그대를 죽인 그의 목을 잘라오기 전에는 그대의 장례식도 올리지 않을 것이네. 그대의 화장터 앞에 그대의 희생의 대가로 트로이아 귀족 12명의 목을 베리라. 그때까지 그대는 지금 이대로 뱃전에 누워 밤낮으로 트로이아 아내와 다르다니아 아내의 통곡 속에서 나날을 보내리라." 아킬레우스는 말을 마치고 따뜻한 물로 파트로클로스를 씻길 것을 부하들에게 지시했다. 그들은 지시대로 시신을 씻기고 기름을 바르고 상처에는 9년 묵은 고약을 발랐다. 그러고는 관 놓는 대에 시신을 놓고 머리부터 발끝까지 수의를 입히고 흰 천으로 몸을 덮었다. 아킬레우스와 미르미돈군은 밤새도록 파트로클로스를 애도했다. 그 무렵 제우스가 헤라에게 말했다. "여왕이시여! 드디어 그대의 소원을 풀었구려! 비로소 아킬레

파트로클로스의 시신 앞에서 비통해하는 아킬레우스
아끼던 절친 파트로클로스의 시신 앞에서
통곡하는 아킬레우스의 모습이다.

우스가 날렵한 발로 일어섰도다." 그러자 헤라가 대답했다. "크로노스의 아드님이신 제우스시여! 무슨 말씀을 그리 고약하게 하십니까? 속세의 인간들조차 서로 돕거늘 하물며 저는 맏딸이라는 점에서나 그대의 아내라는 점에서나 모든 여신 중 으뜸인데 제가 꺼리는 트로이아 군에게 왜 손실을 주면 안 됩니까?" 그때 은발의 테티스가 헤파이스토스 궁에 도착했다. 청동의 별로 장식한 이 궁은 절름발이 신이 손수 지은 것으로 신궁 중 가장 탁월한 모습이었다. 테티스는 땀을 뻘뻘 흘리며 풀무 사이에서 바쁘게 일하는 헤파이스토스를 발견했다. 그는 자기 방벽을 두를 세 발 솥을 20개나 만들고 있었다. 작업이 마무리되어 손잡이를 만드는 중이었다. 헤파이스토스의 아내 카리스가 먼저 테티스를 알아보고 베일을 휘날릴 정도로 재빨리 뛰어나왔다. 그녀는 테티스의 손을 붙잡더니 소리쳤다. "테티스시여! 무슨 일로 이토록 초라한 곳까지 오셨습니까? 정말 영광이옵니다. 들어오셔서 뭐라도 좀 드십시오." 그녀는 테티스를 상냥히 맞으며 아름다운 은장식이 새겨진 의자에 앉히고 헤파이스토스를 불렀다. "여보! 좀 나와보세요. 테티스님께서 오셨어요." 그러자 상냥한 절름발이 신 헤파이스토스가 반갑게 인사했다. "아, 존경하는 여신께서 우리 집까지 오시다니 정말 기쁘기 그지없소. 여신께서는 내 생명을 구해주셨소. 어머니가 나를 절름발이라고 감추려다가 그러셨지. 오케아노스의 따님인 썰물과 밀물을 다루는 에우리노메와 테티스께서 나를 구해주지 않으셨다면 마음속으로 괴로웠을 것이오. 9년 동안 그분들 곁에서 지내면서 나선형 팔찌, 장미꽃 모양의 술, 목걸이를 만들어 드렸지. 오케아노스는 항상 거품을 일으키고 고함을 치며 파도쳐 돌아다니셔서 내가 그곳에 있는지 아무도 몰랐다오. 그 같은 분이 우리 집까지 오시다니 무엇으로든 보답하고 싶소. 자, 풀무며 연장을 치워놓고 맛있는 음식을 올리구려."

헤파이스토스는 거대한 몸집을 일으켜 세워 절룩거리며 연장을 정리하기 시작했다. 하녀들의 부축을 받으며 테티스 옆의 의자에 앉았다. "테티스 님이시여! 초라한 이곳까지 어떻게 오셨나이까? 진정으로 크나큰 영광입니다. 혹시 무슨 일이라도 있는지 말씀해 주십시오. 제 힘이 미치는 일이라면 기꺼이 들어드리겠습니다." 테티스가 눈물을 글썽이며 말했다. "헤파이스토스여! 올림포스 여신 중 나처럼 고통스러운 신이 있겠습니까? 크로노스의 아드님께선 모든 여신 중에서도 나를 가장 불행하게 만드셨나 봅니다. 억지로 인간에게 보내 어쩔 수 없이 인간의 잠을 자야 했습니다. 남편은 노령으로 집에 누워 있는데 나는 자식을 길러 트로이아에 출정시켰습니다. 하지만 자식은 아버지에게 영영 돌아오지 못할 운명인가 봅니다. 살아서 햇빛을 보는 동안 그 애의 마음은 걱정으로 차 있는데 어미가 도울 수가 없으니 어찌 마음이 아프지 않겠습니까? 그는 여자 문제로 아가멤논과 갈등을 겪어 전투에 참가하지 않았지만 절친 파트로클로스가 자기 갑옷을 입고 나가 싸우는 것은 허락했죠. 그런데 아폴론은 헥토르가 파트로클로스를 죽이게 만들었습니다. 영광은 헥토르에게만 돌아갔습니다. 그래서 미구에 죽을 팔자인 자식을 위해 축원을 올리기 위해 왔습니다. 원하건대 그에게 방패, 투구, 발목 장갑이 있는 고급 발 갑옷과 가슴에 대는 갑옷을 만들어주실 수 있을지요? 아킬레우스는 갑주까지 트로이아군에게 빼앗겨 통곡만 하고 있습니다." 손재주가 뛰어난 절름발이 신이 대답했다. "안심하십시오. 그에게 훌륭한 갑주를 만들어드리죠. 오, 그 무서운 액운이 닥칠 때 그 주인을 숨길 수만 있다면 얼마나 좋겠습니까?" 헤파이스토스는 조금도 지체하지 않고 풀무가 있는 곳으로 가 불 위에서 강한 방패를 만들어 아름다운 무늬를 새기기 시작했다. 방패는 다섯 겹 가죽을 대고 가장자리에는 번쩍이는 쇠붙이로 세 겹 테를 두른 후 은 어깨띠를 달았다. 겉에는 땅과 하늘, 바다, 지칠 줄 모르는 태양과 만월을 새겨 넣었다. 플레이아데스 성단, 히아데스 성단, 거대한 오리온자리, 큰곰자리도 새겨 넣었다. 그런 다음 속세의 가장 번성한 두 도시도 새겨 넣었다. 그중 하나는 결혼식 잔치가 열리고 시장에서는 군중이 논쟁을 벌이고 아이와 부인들이 뛰놀거나 지켜보는 모습을 새겨 넣었다. 일상의 평화로운 도시를 그려 넣은 것이다. 또 다른 도시는 두 군데가 빛나는 무장을 한 채 팽팽히 맞서고 있었다. 그들은 아카이아군과 트로이아군의 싸움처럼 전쟁의 모든 모습을 보여줬다. 아내와 아이들은 노인들과 함께 성벽을 지키라고 남겨놓고 장정들은 무장한 채 복병하고 주위를 정탐하며 창으로 찔러 죽이거나 화살을 쏘는 모습을 그려 넣었다. 그리고 기름진 땅에서는 농부들이 소와 말을 몰며 다시 고랑을 이는 모습을 그려 넣었다. 그들에게 술을 권하는 사람도 그려 넣었는데 정말 평화로운 모습이었다. 게다가 왕가의 소유

헤파이스토스 대장간의 테티스
헤파이스토스가 어린 시절 자신을 돌봐준 테티스 여신을 위해
멋진 방패와 무구를 만들어주는 장면이다.

자도 새겨 넣었는데 농부가 곡식을 베고 묶는 모습을 왕은 조용히 흡족한 표정으로 지켜보고 시종은 약간 떨어진 참나무 밑에서 식사 준비를 하는 풍경이었다. 그 밖에도 아름다운 금빛 포도가 주렁주렁 매달린 포도원도 새겨 넣었다. 포도가 까맣게 익어 매달린 주위로 소년 소녀들이 바구니에 과일을 담아 나르는 모습을 그려 넣은 것이다. 한 소년은 하프로 유쾌한 곡조를 뜯으며 곱고 청아한 목소리로 노래하고 다른 아이들은 그 뒤를 따라 노래하며 박자에 맞춰 발걸음을 옮기는 모습을 그려 넣었고 금과 주석으로 소들이 한가롭게 풀을 뜯는 모습도 그려 넣었다. 목자 네 명이 주위를 돌보고 개 아홉 마리가 뒤를 따랐다. 무시무시한 사자 두 마리가 황소를 잡아먹는 모습도 새겨 넣었다. 그는 털북숭이 흰 양 목장도 묘사했는데 건축물과 가축우리, 지붕이 있는 초옥들을 그려 넣었고 머리채가 아름다운 아리아드네를 위해 다이달로스가 크노소스에 만들어 놓은 것과 비슷한 무도장도 새겨 넣었다. 선남선녀들이 손잡고 춤추는데 처녀들은 린넨 드레스를 입고 머리에는 아름다운 화환을 쓰고 남자들은 잘 짜인 튜닉을 입고 은 끈에 늘어진 금제 단도를 찼다. 주위에는 이 재미있는 춤을 구경하기 위해 군중이 둘러서 있었다. 이같이 방패 만드는 작업을 끝내자 헤파이스토스는 불보다 더 찬란히 빛나는 갑옷과 아킬레우스의 관자놀이에 꼭 맞는 튼튼한 투구를 만들었다. 훌륭하게 무늬를 양각한 것으로 위에는 금장식이 붙어 있었다. 그는 유연한 주석으로 각반도 만들었다. 이 모든 것을 이름 높은 절름발이 명공이 테티스 앞에 가져와 놓자 테티스는 매처럼 날쌔게 내려와 빛나는 갑주를 아들에게 가져갔다.

　장밋빛 손가락의 새벽 여신이 오케아노스강에 떠오를 무렵 테티스는 신이 준 선물을 가지고 아카이아군 진영의 아들에게 서둘러 갔다. 아킬레우스는 파트로클로스를 안고 절규하고 있었고 전우들도 모여 슬퍼하고 있었다. 테티스는 아들에게 다가가 그의 손을 붙잡고 말했다. "얘야! 아무리 슬퍼도 그만 울거라. 이것도 신의 뜻 아니더냐? 자, 헤파이스토스의 선물이 얼마나 화려한지 보라. 이것을 가진 인간은 없도다." 이렇게 말하고 테티스는 아킬레우스 앞에 훌륭한 무구들을 내려놓았다. 미르미돈군은 그것을 보자 눈이 휘둥그레졌고 아킬레우스는 설움이 더 북받쳐 올랐다. 그는 신의 영광스러운 선물을 손으로 어루만지며 기뻐한 후 마음 속에 결심한 것을 어머니에게 숨김없이 토로했다. "어머니, 이 갑주는 진정한 신의 작품입니다. 인간으로서야 어찌 이렇게 만들 수 있겠습니까? 이제 곧 채비하겠습니다. 하지만 사랑하는 친구의 상처에 파리가 덤빌까 봐 몹시 걱정됩니다. 구더기가 생겨 살이 상할지도 모르죠." 그러자 은발의 테티스가 말했다. "얘야! 그런 일로 상심하지 말라. 고인을 괴롭히는 파리 등의 더러운 무리를 쫓아낼 방법을 생각해보마. 만 12개월 동안 여기 누워 있더라도 항상 살을 깨끗이 단단히 하리라. 지금 네가 할 일은 영주 모임을 열어 아가멤논과의 불화를 종식하고 무장을 갖춰 용맹함을 떨치는 것이다." 그녀는 말을 마치고 시신의 코에 붉은 감로주와 신의 음식을 떨어뜨

아킬레우스에게 황금투구를 건네는 테티스
아킬레우스가 곧 전장에 나설 것을 안 테티스가
헤파이스토스에게서 받은 투구를 주는 장면이다.

려 살이 썩지 않게 했다. 아킬레우스는 어머니의 말을 듣고 나니 새로운 용기가 솟았다. 그는 기슭을 걸어가며 큰소리로 아카이아군을 불렀다. 함대 옆에서 늘 머물던 사람들까지 회의장에 모였다. 디오메데스와 오디세우스 두 명장도 창을 지팡이 삼아 절룩거리며 왔다. 그다음에는 코온에게서 상처를 입은 아가멤논이 병사들의 부축을 받으며 왔다. 이같이 아카이아 전군이 모이자 곧 아킬레우스가 일어나 말했다. "아가멤논 사령관이여! 그대와 내가 한 여성 때문에 이렇게 불화를 겪어봤자 피차 무슨 이득이 있겠소? 내가 리르네소스(브리세이스의 고향)를 점령하던 날 차라리 아르테미스 여신의 화살에 그녀가 맞았더라면 좋았을 것을! 그랬다면 아카이아 병사들이 이같이 대지를 피로 적시며 죽지는 않았을 텐데. 우리 둘의 반목으로 이익을 얻은 것은 헥토르와 트로이아군일 뿐. 아카이아군의 머릿속에는 우리 추태가 길이길이 남을 것이오. 자, 이제 지난 일은 털어버립시다. 억지로라도 원한을 잊읍시다. 내 원한은 여기서 종결하겠소. 다시는 분노에 사로잡히지 않겠소. 자, 어서 전쟁 준비를 해 적에 맞서 싸워 우리 함대 옆에서 그들이 기꺼이 고요한 밤을 보내고 싶은지 알아봅시다." 아킬레우스가 먼저 화해를 신청하자 아카이아군은 매우 기뻐했다. 그러나 아가멤논은 앉은 자리에서 말했다. "동지들이여! 용감한 그리스군이여!" 그 순간 군중이 떠들썩하게 고함치는 바람에 그는 잠시 말을 멈췄다. "동지들이여! 이 같은 소란은 일어나 말하는 사람에게 예의가 아니오." 군중들은 더 소란을 피웠다. "제발 부탁이니 내 말 좀 들으시오. 아킬레우스 장군에게 할 말이 있소." 또 다시 고함이 일면서 '모든 게 그대의 실책!'이라는 질책과 야유가 쏟아졌다. 아가멤논이 큰소리로 외쳤다. "그대들의 마음을 이해하지만 내 실수가 아니라 제우스와 '운명의 여신', '복수의 여신'의 실책이오! 그분들이 유독 내 눈을 멀게 했소. 아킬레우스에게서 그의 보상을 빼앗던 바로 그날 제우스의 맏딸 아테나('어리석은 실수와 미망의 여신')가 나를 그렇게 만들었소. 그녀는 발이 너무 부드러워 흙을 절대로 밟지 않고 인간의 머리를 밟고 다니며 그들을 타락시킨다오. 전에는 모든 인간과 신들의 으뜸이신 제우스까지 눈먼 적이 있었소. 바로 알크메네가 장대한 헤라클레스를 테바이에서 낳은 날이오. 제우스께서는 신들이 모인 자리에서 이렇게 자랑했소. "들으라! 모든 신과 여신들이여! 오늘은 '출산의 여신' 에일레이티이아가 한 아이에게 햇빛을 보게 해주는 날이다. 그는 근처 모든 시민을 다스릴 사람으로 내 혈통을 물려받았다." 헤라가 간사한 꾀를 부려 대답했소. "당신이 거짓말쟁이라는 게 곧 판명되리라! 시간이 그걸 증명할 것이오. 자, 올림포스의 주신이시여! 당신의 혈통을 이어받은 사람이 이날 한 아내의 치마폭에 떨어지리라는 것을 언약하소서!" 제우스는 헤라의 꾀를 눈치채지 못하고 엄숙히 맹세했소. 하지만 헤라는 급히 아카이아의 아르고스로 달려갔소. 페르세우스의 아들 스테넬로스의 아내가 임신 7개월이라는 사실을 알고 있었기 때문이오. 헤라는 달도 차지 않은 아이를 그 부인에게서 낳게 하고 알크메네의 해산을 지연시켰소. 그런 다음 제우스에게 가 말했소. "천둥의 신이시여! 기쁜 소식이 있습니다. 아르고스를 다스릴 장사가 이미 탄생했습니다. 스테넬로스의 아들 에우리스테우스로 당신의 아들이오니 아르고스 시민을 다스릴 것은 당연합니다." 이 말에 제우스는 굴욕을 느껴 즉석에서 아테나의 머리카락을 붙잡고 올림포스나 별나라에 다시 들어오지 못하게 하겠다고 맹세했소. 그런 다음 아테나를 빙빙 돌려 하늘에서 내던졌고 아테나는 곧바로 인간 세상에 떨어졌소. 하지만 제우스는 자신의 친자식 헤라클레스가 에우리스테우스 때문에 고생과 설움에 휩싸이는 걸 볼 때마다 괴로워했소. 나도 그런 경험을 맛봤소. 헥토르가 우리 함대에 침범해 동지들을 살육할 때마다 나는 아테나가 내 눈을 멀게 한 것을 잊을 수 없었소. 그 어떤 속죄라도 달게 받겠소. 장군이시여! 전선을 지휘해주시오! 금은보화는 얼마든지 있소. 전날 오디세우스가 그대 막사에서 약속한 것을 모두 지키리다. 출전하고 싶은 마음이 아무리 굴뚝 같더라도 잠시 기다려주시오. 시종을 시켜 금은보화를 가져오리다." 아킬레우스가 대답했다. "아가멤논이시여! 뜻대로 하소서! 다만 지금 그 같은 이야기를 왈가왈부하는 건 시간 낭비에 불과하오. 우리에게는 긴급한 대업이 있소. 이제 여러분은 아킬레우스가 트로이아 대군을 전멸시키는 걸 보게 될 것이오. 그러니 각자 본분을 잊지 말고 적을 무찌를 채비를 하시오." 그러자 오디세우스가 말했다. "아킬레우스 장군이시여! 잠시만 기다리시오. 그대의 마음은 알겠지만 군병을 굶주린 채 싸움터에 내보내지는 맙시다. 전투는 오래 걸릴 것이니 먼저 음식과 술을 배불리 먹고 시작해야 할 것이오. 배가 고프면 새벽부터 저녁까지 온종일 싸울 자가 없소. 투지가 불타오르더라도 다리가 무거우면 몸이 둔해질 것이니 병사들을 해산시켜 음식을 줍시다. 또한, 아가멤논께서는 금은보화를 이 집회 장소로 날라와 모든 이에게 보여주고 아킬레우스 자신도 안심하게 하소서! 그리고 아가멤논이시여! 대중 앞에 일어서서 그 여인과 동침한 적이 없고 시도도 하지 않았다고 맹세하소서! 그런 다음 장군도 화를 풀어 아가멤논과 다정한 향연이라도 함께하소서! 또한, 앞으로는 누구에게든 공정하게 처분하소서! 이유 없이 일을 그르치면 총사령관이라도 수치가 되리다." 아가멤논이 대답했다. "오디세우스여! 정말 지당하신 말씀이오. 내 기꺼이 맹세할 것이며 신 앞에서 거짓을 말하지 않겠소. 자, 아킬레우스 장군과 동포들이여! 잠시만 기다리시오. 내 제안을 여러분에게 보이고 친선을 선사하겠소. 장군이시여! 우리 영주 중 가장 젊은 사람을 선택해 전에 약속한 금은보화를 내 함대에서 가져오게 하고 그 여인도 데려옵시다. 그리고 시종인 탈티비오스가 돼지를 가져와 제우스와 헬리오스에게 제물로 올리게 합시다." 그러자 아킬레우스가 바로 대답했다. "아가멤논이시여! 그런 건 나중에 해도 되오. 싸움에서 한숨 돌린 후에 해도 늦지 않을 것이오. 지금 용사들은 죽어 누워 있소. 그런데도 그대와 오디세우스는 식사부터 하라고 하시니 나라면 병사들에게 먹지 말고 싸우라고 하겠소. 우리의 치욕을 깨끗이 씻은 다음 일몰 후 충분한 만찬을 받겠습니다. 그러기 전에는 물 한 방울, 빵 한 조각도 내 목에 넣을 수 없습니다. 내 동지가 창에 갈기갈기

찢겨 발을 문 쪽으로 향한 채 누워 있는데 어찌 그런 것이 들어가겠습니까?" 오디세우스가 대답했다. "아킬레우스 장군이시여! 그대는 그 누구보다 뛰어난 최강의 용사로 제가 감히 따를 수 없다는 걸 압니다. 하지만 정세 판단은 내가 그대보다 훨씬 앞선다고 생각하오. 내가 한 살이라도 더 먹고 경험도 많으니까. 그러니 내 말을 들어주시오. 인간은 금방 싫증을 내는 동물입니다. 전쟁의 조정자 제우스께서 저울을 기울이시면 곡식을 많이 베도 낟알은 적고 짚만 많은 것과 같은 셈이오. 잘 먹인 망아지가 굶주린 명마보다 잘 달리듯 인간도 잘 먹어야 일을 잘할 수 있소. 게다가 우리는 한시도 쉬지 않고 전투를 치렀으니 한숨 돌리고 배를 불린 후 무장을 든든히 갖춰 싸웁시다. 그래서 트로이아군에게 우리의 용맹함을 떨칩시다." 오디세우스는 말이 떨어지기가 무섭게 행동에 옮겼다. 그는 네스토르의 아들들과 필레우스의 아들 메게스, 토아스, 메리오네스, 크레온의 아들 리코메데스, 멜라니포스를 이끌고 아가멤논의 막사로 가 아가멤논 사령관이 아킬레우스에게 약속한 세 발 솥 일곱 개, 빛나는 구리로 만든 큰 솥 20개, 말 12필을 한곳에 내놓았다. 그런 다음 일을 잘하는 부인 일곱 명과 브리세이스를 불러냈다. 또한, 오디세우스가 황금 10달란트를 달아 가져가며 앞장서자 다른 젊은 장수들도 짐을 지고 그의 뒤를 따랐다. 그렇게 이것들을 회의장 한가운데 놓자 아가멤논이 일어섰다. 시종 탈티비오스는 돼지를 안고 옆에 섰다. 그런 다음 아가멤논이 작은 칼을 꺼내 돼지 털을 잘라 제우스에게 축원을 올렸다. 모두 예를 따라 조용히 앉아 아가멤논의 축원에 귀 기울였다. "인간과 신 중에서 가장 높고 위대하신 제우스시여! 대지와 태양이시여! 그리고 헛된 서약을 하는 자를 모두 벌하시는 '복수의 신들'이시여! 저희를 굽어살피소서! 일찍이 저는 브리세이스에게 손을 대거나 침실로 갈 것을 요구하거나 다른 행위를 요구한 적이 없나이다. 제 말에 한 치라도 거짓이 있다면 거짓 맹세를 하는 자에게 주는 온갖 형벌을 지금 당장 내리소서!" 그가 축원을 마치고 돼지 목을 자르자 탈티비오스가 높이 들어 올린 후 깊은 바다로 던졌다. 아킬레우스가 일어나 말했다. "제우스 아버지시여! 당신께서 인간에게 내리신 미망은 정말 엄청난 것이었습니다. 제우스께서 우리 동포를 살육할 계획이 아니었다면 아가멤논께서 그 같은 마음을 품도록 절대로 놔두지 않았을 겁니다. 자, 우리 식사하고 나서 싸우러 갑시다." 이렇게 집회를 해산하자 모두 각자의 함대로 흩어졌고 미르미돈군은 금은보화를 아킬레우스 함대로 날랐다. 그런 다음 여인들의 숙소를 마련했다.

한편, 황금의 아프로디테만큼 아름다운 브리세이스는 창에 찢기고 잘린 파트로클로스의 시신 앞에 엎드려 통곡하며 외쳤다. "오, 파트로클로스여! 불행한 저를 그 누구보다 아꼈던 장군이시여! 이렇게 돌아가신 모습을 뵙다니 제 신세가 가련하기 짝이 없습니다. 제 남편도 성벽 앞에서 창에 찔렸고 제 소중한 형제들도 모두 액운을 만났습니다. 아킬레우스 님이 제 남편을 죽이고 미네스를 공격했을 때도 당신

아킬레우스에게 돌아오는 브리세이스
아가멤논이 아킬레우스에게서 빼앗은 브리세이스를 풀어주고
아킬레우스가 그녀를 맞는 장면이다.

은 내게 울지 말라고 하셨죠. 아킬레우스 장군이 저를 조강지처로 삼고 미르미돈의 나라에서 결혼식을 올릴 거라며 항상 친절했던 당신이 이렇게 돌아가시니 설움이 더욱 가시지 않습니다." 브리세이스가 구슬프게 울자 다른 부인들도 따라 울었다. 겉으로는 파트로클로스 때문에 울었지만 속으로는 각자의 신세를 한탄했기 때문이다.

한편, 아카이아군 노장들이 모여 아킬레우스에게 식사를 간청했지만 아킬레우스는 비탄에 잠겨 끝내 거절했다. "친애하는 동지들이여! 제발 내게 식사를 권하지 마시오. 가능하면 해 질 녘까지 참고 견디리다." 그러자 대부분의 장수들이 돌아갔다. 하지만 아가멤논, 메넬라오스, 오디세우스, 네스토르, 이도메네우스, 늙은 기사 포이닉스 등이 곁에 남아 정성을 다해 슬픔에 잠긴 아킬레우스를 위로했다. 하지만 아킬레우스는 혈전에 빠지지 않으면 잊을 도리가 없는 듯했다. 그는 한숨을 쉬며 말했다. "오, 그대는 내 사랑하는 벗. 모두 전선으로 나가느라 바쁠 때 그대는 서둘러 손수 내게 맛있는 음식을 갖다 주었소. 그런데 지금 그대가 이렇게 누워 있는데 산해진미가 산더미처럼 쌓여 있어도 어찌 입을 댈 마음이 생기겠소? 아버님이 돌아가셨다고 해도 이보다 심한 충격은 받지 않았을 것이오. 스키로스에 있는 그리운 아들 네오프톨레모스의 비보를 접한다고 해도 이렇지는 않으리. 나만 이 지역에서 쓰러지고 그대는 프티아로 돌아가기를 바란 적도 있었건만. 그러면 그대는 스키로스에 있는 내 자식을 데려와 내 전 재산을 물려주게 할 수도 있었을 텐데." 아킬레우스가 이렇게 말하며 통곡하자 노장들도 집에 두고 온 가족을 생각하며 슬퍼했다. 그들의 비탄을 보던 제우스는 아테나를 돌아보며 말했다. "얘야! 네 영웅을 완전히 망쳐 놓았구나. 그는 지금 함대 앞에 앉아 물 한 모금 안 마시고 친구의 죽음만 슬퍼하고 있으니 네가 가 그의 가슴에 감로주와 신의 음식을 넣어주어라. 그러지 않으면 굶어 죽겠구나." 제우스의 이 말이야말로 여신이 바란 것이었다. 아테나는 매처럼 허공을 헤치고 내려와 고귀한 신의 음식과 술을 아킬레우스의 가슴에 부어주고 위대한 올림포스로 돌아갔다. 그때 아카이아군은 무장을 갖추고 떼를 지어 빠르게 쏟아져 나왔다. 눈부신 투구와 돌기가 있는 방패, 견고한 갑옷과 창 등에서 빛이 반사되어 하늘에 가득 찼다. 그 한가운데 아킬레우스가 헤파이스토스가 만들어준 갑옷으로 무장해 나타났다. 다리에는 은으로 만든 발목 장식이 있는 훌륭한 각반을 댔고 어깨에는 은장식의 청동 칼을 멨다. 그리고 튼튼한 투구를 들어 머리에 얹자 투구는 별처럼 반짝이며 황금 술이 흔들렸다. 아킬레우스는 갑옷이 몸에 잘 맞는지 시험했다. 날개라도 단 듯 허공에 날아오를 것만 같았다. 그는 아카이아군에서 감히 휘두를 자가 없는 큰 창을 들었다. 창은 펠리온 산정의 물푸레나무로 만든 것으로 케이론이 그의 아버지 펠레우스에게 줘 적을 공포로 몰아넣은 무기였다. 그때 아우토메돈과 알키모스는 말들에게 가슴 끈을 동이고 입에는 자갈을 물려 고삐를 전차에 넘겼다. 그런 다음 아우토메돈은 손에 채찍을 들고 쌍두마차로 뛰어올랐다. 아킬레우

아킬레우스의 조각상
아가멤논과의 불화로 전장에 나서지 않은 아킬레우스는
그의 절친인 파트로클로스가 헥토르에 의해 죽자 분노하여 전장에 나선다.

스가 마차 위에 오르자 태양신 하이페리온처럼 빛났다. 그는 아버지의 말들에게 말했다. "크산토스와 발리오스여! 날쌘 발을 가진 신의 후예들이여! 전투가 끝나면 너희 주인을 후방으로 무사히 모셔라. 파트로클로스처럼 그 자리에서 죽게 내버려 두지 말라." 그러자 발이 예쁜 크산토스가 멍에 밑에서 인간의 말로 중얼거렸다. 헤라가 말을 시킨 것이다. 크산토스는 갑자기 머리를 땅에 닿을 만큼 숙이고 인간의 소리를 냈다. "위대하신 아킬레우스여! 이번에는 우리가 한 번 더 당신을 구할 겁니다. 하지만 당신에게는 파멸의 날이 가까워졌습니다. 그것은 위대한 신과 강력한 운명의 탓입니다. 우리의 태만이나 늑장 때문에 트로이아군이 파트로클로스의 어깨에서 갑주를 벗긴 게 아니라 아름다운 레토의 아드님이 그를 베어 헥토르에게 승리를 안겨주었기 때문입니다. 우리는 가장 빠른 서풍처럼 달릴 수 있지만 신과 인간의 싸움에서 쓰러지는 것은 당신의 운명입니다." '복수의 여신'이 말의 음성을 막아 크산토스는 입을 다물었다. 그러자 아킬레우스가 화를 내며 말했다. "크산토스여! 내 죽음을 미리 말할 필요는 없다. 나도 이곳에서 죽을 팔자임을 잘 안다. 그래도 전쟁이 싫증날 때까지 트로이아군을 공격하는 것을 멈추진 않을 것이다."

제12부

영웅의 출전

아킬레우스를 선봉으로 한 아카이아군이 전열을 가다듬고 트로이아군이 평원 위쪽에서 대기하는 동안 제우스는 신들을 올림포스산에 모일 것을 명했다. 올림포스 궁전에는 오케아노스를 제외한 모든 강의 신들과 골짜기에 사는 님페들, 샘의 님페들까지 모두 모였다. 신들은 헤파이스토스가 뛰어난 기술로 세운 반짝이는 돌 회랑에 앉았다. 그중 '지진의 신' 포세이돈이 신들 가운데 앉아 제우스에게 물었다. "무슨 일로 이렇게 소집하셨습니까?" '구름의 신' 제우스가 대답했다. "지진의 신이시여! 그대는 내 뜻을 알지도 모르겠군. 나도 그들이 서로 살육하는 게 염려스럽지만 여러분이 원하는 대로 가 그들을 도와줘도 되오. 나는 여기서 머물며 지켜볼 생각이니까. 이제 아킬레우스가 단신으로 트로이아군에 맞서 싸워도 트로이아군은 그의 빠른 발 앞에 잠시도 견디지 못할 것이오. 모두 그만 보면 떨기만 할 뿐 게다가 그는 동지의 죽음으로 분노에 불타고 있으니 정해진 운명 전에 트로이아를 휩쓸지 두렵소." 제우스의 말에 따라 신들은 양편으로 갈렸다. 아카이아군 진영으로는 헤라, 아테나, 포세이돈, 헤르메스, 헤파이스토스가 다리를 절룩거리며 날렵하게 갔고 트로이아군 진영으로는 빛나는 투구의 아레스와 긴 머리를 휘날리는 아폴론, 아르테미스, 레토, 크산토스, 아프로디테가 갔다. 신들이 간섭하지 않는 동안 아카이아군은 파죽지세로 밀고 나갔다. 아킬레우스가 아레스와 같은 모습으로 번쩍이는 갑옷을 입고 싸움터를 휩쓰는 것을 본 트로이아군이 공포에 질렸기 때문이다. 그러나 신들이 나서자 아테나는 성벽 밖 참호에 서서 함성을 지르거나 해변에서 큰소리로 외쳤다. 반대편에서는 아레스가 폭풍우를 안은 먹구름과 같은 기세로 트로이아 성채 위나 시모에이스 강변 칼리콜로네 언덕 위에서 명령을 내리기도 했다. 이같이 영광의 신들이 양군을 독려해 일대 혈전이 벌어졌다. 제우스는 무섭게 천둥을 내리치고 포세이돈은 반석과 같은 대지와 산봉우리들을 지진으로 흔들어댔다. '하계의 신' 하데스는 공포에 질려 포세이돈에게 자기 머리 위에서 지진을 일으키지 말라고 고함쳤다. 신과 신이 맞붙는 굉음은 무시무시했다. 아폴론은 포세이돈을 대적했고 아레스는 빛나는 눈의 아테나가 상대했다. 헤라는 아프로디테가 맞았고 레토는 행운을 가져오는 헤르메스가 대항했다. 헤파이스토스는 인간에게는 스카만드로스라고 불리지만 신들에게는 크산토스라고 불리는 '강의 신'과 맞섰다. 아킬레우스는 헥토르를 만나길 학수고대했지만 아폴론은 프리아모스의 아들 리카온의 목소리를 흉내내 아이네이아스가 아킬레우스에게 대항하게 했다. "아이네이아스여! 트로이아 영주들에게 아킬레우스와 1대1로 싸우겠다고 으름장 놓은 약속은 어디 갔느냐?" 아이네이아스가 대답했다. "리카온이여! 어찌 그대는 내게 펠레우스의 그 오만한 아들과 맞서라고 하십니까? 그는 나를 추격해 리르네소스와 페다소스를 약탈한 적이 있소. 그때 제우스께서 나를 구하지 않으셨다면 거기서 죽었을지도 모르오. 게다가 아테나가 그를 항상 보호하면서 트로이아군과 렐레게스군을 무찌르라고 독려하고 있으니 인간으로서 아킬레우스에게 덤비는 건 누가 봐도 무모하고 득이 없는 짓이오. 그의 창은 인간의 살을 뚫기 전에는 멈추지 않을 것이오. 하지만 신께서 기회를 주신다면 그도 나를 간단히 해칠 수만은 없을 것이오!" 아폴론이 말했다. "용사여! 영생의 신들께 축원을 올리시오. 그대도 어머니가 아프로디테이니 단순히 인간만인 것은 아니잖소? 그대는 '미의 여신'에게서 태어났지만 아킬레우스는 그보다 하급인 바다 님페에게서 태어났으니 무기를 들고 그에게 대항하시오." 이 말에 아이네이아스는 용기백배해 무구를 갖추고 싸움터로 나갔다. 이 모습을 본 헤라는 동료들을 불렀다. "포세이돈과 아테나여! 아폴론이 아킬레우스에 대항하라고 아이네이아스를 보냈으니 우리 중 어느 신이 아킬레우스를 지켜야 하오. 그래서 동지 중에 '영생의 신'의 최고 인사가 있고 적은 허풍선이밖에 없음을 알려야 하오. 전에도 트로이아군을 보호하려던 자는 모두 그랬소. 우리 올림포스 종족들이 싸움터에

아이네이아스 앞에 나타난 아폴론
아폴론은 아이네이아스만 볼 수 있게 나타나 그에게 용기를 불어넣어
아킬레우스와 결투하도록 종용한다.

참가한 것은 아킬레우스 때문이잖소? 훗날의 일은 오직 '운명의 신'이 운명을 짜놓은 것에 달려 있겠지만. 그런데 문제가 있소. 우리가 그의 눈앞에 나타나면 그는 겁먹을 텐데……." 포세이돈이 대답했다. "헤라여! 그건 말도 안 됩니다. 신들끼리 충돌하는 건 반대입니다. 그러니 우리는 물러나 앉아 지켜봅시다. 전쟁은 인간들의 일 아닙니까? 물론 아레스와 아폴론이 싸움을 시작하거나 아킬레우스를 막아 싸움을 못 하게 한다면 그때 개입해도 늦지 않소! 우리가 위압적인 손길을 뻗치면 그들은 즉시 올림포스 신전으로 돌아가게 되리다." 포세이돈은 말을 마치고 동료들을 높은 누각으로 안내했다. 그곳은 가끔 육지로 올라와 헤라클레스를 습격하던 바다 괴물을 막기 위해 트로이아군이 아테나의 원조로 세운 것이었다. 일행은 거기 숨어 지켜봤고 아레스와 아폴론, 그 밖의 신들은 칼리콜로네 언덕 위에 있었다. 이같이 양쪽 어느 편도 싸움을 시작하지 않았다.

한편, 평원에서는 병사와 말들이 일대 혼전을 벌이고 있었다. 양군이 한꺼번에 충돌하자 말발굽과 병사들의 함성으로 대지가 흔들리고 하늘이 무너진 듯 소란스러웠다. 양 진영 사이 빈터로 활을 쏘며 아이네이아스와 아킬레우스 두 투사가 조우했다. 먼저 아이네이아스가 방패로 가슴을 가리고 청동 창을 휘두르며 전차에서 걸어 나왔다. 아킬레우스도 거센 사자처럼 분노에 가득 찬 얼굴로 아이네이아스를 공격하기 위해 나왔다. 둘이 가까이 다가서자 아킬레우스가 먼저 입을 열었다. "아이네이아스여! 나와 싸워 스스로 프리아모스의 영광의 주인공이 되고 싶은가 보군. 그대가 나를 죽이더라도 프리아모스의 대권을 물려받진 못할 것이다. 프리아모스에게는 아들이 많고 아들들은 건강하고 우둔하지도 않으니까. 아니면 나를 죽이면 가장 좋은 영지를 분배받아 배불리 먹고 살아갈 가망이 있을 것 같은가? 마음먹은 대로 되진 않을 텐데. 그대는 전에도 내 창에 달아난 적이 있지. 그때는 아예 싸울 생각도 못 하고 리르네소스로 달아났지. 그때는 제우스와 여러 신이 그대만은 살려줬지만 이번에는 살려주지 않을 테니 나와의 충돌을 피하는 게 어떤가?" 아이네이아스가 대답했다. "아킬레우스여! 말로 나를 협박해 겁을 주는가? 나도 그 정도쯤은 얼마든지 할 수 있지만 그런 건 아이나 하는 짓. 가문으로 봐도 내가 한 수 위거늘. 내 어머니가 아프로디테니까. 오늘 두 가문 중 자식을 잃어 슬퍼할 집이 있을 것이다. 그러나 우리 가문을 더 말해볼까? 우선 '구름의 신' 제우스께서 다르다노스를 낳으셨지. 그분은 다르다니아를 세워 흐르는 시내 사이에서 사셨다. 그때는 성스러운 일리오스가 아직 평원에 서지 않아 도시라곤 없었으니까. 다르다노스는 에릭토니오스 왕을 낳으셨고 에릭토니오스는 트로이아의 왕 트로스를 낳으셨지. 그리고 트로스는 일로스와 아사라코스, 가니메데스를 낳으셨는데 일로스는 라오메돈을, 라오메돈은 티토노스와 프리아모스, 람포스, 클리티오스를 낳으셨지. 또한, 아사라코스는 카피스를, 카피스는 내 아버지 안키세스를 낳으셨고 프리아모스는 헥토르를 낳으셨지. 자, 내 가계가 어떤가?

전쟁 무용은 전지전능하신 제우스께서 주신 천품이니 더 이상 중언부언하지 않겠다. 산처럼 거대한 배도 독설로 채워 가라앉힐 수 있고 혀는 희귀한 경주자로 온갖 이야깃거리를 쌓고 끝없는 이야기의 씨를 사방에 퍼뜨리는 법이니까. 그대가 무슨 말을 하든 열매를 거두는 법. 우리가 말썽 많은 여인처럼 왜 서로 물고 뜯어야 하는가? 내가 싸울 마음이 있는 이상 어서 덤벼라. 피차 용기를 시험해보자." 이렇게 말하고 아이네이아스는 묵직한 창을 아킬레우스의 방패 한가운데로 던졌다. 창끝은 신비로운 방패에 명중해 요란한 소리를 냈지만 아이네이아스의 묵직한 창은 신이 내린 방패를 뚫지 못했다. 이번에는 아킬레우스가 아이네이아스의 둥근 방패 맨 가장자리를 공격했다. 펠리온에서 가져온 날카로운 창은 방패의 두 겹을 뚫고 그의 등을 지나 땅에 박혔다. 아이네이아스가 당황하는 사이 아킬레우스는 칼을 빼들고 고함을 지르며 달려들었다. 그러자 아이네이아스는 평범한 사람 둘이 들지도 못할 큰 돌을 거뜬히 들어 올렸다. 그러나 때가 온 것을 직감한 포세이돈이 다른 신들에게 말했다. "어이구! 저 용감한 아이네이아스가 아킬레우스 손에 하데스 궁으로 가겠구나. 어리석게도 '궁술의 신' 아폴론의 말만 철석같이 믿고 달려들다니……. 아폴론의 힘으로는 그를 못 살리지. 어이쿠! 그는 신들께 제물을 올리는 데는 늘 으뜸이었는데 저걸 어쩌나? 자, 우리라도 그를 구해주는 게 어떤가? 그대로 두었다간 아킬레우스의 손에 쓰러져 제우스께서 크게 역정을 내실 거야. 다르다노스의 혈족이 씨도 남기지 않고 사라지게 해선 안 되지. 그리고 제우스께서 프리아모스 가문을 이미 미워하기 시작하셨으니 아이네이 아스가 트로이아 왕위에 올라 대대손손 이어가야 할 거야." 헤라가 말했다. "포세이돈이시여! 아이네이아스를 살리든 버리든 마음대로 하시오. 다만 나와 아테나 사이의 맹세를 잊진 마시오. 우리는 트로이아군을 위해 손톱 하나 까딱하지 않을 테니. 트로이아군이 아카이아군에 의해 타오르는 불 속의 재가 되더라도." 포세이돈은 아이네이아스와 아킬레우스가 맞붙는 곳으로 혼자 다가갔다. 먼저 안개로 아킬레우스의 눈을 가리고 아이네이아스를 땅에서 들어 올려 공중에 집어던지고 아이네이아스에게 말했다. "아이네이아스여! 불패의 아킬레우스에 맞서 싸우라고 어느 신이 말했는가? 아킬레우스는 그대보다 뛰어나고 신들의 은총도 많이 받았으니 하데스 궁에 가고 싶지 않다면 맞서지 말라. 다만 아킬레우스가 죽은 후에는 누구와 싸워도 좋다." 포세이돈이 아이네이아스 곁을 떠나 아킬레우스의 눈에서 안개를 다시 벗겨줬다. 그제야 아킬레우스는 아이네이아스가 사라진 것을 깨닫고 분통을 터뜨렸다. "세상에 이럴 수가! 내 눈을 가리는 기적이 있다니! 아이네이아스도 하늘나라에 동지가 있는 게 분명하구나. 그까짓 놈은 지옥에나 떨어져라. 천만다행으로 죽음에서 벗어났으니 내게 다시 덤비진 않겠지. 좋다. 트로이아군과 다시 겨뤄보자."

한편, 헥토르는 트로이아군을 불러 아킬레우스와 싸울 거라고 단언했다. "용감한 트로이아군이여! 아킬레우스를 두려워하지 말라! 천하

포세이돈의 중재
아킬레우스와 아이네이아스의 끝없는 결투에
포세이돈이 끼어들어 말리는 장면이다.

의 아킬레우스도 '불사신'만큼은 이길 수 없는 법. 신이 우리를 도와주신다면 승산은 충분하다. 내 기꺼이 그에 맞서 싸우리라!" 이같이 헥토르가 병사들을 향해 소리치자 트로이아군은 창을 들고 적과 싸우기 위해 전진했다. 그때 헥토르 옆에 아폴론 신이 나타나 말했다. "헥토르여! 아직 아킬레우스와 싸우면 안 되오. 병사들 속에 숨어 그를 지켜보다가 그가 가까이 접근해 칼이나 창으로 공격하지 못하게 하시오." 헥토르는 아폴론의 충고를 받아들여 대열 속에 섞였다. 그때 아킬레우스도 무섭게 고함을 지르며 트로이아군을 향해 뛰어들었다. 먼저 그는 오트린테우스의 아들 이피티온의 머리를 창으로 찔렀다. 아킬레우스는 그가 쓰러지는 것을 보고 외쳤다. "내 원수여! 네가 죽을 자리는 바로 여기다." 그와 동시에 아카이아군의 전차 바퀴에 그의 시신이 갈기갈기 찢기자 아킬레우스는 다시 안테노르의 아들 데몰레온을 찔러 죽였다. 그런 다음 전차에서 뛰어내려 달아나는 히포다마스의 등을 찌르고 프리아모스가 가장 사랑하는 아들 폴리도로스를 쫓아갔다. 그는 빠른 발로 유명했지만 아킬레우스는 그의 등을 창으로 찌르는 데 성공했고 때마침 그곳은 금고리와 갑옷 두 자락이 겹친 곳이었다. 창끝이 배를 뚫고 나오자 폴리도로스는 비명을 지르며 앞으로 고꾸라졌다. 헥토르는 동생이 죽는 것을 보자 판단력이 흐려져 창을 겨누고 불꽃이 튀듯 앞으로 뛰쳐나갔다. 아킬레우스는 그를 보자 껑충껑충 뛰며 소리쳤다. "트로이아군에서 내 애간장을 녹인 자로구나. 내 소중한 동지를 죽인 자여! 이제 전쟁의 좁은 골목을 찾아 피차 우물

쭈물할 필요도 없지 않은가! 어서 다가와 죽음의 맛을 보라!" 헥토르가 대답했다. "아킬레우스여! 말로 협박할 생각은 말라. 네가 나보다 강하다는 건 알지만 만사 신의 손에 달린 것 아닌가! 하지만 창끝은 뾰족하니 내 창을 던져 네 목숨을 빼앗지 못할 거라고 누가 단언하겠는가!" 그가 창을 겨눠 던졌지만 아테나가 부드러운 숨결을 보내 창을 되돌려 헥토르의 발밑에 떨어뜨리자 그를 죽일 열망에 가득 찬 아킬레우스가 무시무시한 고함을 지르며 돌진했다. 그때 아폴론이 헥토르를 살짝 잡아채 안개 속에 감췄다. 아킬레우스는 세 번이나 달려들었지만 모두 헛수고였다. 아킬레우스는 머리끝까지 화가 치밀어 무섭게 고함을 질렀다. "이 비겁한 자여! 아폴론이 다시 살렸다는 말이지! 너는 싸움터에 갈 때마다 축원을 올리겠지. 내 감히 말하건대 나를 도와주는 신을 다음에 만나면 지체 없이 너를 맞혀 끝장내리라." 아킬레우스는 말을 마치고 트로이아군을 살상하기 시작했다. 드리옵스, 데무코스, 라오고노스, 다르다노스, 트로스, 물리오스, 에케클로스, 데우칼리온, 리그모스 등 내로라하는 장수들을 찌르고 베고 살육하며 날뛰었다. 대형 산불이 메마른 산골짜기를 모조리 재로 만들어버리는 것 같았다. 이같이 아킬레우스는 맹위를 떨치며 전선을 휩쓸었는데 소들이 타작마당에서 흰 보리를 밟듯 방패를 부쉈다. 온 대지는 피로 물들고 곳곳에 핏물이 튈 정도로 아킬레우스는 불굴의 두 손을 피로 적시며 영광을 찾아 마차를 계속 몰았다.

이윽고 아카이아군이 크산토스 강가에 다다르자 아킬레우스는 그들을 두 패로 나눴다. 한 패는 도시 쪽 평원으로 몰았다. 이곳은 전날 아카이아군이 헥토르의 무시무시한 공격을 받아 쫓긴 곳인데 지금은 전세가 역전되어 아킬레우스가 쫓고 있었다. 게다가 헤라가 펼쳐 놓은 짙은 안개 때문에 트로이아군은 갈팡질팡했다. 다른 한 패는 강으로 몰려가 소용돌이치는 물속에 뛰어들었다. 무수한 메뚜기떼가 불붙은 들판을 피해 물속으로 뛰어드는 것 같았다. 이같이 크산토스강은 병사들과 말들로 대혼잡을 빚었다. 아킬레우스는 강둑 위 나무에 창을 기대어 놓고 불길처럼 칼을 휘둘러 적을 무참히 살육하기 시작했다. 여기저기서 비명이 터졌고 순식간에 강물은 붉은 피로 물들었다. 아킬레우스는 젊은이 12명을 산 채로 강에서 끌어올려 파트로클로스의 죽음의 대가를 받으려고 했다. 그는 그들의 팔을 뒤로 묶어 함대로 데려가라고 지시하고 자신은 팔이 아플 때까지 살육을 계속했다. 그러던 중 프리아모스 왕의 아들 리카온을 발견했다. 아킬레우스는 전에도 그를 사로잡아 렘노스에서 고급 은잔을 받고 판 적이 있었다. 리카온이 전차 난간을 만들기 위해 날카로운 칼로 야생 무화과 가지를 자를 때 아킬레우스가 그를 습격한 것이다. '운명의 신'은 아킬레우스 손에 그를 하데스 궁으로 보내려고 했다. 그는 비무장 상태였다. 강에서 도망치면서 무기를 모두 버렸기 때문이다. 아킬레우스는 그를 보자 화가 나 중얼거렸다. "이럴 수가! 눈앞에 기적이 나타나다니! 다음에는 내가 죽인 트로이아군 병사들이 무덤에서 나오겠군. 많은 사람의 갈 길을 막는 무변대해도 저놈은 막지 못했군. 자, 이제 대지가 저놈을 품에 안아줄지 시험해보자." 그때 리카온이 넋을 잃고 그의 무릎을 붙잡고 애걸했다. "아킬레우스 장군이시여! 제발 자비를 베풀어 살려주소서! 고귀한 영주시여! 경의를 표합니다. 그동안 저는 가시밭길을 헤매다가 트로이아로 돌아온 지 겨우 12일째입니다. 게다가 저는 헥토르와는 배다른 형제임을 기억하소서! 내 어머니 라오토에는 프리아모스 왕의 여러 비 중 한 분으로 아들이 둘 있었는데 폴리도로스는 싸움터에서 이미 죽었답니다. 그리고 이번에는 그 무서운 창으로 내가 죽게 된 겁니다." 그러나 아킬레우스의 마음이 누그러질 리 없었다. "여러 말 할 것 없다. 파트로클로스가 액운을 당하기 전에는 내 마음에도 자비가 깃들어 트로이아 병사들을 많이 살려줬지만 이제 신께서 내 손에 넘기신 자는 모두 죽음을 면할 수 없다. 하물며 프리아모스의 자식이라니! 파트로클로스도 죽었는데 너 따위가 살아 뭐해! 나도 죽음과 운명의 쇠사슬에 얽매였다. 언제든 누군가가 창으로 찌르고 화살을 쏴 내 목숨을 빼앗을 날이 있으리." 말을 마친 아킬레우스는 날카로운 칼을 뽑아 그의 쇄골을 공격했다. 쌍날 칼이 살을 찌르자 그는 앞으로 고꾸라지며 피를 쏟았다. 아킬레우스는 그의 발을 끌어 강에 던지며 차갑게 내뱉었다. "거기 누워 고기밥이 되어라. 고기떼가 너를 편안히 핥아줄 것이다. 네 어머니가 너를 관 속에 눕히고 애도할 수 없게 되었지만 스카만드로스가 소용돌이치며 너를 깊은 물 속으로 넣어줄 것이다. 그러면 고기떼가 검은 잔물결 밑에서 네 흰 살을 뜯어

먹겠지. 나는 성스러운 일리오스 성채에 도착할 때까지 너희를 몰살시킬 것이다! 너희가 벤 전우들의 목숨의 대가를 남김없이 받을 때까지. 너희가 정성들여 때마다 제물을 바친 이 스카만드로스도 너희를 구하진 못하리라." 그때 '강의 신'이 트로이아군을 아킬레우스로부터 어떻게 구할지 곰곰이 생각하는 가운데 아킬레우스는 펠레곤의 아들 아스테로파이오스를 공격했다. 그러자 아스테로파이오스는 '강의 신' 크산토스가 용기를 불어넣어 준 덕분에 창 두 자루를 들고 대항했다. 그때 아킬레우스가 외쳤다. "감히 내게 대항하는 자가 누구냐? 누구의 자식인데 내게 맞서는가?" 아스테로파이오스가 대답했다. "펠레우스의 아들이여! 나는 머나먼 파이오니아에서 왔다. '강의 신' 악시오스가 유명한 창수 펠레곤을 낳으셨으니 그분이 바로 내 아버지다. 자, 나와 자웅을 겨뤄보자!" 아킬레우스가 창을 들자 양손잡이 아스테로파이오스가 창 두 자루를 동시에 던졌다. 창 한 자루는 아킬레우스의 방패를 맞혔지만 신이 선물한 황금방패를 뚫진 못했다. 또 한 자루는 아킬레우스의 오른쪽 팔꿈치를 스쳐 지나가 상처를 입혔다. 아킬레우스가 던진 창은 표적을 빗나가 강둑 중간에 꽂혔다. 아스테로파이오스는 그것을 뽑으려고 세 번이나 흔들었지만 실패했다. 그때 아킬레우스가 덤벼들어 그의 배를 칼로 찌르자 내장이 쏟아졌다. 신이 난 아킬레우스는 그의 갑주를 벗기며 소리쳤다. "잘 누워 있거라! '강의 신'의 아들이라고 제우스의 자손에게 함부로 덤비는 건 삼갈 짓이다. 그래! 내 할아버지는 아이아코스로 제우스의 아드님이시지. 제우스는 모든

아스테로파이오스를 죽이는 아킬레오스
'강의 신' 스카만드로스가 보는 앞에서 그의 자손
아스테로파이오스가 죽어가자 그는 분노한다.

강보다 강하니 아무도 감히 제우스에게 도전하지 못하리라. '강의 신' 아켈로스와 깊이 흐르는 오케아노스의 온 힘을 합쳐도 전지전능하신 제우스의 무서운 천둥 번개에는 떨지 않을 수 없다는 말이다." 아킬레우스는 강둑에서 청동 창을 뽑아 파이오니아군을 다시 추격했다. 그들은 자신의 사령관이 아킬레우스의 칼에 쓰러지자 강줄기를 따라 도망쳤다. 아킬레우스는 테르실로코스와 미돈, 아스티필로스, 므네소스, 트라시오스, 아이니오스, 오펠레스테스를 차례로 죽였다. 그러자 분노한 '강의 신'이 인간의 모습으로 나타나 꾸짖었다. "오, 아킬레우스여! 그대의 행동은 너무 심하구나. 신들이 항상 그대 편이니 그렇겠지만 제우스께서 트로이아의 멸망을 허락하셨다면 그들을 강에서 몰고 나가 평원에서 살육을 감행하라. 내가 숨막힐 지경이다." "스카만드로스여! 말씀대로 하겠습니다. 그러나 나는 헥토르와 겨뤄 내가 죽거나 그가 죽을 때까지 트로이아군에 대한 파멸의 손을 떼지 않겠습니다." 스카만드로스가 아폴론에게 소리쳤다. "제우스의 아드님이신 '궁술의 신'이시여! 제우스께서 트로이아군 옆에서 어둠의 전선이 덮일 때까지 원조하라고 하시지 않았습니까?" 말을 마치기가 무섭게 스카만드로스는 무서운 홍수로 돌변해 아킬레우스를 당황하게 했다. 거센 물결에 휩쓸린 아킬레우스는 상당히 큰 느릅나무를 겨우 붙잡았지만 뿌리째 뽑히자 물속에 빠졌다. 겨우 물속에서 빠져나온 그는 창을 던지며 검은 독수리처럼 날렵하게 질주했다. 그러나 '강의 신'은 크고 검은 모습으로 부풀어올라 도망치는 그를 따라잡았다. 역시 신들은 인간보다 강했다. 때때로 아킬레우스가 빠른 발길을 멈춰 신들의 모습을 보려고 하면 큰 물결이 일어 그의 두 어깨를 감쌌다. 드디어 다리를 움직이지 못할 정도로 지치자 아킬레우스는 하늘을 우러러 소리쳤다. "오, 제우스 아버지시여! 저를 구하려는 분이 없다니! 감언이설로 저를 속인 어머니를 원망하고 싶습니다. 어머니는 제가 트로이아 성 밑에서 아폴론의 화살에 죽을 거라고 말씀하셨지만 저는 이 지역 최고의 영웅으로 자란 헥토르의 손에 죽고 싶습니다. 그렇다면 저도 용감히 죽을 겁니다. 그런데 강물에 빠져 꼴사나운 죽임을 당할 운명이니 통탄하지 않을 수 없습니다." 그러자 포세이돈과 아테나가 인간의 모습으로 나타나 그의 손을 붙잡으며 힘을 불어넣었다. 먼저 포세이돈이 입을 열었다. "펠레우스의 아들이여! 겁먹지 말라. 제우스의 은총과 함께 나와 아테나가 그대를 돕기 위해 여기 와 있으니까. 그대는 강물에 빠져 죽을 운명이 아니니 남은 트로이아군을 모두 일리오스 성안으로 몰아넣을 때까지 싸움을 멈추지 말라. 그러나 헥토르를 죽인 후에는 곧바로 함대로 돌아가라." 아킬레우스는 이 말에 용기를 얻어 평원으로 돌진했다. 평원은 온통 물바다로 사방에 시신들이 둥둥 떠다녔다. 아킬레우스는 다리를 번쩍번쩍 들어 시신들을 뚫고 달렸다. 그러자 스카만드로스가 더 분노해 시모에이스를 불렀다. "동생이여! 우리 합세해 저놈을 잡자. 그냥 두었다간 트로이아군을 섬멸하고 성을 함락할 것만 같구나. 그는 자신을 신에 비교할 만하다고 생각하지만 이제 별 수 없이 진흙에 묻힐 것이다. 내가 그를 진흙으로 뒤덮

아킬레우스와 스카만드로스
아킬레우스가 스카만드로스강에서 살육을 계속해 강물이 피로 물들자
성난 스카만드로스가 홍수를 일으켜 아킬레우스를 공격하는 장면이다.

어 뼈도 못 추리게 하겠다. 여기 그의 무덤을 파주지. 그러면 아카이아 군은 분묘를 쌓을 필요도 없겠지." 그러고는 엄청난 물결을 일으켜 소용돌이치게 하자 아킬레우스는 물귀신이 될 뻔했다. 그때 헤라가 헤파이스토스를 불렀다. "내 아들 헤파이스토스여! 일어나라. 너는 크산토스강의 한계를 알려줘야겠다. 어서 가 큰 불을 일으켜라. 그러면 나는 서풍과 남풍으로 불길을 몰아쳐 시신과 갑주를 한꺼번에 태워버릴 테니. 그리고 크산토스의 기도나 저주에 움직이면 안 된다. 내가 멈추라고 할 때까지 따르라." 헤파이스토스는 즉석에서 큰 불을 일으켜 평원의 시신 더미를 모두 불태웠다. 추수할 무렵 비에 젖은 곡식을 북풍이 불어 바싹 말리면 추수하는 농부가 기뻐하듯 불길은 평원의 물을 말려버리고 모든 시신을 불태웠다. 또한, 불길을 강으로 돌려 느릅나무와 버드나무, 위성류 등 모든 것을 불태웠다. 그리고 불바람을 물 위로 몰아치자 뱀장어와 물고기들이 이리저리 몰려다니며 몸부림쳤다. '강의 신'도 뜨거워 울부짖었다. "헤파이스토스여! 감히 누가 그대에게 대항하겠소? 싸움은 그만둡시다. 아킬레우스가 트로이아를 함락하게 하시오. 이제 원조도 지긋지긋하오." 그러나 헤파이스토스의 불바람이 계속되어 '강의 신'은 더 이상 달랠 마음을 먹지 못해 이번에는 헤라에게 애원했다. "헤라시여! 아드님께서는 수많은 무리 중 왜 하필나를 괴롭힙니까? 트로이아군을 도와주는 자들 이상으로 나를 책망하면 안 됩니다. 자, 저도 멈추겠으니 그도 멈추게 해주소서. 트로이아군을 다시 돕지 않겠다고 맹세합니다. 아카이아군이 도시에 불을 지르고 온 도시를 잿더미로 만들더라도 도와주지 않겠습니다." 헤라는 즉시 아들을 불러 멈춰 세웠다. "헤파이스토스여! 세속의 인간 때문에 '불사신'을 이토록 혼내는 건 옳지 않습니다."

한편, 아레스는 아테나의 술 달린 큰 방패에 창을 던지며 욕설을 퍼부었다. "이 심술쟁이 여자야! 디오메데스를 풀어놓아 내게 몹쓸 상처를 입혔던 것을 잊지 않았겠지? 이제 그 대가가 얼마나 혹독한지 맛봐라!" 하지만 아테나의 방패는 제우스의 천둥 번개를 잘 견뎠다. 아테나가 뒤로 물러서며 크고 꺼칠꺼칠한 경계석을 들어 아레스의 목을 후려치자 그 자리에 고꾸라졌다. "어리석게도 나를 상대할 수 있다고 생각하는 건 아니겠지? 하기야 트로이아군을 도와주려고 안간힘 쓴 걸 보면 그럴지도 모르지." 그러자 아프로디테가 아레스의 팔을 잡아 일으켜 세웠다. 아레스는 그제야 정신이 돌아왔다. 헤라는 그것을 보고 아테나를 불렀다. "저것 좀 보라. 저기 또 닳고 닳은 여자가 살육자 아레스를 데려가려고 한다." 아테나가 얼른 달려가 아프로디테의 가슴을 밀어젖히며 소리쳤다. "트로이아군이 아카이아군과 싸울 때 아프로디테처럼 용감하고 무모했더라면 이 전쟁은 벌써 끝났을 텐데."

그 무렵 포세이돈은 아폴론에 대항하고 있었다. "이 어리석은 자여! 그대는 생각이 모자란 것 같소. 그대는 우리가 트로이아에서 혼났던 것을 잊었소? 그때 제우스는 1년 동안 우리에게서 급료를 받고 라오메돈을 도와주라고 했소. 우리는 맡은 임무를 묵묵히 했지. 그런데 드디어 기다린 날이 오자 라오메돈은 우리 급료를 딱 잘라 거절하고 우리를 머나먼 섬으로 팔아버리겠다고 협박했소. 그래서 우리는 급료도 못 받고 돌아가야만 했소. 그런데도 그런 사악한 자의 시민에게 은혜를 베푸는 데 급급하다니." '궁술의 신' 아폴론이 대답했다. "단지 그들이 불쌍해 그러는 거요. 저들은 숲속 나뭇잎과 같소. 그저 자라나 좋은 시절이 올 것 같으면 시들어버리니. 오, 싸움을 그만합시다." 아폴론은 삼촌 포세이돈과 싸우는 게 부끄러워 돌아섰다. 그런 아폴론을 누나이자 '수렵의 여신' 아르테미스가 꾸짖었다. "궁술의 신이 달아나다니 정말 어이없구려. 그 활은 무엇 때문에 갖고 있소? 아무 쓸모도 없는 것을. 포세이돈에 맞서 싸웠다고 다시는 큰소리치지 마시오." 아폴론이 아무 대답도 하지 않자 헤라가 아르테미스를 몹시 꾸짖었다. "어찌 내게 반항하느냐? 제우스께서 네 마음대로 죽이게 했지만 선배는 건드리지 말라. 차라리 산에 가 야수나 사슴을 잡아 용기를 보여주는 게 어떤가?" 헤라는 아르테미스의 손목을 움켜쥐고 화살통을 낚아 그녀의 귀밑을 찰싹찰싹 때리며 비웃었다. 아르테미스는 눈물을 흘리며 빠져나가려고 발버둥쳤다. 그 모습을 본 헤르메스는 아르테미스의 어머니 레토에게 말했다. "레토여! 그대와 싸우고 싶지 않소. 제우스의 부인들과 주먹질하는 건 위험천만하니까." 그러자 레토는 바닥에 흩어진 딸의 화살을 주워 가버렸다.

한편, 아르테미스는 올림포스로 가 아버지 무릎에 엎드려 울었다. 그러자 제우스는 딸의 팔을 잡고 웃으며 물었다. "애야! 누가 감히 네게 이랬단 말이냐?" 아르테미스가 대답했다. "아버지의 부인 헤라 아니면 누구겠어요? 우리를 온갖 갈등과 싸움 속에 몰아붙인 그분 말이에요." 그 사이 아폴론은 트로이아가 걱정되어 그곳으로 돌아갔다.

한편, 아킬레우스는 여전히 살상을 계속하며 땅 위에 멸망과 슬픔을 수놓았다. 분노한 신이 인간의 도시에 화풀이하는 것 같았다. 그때 프리아모스 노왕은 성 위에 서 있다가 돌격해오는 아킬레우스를 보고 문지기를 불렀다. "성문을 활짝 열고 전우들이 들어올 때까지 잡고 있어라. 그런 다음 다 들어오면 문을 단단히 닫아라." 아폴론만 없었다면 아카이아군은 트로이아를 점령했을 것이다. 아폴론은 안테노르의 건장한 아들 아게노르의 가슴에 용기를 불어넣어 무서운 속도로 진격해오는 아킬레우스의 시선을 돌리게 만들었다. 참나무 숲에 숨어 있던 아게노르는 혼잣말로 중얼거렸다. "오, 큰일이군. 이 도망치는 무리를 따라 도망쳐도 잡히는 건 시간 문제지. 그럼 평원으로 달아나 이다산에 들어갔다가 밤에 트로이아로 돌아가는 건 어떨까? 아니면 그냥 여기서 싸우든가. 그도 인간이니 그의 살에 칼날이 들어갈 거야. 다만 제우스께서 승리를 주시어 이기는 것뿐이지." 이런 생각을 하며 사냥꾼 앞에 선 표범처럼 정신을 바짝 차리고 아킬레우스를 기다렸다. 그런 다음 방패를 앞에 대고 큰소리로 외쳤다. "아킬레우스여! 오늘 트로이아 도시를 점령하고 싶겠지. 하지만 우리가 놔두지 않겠다. 네가 아무리 대담하더라도 여기서 내가 너를 끝장내리라." 이렇게 말하는 동시에 창을 던졌다. 창은 아킬레우스의 무릎 밑 각반에 맞아 무서운 소리를 냈지만 각반을 뚫진 못했다. 아킬레우스가 아게노르를 쫓아가 공격하자 아폴론이 아게노르를 안개에 싸 무사히 전선 밖으로 내보냈다. 그런 다음 아폴론은 바로 앞에 아게노르가 있는 것처럼 아킬레우스가 착각하게 만들어 그를 스카만드로스강까지 밀어냈다. 그 덕분에 트로이아군은 안도의 한숨을 쉴 수 있었다. 겨우 성으로 들어온 그들은 그나마 발이 빠른 자들이었다.

제13부

영웅 대 영웅

트로이아군은 사자에 쫓기는 사슴 떼처럼 성으로 쫓겨 들어갔다. 그러나 헥토르는 액운의 굴레가 드리워져 스카이아 문 앞에 멈춰 섰다. 한편, 아폴론은 추격하는 아킬레우스에게 자신을 노골적으로 드러냈다. "아킬레우스여! 어찌 나를 쫓느냐? 필멸의 인간이 불멸의 신을 쫓다니 정말 무엄하구나. 자, 트로이아군이 모두 성안에 있는데 그대는 왜 여기 있는가? 설마 나를 죽이려는 건 아니겠지?" 격노한 아킬레우스가 대답했다. "궁술의 신이시여! 당신은 정말 잔인하오. 트로이아군을 구하기 위해 나를 여기까지 끌고 오다니. 내가 힘만 있었다면 반드시 복수했을 것이오." 말을 마친 아킬레우스는 방향을 돌려 성을 향해 질주했다. 그 모습을 프리아모스 왕이 맨 먼저 봤다. 노왕은 괴로워하며 공포에 질린 목소리로 사랑하는 아들에게 애원했다. 그러나 아들은 문 앞에서 꼼짝하지도 않고 서 있었다. "사랑하는 내 아들아! 제발 혼자 그에게 맞설 생각은 말라. 그는 너보다 강하고 매우 잔인하다. 오, 신이시여! 내가 저 아이를 사랑하는 만큼만 당신들이 사랑해주신 다면 그자가 독수리 밥이 되는 건 시간 문제일 텐데. 그러면 이토록 잔 인한 운명을 탓하지 않을 텐데. 훌륭한 내 아들들은 어디 있단 말인가? 많이 죽고 팔려버렸구나. 지금도 리카온과 폴리도로스가 보이지 않으 니. 하지만 헥토르야! 너만 살아남는다면 내 슬픔도 오래가지 않을 것 이니 이 안으로 들어와 목숨만은 보존하라. 이 늙은 아비를 생각해서 라도. 오, 제우스께서는 정말 끔찍한 운명을 주시는구나. 만년에 멸망 이라니. 이제 나는 개밥이 되어 피를 빨리고 개는 늘어지게 자겠지. 젊 은이가 전사하면 영예롭지만 늙은이의 마른 몸과 백발을 개에게 뜯기 니 차마 볼 수 없는 측은한 광경이구나." 노왕이 이렇게 탄식하며 머 리를 쥐어뜯었지만 헥토르는 듣지 않았다. 헥토르의 어머니는 옷깃을 풀어헤치고 가슴을 내놓은 채 눈물을 흘리며 하소연했다. "오, 내 아 들아! 너를 낳아 기른 이 어미를 불쌍히 여기거라. 어서 성안으로 들어 와 저 무서운 사나이를 피하거라. 네가 죽는다면 네 장례를 치르기는 커녕 슬퍼하지도 못하리라. 사랑하는 내 아들아! 소중한 아내를 생각 해서라도 그리스 개들의 밥이 되는 것만은 피하거라." 그러나 부모의 눈물어린 애원도 헥토르의 교만을 누르진 못했다. 그는 바짝 독이 오 른 뱀이 무섭게 눈을 번뜩이며 먹잇감을 기다리듯 불굴의 용기로 불타 고 있었다. 그러면서도 문득 자책감에 혼잣말로 중얼거렸다. "내가 성 안으로 퇴각한다면 폴리다마스가 질책하겠지. 아킬레우스가 일어서던 날 밤, 그가 성안으로 들어가자고 했지만 내가 듣지 않았지. 그 조언을 받아들였더라면 좋았을 텐데. 이제 와 전우들은 죽었는데 무슨 면목으로 트로이아 형제자매를 대하랴! 사람들은 이렇게 말하겠지. "이 모든 게 헥토르 때문이야. 헥토르가 자기 힘만 과신하다가 우리를 모두 망쳤어." 그러니 차라리 아킬레우스와 싸우다가 죽는 게 낫다. 내가 그를 죽여 승리의 귀환을 하든 문 앞에서 영광의 죽음을 맞든 이판사판이다. 아니, 그와 협상하는 건 어떨까? 이 싸움의 원인인 헬레네와 파리스가 트로이아에 가져온 온갖 재물을 양도하는 것 말이야. 그리고 우리 도시의 원로들이 소유한 재산의 절반을 주겠다고 약속하면 어떨까? 하지만 그게 다 무슨 소용인가? 그가 받지 않을 텐데. 내가 알몸뚱이로 죽임을 당해 훗날 이야깃거리도 되지 않으면 어쩌지? 오, 올림포스 주신께서 어느 편에 승리를 주시는지 보자." 헥토르가 곰곰이 생각하는 동안 아킬레우스가 앞으로 다가왔다. 그는 어깨너머로 무서운 창을 흔들며 왔는데 헥토르는 이런 모습을 보자 달아났다. 아킬레우스는 독수리가 수줍은 비둘기를 덮치듯 도망치는 헥토르를 뒤쫓았다.

이윽고 헥토르는 맑은 물이 흘러나오는 스카만드로스강의 수원인 두 군데 못에 다다랐다. 하나는 뜨거운 온천수가 솟는 샘으로 김이 무럭무럭 났고 또 하나는 여름에도 눈이나 얼음처럼 차가웠다. 이 못 가까이 트로이아 부녀자들의 빨래터가 있었다. 쫓고 쫓기는 두 장수는 시간을 잴 수 없을 만큼 엄청난 속도로 달렸다. 더구나 아킬레우스에게는 헥토르의 생명이라는 상이 걸려 있어 결코 소홀할 수 없었다. 그들은 트로이아 성벽 주위를 세 번이나 돌았다. 역전의 용사의 죽음을 애도하기 위해 열리는 경주에서 준마들이 앞다퉈 푯대를 도는 것 같았다. 그 광경을 주시하던 제우스가 소리쳤다. "오, 저를 어쩌지! 쫓기는 저 자는 내가 아끼는 사람인데. 트로이아 성에서 수많은 소를 내게 제물로 바친 사람인데. 신들이여! 저 자의 생명을 구해주는 게 어떤가?" 아테나가 눈에 빛을 내며 항의했다. "아버지시여! 그 무슨 얼토당토않은 말씀입니까? 어차피 죽음을 면치 못할 인간의 운명인데 구해주시다뇨? 그렇게 하십시오. 우리는 성원하지 않겠습니다." 그러자 제우스가 바로 대답했다. "걱정하지 말라, 내 딸아! 그를 살려주려는 건 내 본의가 아니니 지체 없이 뜻대로 하라." 아킬레우스는 사슴을 추격하는 사냥개처럼 전속력으로 헥토르를 뒤쫓았다. 헥토르가 큰길을 따라 성문으로 달려 전우들이 성 위에서 일제히 활을 쏴 자신을 엄호해주기를 바라면 아킬레우스는 지름길로 성 밑으로 달려가 그가 안으로 들어가지 못하게 했다. 그들은 잡힐 듯 잡을 듯 쫓고 쫓겼다. 그렇게 아킬레우스는 헥토르를 쫓았지만 잡지 못했고 헥토르도 그에게서 벗어나지 못했다. 그때 아폴론이 헥토르에게 힘과 속도를 주지 않았다면 추격자를 그같이 멀리 피할 수 없었을 것이다. 또한, 아킬레우스는 명성을 빼앗길까 봐 자기 군대에게 헥토르를 향해 화살을 쏘지 못하게 했다. 드디어 그들이 네 번째로 샘에 도착했을 때였다. 제우스는 황금저울을 꺼내 둘의 운명을 달아봤다. 균형을 잡고 들자 헥토르의 액운이 기울며 하데스로 떨어져 아폴론도 더 이상 헥토르를 보호할 수 없었다. 그때 아테나가 아킬레우스 옆에 나타나 독려했다. "자, 아킬레우스여! 승리는 그대 것이다! 이제 헥토르를 제거해 아카이아 국민과 우리 진영에 위대한 영광을 가져오리다. 아폴론이 전지전능하신 제우스 앞에서 떼를 써도 헥토르는 죽음을 피할 수 없다. 자, 내가 헥토르에게 가 그대에게 대항하라고 타이르겠으니 쉬면서 한숨 돌리라." 아킬레우스는 아테나의 말에 기꺼이 창에 기대어 섰다. 그동안 아테나는 데이포보스로 변장하고 헥토르를 부추겼다. "형님! 형님께 크나큰 고통을 안긴 저 자를 함께 막아냅시다." 헥토르가 대답했다. "오, 내가 가장 좋아하는 데이포보스여! 정말 고맙구나. 모두 성안에 있는데 나를 위해 여기까지 나오다니." 아테나는 헥토르를 부추기는 것을 멈추지 않았다. "형님! 아버지도 어머니도 모든 전우도 나가지 말라고 애원했습니다. 모두 아킬레우스를 두려워하기 때문이죠. 하지만 두고 볼 수 없었습니다. 자, 그를 공격합시다. 그가 우리 둘을 죽여 피 묻은 무구를 가져가는지 형님 창이 그를 쓰러뜨리는지 두고 봅시다." 헥토르가 먼저 아킬레우스에게 말했다. "펠레우스의 아들이여! 다시는 달아나지 않겠다. 이제 죽든 살든 그대와 싸울 생각이다. 그러나 이것 하나만은 신들의 이름을 걸고 약속하자. 내가 그대의 생명을 빼앗는다면 무구만 가져가겠다. 아킬레우스여! 그대도 그렇게 해주겠는가?" 아킬레우스가 얼굴을 찡그리며 대답했다. "헥토르여! 그따위 흥정을

아킬레우스에게 나타난 아테나 여신
아테나는 아킬레우스에게 용기를 주고 쉬게 하고
헥토르에게는 아킬레우스와 결투할 것을 종용한다.

하다니. 사자와 인간은 흥정할 수 없는 법. 늑대와 양이 영원히 원수인 것과 같으니 우리 둘 중 하나가 쓰러져 피로 아레스 군신의 배를 채우기 전에는 아무것도 말할 수 없다. 자, 이제 용기를 발휘하라. 아테나가 내 창으로 그대를 무찔러 내 친우를 베 나를 슬픔에 빠뜨린 모든 원한의 대가를 치루게 하겠다." 아킬레우스는 긴 창을 헥토르에게 겨눴지만 헥토르가 몸을 숙이는 바람에 창은 땅에 꽂혔다. 아테나는 헥토르 몰래 그걸 뽑아 아킬레우스에게 가져다주었다. 헥토르가 큰소리로 외쳤다. "신과도 같은 아킬레우스여! 제우스께서 내 생명을 연장해주시는 것 같다. 자, 네가 온갖 협박을 해도 나는 도망치지 않을 것이니 내 등을 찌르진 못할 것이다. 나는 너를 정면으로 대할 것이다. 신의 섭리라면 네가 내 가슴을 찌르겠지. 하지만 우선 네가 내 창을 피할 수 있는지부터 보자. 네가 쓰러지면 트로이아의 전세는 가벼워지리라. 그대야말로 우리의 최대 적이니까." 헥토르가 말을 마치고 창을 던져 아킬레우스의 방패 한가운데를 맞혔지만 창은 튕겨나갔다. 창이 없는 헥토르는 데이포보스에게 창을 달라고 소리쳤지만 그는 이미 그곳에 없었다. 그제야 헥토르는 모든 걸 깨닫고 소리쳤다. "오, 만사가 끝났구나. 신들이 나를 사지로 불러내 죽이려는구나. 성안에 있는 데이포보스가 여기 있을 리 없지. 내가 아테나에게 속은 거야. 아, 이것이 지금까지 나를 다정히 보호하시던 제우스와 아폴론의 바람이란 말인가! 이제 운명이 나를 부르는가 보다. 하지만 싸우지도 않고 맥없이 죽을 수는 없지. 후대에 길이길이 기억되고 싶구나." 헥토르가 허리에

아킬레우스와 헥토르
트로이아 전쟁의 압권인 아킬레우스와 헥토르의 결투 장면이다.
헥토르는 아테나 여신에게 속아 아킬레우스와 결투를 벌이지만 열세에 몰린다.

아킬레우스에게 패하는 헥토르
트로이아 전쟁의 두 영웅인 아킬레우스와 헥토르의 결투는
아킬레우스의 승리로 돌아간다.

찬 날카로운 칼을 꺼내 용감히 뛰어오르자 독수리가 겁많은 토끼를 내리 덮치는 것 같았다. 그러자 아킬레우스는 헥토르를 냉혹한 심정으로 노려보며 어디를 찌를지 엿봤다. 헥토르는 파트로클로스에게서 빼앗은 방패로 잘 가리고 있었지만 쇄골과 목이 만나는 부위가 드러나 있었다. 아킬레우스는 그 부위를 창으로 재빨리 찔러 쓰러뜨렸다. 아직 숨이 끊기지 않은 그에게 고함을 질렀다. "헥토르여! 네가 파트로클로스를 발가벗기고도 무사할 줄 알았더냐? 어리석도다. 파트로클로스보다 더 강한 자가 기다린다는 걸 모르다니. 자, 너를 독수리와 개의 밥이 되게 해주마. 파트로클로스를 애끓는 겨레의 손으로 묻어주리!" 헥토르는 가쁜 숨을 쉬며 애원했다. "제발 그대의 영혼과 무릎에 엎드려 비노니, 아니 그대의 부모의 은혜에 기대어 비노니, 나를 개밥이 되게는 하지 마시오. 내 아버지, 어머니가 금은보화를 충분히 마련할 테니 내 몸값을 받고 돌려보내시오. 그래서 죽은 자에게 의례가 되는 화장을 하게 해주시오." 분노한 아킬레우스가 일그러진 표정으로 말했다. "이 비겁한 놈아! 내 부모까지 들먹거리지 말라. 네 아비 프리아모스 왕이 네 무게 만한 금덩이를 가져오더라도 네 어미가 장사를 지내며 슬퍼하게는 하지 않을 테니. 네 몸뚱이를 개와 새들이 파먹게 하리라. 네 소행을 생각하면 통째로 씹어먹어도 분이 풀리지 않는다." 헥토르는 죽어가며 저주를 퍼부었다. "내가 너 따위 놈에게 애원하다니. 차라리 돌에 싹을 틔우라고 명하는 게 낫겠다. 하지만 기억하라. 너도 신의 저주를 받아 아폴론의 화살에 죽을 날이 올 테니." 말을 마치자마자 죽음의 그늘이 헥토르를 덮쳐 그의 영혼은 하데스 궁으로 향했다. 드디어 헥토르가 불운한 인생에 마지막 이별을 고하자 아킬레우스는 혼잣말로 중얼거렸다. "잘 가거라. 나도 제우스와 모든 신의 뜻이라면 언제든 내 운명을 달게 받겠노라." 아킬레우스가 시신에서 창을 뽑아 옆에 놓자 아카이아 병사들이 구름 떼처럼 몰려들었다. 헥토르의 고귀한 모습과 풍채는 정말 놀라웠지만 모두 한 번씩 창으로 찌르며 한마디씩 내뱉었다. "오, 헥토르! 우리 함대를 노략질할 때보다 무척 얌전해졌구나." 이윽고 아킬레우스가 전리품을 거두고 무리에게 일장 연설을 했다. "그리스의 영주와 장군들이여! 그리고 전우들이여! 드디어 신께서 우리를 노략질한 자를 무찌르게 해주셨소. 이제 도시를 포위한 후 적의 전략을 알아봅시다. 오, 내가 지금 무슨 생각을 하는가? 파트로클로스는 함대 옆에 누워 있는데 내가 살아 움직이는 한 어찌 파트로클로스를 잊으리오. 죽은 자를 잊는다는 하데스 궁에 가서도 사랑하는 친구를 잊지 못할 것이오. 오라, 동지들이여! 소리높여 개가를 부르며 이자를 끌고 함대로 전진합시다. 우리는 위대한 승리를 거뒀소. 트로이아 시민들이 신처럼 떠받들던 헥토르를 베었소." 그는 헥토르의 마지막 저주를 떠올리며 발목을 가죽끈으로 묶고 전차에 잡아매 머리가 질질 끌리게 했다. 그리고 갑주를 전차에 넣고 말에 채찍질했다. 말이 달리기 시작하자 시신이 끌려가며 먼지가 일어 조금 전만 해도 아름다웠던 머리는 헝클어져 엉망이 되었다. 제우스께서 헥토르가 고향 땅에서 학대받게 한 것이다. 이 모습을 본 헥토르의

전차에 묶여 질질 끌려가는 헥토르
아킬레우스는 파트로클로스의 죽음에 분이 풀리지 않아 헥토르의 시신 발목에
가죽끈을 묶고 전차에 매고 질질 끌어 모욕을 준다.

어머니는 머리를 쥐어뜯으며 얼굴에 썼던 베일을 걷어 올려 통곡했고 온 도시는 비탄에 잠겼다. 노왕은 실성해 다르다니아 문으로 나가려고 했고 모든 이에게 절규했다. "나를 놔두라. 시민들이 나를 위한다는 건 알지만 내가 직접 가 저 무서운 폭한에게 애원해보리라. 설마 그도 그들의 무리 앞에서는 제 아비 같은 이 늙은이를 동정하겠지. 맞아. 펠레우스가 아킬레우스를 낳아 트로이아를 멸망시켰구나. 누구보다도 내게 그가 몹쓸 짓을 했구나. 그 많은 자식을 한창 꽃다운 나이에 꺾어놓고도 모자라 내가 가장 사랑하는 헥토르까지 데려가다니. 오, 헥토르야! 네가 나를 슬픔에 젖어 죽게 만드는구나. 차라리 내 품에 안겨 죽었더라면 실컷 울기나 했을 텐데." 프리아모스 왕이 이렇게 울부짖으며 통곡하자 트로이아의 모든 시민도 소리내 울었다. 헥토르의 어머니 헤카베가 피눈물을 흘리며 부인들이 가슴을 쥐어뜯도록 만들었다. "사랑하는 내 아들아! 너를 그렇게 죽이고 내 어찌 살겠느냐! 이 도시의 자랑이요 만인의 영광이었던 너를 사람들은 신처럼 떠받들었지. 살아생전 국민의 자랑이었던 네가 그렇게 가버리다니." 그러나 궁전 깊은 곳에서 길쌈을 하느라 남편 소식을 듣지 못한 헥토르의 아내는 하녀에게 물을 끓이라고 시켜 싸움터에서 돌아올 헥토르가 따뜻이 목욕하도록 준비했다. 그러나 성탑에서 비명과 통곡 소리가 들리자 사지를 떨며 일어나 하녀에게 말했다. "두 사람만 나를 따르라. 저 소리는 어머니 목소리인데 프리아모스 왕의 아들에게 뭔가 화가 미친 것 같구나. 심장이 튀어나오고 다리가 돌덩이 같구나. 오, 내 남편이 아킬레우스 손에서 무사했으면 좋으련만 헥토르의 용기는 따를 자가 없었지." 안드로마케가 가슴을 치며 미친 사람처럼 뛰쳐나가자 하녀들도 뒤따랐다. 그녀는 사람들이 모인 성벽 위에 올라 남편이 아카이아 진영으로 개처럼 끌려가는 모습을 봤다. 그믐밤처럼 눈앞이 캄캄해진 그녀는 그 자리에 쓰러졌다. 시누이와 동서들이 빈사 상태에 빠진 그녀를 일으키느라 쩔쩔맸다. 제정신을 차린 그녀는 흐느끼며 절규했다. "오, 헥토르여! 우리는 같은 운명을 타고났구려. 오, 이토록 어린 자식을 두고 어디로 갔단 말이오? 자식들이 가시밭길을 가도 좋단 말이오? 이방인들에게 점령당해 고독에 울다가 지치고 복종으로 머리를 들지 못하리다. 아비 친구를 찾아 문전걸식하며 목숨을 부지한들 무슨 의미가 있겠소? 부모 있는 아이들은 거지라고 때리며 욕하겠지. '아비 없는 이놈아! 꺼져라.' 그러면 자식은 울며 달려와 과부인 나를 찾겠지. 고량진미만 먹고 유모 품에 안겨 부드러운 침대와 따뜻하고 편안한 잠자리에 누웠건만 이제 아비가 황천길로 가고 보니 가시밭길만 네 앞에 놓였구나. 오, 나는 어떡하나? 당신을 위해 집안사람들이 짜놓은 린넨 옷이 산더미인데 다 무슨 소용인가? 당신 몸에 접할 길이 없으니 다 쓸모없는 것. 차라리 다 불태워 없애는 게 트로이아 시민의 눈에 면목이 서리다." 안드로마케가 이렇게 넋두리하며 통곡하자 부인들도 모두 따라 울었다. 헬레스폰토스 함대로 철수한 아킬레우스는 미르미돈군을 해산시키지 않고 다음과 같이 훈시했다. "용감한 동지들이여! 오늘 수고가 많았소. 하지만 고삐를 놓기 전에 말과 전차를 파트로클로스 영전에 끌고 가 애도합시다. 이것이 고인에게 드릴 지당한 예의 아니겠소? 애도를 마친 후 마구를 풀고 식사합시다." 그들은 시신 주위를 세 바퀴 돌며 통곡했는데 눈물에 갑옷이 젖고 모래밭도 젖었다. 아킬레우스가 원수를 갚은 손을 죽마고우의 가슴 위에 올려놓으며 통곡하자 그들의 울음소리는 더 커졌다. "파트로클로스여! 고이 잠드시오. 이제야 그대와의 약속을 지켰소. 헥토르를 여기로 끌고 오고 트로이아 귀족 12명을 그대의 화장터 앞에서 베겠다는 약속 말이오." 아킬레우스는 헥토르의 시신에 다시 폭행을 가한 후 파트로클로스의 관 옆에 눕혔다. 그런 다음 엄숙한 장례식을 준비시켰다. 여러 마리 황소와 양, 염소를 잡아 고인의 주위에 피를 뿌리고 송곳니가 돋친 살찐 멧돼지를 불에 그을렸다. 그동안 아킬레우스는 다른 장수들과 아가멤논에게 갔다. 모두 비통해하는 아킬레우스를 위로하느라 진땀을 흘렸다. 아가멤논의 본영에서는 아킬레우스의 피 묻은 몸을 깨끗이 씻을 물을 끓이고 있었다. 그러나 아킬레우스는 말도 안 된다는 듯 딱 잘라 거절했다. "아니오. 내 최대 신인 제우스께 맹세하는데 파트로클로스를 화장해 무덤을 만들기 전까지는 내 머리에 물을 대지 않겠소. 그래서 내가 살아 있는 동안 이런 슬픔이 다시 닥치지 않게 하리다. 당장은 맛없는 음식이나 달게 받겠소. 하지만 내일은 아가멤논께서 고인의 장례를 치르는 데 아무 부족함이 없게 하겠나이다. 그리고 화장을 끝낸 후에는 모두 평상시로 돌아가 각자 맡은 일을 해야겠죠." 그들은 그의 말에 따라 부족함 없이 식사했다. 배불리 식사를 마치고 모두 쉬러 갔지만 아킬레우스는 물보라치는 기슭 맨땅에 누워 신음을 삼키다가 겨우 잠들었다. 트로이아 성을 돌며 헥토르를 추격하느라 지쳐 떨어진 그의 강건한 사지에 비통함을 어루만지는 깊은 단잠이 찾아왔다. 그런데 꿈속에서 불쌍한 파트로클로스의 영혼이 찾아왔다. 그의 영혼은 아킬레우스 머리맡에 서서 하소연했다. "절세의 영웅 아킬레우스 장군이시여! 잠드셨습니까? 내가 살아 있을 때는 그토록 자상하던 분이 내가 죽고 나니… 떠도는 나를 어서 묻어 하데스 궁으로 들게 하소서. 하데스 궁 넓은 문 근처에서 정처 없이 헤매는 저를 불쌍히 여기소서. 이제 떠나면 당신과 함께 의논할 날은 없으리다. 당신도 거대한 성 앞에서 임종할 운명 같은데 하나만 더 부탁하리다. 내 유골을 당신의 유골과 떨어지게 하지 마소서. 펠레우스 님께서 나를 받아주시어 친절히 키워주시고 그대의 시종으로 삼으셨으니 나를 그대의 지하 분묘에 함께 있게 해주소서. 그대 영광의 어머니가 주신, 손잡이가 두 개 달린 황금단지에 유골을 함께 넣어주소서." 아킬레우스가 대답했다. "사랑하는 그대여! 그대의 말대로 해주리다. 하지만 이리 와 손잡고 속 시원히 울어보세나." 아킬레우스가 손을 뻗자 영혼은 연기처럼 떨며 사그라졌다. 상심한 아킬레우스는 혼잣말로 중얼거렸다. "역시 하데스 궁에 뭔가 있는 게 분명해. 이승의 생명은 전혀 아니지만 영혼인지 뭔지가 있는 거야. 그러니 불쌍한 파트로클로스의 영혼이 찾아와 이토록 부탁하지." 이윽고 장밋빛 '새벽의 여신'이 손가락을 내밀자 아가멤논은 장례식 준비를 서둘렀다. 이도메네우스의 비복 메리오네스가 그 책임자였는데 그들은 이다산 기슭에서 큰 나무를 베 지고 내려왔다. 그리고 아킬레우스가 파트로클로스와 자신의 큰 무덤을 만들 작정으로 정해둔 자리에 나무를 가지런히 쌓았다. 아킬레우스는 미르미돈군에 지시해 무장하고 마구를 갖추게 했다. 모든 전사와 마부가 전차에 오르자 뒤로 수천 명의 보병이 구름떼처럼 모여들었다. 중앙에는 전우의 머리털로 덮인 파트로클로스의 시신을 아킬레우스가 머리 쪽을 받쳐 들고 무덤으로 운구했다. 이윽고 화장하기 위해 쌓은 장작더미에 다다르자 아킬레우스는 스페르케이오스강에 바치기 위해 남겨둔 금빛 머리타래를 자르고 검푸른 바다를 바라보며 엄숙히 말했다. "오, 스페르케이오스여! 이 머리다발을 그대에게 드릴 수가 없습니다. 아버지 펠레우스께서는 내가 고국에 무사히 돌아가면 그대에게 내 머리카락을 바치고 엄숙한 제물을 당신의 제단에 올리겠다고 말했지만 나는 고향으로 돌아갈 수 없는 운명이니 무사이자 내 절친이던 파트로클로스에게 주려고 합니다." 아킬레우스가 이렇게 말하고 머리카락을 죽은 친구의 손 위에 놓자 그 자리에 있던 모든 사람이 눈물을 흘리며 슬퍼했다. 해가 떠오를 때까지도 통곡이 그치지 않자 아킬레우스가 아가멤논에게 다가가 말했다. "아가멤논이시여! 총사령관이신 그대가 명령하시는 게 마땅합니다. 동포들을 모두 해산시켜 식사 준비를 시키시고 고인의 절친만 남아 이 일을 하게 합시다." 아가멤논은 그의 말대로 사람들을 해산시켰다. 장수들은 남아 사방 30m 높이의 화장단을 쌓고 그 위에 시신을 올렸다. 그런 다음 많

파트로클로스의 장례식
아킬레우스는 파트로클로스의 복수를 이루고
그의 시신을 관에 안장해 성대한 장례식을 치른다.

은 양과 소를 잡아 가죽을 벗겨 토막을 쳐 시신 주위에 쌓아 올렸다. 그리고 관을 놓는 대에 꿀과 기름단지를 놓고 소리지르며 괴로워하는 말 네 필을 조심조심 장작더미 위에 올렸다. 파트로클로스가 친히 기르던 개 아홉 마리 중 두 마리의 목을 베 그 옆에 놓고 트로이아 병사 12명도 사정없이 베었다. 아킬레우스는 장작더미에 불을 붙이고 친구 이름을 불렀다. "파트로클로스여! 잘 가라. 지하에서 편히 잠들라. 보라. 그대와 했던 약속을 모두 지켰도다. 그러나 헥토르는 불맛도 못 보고 개밥이 되게 하니라!" 하지만 제우스의 딸 아프로디테가 밤낮으로 헥토르의 시신을 지키는 바람에 개들은 얼씬도 못했다. 또한, 신들이 바르는 장미기름을 발라 질질 끌어도 몸이 상하지 않도록 했다. 게다가 아폴론은 헥토르의 시신이 놓인 곳을 구름으로 감싸 메마르지 않도록 했다.

한편, 눈물로 친구의 화장식을 마치고 지칠 대로 지친 아킬레우스는 잠시 눈을 붙였다가 주위가 소란해져 일어나 앉았다. "아가멤논과 여러 장수들이여! 먼저 불길이 타오르던 장작을 술로 식힌 후 파트로클로스의 유골을 조심조심 찾읍시다. 그를 중앙에 놓았기 때문에 찾기 쉬울 겁니다. 유골은 기름으로 두 번 싸 황금단지에 넣어 내가 하데스로 갈 때까지 놔둡시다. 그리고 분묘는 알맞게 쌓되 나중에 내가 죽으면 높고 넓게 만들어도 좋을 것이오." 그들은 즉시 아킬레우스의 지시대로 했다. 그들이 일을 마치고 가려고 하자 아킬레우스는 그들을 붙잡아 앉히고 추모경기를 열기로 해 함대로부터 경주용 상품을 가져오게 했다. 큰 솥들, 세 발 솥, 말, 노새, 튼튼한 소, 여인들, 잿빛 강철 등이었다. 전차경주 1등 상으로는 집안일에 뛰어난 여인과 손잡이가 달린 세 발 솥을 주기로 했다. 2등은 잘 달리고 새끼를 밴 6년생 노새를 주고 3등은 질이 매우 좋은 새 솥, 4등은 2달란트 금덩어리, 5등은 손잡이 두 개가 달린 냄비를 주기로 했다. 이윽고 아킬레우스가 일어나 말했다. "아트레우스의 아드님과 전우들이여! 전차병에게 상품을 제공하겠습니다. 누구든 전차와 말에 자신 있다고 생각하는 분들은 나오셔서 겨루기 바랍니다." 곧 선수들이 모이기 시작했는데 맨 처음 지원자는 유명한 기수 에우멜로스였다. 그다음으로 디오메데스가 아이네이아스에게서 빼앗은 말 두 필을 끌고 왔다. 그다음은 메넬라오스가 아가멤논의 암말 아이테와 자신의 흰색 말 포다르고스를 끌고 나왔다. 네 번째로 안틸로코스가 지원하자 네스토르는 아들에게 충고를 잊지 않았다. "안틸로코스야! 제우스와 포세이돈께서는 네가 젊었을 때 모든 기수의 도를 가르치셨으니 새삼 이런 말을 할 필요도 없겠지만 네 말이 무척 느려 네가 애먹을까 봐 걱정이다. 어쨌든 애야! 생각나는 대로 모든 기술을 짜내라. 1등을 하려면 힘보다 기술이 필요하다. 전문기술이야말로 기수의 진정한 묘리다. 기술을 아는 자는 둔마도 달리게 하니 늘 목적지를 주시하고 먼저 고삐를 잘 다뤄 말들의 자세를 갖추는 것이 먼저다. 자, 내가 표적을 알려줄 테니 잘 보라. 저기 길모퉁이에 한 길 정도 나무 그루터기가 있다. 그 나무에 흰 돌 두 개

아킬레우스의 말
아킬레우스는 파트로클로스를 추모하기 위해
경마 경기와 여러 경기를 개최한다.

를 이편저편으로 기대어 놓았는데 그 주위 땅이 평평해 말에게 좋다. 저 표적은 경계석 같은데 아킬레우스가 그곳을 경주 반환점으로 정했다. 너는 전차를 그 지점에 스칠 정도로 바싹 몰고 몸을 왼쪽으로 기울여 채찍질해 말이 달리게 하라. 그렇다고 돌에 부딪혀 전차를 부수고 말까지 다치게 해선 안 된다. 그러면 너는 수치를 당하고 사람들은 재미있다고 웃겠지. 어쨌든 애야! 네가 거기서 앞서기만 하면 아무도 너를 앞지를 수 없다. 설령 아드라스토스의 신마 아라온이나 라오메돈의 유명한 혈통의 말도 너를 따라잡지 못할 것이다." 다섯 번째 기수는 메리오네스였다. 기수 다섯 명이 전차 위에 올라 제비뽑기를 했다. 첫 번째는 안틸로코스, 두 번째는 에우멜로스, 세 번째는 메넬라오스, 네 번째는 메리오네스, 마지막은 명망 높은 디오메데스였다. 그들이 한 줄로 서자 아킬레우스가 평원 멀리 반환점을 알려주고 포이닉스를 심판으로 세워 경주 상황을 감시하고 경과를 보고하게 했다. 그들은 곧 출발해 말에 채찍질하고 고삐를 가볍게 치며 맹렬히 소리질렀다. 함대가 있는 장소를 지나 말들이 질주하자 뿌연 먼지구름이 일었다. 말들은 평원을 날았고 전차 안에 선 마부들은 희망에 부풀어 가슴이 마구 뛰었다. 반환점을 돌아 바다 쪽으로 되돌아오면서 순위가 정해지기 시작했다. 에우멜로스의 암말이 앞장서고 디오메데스의 종마가 그 뒤를 바싹 따라붙었다. 하지만 디오메데스가 에우멜로스의 전차를 거의 따라잡을 지점에 다다르자 아폴론이 그의 채찍을 찰싹 쳐 손에서 떨어지게 했다. 디오메데스로서는 에우멜로스의 암말이 계속 잘 달리는데 자기 말은 고삐가 없어 느려 기막힐 뿐이었다. 그러나 아폴론의 속임수를 눈치챈 아테나가 얼른 채찍을 집어 디오메데스에게 건네주고 말들에게 힘을 불어넣어 선두를 앞지르게 했다. 에우멜로스의 전차는 기우뚱하다가 마부가 바퀴 위로 굴러떨어져 팔꿈치와 입, 코가 찢기고 앞이마도 상처를 입었다. 그 뒤로 메넬라오스가 따라왔고 안틸로코스가 말들에 채찍질하며 따라왔다. "어서 달려라. 이놈들아! 디오메데스의 말들을 따르라고 하진 않겠다. 그건 아테나의 뜻이니. 그러나 메넬라오스만은 이겨야 한다. 암말에게 종마가 진다면 말이 되느냐? 이놈아! 분명히 말하지만 네가 이렇게 서툰 경기를 한다면 너는 네스토르의 마구간에서 꼴도 구경하지 못할 것이다. 아버지가 네 모가지를 자를 테니. 그러니 용기를 내 달려라. 저 좁은 길에서 그들을 앞지를 테니 어서 달려라." 말들은 주인의 고함에 놀라 더 속력을 냈다. 드디어 좁은 길에 다다른 안틸로코스는 바싹 붙어 돌았다. 메넬라오스는 움푹 팬 쪽을 피해 한복판으로 몰았는데 안틸로코스가 안쪽으로 밀어붙이는 게 아닌가. 메넬라오스는 깜짝 놀라 소리쳤다. "도대체 이 무슨 얼빠진 수작이냐? 안틸로코스여! 어서 말을 세워라! 여기는 너무 좁아 내 전차를 부수고 둘 다 부서질 것이다." 그러나 안틸로코스가 못 들은 척하고 더 빨리 몰자 메넬라오스는 할 수 없이 천천히 몰았다. 좁은 데서 충돌할까 봐 겁났기 때문이다. 메넬라오스는 다시 화를 내며 소리쳤다. "안틸로코스여! 그대에게 공명정대한 경기를 요구한 게 큰 실수였다. 그러나 그대 스스로 맹세하지 않는다면 절대로 상을 타지 못할 것이다." 그러고는 자기 말들에게 큰소리로 외쳤다. "자, 너희에게는 좀 어렵겠지만 긴장을 풀지 말라. 이미 젊은 날이 지나간 저 말들의 다리는 너희보다 먼저 지칠 테니까."

한편, 크레타의 왕 이도메네우스가 맨 먼저 그들을 알아봤다. 다른 사람들과 떨어져 훨씬 높은 곳에 앉아 있었기 때문이다. 그는 일어나 구경꾼들에게 외쳤다. "친애하는 장군이시여! 나는 말을 보았소. 그대들도 보았는지? 저기 맨 먼저 들어오는 자는 아르고스 왕 중 한 분인 티데우스의 아들 디오메데스요." 이렇게 말하는 동안 디오메데스가 어깨로부터 채찍을 내리치자 말은 구름을 일으키며 바퀴 자국이 날 틈도 없이 재빨리 달렸다. 비로소 디오메데스가 경기장 한가운데 모습을 나타냈는데 말들의 목과 가슴에서는 땀이 뚝뚝 떨어졌다. 디오메데스는 전차에서 내려 채찍을 멍에에 기대어 놓았다. 다음에는 안틸로코스가 실력이 아닌 꾀로 메넬라오스를 따돌리고 들어왔다. 거리 차이는 별로 없었다. 그다음에 메넬라오스가 전차와 말 사이 정도 거리를 두고 들어왔다. 주로가 조금만 더 길었다면 예측불허였을 것이다. 뒤이어 메리오네스가 창을 던질 거리만큼 뒤처져 들어왔다. 그의 말이 가장 느리고 그도 경주 운영에 서툴렀기 때문이다. 마지막으로 에우멜로스가 전차를 끌면서 들어왔다. 아킬레우스가 감정을 숨김없이 드러냈다. "가장 잘하는 사람이 나중에 오니 그에게도 적당한 상품을 줍시다. 2등을 줍시다. 1등은 디오메데스가 타야 할 테니까." 모두 박수갈채를 보냈지만 안틸로코스가 자기 권리를 주장하고 나섰다. "아킬레우스 장군이시여! 이건 부당합니다. 물론 에우멜로스가 뛰어나고 그가 재난을 당했다는 건 알지만 엄연히 2등으로 들어온 건 저입니다. 그러니 그가 딱해 호의를 베풀고 싶다면 그대의 막사에 금이 얼마든지 있지 않소? 아니, 더 큰 상을 언제든지 줘도 좋겠지만 그 노새만큼은 절대로 양보할 수 없습니다." 아킬레우스는 자신의 막역한 친구가 이렇게 말하자 빙그레 웃었다. "그대 말이 옳구려. 에우멜로스 몫으로는 내가 아스테로파이오스에게서 빼앗은 청동 갑옷을 주겠소. 그게 그에게는 값진 선물이 될 것이오." 그러자 메넬라오스가 매우 분개했다. "안틸로코스여! 그대가 이번에 내게 어떻게 했는지 생각해 보시오. 별로 좋다고도 할 수 없는 말로 내 진로를 막고 내 말의 명성을 더럽혔소. 장군과 여러분께 청하건대 우리 둘을 공평하게 판단해주시기 바라오. 자, 안틸로코스여! 관례대로 그대의 전차와 말 앞에 서서 채찍을 잡고 '지진의 신'과 모든 신의 이름을 걸고 일부러 내 전차를 방해하지 않았다고 맹세해보시오." 총명한 안틸로코스가 다시 대답했다. "메넬라오스여! 저를 용서하소서. 청년은 성미가 급하고 지혜가 경망합니다. 제가 탄 노새는 기꺼이 양보하겠습니다. 또한, 한평생 장군의 미움을 사기보다 그 이외 것이라도 드리겠으니 노여움을 푸소서." 이렇게 말하자 메넬라오스의 마음도 옥수수 이삭에 내린 이슬처럼 누그러져 말투가 부드러워졌다. "안틸로코스여! 화를 기꺼이 풀겠소. 경솔한 적이 한 번도 없던 그대가 이번만은 지나쳤소. 하지만 이 모든 고생이 나 때문에 생겼으니 그대의 청을 받겠소. 그리고 나도 그대에게 그 노새를 선사하리다." 그런 다음 그들은 권투 시합에 돌입했다. 이 힘든 경기의 상품으로는 참을성이 많은 6년생 노새가 걸렸고 패자에게는 손잡이 두 개가 달린 잔을 준비했다. 이윽고 아킬레우스가 일어나 말했다. "아트레우스의 아드님과 모든 용사여! 권투할 용맹한 선수는 모두 나오시오. 누구든 인내하는 자가 이 노새를 자기 막사로 끌고 갈 것이오. 패자에게는 손잡이 두 개가 달린 잔을 드리겠소." 그러자 키 큰 훌륭한 권투선수 에페이오스가 나왔다. 그는 노새에 손을 얹고 말했다. "잔을 원하는 분은 누구든 나오시오. 권투로 나를 이길 자는 없을 거라고 말할 수 있습니다. 자, 누구든 살이 찢기고 뼈가 부러질 각오로 나와 싸웁시다." 이렇게 말하자 잠시 쥐 죽은 듯 고요했다. 이윽고 오직 한 명, 메키스테우스 왕의 아들 에우리알로스가 일어섰다. 그는 테바이의 오이디푸스 왕의 장례식에 참석했다가 카드메이아인들을 모두 무찌른 관록이 있었다. 디오메데스가 에우리알로스에게 띠를 둘러주고 훌륭한 가죽 장갑을 끼워준 후 행운을 빌었다. 둘은 채비를 마치고 링 한가운데로 들어가 맹렬히 주먹을 휘두르며 치고 빠졌다. 드디어 에페이오스에게 기회가 왔다. 그는 에우리알로스가 다가서는 틈을 타 턱을 한 대 갈겼고 에우리알로스는 엉겁결에 묻어 나온 물고기가 해초에 뚝 떨어지듯 '쿵' 소리와 함께 쓰러졌다. 그러자 동료들은 어깨가 축 늘어진 그를 부축해 구석으로 데려가 앉히고 잔을 받아왔다. 이번에는 아킬레우스가 세 번째 경기인 레슬링의 상품을 가져와 사람들에게 보여줬다. 승자에게는 소 12두에 해당하는 큰 세 발 솥을 준비했고 패자에게는 소 네 두 값에 해당하는, 재색이 뛰어난 여인을 걸었다. “이 상품을 걸고 싸우고 싶은 사람은 나오시오.” 그러자 텔라몬의 아들 아이아스가 일어났고 이어서 경기의 모든 묘수를 아는 오디세우스가 일어났다. 둘은 짧은 바지를 입고 링 한가운데로 들어가 서로 꽉 붙잡았다. 둘은 유명한 목수가 바람을 견디도록 높은 집의 지붕을 고정시킨 서까래 한 쌍처럼 팽팽히 서 있었다. 서로 당길 때마다 등에서는 ‘삐걱’ 소리가 났다. 얼마나 힘을 줬는지 땀방울에 피가 섞여 나왔다. 그러나 텔라몬의 아들 아이아스는 오디세우스를 쓰러뜨리지 못했고 오디세우스도 상대방을 쓰러뜨리지 못했다. 구경꾼들이 지치기 시작하자 텔라몬의 아들 아이아스가 말했다. “불패의 오디세우스 장군이시여! 나를 치시오. 아니면 내가 그대를 치리다. 이후에 일어나는 일은 제우스에게 맡깁시다.” 이렇게 말하고 아이아스가 오디세우스를 들어 올렸지만 오디세우스가 속지 않고 그의 무릎 뒤쪽을 치자 아이아스는 무릎이 꺾이며 자빠졌고 오디세우스도 그의 가슴 위에 엎어졌다. 이번에는 오디세우스가 아이아스를 들치기로 메치려고 했지만 실패해 무릎을 감아 걸었고 둘은 함께 나동그라졌다. 둘이 얼른 일어나 다시 맞붙으려고 하자 아킬레우스가 말렸다. “이제 그만하시오. 무승부를 선언하겠소. 같은 상을 받기로 하고 다음 순서로 들어갑시다.” 그제야 둘은 웃으며 먼지를 털고 튜닉을 입었다. 이번에는 달리기 경주였다. 1등에게는 세상에서 가장 아름다운 시돈

오디세우스와 아이아스의 레슬링 경기
민첩한 오디세우스가 승리한다.

산 고급 술병을 내놨는데 파트로클로스가 리카온의 몸값으로 에우네오스에게서 받은 것이었다. 2등에게는 살찐 암소, 3등에게는 ½달란트의 금을 주기로 했다. 이윽고 아킬레우스가 일어나 말했다. "달리기 경주에서 이 상품을 탈 사람은 나오시오." 그러자 오일레우스의 날렵한 아들 아이아스와 지략이 뛰어난 오디세우스, 네스토르의 아들 안틸로코스가 일어났다. 그들이 한 줄로 서자 아킬레우스가 결승점을 가리켰다. 출발부터 아이아스가 간발의 차로 오디세우스를 앞서기 시작했는데 길쌈할 때의 얼레와 여인의 가슴 사이만큼 박빙이었다.

마지막 코스에 다다르자 오디세우스가 아테나에게 조용히 축원을 올렸다. "여신이시여! 원하건대 내 다리에 그대의 착한 힘을 더해주시어 승리하게 하소서." 그의 축원을 들은 아테나가 그의 팔다리를 가볍게 해준 대신 아이아스를 살짝 건드려 미끄러지게 했다. 그래서 오디세우스가 첫 번째로 들어와 술병을 받고 아이아스는 암소를 차지했다. 아이아스는 소를 잡고 입속 먼지를 퉤퉤 뱉으며 투덜거렸다. "제기랄! 여신이 나를 넘어뜨렸어. 여신은 어머니나 된 듯 오디세우스를 따라다니며 도와주거든." 그가 투덜대자 사람들은 박장대소했다. 마지막으로 들어온 안틸로코스가 상을 받으며 사람들에게 말했다. "동지들이여! 여러분도 잘 알겠지만 '불사신'께서는 연장자를 존경하나 봅니다. 아이아스 장군은 저보다 조금 위이고 오디세우스 장군은 그보다 더 윗세대인 구세대인데도 누구든 그분을 따라잡기는 어렵습니다. 아킬레우스 장군은 예외겠지만." 이렇게 안틸로코스가 아킬레우스에 대한 찬사로 끝을 맺자 아킬레우스는 흡족해하며 말했다. "안틸로코스여! 고맙소. 그대의 친절한 말씀을 들으니 내 그대의 상에 ½달란트의 금을 더 보태리다." 그러고는 아킬레우스가 사르페돈의 창과 방패, 투구를 가져오게 하더니 입을 열었다. "이것을 걸고 최고의 용사 둘을 초청하오. 무장하고 무구를 가져와 시합하는 것이오. 누구든 찔러 피가 흐르게 하면 내가 아스테로파이오스에게서 빼앗은, 트라키아의 훌륭한 은제 칼을 주겠소. 그리고 이 갑주는 둘이 나눠 갖고 성찬을 베풀어 대접하리다." 이 말에 텔라몬의 아들 아이아스와 디오메데스가 응했다. 그들이 각자 무구를 챙기고 갑옷 차림으로 나오자 모두 찬탄을 아끼지 않았다. 둘은 세 번 돌격해 서로 세 번 찔렀는데 아이아스는 디오메데스의 큰 방패를 뚫는 데 성공했지만 갑옷 때문에 살에는 닿지 못했다. 이번에는 디오메데스의 창이 아이아스의 큰 방패 위로 넘어가 목에 닿았다. 그러자 아이아스를 염려하는 사람들이 중단하라고 외쳤다. 그래서 아킬레우스는 디오메데스에게 칼집과 끈이 있는 칼을 줬다. 다음은 궁술 경기로 아킬레우스는 양날 도끼 열 자루와 외날 도끼 열 자루를 상품으로 내왔다. 모래밭 멀리 이물이 검푸른 배의 돛대를 표적 삼아 비둘기 다리를 묶어 날려보낸 후 큰소리로 말했다. "저 비둘기를 맞히는 사람들에게는 이 도끼를 모두 주겠소. 다만, 끈을 맞힌 사람들에게는 이 외날 도끼를 주겠소." 테우크로스 장군과 메리오네스가 일어났다. 테우크로스가 먼저 쐈지만 '궁술의 신'에게 1

년생 양을 제물로 바치기로 한 약속을 잊어 비둘기 다리에 맨 끈만 맞혀 땅에 떨어뜨리자 메리오네스가 '궁술의 신' 아폴론에게 1년생 양을 제물로 바치기로 약속하고 활시위를 당겼다. 화살은 비둘기를 정통으로 맞혔고 사람들은 환호성을 질렀다. 그래서 메리오네스는 양날 도끼 열 자루, 테우크로스는 외날 도끼를 함대로 가져갔다. 다음으로 아킬레우스는 쇠 원반을 내왔는데 힘센 에티온이 늘 던지던 것으로 아킬레우스가 에티온을 죽이고 다른 전리품과 함께 가져온 것이었다. "이 상품을 타고 싶은 사람은 일어나시오. 이긴 자는 목자든 농부든 쇠를 사러 도시에 갈 필요가 없을 것이오. 이것으로 풍부하게 쓸 수 있을 테니까." 이 경기에 도전한 자는 투사 폴리포이테스, 힘센 레온테우스, 텔라몬의 아들 아이아스, 에페이오스 장군이었다. 그들이 한 줄로 서자 먼저 에페이오스가 쇠 원반을 머리 위로 들어 올리더니 몸을 돌려 던졌다. 다음으로 아레스의 후예 레온테우스가 던지고 텔라몬의 아들 아이아스가 던졌는데 가장 멀리 나갔다. 마지막으로 폴리포이테스가 목동이 몽둥이를 휘둘러 소 떼 위로 날리듯 던졌는데 가장 멀리 나갔다. 사람들의 환호를 들으며 그의 동료가 상품을 함대로 날랐다. 마지막으로 아킬레우스는 긴 그림자가 지는 창과 소 한 두 값이나 나가는 큰 솥을 가져왔다. 그러자 아가멤논과 메리오네스가 일어났다. 아킬레우스가 말했다. "아가멤논이시여! 그 누구보다 고귀하신 왕께서 투창에서나 힘에서나 최고임은 모두가 인정합니다. 원하건대 이 상을 받으셔서 함대로 가져가소서. 그러나 동의하신다면 창은 메리오네스에게 줍시다." 아가멤논은 흔쾌히 동의하고 창을 메리오네스에게 줬다.

제14부

승자와 패자

파트로클로스 추모경기가 끝나자 모두 각자의 함대로 돌아가 휴식
했지만 모든 것을 정복한 아킬레우스는 사랑하는 벗의 뛰어난 기개를
떠올리며 가슴아팠다. 파트로클로스와 함께 얼마나 많은 공적을 세웠
던가! 전쟁 중 고난과 바다의 무서운 풍파를 얼마나 많이 극복했던가!
이런 것들이 주마등처럼 스쳐 지나가자 뜨거운 눈물을 흘렸고 잠자리
에서 뒤척이다가 실성한 듯 바닷가를 거닐며 먼동이 터오는 바다 쪽
을 바라보기도 했다. 그런 다음 헥토르를 전차에 잡아매고 파트로클
로스의 무덤 주위를 세 번이나 돌았다. 헥토르를 불쌍히 여긴 아폴론
은 시신의 피부가 상하지 않도록 방패로 쌌다. 아킬레우스가 분을 못
이겨 이토록 헥토르를 학대하자 '영광의 신들'은 헤르메스를 보내 시
신을 훔쳐내려고 했다. 그러나 헤라와 포세이돈, 아테나가 반대했다.
이 신들은 파리스가 중대한 잘못을 저질렀을 때부터 성스러운 트로이

아와 프리아모스, 그 국민을 미워하기 시작했다. 파리스는 세 여신이 자기 농장을 방문했을 때 파렴치한 육욕을 자신에게 허락해준 아프로디테 여신을 찬양하느라 다른 두 여신을 모욕한 적이 있었다.

이윽고 12일째 새벽이 밝아오자 아폴론이 원망하듯 말했다. "신들이시여! 정말 무정하십니다. 헥토르가 여러분께 올린 제물을 생각해보소서. 그런데도 시신마저 저렇게 방치하다니. 저렇게 안하무인인 아킬레우스만 왜 도와주고 싶어합니까? 신들이시여! 그에게서 동정심이라곤 눈곱만큼도 찾아볼 수 없습니다. 사자처럼 흉폭하기만 합니다. 그는 영웅일지 모르지만 영웅에게 따르는 고결함은커녕 피도 눈물도 없는 잔혹한 인간입니다. 그 같은 그가 고귀한 헥토르의 생명을 빼앗아 전차에 붙들어 매 파트로클로스의 무덤가에서 끌고 다니고 있습니다. 이는 있을 수 없는 만행이니 우리가 나서서 따끔히 혼내는 게 좋으리다. 말 없는 시신을 모욕하다니." 이 말에 헤라가 발끈했다. "은궁의 신이시여! 아킬레우스와 헥토르를 같은 위치에 놓는다면 그 말이 맞소. 그러나 헥토르는 보통인간이고 아킬레우스는 여신의 아들이오. 내 손으로 그의 어머니를 길러 신들의 은총을 받는 인간 펠레우스에게 시집을 보냈소. 그 결혼식에서 아폴론 그대도 하프를 뜯었지. 그런데도 그대는 하찮은 무리에게만 호의를 베풀려고 하는구려." 그러자 제우스가 끼어들었다. "헤라여! 그만두시오. 물론 둘은 지위가 다르지만 헥토르는 누구보다 신들의 총애를 받고 있소. 그는 진정으로 정성껏 제물을 올렸소. 내 신전에는 성찬이 끊기는 적이 없었고 제주와 향기 등 결례를 범한 적도 없었소. 하지만 아킬레우스 몰래 헥토르를 훔쳐낼 수는 없소. 그의 어머니가 파수를 보고 있으니 불가능하오. 누구든 테티스를 내게 보내면 권고해보리다. 아킬레우스가 프리아모스에게서 몸값을 받고 헥토르를 찾아가게 말이오." 이 말이 떨어지자 이리스가 전갈을 갖고 테티스를 향해 번개처럼 떠났다. 테티스는 만리타향 트로이아 땅에서 죽을 운명인 아들을 생각하며 큰 슬픔에 빠져 있었다. 이리스가 앞에 가 말했다. "테티스시여! 제우스께서 부르십니다." 은발의 테티스가 대답했다. "무슨 일로 주신께서 나를 부르신단 말이오? 내 가슴이 설움으로 무너지는데 '불사신들' 앞에 나타나는 게 부끄럽소. 어쨌든 갑시다. 제우스께서는 허튼 말씀은 안 하시니." 테티스는 가장 검은 솔을 걸치고 이리스를 따라 하늘로 솟구쳐 올라갔다. 거기에는 제우스와 '불사신들'이 모여 있었다. 제우스 옆에 앉아 있던 아테나가 테티스에게 자리를 내주고 헤라가 금잔을 주며 환영사를 하자 테티스는 이를 마시고 잔을 돌렸다. 이윽고 제우스가 입을 열었다. "테티스여! 슬픔에 빠져 있는데도 올림포스에 왔구려. 우리 신들은 헥토르의 시신 논쟁을 9일 동안이나 벌였소. 신들은 헤르메스에게 시신을 훔쳐오라고 하지만 나는 그대가 이 일에 나서주길 바라오. 그대는 막사로 가 신들이 노했다고 아들에게 말하시오. 누구보다 내가 화를 낸다고 알리시오. 그는 나를 두려워해 헥토르를 내줄 것이오. 그러면 나는 이리스를 프리아모스 왕에게 보내 아카이아 막사를 방문해 충분한 금은보화로 아들의 몸값을 치루겠소." 제우스의 뜻에 따라 아들의 막사로 달려간 테티스는 오열에 잠긴 아들을 발견했다. 막사에서는 털이 덥수룩한 양을 잡는 중이었다. 테티스는 아들의 머리를 쓰다듬으며 일렀다. "애야! 언제까지 슬픔과 한탄 속에 가슴만 쥐어뜯을 작정이냐? 이렇게 식사도 잠도 잊고 있으니. 너를 사랑하는 어미를 봐서라도 그만하거라. 무서운 죽음의 운명이 네게 다가오고 있으니 이제 내 말을 들거라. 신들께서 너 때문에 노하셨단다. 네가 격정에 사로잡혀 헥토르를 잡고 내놓지 않는다고 누구보다 제우스께서 화가 나셨단다. 그러니 몸값을 받고 내주자." 아킬레우스가 대답했다. "올림포스 주신께서 친히 분부하시는 거라면 몸값을 치루고 시신을 가져가라고 하십시오." 어머니와 아들은 한참 동안 흉금을 터놓고 대화를 주고받았다. 그동안 제우스는 이리스를 트로이아로 보냈다. "이리스여! 어서 트로이아로 가 프리아모스 왕에게 아카이아 막사로 충분한 금은보화를 가져오고 아들의 시신을 찾아가라고 전하라. 시종으로 노인한 명만 데려가라고 하라. 내가 헤르메스를 보내 호위할 테니 두려워하지 말고 일단 아킬레우스 막사로 들어가면 그도 해치진 못할 것이다. 아킬레우스도 불손하진 않으니까. 그는 애원하는 사람을 아끼는 가장 양심적인 사람이다." 질풍처럼 날쌘 발을 가진 이리스는 프리아모스 궁으로 향했다. 프리아모스 노왕은 더럽혀진 얼굴로 조각상처럼 앉아 있었고 아들들은 주위에 둘러앉아 눈물로 옷깃을 적시고 있었다. 그리고 딸들과 며느리들은 적의 손에 죽은 남편과 용사들을 생각하며 흐느끼고 있었다. 이리스는 오열을 삼키는 프리아모스 왕에게 조곤조곤 속삭였다. "프리아모스 왕이시여! 겁내지 마시오. 불길한 소식을 가져온 게 아니니까. 제우스께서는 지금 그대를 걱정하고 계시오. 그래서 그대에게 헥토르 왕자의 몸값을 치루라고 하셨소. 아킬레우스의 마음에 흡족하도록 충분한 금은보화를 준비해 아킬레우스의 막사로 혼자 가시오. 아무도 데려가지 마시고 늙은 시종이 노새를 몰게 해 헥토르의 시신을 싣고 오시오. 죽음을 전혀 두려워할 필요는 없소. 제우스께서는 헤르메스를 보낸다고 하셨소. 헤르메스가 아킬레우스에게 안내하면 아킬레우스든 누구든 당신을 해치진 못할 것이오. 아킬레우스도 무모하거나 불손하지는 않소. 애원하는 사람을 아낄 양심은 있을 것이오." 이렇게 말하고 이리스가 사라지자 노왕은 즉시 아들들에게 명령해 노새 마차를 준비시키고 그 위에 상자를 놓고 보물 창고에 들어가며 아내 헤카베에게 말했다. "여보! 지금 제우스께서 보낸 올림포스의 전령이 내게 말하길 아카이아 막사로 가 우리 아들의 몸값을 치루라는 거요. 충분한 금은보화를 싣고 가 아킬레우스를 달래면 가능하다고 했소. 그래서 갈 생각인데 부인 생각은 어떻소?" 그러자 헤카베는 비명을 질렀다. "도대체 무슨 말씀 하시는 거예요? 가장 뛰어난 판단력으로 이웃 나라에까지 명성이 자자하시던 분이 어떻게 혼자 불구대천의 원수를 만날 생각을 하시는 거예요? 당신 자식들을 숱하게 죽인 천인공노할 무뢰한을 만나려고 하시다니. 그는 신뢰라곤 눈곱만큼도 없는 식인종이에요. 절대로 가시면 안 돼요. 절대로.

프리아모스 앞에 나타난 이리스
제우스는 전령 이리스를 프리아모스 왕에게 보내
헥토르의 시신을 찾을 것을 종용한다.

가시면 안 돼요. 절대로. 그냥 집에 앉아 슬퍼합시다. 내 무슨 팔자가 기구해 이런 일을 겪는단 말인가. 그놈의 간을 질겅질겅 씹어먹어도 시원찮아요. 복수할 수만 있다면. 그 아이는 정말 꿋꿋했는데." 프리아모스 왕은 고집을 부렸다. "나는 갈 테니 말리지 마시오. 당신만은 나를 설득하려고 하지 말고 내 편이 되어주시오. 단순히 사제나 예언자가 권했다면 터무니없는 말로 여기고 단념했겠지만 이번에는 내 귀로 직접 신의 음성을 들었단 말이오. 그러니 내가 아카이아 막사에서 사랑하는 아들을 품에 안을 수만 있다면 그 자리에서 죽어도 여한이 없겠소." 그는 보물창고 문을 열어 아름다운 의상 12벌, 외투 12벌, 같은 수의 시트와 흰색 망토, 튜닉, 10달란트 금, 번쩍이는 세 발 솥 두 개, 큰 솥 네 개, 트라키아 사절이 선사한 아름다운 잔을 꺼냈다. 모두 가문의 보배였지만 노왕은 전혀 아깝지 않았다. 아들의 시신을 얼마나 찾아오고 싶었던가. 프리아모스 왕은 말리는 사람들이 귀찮아 사정없이 꾸짖었다. "꼴도 보기 싫으니 나가라. 여기까지 와서 왜 귀찮게 구느냐? 제우스께서 금쪽같은 내 자식을 빼앗아 갔는데 이게 다 무슨 소용이냐? 아, 도시가 쑥대밭이 되기 전에 황천길이나 떠나면 얼마나 좋을까." 그러고는 아들 헬레노스, 파리스, 아가톤, 팜몬, 안티포노스, 폴리테스, 데이포보스, 히포토스, 디오스에게 다시 소리쳤다. "이 몹쓸 놈들아! 썩 꺼져라. 네놈들이 헥토르 대신 죽었어야 했는데. 나는 정말 불행하지. 뛰어난 자식은 죽고 비열한 패거리들만 남았구나. 신과도 견줄 만한 메스토르, 유명한 전차의 투사 트로일로스, 신의 아들 같았던 헥토르가 모두 전사하다니. 그리고 불량배, 춤의 선수들로 무도장에서만 호걸이고 제 나라 사람들의 양과 염소를 약탈하는 놈들만 남아 눈에 얼씬거리고. 이놈들! 이거나 모두 실어라. 길을 떠나야겠다." 왕자들은 아버지의 청천벽력에 모두 놀라 서둘렀다. 훌륭한 새 노새 마차에 상자를 매달고 헥토르의 몸값으로 가져갈 금은보화를 날라 마차 위에 쌓았다. 이어서 발이 튼튼한 노새 한 쌍에 멍에를 멧는데 미시아인들이 프리아모스 왕에게 보낸 선물이었다. 프리아모스 왕과 시종이 준비 중일 때 수심에 찬 헤카베가 왔다. 떠나기 전 그들에게 술을 바치는 의식을 치르기 위해서였다. "이것을 들어 제우스 아버지께 술을 붓고 적진에서 무사히 돌아오길 비소서. 오른쪽으로 그 날쌘 전령의 새를 청하소서. 그분이 가장 아끼시는 새 말입니다. 전지전능하신 제우스께서 그 전령을 보내지 않으신다면 당신이 아무리 원하더라도 나는 가시는 데 찬성할 수 없습니다." 프리아모스 왕이 대답했다. "그대의 말에 따르겠소. 제우스께 공손히 은총을 구하는 건 좋은 일이오." 노왕은 손을 깨끗이 닦고 아내에게서 잔을 받아 술을 땅에 뿌리고 하늘을 우러러 축원을 올렸다. "오, 이다산에 군림하시는 우리 아버지시여! 아킬레우스가 제게 친절과 동정을 보이도록 허락하소서. 그리고 당신의 '전령의 신'이 어느 새보다 가장 아끼시는 새를 오른쪽으로 보내주소서. 그래서 제가 아카이아로 마음놓고 가도록 해주소서." 이렇게 프리아모스 왕이 빌자 전지전능하신 제우스께서 가장 실수 없는 검은 독수리를 보내줬다. 그 새의 날개폭은 부잣집 누각의 빗장 대문만큼 넓었다. 이 독수리가 도시 위 오른쪽으로 날아가는 것을 보고 모두 기뻐하며 마음이 누그러졌다. 노왕은 급히 마차에 올라 마부 이다이오스와 함께 주랑을 지나 앞문으로 달렸다. 노왕이 재빨리 한길을 지나가자 가족은 모두 황천길이나 떠나는 듯 흐느끼며 뒤따랐다. 이들이 평원에 나타나자 제우스는 노왕을 불쌍히 여겨 아들 헤르메스에게 말했다. "헤르메스여! 인간과 친해지고 싶어하는 네가 프리아모스를 아카이아 막사로 인도하라. 그리고 아킬레우스에게 가기 전에는 아무도 못 보고 눈치채지 못하게 하라." 헤르메스는 몹시 좋아하며 빛나는 황금투구를 신고 마술 지팡이를 들어 헬레스폰토스와 트로이아 땅까지 날아갔다. 거기서부터 그는 이제 막 수염이 나기 시작한 가장 매력적인 젊은 왕자로 변신했다.

한편, 노왕 일행은 일로스의 큰 무덤을 지나 강가에 멈춰 말에게 물을 먹이고 있었다. 헤르메스가 가까이 다가오자 시종이 프리아모스 왕에게 주의시켰다. "사람을 조심하십시오. 전하! 저 자가 우리를 순식간에 망쳐놓을 것 같으니 마차를 타고 달아나시거나 그의 무릎을 붙잡고 살려달라고 비십시오." 이 말에 노왕이 얼이 빠져 있는데 헤르메스가 다가와 노왕의 손을 잡았다. "노왕이시여! 사람들이 모두 잠든 밤에 어디로 가십니까? 비분강개를 일삼는 아카이아 병사들이 두렵지 않습니까? 이렇게 캄캄한 밤에 이 같은 물건을 가져가다가 들키기라도 하면 어쩌시려고요? 연세도 많으신 것 같은데. 그러나 저는 그대에게 조금도 폐를 끼치진 않겠습니다. 그대를 뵈니 아버지 생각에 보호해드리죠." 노왕이 대답했다. "여보시오! 젊은이. 그대와 같은 길손을 보내주시는 걸 보니 신께서 아직 저를 버리진 않으셨나 봅니다. 그대의 수려한 풍채를 보건대 착하시고 분명히 명문가 후손이신 것 같소." "노인이시여! 정확히 보셨습니다. 이제 솔직히 말씀해주십시오. 이 귀중한 물건들을 어디로 수송 중이십니까? 혹시 그 위대한 영웅이 죽어 트로이아의 멸망을 두려워하십니까? 천하의 고귀한 명장인 그대의 아드님이야말로 용사 중의 용사였는데." "도대체 그대는 누구십니까? 불운한 내 자식의 최후를 어떻게 아시오?" "노인이시여! 저도 그 영광의 벌판에서 그대의 자제를 봤습니다. 그뿐입니까? 아카이아군을 함대로 몰아쳐 파괴할 때도 그저 서서 감탄하며 봤습니다. 저는 아킬레우스의 비복으로 아킬레우스가 아가멤논에게 원한을 품고 싸우지 못하게 했습니다. 제 아버지는 폴릭토르이고 저는 7형제 중 막내입니다. 7형제가 제비뽑기해 제가 뽑혀 출정했습니다. 내일 아카이아군이 도성 공격을 다시 시작할 겁니다. 병사들이 가만 앉아 있는 데 싫증을 내 이제 장수들도 그들을 잡아둘 수가 없답니다." "그대가 정말 아킬레우스의 비복이라면 모든 걸 사실대로 말해주시오. 내 아들은 아직 함대에 있소? 아니면 이미 개밥이 되었소?" "노인이시여! 물론 그분은 아킬레우스 함대 옆 막사에 그대로 누워 계십니다. 12일 동안 그곳에 있는데도 피부가 상하지 않고 벌레 하나 덤비지 않았습니다. 아킬레우스가 새벽마다 무지막지하게 자기 친구의 무덤가로 끌고 돌아다닌 것은 사실이지만 그래도 상하진 않았습니다. 가서 보시면 이슬처럼 깨끗이 피가 씻겨 조금도 헌 데가 없음을 확인하실 겁니다. 찔린 데는 많지만 상처가 모두 아물었어요. 죽어서도 신들이 아드님을 얼마나 사랑하는지. 모두 아드님이 신께 정성을 다한 덕분입니다." 이 말에 노왕은 환히 웃었다. "젊은이! 죽은 내 아들은 올림포스에 계신 신들을 잊은 적이 정말 없었소. 그러니 모두 잊지 못하시는 겁니다. 내 정성이니 이 예쁜 잔을 받고 나를 보호해주시오. 나를 아킬레우스의 막사까지 인도해주시오." "노인이시여! 아킬레우스의 배후에서 선물을 받으라시면 저는 승낙할 수가 없습니다. 그분을 속이는 건 충심으로 부끄럽고 이것 때문에 불상사가 생길지도 모르니까요. 하지만 그곳까지 정성껏 인도하겠습니다. 아무도 그대를 무시하거나 공격하진 못할 겁니다." 말을 마친 헤르메스는 마차에 뛰어올라 말들과 노새들에게 힘을 불어넣었다. 그들이 아카이아군 진영에 도착했을 때 파수꾼들은 식사하느라 바빴다. 하지만 헤르메스는 이들을 모두 잠재운 후 비로소 프리아모스 왕에게 사실을 고했다. "왕이시여! 저는 '불사신' 헤르메스입니다. 아버지께서 그대를 인도하라고 저를 보내셨으니 이제 혼자 들어가서서 아킬레우스의 무릎을 붙잡고 그의 부모와 자식의 이름을 빌려 그의 마음을 움직여 보시죠." 헤르메스가 올림포스로 돌아가자 프리아모스는 막사로 들어가고 이다이오스는 그 자리에 남아 말과 노새를 지켰다. 아킬레우스는 때마침 아우토메돈과 알카모스의 시중을 받고 있었다. 프리아모스는 아킬레우스에게 가까이 다가가 무릎을 붙잡고 그 많은 자식을 죽인 살상의 손에 입을 맞췄다. 그제야 프리아모스 왕을 알아본 아킬레우스는 깜짝 놀라 어리둥절한 표정을 지었다. 그러나 프리아모스 왕은 아랑곳하지 않고 아킬레우스에게 간청했다. "가장 고귀하신 아킬레우스 장군이시여! 장군의 춘부장도 나처럼 인생의 종말에 다다랐음을 기억하소서. 진실로 그분께서도 그대가 아직 생존해 있다는 말을 들으면 충심으로 기뻐실 겁니다. 그러나 나처럼 불행한 늙은이가 어디 있겠소? 최고의 자식들을 전투에서 잃었으니 말입니다. 그중 우리의 방파제였던 그 자식이 지난번 그대의 손에 쓰러졌소. 헥토르 그놈이오. 그놈 때문에 내 감히 이곳까지 왔소이다. 몸값은 얼마든 줄 테니 내 아들을 돌려주소서. 게다가 나는 더더욱 동정을 받아야 할 몸. 내 자식을 죽인 자의 손에 입술까지 대고 있습니다." 그는 말을 마치고 아킬레우스의 손을 들어 올려 입술에 갖다 댔다. 그러자 아킬레우스의 가슴은 아버지 생각으로 몹시 괴롭고 쓰라렸다. 둘은 각자 죽은 사람들을 생각하며 울었다. 한 명은 아킬레우스의 발 앞에 엎드려 헥토르를 생각하며 울었고 다른 한 명은 자기 아버지와 파트로클로스를 생각하며 울었다. 이윽고 아킬레우스가 노인의 손을 잡고 일으켜 세우며 허심탄회하게 말했다. "오, 불쌍한 어른이시여! 어떻게 혼자 이곳까지 오셨습니까? 그대의 고귀한 자제를 모두 죽인 이 사람을 두 눈으로 어떻게 보십니까? 어서 자리에 앉으소서. 우리의 슬픔은 가슴속 깊이 잠시 묻어둡시다. 이는 신들이 가련한 인간에게 지우는 운명의 거미줄입니다. 제우스의 궁전에는 선물 항아리가

아킬레우스 앞에 무릎 꿇은 프리아모스
왕의 신분으로 노익장 프리아모스가 아킬레우스 앞에 무릎을 꿇고
헥토르의 시신을 돌려줄 것을 애원하는 장면이다.

두 개 있는데 하나에는 좋은 물건이 들어 있고 다른 하나에는 나쁜 물건이 들어 있습니다. '천둥의 신'은 이것을 뒤섞어 인간에게 줬습니다. 바로 내 아버지 펠레우스도 그렇습니다. 신들은 낳을 때부터 그분께 영광스러운 선물을 주시어 재화나 부에서는 부족할 게 없었습니다. 미르미돈 전역에 걸친 군주요. 인간의 몸일망정 여신을 아내로 모셨습니다. 그러나 신은 그분께 화도 내리셨죠. 외아들인 나는 그분보다 먼저 죽을 운명이랍니다. 더욱이 연로하신데도 아들인 나는 봉양한 번 못했습니다. 나는 이곳에 머물면서 그대를 괴롭혔고 자제들을 무찔렀습니다. 한때 대왕께서도 해상으로는 마카르의 영지 레스보스, 육지로는 프리기아까지 부와 자제를 지닌 지상의 권위자였다고 들었습니다. 그러나 하늘의 신들이 그대에게 이 같은 참화를 내려 전쟁과 살인밖에 없으니 대왕이시여! 부디 상심하지 마십시오. 아들의 죽음을 슬퍼한들 무슨 소용입니까? 죽은 자식을 살릴 방법은 없나이다."
그러자 프리아모스가 말했다. "고매하신 장군이시여! 내게 앉으라고 하지 마소서. 내 자식 헥토르는 여기 버려져 있는데 어서 그를 보고 싶습니다. 그리고 내가 가져온 많은 금은보화를 몸값으로 받으소서. 그대가 먼저 나를 용서했으니 그것을 기꺼이 받으시고 무사히 귀국하소서." 아킬레우스는 얼굴을 찡그리며 말했다. "노왕이시여! 헥토르는 내가 자진해 내놓을 생각입니다. 제우스께서 내 어머니 편으로 전갈을 보내셨습니다. 또한, 어느 신께서 그대를 이곳까지 인도했는지 잘 압니다. 그러니 설움에 싸인 내 성미를 더 이상 돋우지 마소서. 아니면 애원하더라도 그대도 살려두지 못하리다. 이는 제우스의 분부를 거역하는 죄가 됩니다." 아킬레우스의 말에 노왕은 두려움에 아무 말도 못했다. 아킬레우스가 사자처럼 펄쩍 뛰어 일어나자 아우토메돈과 알키모스가 그 뒤를 따랐다. 그들은 말들과 노새들을 마구에서 풀고 프리아모스의 시종을 데리고 들어가 자리를 권했다. 그런 다음 아킬레우스는 하녀를 불러 시신을 씻기고 기름을 바를 것을 명했다. 프리아모스에게 그의 아들을 보이고 싶지 않아 몰래 시신을 옮겼다. 노왕이 아들을 보면 노여움을 참지 못할 것이고 그러면 자신이 왕을 살해해 제우스의 분부를 거역하는 죄를 저지를까 봐 두려웠다. 하녀들은 시신을 씻기고 기름을 바른 후 튜닉과 망토를 입혔다. 그러자 아킬레우스는 손수 그를 들어 관대에 놓고 죽은 벗의 이름을 소리 높여 불렀다. "파트로클로스여! 헥토르를 그의 아버지에게 돌려줬다고 화내지 말라. 충분한 몸값을 받았고 그대에게도 적절한 대가를 치루리라." 아킬레우스는 막사로 돌아가 프리아모스에게 말했다. "그대의 아들은 원하시는 대로 이제 관대에 누워 있나이다. 해 뜰 무렵 귀로에 올라 상면하시고 지금은 만찬을 듭시다. 아름다운 니오베도 집에서 자식 12명을 잃고도 식사를 잊지 않았습니다. 6남 6녀였는데 아들은 아폴론이 은 활을 쐈고 딸은 아르테미스가 쐈습니다. 니오베에게서 둘밖에 낳지 못했다는 소리를 들은 이들이 화가 나 모두 살해한 겁니다. 시신은 9일 동안 피에 젖어 있었지만 제우스께서 사람들을 돌로 만들어 결국 10일째 되던 날 '하늘의 신들'이 그들을 묻었습니다. 하지만 니오베는 눈물을 흘리느라 지쳤지만 식사할 생각은 했습니다. 자, 그러니 존경하는 노왕이시여! 함께 식사나 하십시다. 그다음에는 아들을 일리오스로 운구해 우시든지 마음대로 하십시오. 그는 슬퍼할 만한 아들이었습니다." 이렇게 말하고 아킬레우스는 부하들에게 식사 준비를 시켰다. 갈증과 허기가 채워지자 프리아모스는 아킬레우스의 늠름한 풍채와 체격에 감탄했다. 정말 어느 신이 하늘에서 내려온 것 같았다. 아킬레우스도 프리아모스의 고상한 용모와 언변에 반했다. 한동안 서로 바라보다가 프리아모스가 입을 열었다. "장군! 이제 잠 좀 자게 해주소서. 그대의 손에 아들을 잃은 후로 눈 한 번 감아본 적이 없습니다. 하지만 이제 음식도 입에 대보았고 술로 목도 축였으니까요." 아킬레우스가 곧 현관에 침구를 갖출 것을 하녀에게 명하자 화려한 자색 모포와 침구를 깔고 입을 털옷도 가져왔다. 하녀들이 불을 밝혀 침대 두 개를 마련하자 아킬레우스가 무뚝뚝한 어조로 말했다. "대왕이시여! 문밖에서 주무셔야겠습니다. 아카이아 고문이 늘 찾아와 회의를 합니다. 그의 눈에 띄면 아가멤논의 귀에 들어가 시신 인도가 지연될 수 있습니다. 그리고 헥토르의 엄숙한 장례를 치르려면 며칠이나 걸리나요? 그동안 싸움을 삼가겠습니다." "그렇게 말씀해주시니 정말 고맙습니다. 아시는 바와 같이 산에서 나무를 베어오는 것도 거리가 멀어 시간이 걸리고 사람들은 매우 겁을 냅니다. 현재 계획으로는 10일째에 장례식을 치르고 11일째에는 무덤을 만들겠으니 12일째부터 전투를 재개하면 어떨까요?" 아킬레우스가 대답했다. "노왕이시여! 그대로 하소서. 말씀대로 그동안 전투를 보류하겠습니다." 아킬레우스는 노왕의 손을 잡아 안심시켜 현관으로 안내한 후 막사 구석에서 사랑스러운 브리세이스 옆에 누웠다. 만물이 깊은 단잠에 빠진 밤이 깊어지자 헤르메스는 프리아모스 왕을 빼낼 궁리를 했다. 결국 헤르메스는 노왕에게 다가가 속삭였다. "노왕이시여! 이렇게 적의 수중에서 잠이 드시다니. 장래 일을 생각하소서. 아가멤논이나 다른 사람의 눈에 띄면 살아 있는 당신이 돌아가려면 아들의 세 배나 되는 몸값을 치러야 할 것이오." 그러자 노왕은 얼른 시종을 깨우고 헤르메스가 인도하는 대로 쏜살같이 아무도 모르게 막사를 빠져나갔다. 크산토스의 얕은 물에 다다르자 헤르메스는 그들을 남겨두고 올림포스로 돌아갔다.

'새벽의 여신'이 비단옷으로 지상을 덮을 무렵 그들은 도성으로 들어갔다. 맨 먼저 아프로디테와 같은 카산드라가 그들을 봤다. 그녀는 성 위에 올라 아버지가 오는지 망을 보고 있었다. 그녀는 큰소리로 통곡하며 도성의 모든 사람에게 호소했다. "트로이아의 선남선녀들이여! 헥토르를 보라. 일찍이 온 나라의 자랑이던 그가 오도다. 전선에서 돌아오는 그를 환영한 적이 있다면 모두 나오라." 트로이아 시민들의 가슴에 슬픔의 불길이 솟구쳤다. 그들은 한 명도 빠짐없이 뛰어나와 그들을 맞았다. 먼저 헥토르의 아내와 어머니가 머리를 쥐어뜯으며 마차로 달려와 머리를 껴안고 통곡했다. 이윽고 노왕이 마차에서 소리쳤다. "길을 비켜라. 집에 가서 마음껏 울어라." 그제야 사람들이 길을 터줘 마차가 지나갈 수 있었다. 헥토르의 시신을 궁전으로 옮겨 훌륭한 관 위에 올리자 조상꾼들이 옆에 서서 조가를 불렀다. 여인들의 곡성이 합창을 이뤘다. 안드로마케가 투사의 목을 끌어안고 원망하며 통곡했다. "여보! 정말 야속하구려. 나를 과부로 만들고 갓 난 외아들을 버려두다니. 이제 우리 성도 쑥대밭이 될 것이오. 우리의 방파제였던 당신이 가고 말았으니. 머잖아 굴욕적인 고역이 기다리는 곳으로 끌려가거나 누군가가 이 아이를 죽일지도 모릅니다. 당신이 죽인 사람의 형제나 아비, 자식이 복수로. 당신 손에 쓰러진 자도 많으니까요. 여보! 당신은 부모님께도 못 할 짓을 하셨고 누구보다 내게 잘못하셨습니다. 당신은 이렇게 우는 나를 몰라보고 자나 깨나 잊지 못할 달콤한 한마디도 못 해주시니 말입니다." 그녀의 절규에 부인들이 함께 통곡했다. 헤카베가 아들을 어루만지며 슬퍼했다. "가장 사랑하는 내 아들아! 눈에 넣어도 아프지 않을 내 자식아! 너는 죽어서까지 신들의 사랑을 받는구나. 아킬레우스의 창에 쓰러졌건만 너는 이렇게 아침이슬처럼 깨끗이 누워 있구나. 아폴론이 화살로 가볍게 찌른 것처럼." 이번에는 헬레네가 슬퍼했다. "헥토르시여! 시아주버니 중에서 가장 존경한 분이시여! 고향을 떠나 이 지역에 온 지 어언 20년이 되었지만 당신에게서 고까운 말이나 불쾌한 음성을 들어본 적이 없습니다. 누군가가 나를 꾸짖으면 당신은 항상 온화한 말씀으로 말리셨습니다. 불행한 이 몸에 유독 친절히 대해주셔서 제 슬픔은 더 큽니다."

트로이아로 돌아온 헥토르의 시신
트로이아 성으로 돌아온 헥토르의 시신을 보고 안드로마케와 폴릭세네 등
트로이아 여인들이 통곡하는 장면이다.

헬레네가 이렇게 통곡하자 시민들이 모두 눈물을 멈출 줄 몰랐다. 이윽고 프리아모스 노왕이 입을 열었다. "자, 트로이아 시민들이여! 적의 복병을 걱정하지 말고 장작을 날라오라. 아킬레우스 장군이 12일째 동이 틀 때까지는 해를 끼치지 않겠다고 약속하셨다." 그러자 사람들은 9일 동안 장작을 쌓고 10일째 되던 날 헥토르의 시신을 장작더미 위에 올리고 불을 놓았다. 다음날 '새벽의 여신'이 장밋빛 손길을 뻗치자 시민들은 헥토르의 화장터로 모여들었다. 형제와 전우들은 눈물을 흘리며 사그라지는 불길을 술로 끄며 유골을 모아 황금상자에 넣었다. 그런 다음 고운 자색 비단에 싸 구덩이에 넣고 그 위에 큰 돌을 세우고 곧 무덤을 쌓아 올렸다. 아카이아군이 약속했던 날보다 앞서 공격할 경우에 대비해 망보는 병사들도 배치했다. 드디어 무덤이 완성되자 그들은 성으로 돌아가 프리아모스 궁전에서 성대한 추모 연회를 열었다. 이렇게 헥토르의 장례식을 치렀다.

제15부

EPILOGUE

에오스와 멤논

헥토르가 죽은 후에도 트로이아는 바로 함락되지 않았고 새로운 동맹자의 원조로 저항을 계속했다. 그 동맹자 중 한 명은 에티오피아의 왕 멤논이었다. 멤논은 '새벽의 여신' 에오스의 아들이었다. 에오스는 아프로디테에 의해 늘 사랑에 빠진 저주에 걸려 욕망과 소유욕을 통제하지 못한 채 납치극을 몇 번이나 저질렀다. 케팔로스 이전에는 포세이돈의 아들 오리온과 데이온이 있었고 이후에는 트로이아의 왕자 티토노스가 있었다. 에오스는 티토노스와의 사이에서 아들 에마티온과 멤논을 낳았다. 에마티온은 에티오피아 왕이었는데 헤라클레스가 11번째 과업을 달성할 때 황금사과를 따지 못하게 막아서자 그의 몽둥이에 맞아 죽었다. 에마티온이 죽자 멤논이 에티오피아 왕위를 이어받았다. 멤논은 에오스가 가장 아끼는 아들이었다. 멤논이 왕위에 있을 때 트로이아 전쟁이 일어났다. 그런데 사촌 격인 헥토르가 죽자 멤논은 친척 간인 트로이아를 지원하기 위해 군대를 이끌고 트로이아로 왔다. 멤논의 군대는 헤파이스토스의 무구로 무장했다. 멤논은 전장에 나가 그리스의 노장 네스토르의 아들 안틸로코스를 죽이고 아킬레우스와 맞붙었다. 아킬레우스의 어머니 테티스와 멤논의 어머니 에오스는 제우스를 찾아가 그들의 운명을 물었다. 제우스는 신성한 저울에 두 영웅의 운명을 달아봤다. 저울은 멤논 쪽으로 기울었다. 저울이 기우는 것은 하계를 향한다는 뜻으로 죽음을 의미한다. 결국 멤논은 아킬레우스와의 싸움에서 목숨을 잃었다. 에오스는 그의 시신을 에티오피아로 옮겼고 이후 사람들은 새벽마다 들판을 뒤덮는 이슬을 에오스의 눈물이라고 믿었다.

'아마존의 여왕' 펜테실레이아

트로이아의 새로운 동맹자 중 다른 한 명은 '아마존의 여왕' 펜테실레이아다. 그녀는 군신 아레스의 딸로 사냥터에서 사슴에게 던진 창이 빗나가 동생 히폴리타를 죽여 심한 자책감에 빠져 있었다. 그러던 중 트로이아의 프리아모스 왕에 의해 죄가 씻긴 인연으로 여전사 부족인 아마존을 이끌고 트로이아 전쟁에 참가했다. 아마존 여전사들의 용맹함과 전투 때의 무서운 함성효과에 대해서는 여러 문헌에서 똑같이 증명하고 있다. 그녀들은 전장에서 활을 잘 쏘기 위해 한쪽 가슴을

아킬레우스와 펜테실레이아
아킬레우스가 아마존족의 펜테실레이아를 전사시켰지만
그녀의 미모를 알아보고 안타까워하는 장면이다.

절단했다. 헥토르가 죽은 후 트로이아에 도착해 아킬레우스를 죽이겠다고 호언하고 전투에 나서 많은 그리스 병사를 쓰러뜨린 후 아킬레우스와 대적하게 되었다. 그러나 그녀는 아킬레우스가 던진 창에 오른쪽 가슴을 찔려 전사했다. 투구가 벗겨진 여왕의 얼굴을 본 아킬레우스는 젊고 아름다운 모습에 슬픔과 동정을 느껴 퇴각하는 아마존군을 추격하지 않았다. 아킬레우스는 펜테실레이아 여왕의 시신을 관에 넣어 트로이아 성으로 보내줬다. 프리아모스 왕은 아마존군 전사자들의 시신을 화장하고 그 재를 황금관에 넣어 트로이아 왕들의 무덤에 묻어줬다고 한다.

아킬레우스의 죽음

폴릭세네는 트로이아 왕 프리아모스의 딸이었다. 그녀는 오빠 헥토르와 트로일로스가 아킬레우스 손에 죽자 복수를 다짐하고 있었다. 헥토르가 전사해 잠시 휴전한 어느 날 폴릭세네는 헥토르의 무덤에서 혼자 울고 있었다. 그때 염탐 나온 아킬레우스는 폴릭세네의 아름다운 자태에 반해 자신과 결혼하면 전쟁을 끝내겠다고 약속했다. 폴릭세네는 팀블레의 아폴론 신전에서 결혼식을 올리자고 했다. 그리고 그녀는 아킬레우스의 약점이 발뒤꿈치라는 사실을 알아내 파리스에게 귀띔해줬고 파리스는 아폴론 신상 뒤에 숨어 있었다. 한편, 아킬레우스는 오디세우스와 아이아스에게 '파리스의 계략 아니냐?'라는 충고를 받고 가지 말라는 권고를 받았다. "결혼하면 처남 매부 사이가 될 텐데 무엇을 걱정하겠소?" 아킬레우스는 이렇게 말하며 신전으로 갔다. 잠시 후 폴릭세네가 예쁘게 치장하고 나오자 아킬레우스도 나타나 결혼서약을 하려고 했다. 아킬레우스가 폴릭세네를 껴안는 순간 파리스가 독화살을 쏴 아킬레우스의 발뒤꿈치를 맞혀 쓰러뜨렸다. 아킬레우스의 어머니 테티스는 그가 갓난아기였을 때 그를 황천에 있는 스틱스강 물에 담가 그녀가 잡고 있던 발뒤꿈치를 제외한 신체 모든 부위를 상하지 않게 했다. 파리스가 나타나자 아킬레우스는 폴릭세네에게 '파리스와 짜고 나를 속였구나.'라고 소리치고 죽었다. 이 같은 잔혹한 배신으로 죽음을 맞은 아킬레우스의 시신은 아이아스와 오디세우스에 의해 구출되었다. 아킬레우스의 어머니 테티스는 아들의 죽음을 매우 슬퍼했다. 테티스는 아킬레우스의 갑옷을 생존자 중에서 그것을 가장 받을 만하다고 인정된 영웅에게 주라는 지령을 그리스군에 내렸다. 아이아스와 오디세우스 둘만 후보로 나섰다. 대장 중에서 심사위원이 선정되었다. 심사 결과, 갑옷은 오디세우스에게 수여되었는데 용기보다 지혜를 더 높이 평가했기 때문이다. 선택받지 못한 아이아스는 스스로 목숨을 끊었고 그의 피가 땅속에 스며든 곳에 히아킨토스 한 송이가 피었다. 그 잎에는 아이아스의 이름 첫 두 글자 '아이(AI)'가 새겨져 있었다. '아이'는 비애를 뜻하는 그리스어다.

아킬레우스의 죽음
폴릭세네가 아킬레우스의 치명적인 약점을 알아내 파리스에게 알리자
파리스가 독화살로 아킬레우스의 발뒤꿈치를 쏴 죽이는 장면이다.

필록테테스의 참전과 파리스의 죽음

헤라클레스가 가진 화살의 도움 없이는 트로이아를 함락할 수 없다는 신탁이 나왔다. 그 화살은 헤라클레스의 친구로 최후까지 그와 함께 있었고 그의 시신을 화장할 때 불을 붙인 필록테테스 수중에 있었다. 필록테테스는 그리스군에 참여했는데 렘노스섬에서 뱀에 물려 혼자 낙오되어 있었다. 그리스군 진영에서는 디오메데스를 보내 렘노스섬에 남아 있던 필록테테스에게 사과하고 그를 전장으로 데려와 마카온이 필록테테스의 상처를 치료했다. 그 후 운명적인 화살의 최초 희생자는 파리스였다. 파리스는 고통 속에서도 자신이 헬레네와 영화를 누리는 동안 잊었던 사람을 기억해냈다. 그가 젊었을 때 제우스의 양떼를 돌보다가 이다산의 님페 오이노네와 결혼했지만 문제의 미녀 헬레네 때문에 그녀를 버린 것이다. 그때 파리스는 자신이 버린 오이노네의 말이 떠올라 이다산으로 오이노네를 찾아갔다(또는 전령을 보내 오이노네에게 도움을 청했다는 설도 있다). 하지만 오이노네는 자신을 냉정하게 버린 파리스에 대한 서운함에 그를 치료하기를 거부했다(그녀의 아버지가 치료를 거부했다는 설도 있다). 결국 파리스는 트로이아로 돌아오는 길에 목숨을 잃었다(사신의 소식에 실망해 죽었다는 설도 있다). 남편을 무정하게 돌려보낸 후 오이노네는 곧 후회해 치료제를 챙겨 파리스에게 서둘러 갔지만 파리스는 이미 숨을 거둔 후였다. 남편의 싸늘한 시신을 본 오이오네는 목을 매 자살했다(오이노네가 파리스를 화장하는 장작더미에 몸을 던져 함께 화장되어 묻혔다는 설도 있다).

파리스의 죽음
전장으로 돌아온 필록테테스는 헤라클레스의 활을 쏴 파리스를 절명시킨다.
죽어가는 파리스를 보고 헬레네는 그를 외면한다.

트로이아 목마와 라오콘

트로이아에는 팔라디온이라는 아테나의 유명한 조각상이 있었다. 이 조각상은 하늘에서 떨어졌다고 전해지며 이 조각상이 트로이아 성 안에 있으면 트로이아는 함락되지 않는다는 신앙이 퍼져 있었다. 오디세우스와 디오메데스가 변장해 성안에 들어가 팔라디온을 탈취해 그리스군 진영으로 가져왔지만 그래도 트로이아는 함락되지 않았다. 그리스군은 트로이아를 무력으로 정복할 수 없음을 깨닫고 오디세우스의 충고대로 책략을 쓰기로 했다. 그리스군은 트로이아 성 공격을 포기하는 것처럼 꾸미고 일부 함선을 퇴각시켜 근처 섬 뒤에 숨긴 후 거대한 목마를 제작했다. 그들은 목마를 아테나에게 바칠 선물이라고 선전했지만 사실 그 안에는 무장한 병사들이 숨어 있었다. 나머지 그리스군은 함선으로 돌아가 철수하는 것처럼 바쁘게 움직였다. 트로이아군은 그리스군이 철수하고 함대가 떠나는 것을 보고 적이 공격을 포기한 것으로 여겼다. 굳게 닫혔던 성문이 모두 열리고 성안 백성들은 얼마 전까지만 해도 그리스군 진영을 마음대로 다니게 된 것을 기뻐하며 밖으로 몰려나왔다가 그리스군이 남겨둔 거대한 목마를 발견했다. 트로이아인들은 거대한 목마가 어디에 쓰는 건지 궁금했다. 전리품으로 여겨 성안으로 옮기는 것이 좋겠다거나 분명히 음모가 있을 거라며 두려움에 떠는 사람들도 있었다. 그같이 주저할 때 포세이돈의 사제 라오콘이 외쳤다. "여러분! 도대체 이게 무슨 미친 짓입니까? 그리스군은 간계에 능하므로 늘 경계해야 한다는 걸 여러분도 잘 알고 있지 않습니까? 나라면 그들이 어떤 선물을 바치더라도 절대로 경계를 풀지 않을 겁니다." 이렇게 말하며 거대한 목마의 옆구리에 창을 던졌다. 속이 빈 것 같은 울림이 신음과 섞여 들려오자 트로이아 병사들은 그 충고를 받아들여 목마와 그 속에 있는 모든 것을 파괴하려고 했다. 바로 그 순간 한 무리의 사람들이 그리스인으로 보이는 죄수 한 명을 끌고 나타났다. 그는 두려움에 정신을 잃고 허둥대며 대장들 앞에 끌려 왔다. 그는 대장들 앞에서 실신할 정도로 떨었다. 대장들은 묻는 말에 대답만 하면 목숨만은 살려주겠다고 약속하면서 그를 진정시켰다. 그는 자신이 시논이라는 그리스인으로 오디세우스가 자신을 싫어해 그리스군이 퇴각할 때 혼자 남았다고 대답했다. 목마에 대한 질문에 그것은 아테나의 비위를 맞추는 헌납품일 뿐이고 그렇게 크게 만든 이유는 성안으로 운반하지 못하게 하기 위해서라고 대답했다. 목마가 트로이아군 수중에 들어가면 트로이아군이 틀림없이 승리한다고 예언자 칼카스가 말했기 때문이라고 덧붙였다. 그 말을 들은 트로이아군은 심경에 변화가 생겨 거대한 목마와 그에 결부된 길조를 확보할 방책을 강구하기 시작했다. 그때 갑자기 괴이한 사건이 발생해 점점 더 의심할 여지가 없어졌다. 큰 뱀 두 마리가 바다에 떠올라 육지로 다가오자 군중들은 사방으로 도망쳤다. 뱀은 라오콘이 두 아이를 데리고 선 곳으로 왔다. 뱀은 먼저 아이들을 공격해 몸을 칭칭 감고 얼굴에 독을 내뿜었다. 라오콘이 아이들을 구출하려고 했지만 뱀이 그의 몸을 감고 말았다. 그는 뱀을 뿌리치기 위해 사력을 다했지만

라오콘

아폴론 신을 섬기는 사제 라오콘은 거대한 목마를 보고 성안에 들이면 안 된다고 주장했고
심지어 목마의 복부에 창을 던져 그리스군의 매복을 확인하려고까지 했다. 그러자 포세이돈
이 큰 바다뱀 두 마리를 보내 라오콘과 그의 두 아들을 죽인다.

뱀은 그와 아이들의 목을 졸랐다. 사람들은 이 사건을 라오콘이 목마에게 무례한 말을 해 신들이 노한 징조로 생각해 더 이상 주저하지 않고 목마를 성스러운 물건으로 생각했고 적당한 의식을 올려 성안으로 끌고 갈 준비를 했다.

의식은 노래와 승리의 환호 속에서 치러졌고 온종일 잔치가 계속되었다. 밤이 되자 목마 뱃속에 숨어 있던 병사들이 첩자 시논의 도움으로 목마에서 빠져나와 어둠을 틈타 귀환한 그리스군에 성문을 열어줬다. 성은 불탔고 잔치로 인한 피곤함에 잠든 백성들은 참살되었다. 드디어 트로이아는 완전히 정복되었다. 프리아모스 왕은 그리스군에게 성이 점령당하던 날 밤 피살되었다. 피살되기 전 그는 무장하고 무사들과 함께 싸우려고 했지만 늙은 왕후 헤카베에게 설득당해 딸들과 함께 제우스의 제단으로 가 탄원했다. 그동안 막내아들 폴리테스가 아킬레우스의 아들 피로스(네오프톨레모스)에게서 부상당하고 그곳으로 쫓겨와 아버지의 발밑에서 절명했다. 격분한 프리아모스는 힘없는 손으로 피로스에게 창을 던졌지만 곧바로 피살되었다. 헤카베와 딸 카산드라는 포로가 되어 그리스로 연행되었다. 카산드라는 아름다운 미모로 아폴론의 마음에 들었지만 올림포스의 미남 신 아폴론은 유독 사랑에는 운이 없었다. 사랑에 서툰 그는 예지력을 미끼로 카산드라의 마음을 얻으려고 했다. 미래를 내다보는 능력은 신의 영역이므로 신의 계시를 읽어 전달하는 예언자가 되는 것은 인간의 욕망이지만 카산드라는 위대한 신의 사랑을 기만했다. 그녀는 예지력만 받고 아폴론 신의 사랑을 거부하고 말았다. 카산드라는 트로이아 목마를 성안에 들이면 절대로 안 된다고 절규했지만 트로이아인들은 그녀의 외침에 귀기울이지 않았다. 사람들이 목마를 전리품으로 생각하고 성안으로 옮기려고 하자 카산드라는 목마가 가져올 불길한 사태를 예상하고 그들을 만류했지만 아무 소용이 없었다. 제사장 라오콘만 그녀에게 동조했다. 트로이아가 함락되고 도시가 화염에 휩싸여 있을 때 카산드라는 신전으로 도망가 아테나 여신상에 매달렸다. 아이아스는 신전까지 쫓아와 아테나 신 따위는 아랑곳하지 않고 카산드라의 머리채를 잡아 끌어내 아테나의 제단에서 그녀를 겁탈했다. 인간이 신전에서 사랑을 나누면 신성모독죄다. 폭력행위가 더해지면 더 말할 것도 없다. 그리스인들이 이 같은 사실을 알고도 '작은 아이아스'를 벌하지 않자 아테나 여신은 노여움을 드러냈다. 그리스 함대가 고국으로 항해할 때 아테나 여신의 저주가 내렸다. 바다에서 폭풍우를 만난 그리스 함대는 아가멤논의 배를 제외하고 모두 난파당했다. 아테나 여신은 그리스군의 귀향길을 지옥길로 만들었고 오디세우스는 10여 년 동안 인고의 세월을 보내게 되었다. 트로이아 여인들은 자신들이 누구의 전리품이 될지 천막 속에서 초조하게 기다렸다. 그때 카산드라가 횃불을 들고 천막을 뛰쳐나오며 자신과 아가멤논 왕의 운명을 큰소리로 예언했다. 그녀는 아가멤논 왕이 자신과 결혼해 헬레네와 파리스의 결혼보다 더 큰 재앙을 맞을 거라고 외치고 울고 있는 어머니 헤카베를 달래며 아

트로이아 목마
오디세우스의 계략으로 거대한 목마 속에 그리스군 병사들을 매복시키고 철수한다.
트로이아인들이 격론 끝에 목마를 성 안에 들이는 바람에 야밤을 틈타
그리스 병사들이 성문을 열고 기습해 성을 정복한다.

폴릭세네의 죽음
아킬레우스를 죽인 폴릭세네는 아킬레우스의 제물이 되어 죽음을 맞는다.

트레우스 가문이 몰락할 거라고 말했다. 그리고 자신은 이미 저승으로 떠난 아버지와 자신의 형제들에게 전쟁은 패했지만 패자가 아닌 승자로 가게 될 거라고 위로했다. 그녀의 예언대로 카산드라는 아가멤논의 여인이 되었고 아가멤논은 불행한 결말을 맞았다. 그리스군이 출항하기 전 아킬레우스의 망령이 바닷가에 나타나 아가멤논에게 자신의 공적에 대한 전리품으로 폴릭세네를 자신의 무덤에 제물로 바치라고 요구했다. 아가멤논은 아킬레우스의 아들 네오프톨레모스에게 무덤 제단에서 폴릭세네를 제물로 바치라고 요구했다. 끌려온 폴릭세네는 자신을 죽이려는 네오프톨레모스를 쳐다보며 옷을 찢어 젖가슴을 내보이며 가슴을 찌르라고 말했고 순결한 처녀의 몸으로 죽게 해줄 것을 요구했다. 네오프톨레모스는 그녀를 살려주고 싶었지만 제물로 바쳐야 해 그녀의 가슴을 찔렀다. 그녀가 죽은 후 네오프톨레모스는 그녀를 아킬레우스의 무덤에 순장했다.

헬레네와 메넬라오스의 재회

메넬라오스는 트로이아가 함락되자 그의 아내를 되찾게 되었다. 헬레네는 아프로디테의 농간으로 남편을 버리고 다른 남자에게 갔지만 여전히 남편을 사랑했다. 파리스가 죽은 후 그녀는 몰래 그리스군을 도왔는데 특히 오디세우스와 디오메데스가 팔라디온을 탈취하기 위해 변장해 성안에 들어왔을 때 많은 도움을 줬다. 그녀는 오디세우스

트로이아 마지막 날 헬레네를 만나는 메넬라오스
파리스와 함께 트로이아 전쟁의 원흉인 헬레네는 메넬레오스의 용서로
스파르타로 돌아가 메넬라오스와 행복하게 산다.

를 보자마자 그의 정체를 눈치챘지만 비밀을 지키고 팔라디온을 찾는 데 협력했다. 그래서 그녀와 남편의 화해가 이뤄졌고 둘은 선발대에 끼어 트로이아 해안을 떠나 고국으로 향했다. 그러나 그들은 신들의 기분을 상하게 한 적이 있어 폭풍우를 만나 지중해 연안을 이리저리 표류하며 키프로스, 페니키아, 이집트에 들렀다. 이집트에서는 환대와 많은 선물을 받았는데 그중 헬레네가 차지한 것은 금제 방추와 바퀴가 달린 바구니였다. 바구니는 양모와 실패를 넣는 것이었다. 메넬라오스와 헬레네는 드디어 스파르타에 무사히 도착해 다시 왕위에 올라 영화를 누렸다.

아가멤논의 죽음

그리스군 총사령관 아가멤논은 메넬라오스의 형이었다. 아가멤논은 동생 복수전에 참가했지만 그의 최후는 동생처럼 불행했다. 아가멤논이 집을 비운 사이 아내 클리타임네스트라는 다른 남자와 불륜을 저질렀다. 그녀는 남편의 귀가 다가오자 정부 아이기스토스와 공모해 남편의 귀환을 축하하는 연회석상에서 남편을 죽여 독부(毒婦)라고 불려도 마땅했지만 그 배경을 살펴보면 우리의 판단이 바뀔 수 있다. 클리타임네스트라는 아가멤논의 아내가 되기 전 이미 결혼한 상태였고 어린 아들도 하나 있었다. 아가멤논은 연회에서 첫눈에 사랑에 빠졌다. 그는 바로 음모를 꾸미며 클리타임네스트라의 남편을 죽였다. 후

아가멤논을 죽이려는 클리타임네스트라
클리타임네스트라는 아가멤논이 자신의 딸을 제물로 희생시키자 분노해
그가 돌아왔을 때 정부 아이기스토스와 공모해 아가멤논을 죽인다.

환을 없애기 위해 갓난아기도 땅바닥에 내동댕이쳐 죽였다. 클리타임네스트라의 오빠 카스토르와 폴리데우케스가 동생의 복수를 시도했지만 아버지 틴다레오스가 만류했다. 더구나 틴다레오스는 클리타임네스트라를 설득해 아가멤논과 결혼시켰다. 당시 아가멤논은 그리스최고의 거부이자 권력자였기 때문이다. 클리타임네스트라는 아버지의 권유로 어쩔 수 없이 아가멤논과 재혼해 자식을 낳고 한동안 행복하게 사는 듯했다. 그들 사이에 큰딸 이피게네이아, 둘째 딸 이스메네, 늦둥이 아들 오레스테스 세 명의 자녀가 있었다. 그녀는 과거의 원한을 모두 잊은 듯했다.

아가멤논이 그리스군 총사령관이 되어 아울리스 항구에서 트로이아 전쟁을 준비할 때였다. 아가멤논이 2년간의 준비를 마치고 트로이아로 막 출항하려는데 바람이 불지 않았다. 그 원인을 예언자 칼카스에게 물어보니 아르테미스 여신의 분노 때문이었다. 전에 그가 근처에서 사냥한 사슴이 여신의 사슴이라는 것이었다. 아르테미스 여신은 바람을 다시 불게 하는 대가로 아가멤논의 큰딸 이피게네이아를 제물로 바칠 것을 요구했다. 아가멤논은 고민 끝에 오디세우스의 꾀를 빌려 미케네의 아내에게 전령을 보내 아킬레우스와 결혼시킨다는 핑계로 이피게네이아를 불렀다. 클리타임네스트라는 이 전갈을 받고 딸의 손을 잡고 어린 오레스테스를 안고 기쁜 마음으로 남편을 찾아왔지만 아울리스 항구에 도착하자마자 속은 것을 깨달았다. 그녀는 아가멤논에게 대성통곡하며 이피게네이아를 살려달라고 애원했지만 아가멤논은 큰딸을 아르테미스 신전에서 제물로 바치고 트로이아로 출항했다. 슬픔에 잠겨 집에 돌아온 클리타임네스트라는 남편 때문에 두 번이나 자식을 잃은 자신의 운명을 한탄했다. 무의식 저편에 억눌려 있던 첫 남편과 아들의 억울한 죽음에 대한 원한도 함께 폭발했다. 하지만 혼자 복수하기에는 힘에 겨웠다. 그녀는 때마침 자신에게 접근하는 아이기스토스와 손을 잡았다. 사실 아이기스토스도 클리타임네스트라와 똑같은 목표가 있었다. 그는 티에스테스의 아들이었다. 티에스테스는 아가멤논의 아버지 아트레우스의 동생으로 형에게 깊은 원한이 있었다. 형이 화해를 자청하며 불러 자기 아들들을 요리해 몰래 자신에게 먹였기 때문이다. 그는 복수하기 위해 신탁에 따라 딸 펠로페이아를 범해 아이기스토스를 낳게 해 은밀한 살인 병기로 길렀다. 아이기스토스는 아가멤논과 사촌인 셈이다. 아이기스토스는 큰아버지 아트레우스가 이미 사망한 후여서 당연히 아가멤논을 노리고 계획적으로 클리타임네스트라에게 접근한 것이다. 공모자들은 아가멤논의 아들 오레스테스도 죽일 작정이었다. 아직 어려 걱정할 건 없었지만 그가 성장하면 후환이 두려웠기 때문이다. 그러나 오레스테스의 누나 엘렉트라는 그를 비밀리에 포키스의 왕 숙부 스트로피오스에게 보내 그의 생명을 구했다. 오레스테스는 스트로피오스의 궁전에서 왕자 필라데스와 함께 성장했는데 그들의 깊은 우정은 오늘날에도 속담으로 남아 있다. 엘렉트라는 종종 사자를 보내 동생에게 아버지의 원수를 갚을 것을 몇 번이나 상기시켰다. 오레스테스가 성장해 델포이의 신탁에 문의하자 신탁은 그의 복수 결심을 더 확고히 했다. 그래서 그는 변장하고 아르고스에 가 스트로피오스의 사자로 사칭하고 오레스테스의 사망을 알리기 위해 왔으며 고인의 유골을 유골함에 넣어 가져왔다고 말했다. 그는 아버지의 묘에 성묘하고 당시 관습대로 제물을 바친 후 누나 엘렉트라에게 자신의 정체를 밝히고 곧바로 아이기스토스와 클리타임네스트라를 참살했다. 자식이 어머니를 죽인 이 패륜 행위는 피살된 자의 죄악과 신들의 명령에 연유한 것이므로 수긍할 점이 전혀 없진 않지만 역시 옛사람의 마음에도 혐오감을 일으켰을 것이다. '복수의 여신' 에우메니데스는 오레스테스를 미치게 만들어 각지를 유랑하게 했다. 필라데스는 그의 유랑에 동반해 뒤를 돌봐줬다. 드디어 다시 신탁에 문의하자 스키티아의 타우리스에 가 하늘에서 떨어졌다고 전해지는 아르테미스의 조각상을 가져오라는 말을 들었다. 신탁에 응해 오레스테스와 필라데스는 타우리스로 갔는데 그곳에서는 야만스러운 주민들이 그들 수중에 떨어진 모든 이방인을 아르테미스에게 희생양으로 제공하는 관습이 있었다. 두 친구는 붙잡혀 희생물로 신전으로 운반되었다. 신전의 사제는 다름 아닌 이피게네이아였다. 그녀는 오레스테스의 누나로 그리스군의 제물로 희생될 위기의 순간 아르테미스에게 납치당한 여인이었다. 그녀는 붙잡혀온 그들의 신분을 알아내자 자신의 신분도 밝혔고 셋은 여신상을 가지고 미케네로 도망쳤다. 그러나 오레스테스는 '복수의 신들' 수중에서 벗

아가멤논의 죽음을 복수하는 오레스테스
아가멤논의 아들 오레스테스가 어머니를 죽이는 패륜 행위로
복수의 여신들에게 쫓기는 장면이다.

어나지 못했다. 그는 아테나에게 구원을 요청했다. 여신은 그를 보호해줬고 아레오파고스 법정에서 그의 운명을 재판했다. '복수의 신들'은 그를 고소했고 오레스테스는 델포이 신탁의 명령에 의한 것이라고 변명했다. 재결 결과, 찬반 수가 같아 오레스테스는 아테나의 명령으로 석방되었다.

아이네이아스의 트로이아 탈출

불타는 트로이아와 트로이아군 명장 아이네이아스는 '미의 여신' 아프로디테의 아들이다. 아프로디테는 이다산에서 양을 돌보던 다르다니아 왕자 안키세스의 사랑을 얻기 위해 자신이 프리기아 왕 오트레우스의 딸로 헤르메스에게 납치되어 이다산에 오게 되었다고 거짓말했다. 아프로디테가 그렇게 안키세스와 사랑을 나눠 임신하자 그에게 자신의 정체를 밝히며 말했다. "네게 아들이 생길 것이다. 그 아들은 트로이아인들을 다스릴 것이며 대대손손 자손이 끊지 않을 것이다." 아프로디테는 자신과의 일을 아무에게도 발설하지 말 것을 당부했다. 얼마 후 아프로디테는 아들 아이네이아스를 낳았다. 그녀는 아이네이아스를 이다산 님페들에게 맡겨 기르다가 아들이 다섯 살이 되자 아버지 안키세스에게 데려다줬다. 안키세스는 아들을 맏딸 히포다메이아의 남편 알카토스에게 맡겨 교육시켰다. 트로이아 전쟁이 터지자 아이네이아스는 다르다니아 병사들을 이끌고 참전했다. 그는 트

불타는 트로이아를 탈출하는 아이네이아스
트로이아가 멸망하자 아이네이아스가 아버지 안키세스를 짊어지고 유민들과 트로이아 성
을 탈출하는 장면으로 그는 이후 새로운 나라 로마제국의 시조가 된다.

로이아군에서 헥토르 다음 가는 용맹한 장수로 전투에서 혁혁한 공을 세운 것으로 묘사되지만 여러 번 위험에 처했다. 그는 그리스군의 용장 디오메데스와 겨루다가 부상당했는데 이를 본 아프로디테가 아들을 구하려다가 그녀도 상처를 입고 말았다. 그러자 아폴론이 나서서 아이네이아스를 구름으로 감싸 전장 밖으로 피신시켰다. 무적의 아킬레우스에 맞섰을 때는 포세이돈이 다시 구름으로 감싸 목숨을 구해줬다. 이같이 호메로스 신화에서 아이네이아스는 신들의 각별한 보호를 받는 인물이었다. 포세이돈은 아이네이아스가 트로이아인들의 왕이 될 거라고 예언했다. 트로이아 패망 후 아이네이아스는 트로이아 왕 프리아모스가 네오프톨레모스에게 살해당하는 광경을 목격한 후 트로이아의 패망이 돌이킬 수 없음을 깨닫고 성을 버리고 도망칠 결심을 했다. 물론 그 전에 어머니 아프로디테와 죽은 헥토르 망령의 경고도 있었다. 아이네이아스는 늙은 아버지 안키세스를 등에 업고 어린 아들 아스카니오스의 손을 잡고 불타는 트로이아 성을 탈출했다. 뒤따르던 아내 크레우사의 모습이 보이지 않자 아이네이아스는 다시 성으로 들어가 찾았지만 아내의 망령이 나타나 더 이상 찾지 말 것을 당부했다. 아이네이아스는 다른 트로이아 유민들과 함께 이다산에 잠시 머물며 배를 제작해 새로운 정착지를 찾아 항해를 떠나 오늘날의 이탈리아로 건너가 로마제국의 모태가 되는 새 나라를 건설했다.

인류 최초의 대서사시
일리아스

초판 1쇄 인쇄 2022년 10월 15일
초판 1쇄 발행 2022년 10월 20일

—

지은이 호메로스
편 역 김성진
펴낸이 김호석
편집부 곽유찬 · 주옥경 · 박진영
마케팅 오중환
경영관리 박미경
영업관리 김경혜

—

펴낸곳 도서출판 린
주소 경기도 고양시 일산동구 무궁화로 32-21, 로데오메탈릭타워 405호
전화 (02) 305 - 0210
팩스 (031) 905 - 0221
전자우편 dga1023@hanmail.net
홈페이지 www.bookdaega.com

—

ISBN 979-11-92575-03-2 (03890)